LE LIVRE D'OR
DE LA
SCIENCE-FICTION

THEODORE STURGEON

MARIANNE LECONTE. Née en 1944, elle s'est hissée au tout premier plan comme rédactrice en chef de la revue *Horizons du fantastique* (1974-1975). Auteur d'articles et de nouvelles, elle est devenue anthologiste avec *Femmes au futur* (Marabout) et plusieurs recueils consacrés à Theodore Sturgeon (au Masque et ici même). Elle connaît particulièrement bien le monde de la science-fiction anglo-saxonne, où elle a su se faire des amis fidèles, et prépare d'autres volumes où s'exprimera un goût littéraire particulièrement sûr.

LE LIVRE D'OR DE LA SCIENCE-FICTION

Collection dirigée par Jacques Goimard

THEODORE STURGEON

Anthologie réunie
et présentée
par
MARIANNE LECONTE

PRESSES POCKET

ISBN 2-266-00455-7

PRÉFACE

1. UNE VIE TOURMENTÉE

UN visage régulier, long et fin, terminé par une petite barbiche qui lui donne des airs de faune lubrique, et qu'il transforme volontiers en masque satanique... Une peu plus grand que la moyenne, mince et souple, Theodore Sturgeon, par son apparence physique comme par son comportement, correspond tout à fait à l'image que l'on se fait de lui à travers ses écrits. C'est un homme à facettes, véritable paradoxe sur pieds... à la fois réservé et expansif, disert et timide, humble et arrogant. Tour à tour snob et simple, sportif mais porté vers les arts et les occupations intellectuelles, incapable de vivre sans contacts humains mais traversant de sombres périodes dépressives pendant lesquelles il s'isole du monde extérieur. Pour compliquer encore l'image que l'on peut conserver de lui, sa personnalité complexe s'adapte, la plupart du temps, aux situations et aux personnes qu'il rencontre.

Il offre le caractère exalté, absolu, intuitif d'un mystique tout en restant terriblement réaliste. Il guette les signes subtils du destin et suit ses prémonitions. Pourtant ce rêveur est un bon vivant : amateur de musique et de femmes, de boissons et de nourritures terrestres. On peut ajouter qu'il a un charme fou dont il se sert volontiers.

Theodore Sturgeon est né le 26 février 1918 à St George, Staten Island, dans l'État et l'agglomération de New York, et déclaré à l'état civil sous le nom d'Edward Waldo. Sturgeon est très fier de ce nom de Waldo qu'il dut abandonner par la suite, et de l'histoire fabuleuse de sa lignée. « Au XVe siècle, un de mes ancêtres eut l'idée, plutôt romantique, de restaurer l'Église catholique dans sa pauvreté et dans son humilité originelles. Mais bien entendu les papes ne virent pas d'un bon œil les idées qu'il prônait. Peter Waldo fut cruellement persécuté ainsi que tous ses disciples, que l'Église pourchassa à travers toute l'Europe. Ils finirent par s'établir aux Pays-Bas et, vers 1640, vingt ans après l'arrivée du Mayflower et de ses pèlerins, ils s'embarquèrent pour le Nouveau Monde sur deux bateaux. L'un d'eux accosta sur la côte du Connecticut — je suis issu de cette branche —, l'autre dériva vers le sud au cours d'une tempête et s'échoua sur les rivages de l'île d'Hispaniola. A l'époque, la population d'Haïti se composait surtout des fameux nègres marrons [1], esclaves noirs importés d'Afrique. L'idée d'un clergé dissident leur plut beaucoup et ils accueillirent les Waldo à bras ouverts. Du mélange de la doctrine de Waldo et des rites africains naquit le vaudou, corruption du mot Waldo [2]. Et j'avoue que cette histoire me ravit. D'ailleurs, chez les Waldo, il y a

1. Mot antillais, venu de l'hispano-américain cimarron : « esclave fugitif ».

2. Nous laissons à Sturgeon la responsabilité de cette étymologie !

toujours eu beaucoup de pasteurs, des gourous en quelque sorte. »

Pour en revenir à ses parents directs, sa mère, d'origine anglo-canadienne, était professeur de littérature et son père détaillant en peintures. La famille paternelle, de religion protestante épiscopalienne (la version américaine de l'anglicanisme), compterait huit ministres du culte. Son grand-oncle était archevêque des Indes Occidentales (Antilles) et l'un de ses ancêtres, évêque de Québec.

Lorsqu'il a trois ans, ses parents se séparent. Au début son père continue à venir déjeuner avec eux une fois par semaine, le dimanche à midi. Puis il disparaît pour de bon. Edward a sept ans lorsque sa mère, obligée de trouver un travail plus rémunérateur pour élever ses enfants (il y a un autre garçon qui a quinze mois de plus), prend un emploi à New York dans la publicité. Elle réussit rapidement à se faire une place et un nom. Elle obtient une chronique régulière dans un journal et écrit des nouvelles et des romans qui, hormis quelques textes courts, ne seront jamais publiés. La mère est souvent absente et, lorsque les enfants rentrent de l'école, ils sont livrés à eux-mêmes. Mais c'est une période heureuse de la vie d'Edward Waldo, c'est l'époque des bandes de copains et des vagabondages en liberté.

En 1927, le divorce est officiellement prononcé. Edward a neuf ans. Son père convole immédiatement en secondes noces ; il aura une fille, Joan, de ce second mariage. Sa mère, elle, se remarie en 1929 avec un professeur de Philadelphie, éducateur éminent mais rigide qui, pour ne pas affronter les commérages de ses relations ou de ses voisins, adopte les deux fils de son épouse et leur donne son nom. Edward Waldo devient Theodore Sturgeon. Ce changement d'état civil marque le début d'une période peu heureuse qui laissera chez le jeune garçon des traces indélébiles. La personnalité du professeur Sturgeon est trop éloignée de celles des deux frères, habitués à la liberté... Le beau-père est un homme de principes, extrêmement exigeant, qui veut donner une excellente éducation à ses beaux-fils, mais qui en retour attend beaucoup d'eux. Sa sévérité excessive et maniaque, son manque de tendresse, sa difficulté à communiquer autrement que par des ordres ou des conseils, braquent les deux garçons. Sturgeon raconte que son beau-père leur avait interdit de se mettre en colère, ils n'avaient même pas le droit d'avoir une mine renfrognée, car c'était assimilé à la colère... En conséquence de quoi la colère rentrée devint très vite pour Sturgeon un mélange de terreur et de fureur. Un enfant élevé dans ces conditions a un lourd passif d'angoisses. Pourtant Sturgeon met à l'actif de son père adoptif une éducation intellectuelle très complète. Il rapporte que tous les soirs, ils lisaient ensemble à haute voix des romans, des essais, des poèmes, des livres philosophiques, textes que peu de gens ont eu la chance de lire à un âge aussi précoce. Cela ne le passionnait pas toujours, mais à lire Dickens, Jules Verne, Thackeray ou Wells, il devait apprendre beaucoup sur la littérature et l'écriture.

Sa mère, de tempérament artiste, peignait, jouait du violon et du piano, mais, complètement dominée par son mari, elle ne pouvait pas tempérer le caractère trop rigoriste du professeur. Lorsque celui-ci, au bout de quelques années, se rend compte que ses beaux-fils sont des cancres et qu'ils n'embrasseront jamais la carrière universitaire dont il rêvait pour eux, il s'en désintéresse. Sa déception est telle qu'il les considère avec mépris et leurs rapports s'enveniment.

Vers treize ans Ted se spécialise en gymnastique et décide qu'il travaillera dans un cirque. Mais, deux ans plus tard, il est atteint par un rhumatisme articulaire aigu et doit abandonner son rêve. Les relations entre le beau-père et les deux frères ne se sont pas améliorées et l'aîné est mis à la porte le jour de ses 18 ans. Exaspéré par cet acte, Ted s'enfuit et s'engage comme cadet dans l'école de la marine de l'État de Pennsylvanie, pour obtenir en deux ans un diplôme de quartier-maître. Mais il n'y reste qu'un trimestre. Révolté par les brimades que les anciens font subir aux bizuths, il refuse, lorsque son tour arrive, de faire souffrir les bleus. Il ne comprend pas la « philosophie » d'un tel comportement. La même année (1935), il s'engage comme matelot dans la marine marchande et fait du cabotage le long des côtes.

C'est durant cette période qu'il se met à écrire. Il vend sa première histoire en 1937 au Mc Clure's Syndicate, sorte d'agence littéraire, pour cinq dollars. Elle sera diffusée dans quelques quotidiens, ainsi que les suivantes. Vers 1938, il décide de quitter la marine pour devenir écrivain professionnel. Il se met à écrire et à vendre un ou deux textes par semaine, toujours à raison de cinq dollars le texte. Sa chambre, à elle seule, lui coûte cinq dollars, et il a du mal à joindre les deux bouts, mais il est heureux.

En mars 1939, il fait une découverte capitale qui

va influencer sa carrière d'écrivain : il lit *Unknown,* magazine de science-fiction à « tendance » fantastique, qui vient de se lancer. Conseillé par des amis, il envoie des nouvelles à John Campbell, son rédacteur en chef. L'une d'elles sera publiée dans *Astounding Science Fiction,* l'autre revue dirigée par Campbell. Il s'agit de son premier récit de science-fiction : *The Ether Breather,* un conte léger et humoristique sur des émissions de télévision en couleur perturbées par des « êtres informels vivant dans l'éther et capable d'altérer les émissions T.V. au cours du trajet émetteur-récepteur [1] ». Sous la férule de Campbell, Sturgeon devient un véritable écrivain professionnel.

En 1940, il épouse une camarade d'école, Dorothy Fillingame, malgré l'opposition des parents de cette dernière, qui estiment que le métier d'écrivain est plus qu'aléatoire. Sturgeon, poussé par la nécessité et inspiré par l'amour, écrit comme un fou. Et puis soudain, en 1941, alors que sa fille Patricia vient de naître, c'est le blocage, le premier, qui se traduit par l'impossibilité absolue d'écrire. Comme il lui faut trouver un travail pour entretenir sa famille, il part avec elle, en 1942, pour les Indes Occidentales britanniques, où il devient gérant d'un hôtel. Hélas ! à peine est-il installé que survient l'attaque japonaise sur Pearl Harbor et les États-Unis entrent en guerre. L'hôtel se vide de ses touristes et Sturgeon travaille dans une station-service.

En 1943, il part, toujours avec sa femme et sa fille, à Porto-Rico, où il a trouvé un emploi comme mécanicien de bulldozers militaires. Peu de temps

1. Jacques Sadoul, *Histoire de la science-fiction moderne,* J'ai lu, tome I.

après naît sa deuxième fille Cynthia. Mais en 1944, la base où il travaillait est transférée. De nouveau sans moyens d'existence, il va s'installer à Sainte-Croix, dans les Iles Vierges, et y écrit en neuf jours un court roman, *Killdozer*. Son premier texte depuis 1941, aussitôt publié dans *Astounding Science Fiction* en novembre 1944. Mais malgré ce sursaut, l'inspiration le fuit de nouveau. Déprimé, il rentre aux États-Unis, seul, pour y préparer le retour de sa famille, mais, toujours dépressif et sans argent, il s'y attarde... huit mois. Jusqu'à ce que sa femme lui envoie une lettre où elle demandait le divorce. Il réunit l'argent du voyage et revient à Sainte-Croix. Mais le ménage ne s'entend plus et le divorce est finalement prononcé.

En 1945, son ex-femme se remarie. L'année suivante, Sturgeon s'installe à New York chez Jerome Stanton, secrétaire de rédaction d'*Astounding*. Grâce à l'aide de Campbell, il parvient à sortir de sa dépression et se remet peu à peu à écrire et à reprendre contact avec la réalité. Son premier repli sur lui-même est terminé et il peut même embrasser une nouvelle carrière : celle d'agent littéraire, de janvier à décembre 1946. Carrière extrêmement brève il est vrai, mais qui prouve qu'il remonte le courant et surtout lui permet d'entrer en contact avec d'autres éditeurs et de trouver des débouchés pour les textes refusés par Campbell. 1947 est une année faste pour Sturgeon. Elle voit en particulier la publication dans un magazine anglais, *Argosy*, des *Mains de Bianca*, une de ses nouvelles préférées, écrite en 1939 et que tout le monde avait alors refusée à cause de son caractère névrosé. *Argosy* avait organisé un concours de nouvelles. Celle de Sturgeon l'emporte, battant de peu un texte de Graham Greene. Sturgeon est fou de joie et ce succès contribue à lui redonner confiance en lui. Cette même année il assiste, en compagnie d'une jolie chanteuse, Mary Mair, à la cinquième Convention mondiale de la science-fiction qui se tient à Philadelphie, le 31 août 1947. En 1948 paraît son premier recueil de nouvelles, *Without Sorcery,* dédié à Mary Mair, qu'il épouse en 1949. Chez Sturgeon, les périodes précédant ou suivant les mariages sont toujours extrêmement prolifiques. Il écrit *Cristal qui songe,* son premier grand roman, qui paraît en 1950.

Mais en 1951, Mary Mair demande le divorce en invoquant l'« immaturité » de son époux. Celui-ci, heureusement pour son œuvre, se remarie aussitôt avec Marion sans traverser de crise dépressive. Il entre alors dans l'une des périodes les plus calmes et les plus productives de sa vie. En 1953, il publie un nouveau roman, *les Plus qu'humains,* qui est généralement considéré comme son chef-d'œuvre et qui remportera en 1954 un des deux grands prix de science-fiction alors décernés, l'International Fantasy Award. Quatre enfants naissent de sa longue union avec Marion. Au fil des années, Ted se tourne de plus en plus vers des activités journalistiques. De janvier à juillet 1958, il est responsable littéraire d'une nouvelle revue spécialisée, *Venture.* En 1962, il est invité d'honneur à la Convention mondiale de Chicago (Chicon III). Il est toujours avec Marion, mais le ménage bat de l'aile. Et Sturgeon écrit de moins en moins, réservant ses dons littéraires au journalisme. En 1961, il devient rédacteur en chef adjoint d'*If* (un autre magazine spécialisé) et commence des critiques dans la *Natio-*

nal Review, journal de droite qu'il qualifie de « publication de l'âge de pierre », mais où il peut s'exprimer librement et à laquelle, contre vents et marées, il ne cessera plus de collaborer régulièrement ; la critique des nouveaux livres de science-fiction écrits par ses confrères lui donne l'occasion d'exprimer, mieux que partout ailleurs, ses vues sur le genre.

Vers 1965, c'est la rupture avec Marion et il sombre dans une dépression encore plus terrible que les deux précédentes. Comme Sturgeon ne peut créer que dans le bonheur, il n'écrit plus. Après avoir habité quelque temps chez Harlan Ellison, il s'installe dans un motel de Los Angeles. Il travaille alors pour la télévision et fait des scénarios pour la série américaine de space opera *Star Trek*. Mais il a toujours tendance à s'enfermer dans son isolement.

Jusqu'au jour où un événement, en apparence anodin, le sort de sa torpeur et le ramène à la vie. Dans la première semaine de décembre 1968, il reçoit une lettre, datée du 25 novembre, en provenance de Londres. Cette lettre, écrite par une de ses admiratrices, une journaliste américaine expatriée, le touche particulièrement et le réveille, l'enflamme. Il passe une journée à y répondre. C'est le début d'un échange épistolaire impressionnant. Leurs relations par correspondance sont si intenses qu'ils décident, sans s'être jamais rencontrés, de se marier. La cérémonie a lieu le 16 avril 1969. Neuf mois après naît un garçon, Andros. Entre 1962 et 1969, Sturgeon avait écrit cinq nouvelles. Lors de sa lune de miel, il écrit onze nouvelles en onze semaines, qui seront réunies en recueil en 1971 sous le titre : *Sturgeon is alive and well* (« Sturgeon est en vie et en bonne santé »). En effet Sturgeon, avec ce nouvel amour, est en pleine forme. Mais les qualités de Wina qui l'avaient tellement attiré (son dynamisme, sa capacité à résoudre n'importe quel problème, sa personnalité explosive de journaliste TV), voici qu'il les trouve de moins en moins supportables à vivre. Wina l'étouffe par son dynamisme et il a l'impression d'être emporté dans un tourbillon qui l'étourdit.

De nouveau le créateur fait place au journaliste. Il travaille pour *Galaxy* et devient le critique de science-fiction du plus célèbre des quotidiens américains : le *New York Times*. Pour lutter contre un nouvel accès de dépression et se donner le temps de repenser sa vie avant de prendre des décisions graves, il s'échappe en entreprenant un voyage en Europe. C'est ainsi que du 27 au 30 mai 1976 les Français ont la joie de le rencontrer au Festival de science-fiction de Metz où il est invité d'honneur.

A son retour aux États-Unis, il se sépare de sa femme et s'installe avec un nouvel amour, Lady Jane, qu'il décrit avec enthousiasme comme une femme merveilleuse, compréhensive, fine. Il dit aussi que depuis qu'il l'a rencontrée, tous ses projets se réalisent, qu'elle lui porte chance, que grâce à elle il est marqué du signe de la réussite. Du coup, voilà que ce bouillant jeune homme de soixante ans se remet à accumuler les projets : un autre voyage en France qu'il adore, une tournée de conférences en Union soviétique et dans les pays de l'Est, des films, un roman, des nouvelles... Espérons ! Avec cet éternel enfant, rien n'est jamais fini, et d'autres chefs-d'œuvre couvent peut-être...

2. DES FABLES PATHÉTIQUES

SUR le chantier d'une petite île des Antilles, un bulldozer est envahi et possédé par une entité issue du fond des âges, Killdozer [1], tueur acharné qui va pourchasser tous les travailleurs de la base et les tuer les uns après les autres. L'entité représente le seul apport imaginaire de ce premier court roman de Theodore Sturgeon. Celui-ci vient de travailler pendant quelques mois comme mécanicien de bulldozer sur une base militaire, et tout à coup, en plein blocage, alors qu'il ne pouvait plus écrire depuis deux ans, il est littéralement obligé de cracher ses récents souvenirs : l'atmosphère du chantier, la description des travaux, les rapports des travailleurs entre eux et sa fascination pour les énormes machines... *Killdozer* est le premier texte véritablement autobiographique de Sturgeon, le premier d'une

1. Jeu de mots sur *to kill,* « tuer », et *bulldozer. To bulldoze* (mot à mot : « avoir le sommeil léger, comme un taureau ») est déjà employé en argot américain pour *to bully,* « intimider ». *Killdozer* rappelle à la fois le sens courant de *bulldozer* et les deux sens (étymologique et courant) de *to bulldoze.*

longue série, puisque désormais toute son œuvre, à de rares exceptions près, reposera sur ses actes, ses souvenirs, ses fantasmes.

Avant 1941, Sturgeon écrivait des histoires destinées à amuser, à surprendre ou à faire peur, bref à distraire. Comme *l'Ile des cauchemars, Ça, les Ossements, les Mains de Bianca.* Ce sont de splendides contes, révélant un écrivain extrêmement doué, doué d'une imagination débordante et d'une grande facilité, brillant... mais léger. Ses personnages manquent d'épaisseur ; ils agissent, pensent peu et ne souffrent pas. Le jeune écrivain qu'est Sturgeon n'éprouve aucune compassion pour ses personnages. Ce qui compte alors dans ses nouvelles, c'est l'idée et son développement, l'intrigue, le suspense, les images, les évocations d'êtres ou de mondes merveilleux et insolites.

Dans certaines d'entre elles, il existe déjà des éléments autobiographiques, mais ils servent uniquement de cadre, de décors. Dans *la Cargaison,* l'histoire se passe sur un bateau ; les expressions maritimes, la vie à bord, le langage des matelots rappellent la précédente carrière de l'auteur. Mais tous ces éléments ne servent que de toile de fond et n'ajoutent rien à ce drame plaisant où le petit peuple des lutins s'empare d'un cargo et y sème la pagaille par des farces d'un goût douteux.

Killdozer représente l'étape suivante dans l'itinéraire de Sturgeon. L'auteur y est beaucoup plus impliqué. Dans *la Cargaison,* aucun de ses propres sentiments ne transparaissait. On ne sait pas s'il a aimé ces années passées en mer. Dans *Killdozer,* la façon dont il décrit les tensions et les rivalités entre les hommes de la base montre qu'il a accumulé des émotions variées, mais très violentes, au cours de cette brève période.

Après 1946, lorsqu'il se remet à écrire, il commence par façonner quelques nouvelles de la même veine que celles des années quarante, sans implications fantasmatiques très apparentes, comme *le Bâton de Miouhou*. Mais cela ne durera pas et rapidement les pulsions qui l'avaient obligé à jeter *Killdozer* sur le papier, dans un état enfiévré, en neuf jours, seront désormais à l'origine de tous ses textes. Il n'écrira plus que des « histoires thérapeutiques » où il pourra dégorger le trop-plein de sentiments, de ressentiments, de souffrances, de souvenirs douloureux ou obsédants et bien sûr, de fantasmes passés, présents ou à venir. Ses écrits seront désormais inséparables de sa propre vie. Tout ce qu'il avait emmagasiné en lui depuis l'enfance et qui, jusque-là, n'était jamais ressorti dans son œuvre, va jaillir et nourrir ses récits. Cette soudaine et profonde évolution vient du fait que Sturgeon sort d'une longue période de crise qui s'est terminée, de façon dramatique, par ce qu'il a dû ressentir comme un abandon, un de plus : son divorce. Il s'est enfoncé dans sa souffrance qui, en retour, a agi sur lui, défonçant certaines barrières de son inconscient et faisant revenir à la surface tout ce qui y était enfoui.

Dans l'œuvre de Sturgeon, il y a deux sortes d'autobiographies. L'une est consciente, et l'a toujours été. C'est celle qui lui a servi pour poser les décors de *la Cargaison* ou de *Killdozer*. Ainsi, enfant, il voulait travailler dans un cirque ; en écrivant *Cristal qui songe,* il raconte l'histoire d'un cirque et son héros, un petit garçon nommé Horty, réalise le rêve que lui-même avait nourri au temps de son adolescence.

Mais sa mémoire inconsciente est de loin la plus intéressante. La haine qu'il a peu à peu accumulée contre son beau-père (à cause de l'éducation rigide que celui-ci lui a donnée) ressort sans cesse dans *Cristal qui songe*. Dès le début du livre, l'enfant Horty est persécuté par son père adoptif.

> « Hum, fit Armand [1], sur un ton de vive satisfaction, en se levant. La vermine, moi je la dresse ! » Il empoigna Horty par le devant de sa chemise et commença à le frapper. Il continuait à parler tout en giflant l'enfant alternativement de la paume et du revers de la main, comme pour ponctuer son discours.
>
> « Un assassin... voilà ce que tu es... Espèce de... sale... petit... pervers... »
>
> Il traîna l'enfant tout étourdi jusqu'à l'autre bout de la chambre et le poussa dans la penderie...
>
> Il claqua la porte de la penderie. Trois doigts de la main gauche de l'enfant restèrent coincés entre le battant et le chambranle à la hauteur de la charnière. »

Après s'être aperçu que l'enfant a trois doigts coupés, Armand furieux redescend voir sa femme au salon :

> « Ce petit démon s'est pincé la main dans une porte. Il l'a fait exprès, le sale gosse ! Il voulait sans doute se faire dorloter. Il saigne comme un bœuf... »

Cette scène d'une violence et d'une cruauté terribles est certainement à l'image des ressentiments

1. Le père adoptif.

que Sturgeon nourrissait envers son beau-père. Mais comme si cela ne suffisait pas à calmer sa hargne, dans le même roman, un peu plus loin, il crée un autre personnage horrible, le maléfique directeur du cirque qui va recueillir Horty. Au dire de Sturgeon, ce personnage est lui aussi une caricature de son beau-père. Ainsi, dans un même roman, non content de s'acharner sur son père, il en crée un autre, et il finit par les tuer tous les deux d'un seul coup. Certes, c'est Horty, devenu adulte, qui les tue, mais Horty, n'en doutons pas, n'est autre que le jeune Edward Waldo, autrement dit Theodore Sturgeon. Pourtant ce double meurtre ne suffira pas, et tout au long de son œuvre, les enfants persécutés, brimés par leurs parents, abondent. Comme s'il fallait qu'il détruise encore et encore l'image du père, père doublement haï, puisque, ne l'oublions pas, Sturgeon a eu deux pères qui l'ont successivement rejeté.

Dans *Viol cosmique* [1], le père entreprend de guérir son fils Henry de sa « couardise » en lui faisant peur sans arrêt pour qu'il s'enhardisse. Le résultat de cette éducation n'est pas celui qu'il espérait.

> « Henry avait peur... C'était une peur spéciale, portée à son apogée lorsque, parfois, son père lui parlait doucement et en souriant. Le père ne s'en rendait sans doute pas compte, mais son système pour punir le garçon comportait invariablement une approche souriante d'une voix douce et une explosion soudaine de brutalité, et Henry était devenu incapable de faire la différence entre une attitude authentiquement enjouée et l'une de ces aimables prémices d'un châtiment. »

1. Editions J'ai lu.

Quelquefois même c'est une marâtre qui incarne ce beau-père détesté, comme dans *Une ombre, juste une ombre* [1], mais, beau-père ou belle-mère, le processus ne change pas et l'enfant est toujours persécuté. La mère de Sturgeon, par contre, curieusement représentée par le père dans *Une ombre...*, apparaît comme un être doux, complice de l'enfant, mais faible et dominé. L'ombre de la mère apparaît aussi dans *Cristal qui songe,* projetée dans la naine qui recueille Horty, l'introduit dans le cirque et lui sert de mère.

Ainsi, à partir de 1946, les histoires de Sturgeon auront toutes, selon ses propres paroles, une valeur « thérapeutique ». Non seulement il se libère de ses angoisses et de ses haines, en tuant par exemple les deux « pères » de *Cristal qui songe,* mais en se projetant dans le jeune Horty, devenu un être doté de pouvoirs immenses qui lui permettront de se venger, Sturgeon se réhabilite à ses propres yeux, il compense ses faiblesses, ses infirmités. Cela le sécurise et lui permet d'aller de l'avant.

Rarement, en science-fiction, un auteur aura été aussi inséparable de son œuvre. On peut prendre différents exemples de cette autobiographie permanente. Dans *Un don particulier,* l'un des personnages est sans cesse malmené par l'équipage d'une fusée, parce que c'est un civil et un bleu. Toutes leurs farces rappellent fortement le genre de bizuthage que Sturgeon a dû subir pendant son court séjour à l'école navale.

Sturgeon adore la musique, il a même écrit un opéra, or la musique est le thème de certaines nouvelles comme *la Musique. Largo,* présentée dans ce

1. *In* « les Enfants de Sturgeon », éd. le Masque.

recueil est l'histoire d'un génie qui crée une œuvre unique. Dans *Ci-gît Syzygie,* le personnage principal est un musicien, ainsi que dans d'autres textes.

Même les récits qui à première vue semblent n'avoir aucun rapport avec la vie personnelle de Sturgeon témoignent de ses réactions psychologiques envers les choses ou les gens. *Les Enfants du comédien* raconte l'histoire d'un célèbre comédien qui s'occupe d'enfants atteints d'une maladie incurable, venue de l'espace. Il fait des shows à la télévision, ce qui lui permet de récolter de l'argent pour « ses enfants ». On s'aperçoit à la fin de la nouvelle que c'est lui en fait qui inocule la maladie à de ravissants enfants sains, pour soigner sa propre popularité et gagner de l'argent. A priori, lorsqu'on ignore le contexte américain, ce récit peut sembler gratuit. Erreur ! C'est en fait une satire très agressive des faits et gestes du comédien américain Jerry Lewis qui, d'après Sturgeon, « s'est emparé d'une maladie enfantine mortelle, l'atrophie musculaire, et s'en sert à son profit. Une fois par an, Lewis fait un show à la télévision américaine pendant quarante-huit heures d'affilée. Il y accueille des invités célèbres, s'occupe des spots publicitaires, donne lui-même les nouvelles, etc. Les auditeurs ont la possibilité de l'appeler en direct pour annoncer à l'antenne le montant de leurs oboles en faveur des enfants... » Comme on le voit, la nouvelle de Sturgeon correspond à une colère de l'écrivain, ou plutôt à une révolte, à un écœurement devant ce genre de spectacle.

Quant à ses déboires conjugaux, ils sont eux aussi présents tout au long de son œuvre et l'on peut suivre ainsi les hauts et les bas qui secouèrent ses différents mariages. Lors d'un voyage en Jamaïque avec sa première femme, il a un coup de foudre pour une jeune femme qu'ils hébergent dans leur chambre par une nuit d'orage. Peu de temps après, il raconte ce fait dans une histoire à peine romancée et l'envoie à un grand magazine féminin, mais le texte est refusé. Il reprend alors le même texte en lui injectant une faible dose de science-fiction et le publie sous le titre *Hurricane Trio* (en français : *la Double Résurrection*). *Dans la chambre sombre, Celui qui lisait les tombes* sont, entre autres choses, des réflexions sur l'infidélité conjugale.

Rien, chez Sturgeon, n'est gratuit ou sans raison. De là, sans doute, le fort pourcentage de récits racontés à la première personne. Il y a identification très poussée entre l'auteur et ses personnages principaux. Il avale la vie et la recrache dans des histoires romantiques et sentimentales où l'on sent tout le poids de la réalité mais qui dans le même temps la gomme, la dépasse, la transcende, grâce à la science-fiction.

Comme tout conteur né, Sturgeon adapte le langage et les façons d'agir de ses personnages à la personnalité qu'il leur prête et au milieu dans lequel il les fait évoluer. Il ne met en scène, en général, que des êtres dont la vie, le parler, le milieu, lui sont familiers : écrivains, journalistes, marins (ou membres d'équipages de vaisseaux spatiaux...). Sa facilité à se mettre dans la peau de ses personnages, à les rendre réels, a poussé certains critiques à parler de Sturgeon comme d'un grand styliste. Et d'ajouter : « Sturgeon n'a pas un style mais des styles... » Soyons sérieux : que signifie avoir des styles, si ce n'est ne pas en avoir du tout ? Je crois que le seul grand critique de science-fiction qui ait parlé adéquatement de l'écriture de Sturgeon est Gérard Klein : « C'est une sorte de lave de mots, lourde et désordonnée, charriant le pédantisme à l'évidence, bouillonnante, négligeant l'effet, souvent maladroite. A peine dégrossie au début d'une histoire ou d'un chapitre, puis trouvant sa tonalité propre, s'épurant, agrippant finalement le lecteur et s'accordant aux pulsations même de son cœur [1]. »

Si Sturgeon s'implique totalement dans ses écrits, il veut que le plus large public puisse le lire et le comprendre. Il désire que chaque lecteur se sente concerné par ce qu'il conte. Et il y réussit puisque, en se livrant lui-même aussi profondément, il décrit les peurs diverses et pathologiques qui hantent chacun d'entre nous. Ses propres faiblesses sont aussi les nôtres, tout comme les émotions simples et primitives qu'il dépeint. Les attaques d'un Frank Rottensteiner (« L'immense popularité des histoires de Sturgeon est une preuve de l'immaturité émotionnelle de la science-fiction ») montrent seulement un profond mépris pour le grand écrivain populaire et pour ses lecteurs...

D'autant plus que c'est justement cette exploration des sentiments et des émotions humains, cette plongée dans l'espace intérieur de ses personnages, cette débauche quasi magique de songes personnels, qui donnent à Sturgeon une place presque unique dans la science-fiction des années cinquante. Cette époque fut longtemps considérée comme l'âge d'or de la science-fiction parce que celle-ci redevenait enfin une littérature d'idées critiques, une littérature de réflexions sur les conséquences de la science et de

1. G. Klein, « Theodore Sturgeon, le splendide aliéné », *Fiction*, n° 41, avril 1957.

la technologie. Sturgeon, lui, dans son œuvre, met pleins feux sur l'homme et son avenir ou plutôt son devenir. Il est le premier à explorer cet espace intérieur, ouvrant ainsi la voie à toute une nouvelle génération d'écrivains qui s'épanouira dans les années soixante : Dick, Ballard, Aldiss, Silverberg, la fleur de la science-fiction contemporaine.

De ces émotions primitives et vécues, ressenties, se dégage peu à peu une thématique typiquement sturgeonnienne. Quelques grands thèmes vont se développer de texte en texte, au fil des années, s'enrichir au rythme de ses souffrances et de ses guérisons, aboutir à une philosophie tout à fait cohérente.

Au point de départ de l'évolution spirituelle de Sturgeon, il y a les questions qu'il se pose à partir de 1946 sur le thème de la maturité. Pourquoi la maturité ? Une fois de plus, il faut se reporter à sa vie personnelle. Après sa grande crise qui dure de 1941 à 1946, sa première épouse perd confiance en lui et divorce, sans doute en lui reprochant son immaturité, car en 1947 est publiée une nouvelle qui porte comme titre : *Maturity*. Défendant son propre point de vue, il y démontre que tout artiste créateur doit, comme lui, demeurer un éternel enfant, capable d'émerveillement, de coups de foudre, d'emballements soudains, d'enthousiasmes, et que la maturité détruit cette sensibilité et cette âme enfantine.

Ce problème continue à le tourmenter et il se demande ce qu'est exactement un homme mature : est-ce un homme mûr ou un homme parvenu à un degré de maturité optimum, mais qu'il ne faut pas dépasser, comme un fruit ? Cette notion de l'être optimum qui commence alors à poindre est fondamentale. Mais ses recherches se terminent mal dans la vie puisque Mary Mair demande le divorce en 1951, pour immaturité justement.

Parce qu'il est immature, il est rejeté, rejeté encore et toujours. Ces exclusions répétées et l'impossibilité de s'expliquer ses carences le rendent extrêmement conscient de sa difficulté à communiquer, de son isolement. Déjà, à partir de son premier divorce, il avait commencé à explorer dans ses écrits toutes les formes de solitude humaine : la solitude du paumé, de l'être difforme et laid, comme dans *Parcelle brillante* ; la solitude due aux différences de milieu social comme dans *Un don particulier* ; la solitude de l'idiot, emmuré dans son propre esprit, ou celle des enfants mutants et donc différents des autres dans *les Plus qu'humains.* Il y a la solitude de ceux qui sont différents des autres physiquement ou psychiquement, de naissance ou par accident. Celle des faibles et celle des puissants. Mais dans chaque cas, dans chaque texte, la solitude vient d'une impossibilité à communiquer (ou l'inverse). Les deux notions sont indissolublement liées, et elles entraînent l'œuvre de Sturgeon vers une littérature de désir. Celui qui a des difficultés à communiquer ne peut avoir qu'un seul désir, celui d'être aimé. Et ce désir d'amour est l'un des thèmes fondamentaux de Sturgeon. Il se traduit de différentes manières.

La plupart des histoires de Sturgeon sont des histoires d'amour, et la plupart, après des péripéties dramatiques, se terminent bien. De la même façon que toutes les formes de solitude ont été explorées par cet écrivain, toutes les formes d'amour sont passées en revue dans ses récits. De l'amour-don-de-soi à l'amour-rédemption, de l'acte d'héroïsme au sacrifice qui sont aussi des façons de recevoir de l'amour. Ce désir d'être aimé apparaît comme un désir d'être tout simplement, un désir d'exister pour quelqu'un.

Ce désir d'être se traduit lui aussi de différentes façons. D'abord sur le plan individuel. Le désir d'être peut se résoudre par la possession de pouvoirs. Horty, dans *Cristal qui songe,* n'existe réellement à ses propres yeux que lorsqu'il prend conscience de ses pouvoirs et de sa puissance. Il en est de même du vagabond minable dont s'empare la méduse dans *Viol cosmique.*

Sturgeon a trop souffert lui-même des excès de pouvoir pour ignorer la force que donne le pouvoir (politique ou extraordinaire) à l'être humain. Mais en même temps son désir d'amour, mêlé à ses possibilités toujours intactes d'émerveillement et d'enthousiasme, enrichi par ses réflexions sur la maturité, transforment chez lui la notion habituelle d'homme supérieur, doté de superpouvoirs. Plus la solitude est totale et plus, pour survivre, il paraît nécessaire d'en sortir. C'est pour cette raison que, chez Sturgeon, l'exercice d'un pouvoir compensateur ne conduit pas aux abus habituellement engendrés par la possession du pouvoir. Par contre ses désirs et ses recherches entraînent peu à peu l'écrivain vers une quête de l'homme idéal. C'est pourquoi son surhomme n'appartient pas à la mythologie traditionnelle de la science-fiction. Il n'emploie d'ailleurs pas le terme de surhomme, mais parle de l'être optimum. On voit tout de suite les relations de cette quête tardive avec son essai de définition de la maturité. Son être optimum est celui dont l'équilibre interne est parfait, dont chaque partie du corps remplit ses fonctions au maximum, parce que chaque membre, chaque nerf, chaque cellule est parfaite et parfaitement adaptée aux autres. L'être optimum doit avoir un cerveau optimum, un corps optimum. Mais il doit avoir aussi une conscience optimum et œuvrer pour le bien de l'humanité.

Cette quête pour l'être optimum (qui, pour Sturgeon, représente le prochain échelon de l'humanité) débouche ainsi, de façon assez surprenante lorsqu'on pense à la solitude qui forme la toile de fond de son œuvre, sur un optimisme grandiose.

Sans doute parce que, quoi qu'il arrive, Sturgeon nourrit un immense amour pour l'humanité en général et pour l'homme en particulier. Cet amour de l'humanité, toujours mêlé de compassion, s'adresse surtout aux déchets de cette humanité, aux faibles, aux déshérités, aux paumés, aux marginaux. Et, dans une optique rédemptionniste (qu'on peut considérer au choix comme chrétienne ou plus simplement comme compensatrice), il pense que la prochaine étape de l'humanité se fera grâce à ces rejetés, qui sont plus proches que les autres de l'humanité. Dans *Cristal qui songe,* Bunny, une petite infirme, dit : « L'humanité est un concept familier aux anormaux : à leur grand désespoir, ils s'en sentent proches, ils expriment leur parenté avec elle dans un sanglot de regret et ne cessent jamais de tendre vers elle leurs bras difformes. » Dans *les Plus qu'humains,* l'union de quelques enfants anormaux et d'un demeuré engendrera une entité, une « gestalt » représentant l'échelon supérieur de l'humanité. Dans sa nouvelle *Sculpture lente,* il emploie la parabole et parlant de l'arbre japonais, le bonsaï, il dit par l'intermédiaire de son personnage : « Je ne sais pas le centième de ce qu'on fait avec un bonsaï, mais ce que je sais, c'est que lorsqu'on commence, on choisit rarement ceux qui sont droits et en bonne santé. Ce sont les tordus, les malingres qui deviendront les plus beaux. Lorsque vous tentez de modifier l'humanité, vous devriez vous souvenir de cela. »

Le propos est limpide. Dans *Un don particulier,* c'est le faible, dont tout le monde se moque avec sadisme, qui sauvera l'humanité.

Là encore ce n'est pas sans raison que Sturgeon éprouve des sympathies particulières pour les faibles. Ayant lui aussi terriblement souffert de l'isolement, il sait combien il a désiré être aimé, être compris, être incorporé à un milieu, une communauté, à un clan. Ce clan, dans ses histoires, c'est souvent l'humanité elle-même.

Toute l'œuvre de Sturgeon prend pour thème la personne humaine et son épanouissement ; mais au-delà de l'individu, elle se penche sur l'humanité dans son ensemble. Cette humanité qu'il critique parfois, mais en laquelle il a une foi absolue. Dans *Viol cosmique,* toute l'humanité, devenue une sorte de ruche avec un cerveau commun, emploie ce pouvoir nouvellement acquis pour lutter contre la méduse, qui l'a ainsi transformée. Cette foi jaillit de la même façon à la fin de *les Plus qu'humains.*

Ainsi, par son optimisme passionné, son humanisme, son désir d'harmonie, Theodore Sturgeon apparaît de plus en plus comme un moraliste. Par-delà ses peintures douces-amères des carences et des faiblesses de l'humanité, son plaidoyer en faveur de celle-ci se double toujours de vues philosophiques et morales : « L'humanité a ses propres responsabilités. C'est à l'intérieur de ses responsabilités que l'homme peut être immortel. » L'homme, du fait de son sens des responsabilités et de sa conscience, doit progresser et ne peut disparaître comme n'importe quelle espèce animale. L'homme optimum de Sturgeon a sa propre morale. L'écrivain revient longuement, à maintes reprises, sur cette notion de morale (ou d'éthique, selon les textes).

Prue, l'héroïne de *le Prix de la synergie,* déclare : « Il y a une différence entre morale et éthique... Un acte peut être à la fois moral et éthique... Mais dans certaines circonstances, un acte moral peut aller à l'encontre de l'éthique et un acte éthique peut être immoral... Morale et éthique sont des impulsions de survie. Un individu doit survivre au sein de son groupe. Les modalités de survie au sein du groupe sont la morale... Mais le groupe doit survivre en tant qu'unité. Les modalités de survie d'un individu au sein du groupe, par rapport à l'objectif de survie du groupe, sont l'éthique... La morale peut dicter à un homme une conduite telle qu'il survive au sein du groupe, mais le groupe lui-même peut ne pas avoir de valeur de survie. Par exemple, dans certaines sociétés, il est immoral de ne pas manger de chair humaine, mais s'en abstenir serait éthique, parce que cela irait dans le sens de la survie du groupe. »

Sturgeon revient sur ce sujet dans *les Plus qu'humains.* Hip Barrows, au moment d'être mis en présence de celui qui représente la tête de l'*homo gestalt,* se rend compte qu'il lui faut absolument doter cette entité supérieure d'un système moral : « La morale ? Elle n'est qu'un instinct codifié de vivre, de survivre... Il doit exister un nom pour ce jeu de règles qui prévoient que, par sa manière de vivre, l'individu aide l'espèce à vivre. Quelque chose de distinct, de supérieur à la morale. Convenons d'appeler cela... l'éthique. » Et encore : « La morale : c'est un code de la société destiné à permettre la survie de l'individu. L'éthique : c'est un code de l'individu destiné à permettre la survie de la société. »

Il y a chez Sturgeon quelques petits côtés La Fontaine qui ne trompent pas. Le célèbre fabuliste du XVIIe siècle disait : « Conter pour conter me semble peu d'affaire. » Sturgeon, lui, affirme : « Il y a des tas d'idées dans le monde dont les gens devraient être informés », et il ajoute : « la science-fiction est une connaissance-fiction ». Sous cet éclairage, ses textes apparaissent pour ce qu'ils sont en réalité : des apologues. Comme chez tous les fabulistes, ils contiennent un message, une morale facile à déchiffrer. Sturgeon est un éducateur, il préfère d'ailleurs le terme de gourou. Mais il n'en reste pas moins vrai que le corps de ses textes est la fable, le récit, destiné à faire pleurer, à émouvoir, tandis que l'âme en est la moralité, destinée à enseigner. Dans *M. Costello, héros,* il nous met en garde contre les beaux parleurs, les politiciens hypocrites qui camouflent leur goût du pouvoir derrière de belles idées et de douces paroles. Dans *Sculpture lente* et dans *l'Homme qui apprit à aimer,* il explique que si l'on a un message important à faire passer, il faut suivre les règles qui régissent la société pour les faire passer, c'est-à-dire avoir les cheveux courts et avoir l'air respectable. Sinon votre découverte, si extraordinaire soit-elle, sera mise au panier.

Sa morale au sujet de la femme et de l'amour est étrange. Dans *le Prix de la synergie,* il défend l'amour libre, mais dans ce même récit, la femme qui commet l'adultère, ou qui en tout cas pratique cet amour libre, est punie. Même si ce qui lui arrive n'est pas présenté comme une punition. L'adultère est toujours puni, dans tous ses textes : *Une fille qui en a, Dans la chambre sombre, Celui qui lisait les tombes.* La femme a par ailleurs le beau rôle dans l'œuvre de Sturgeon. Elle correspond tout à fait à l'image que l'homme se fait en général de la féminité. Ce n'est pas une femme facile, et l'homme doit faire un effort pour la conquérir, mais une fois conquise, elle est fidèle jusqu'à la mort et même au-delà, comme on le voit dans *l'Amour et la Mort.*

Il est un sentiment que Sturgeon excuse toujours, car il en reporte la faute sur la société : c'est la haine. Parlant de Gurlick, le vagabond minable dans *Viol cosmique* : « C'était bien le tropisme vengeur d'un être mutilé, frustré, volé, dépossédé. » Les leçons de morale de Sturgeon touchent à tous les sujets possibles. Mais l'un de ses favoris concerne la notion de vérité. Il répète constamment : ne juger jamais sans savoir toute la vérité, car les apparences sont trompeuses. Voici (parmi d'autres exemples assez semblables, comme dans *Celui qui lisait les tombes*) l'un des passages sur ce thème, tiré d'*Extrapolation* : « Major, supposez que je vous raconte que je descendais la rue, qu'un homme s'est jeté sur moi en hurlant, m'ait fait tomber, m'ait battue et poussée dans le caniveau. Supposez qu'il y ait cinquantes témoins oculaires qui jureraient avoir vu la chose. Que penseriez-vous de cet homme ? » Mais la vérité, c'est qu' « une lourde pièce s'est détachée de la grue, a glissé dans le toboggan, a heurté un bidon d'essence... Avant de m'en rendre compte, j'étais en feu. L'homme m'a jetée à terre et à éteint les flammes en tapant dessus et m'a sauvé la vie. » Conclusion : « Ça fait une différence lorsque l'on connaît tous les faits... même lorsque les premiers faits sont véridiques ! »

Dans d'autres cas, au contraire, il insiste sur le caractère tautologique de la vérité : « Si une question est bien posée, elle contient sa propre réponse » (*Sculpture lente*). Ce pourrait être du Socrate, c'est du Sturgeon. *Synapse seize sur Bêta* repose entièrement sur cette maxime. Dans une pension de famille, tenue par des extraterrestres déguisés, vivent quelques échantillons de l'espèce humaine, ayant chacun leurs caractéristiques et leurs défauts : arrivisme, égocentrisme, étroitesse d'esprit, etc. Le but des étrangers est de découvrir si l'espèce terrienne est digne d'être épargnée ou si elle doit être détruite. Seule condition à sa survie : la possession de réflexes synaptiques qui, en cas de dangers menaçant un groupe d'humains, déclenchent une entraide et un dévouement absolus. Mais avant de provoquer le drame révélateur, les visiteurs exécutent tout d'abord un travail en profondeur sur chacun de leurs pensionnaires. Uniquement à l'aide de questions et sans jamais donner de réponses, ils forcent peu à peu les habitants de l'hôtel à prendre conscience de leurs véritables motivations, de leurs désirs inavoués, de leurs blocages... Après la réussite de l'expérience, les extraterrestres émerveillés concluent : « Toute espèce possédant une telle concentration de synapses, même si elle n'en utilise qu'une partie, ne se détruira pas et ne peut être détruite par quoi que ce soit. »

Cette nouvelle montre une fois de plus l'humanisme et l'optimisme de Sturgeon, mais en outre elle fait ressortir ce qui rapproche ce fabuliste moderne des philosophes grecs socratiques : l'emploi de la question révélatrice et surtout la volonté de remise en question. Dans *Sculpture lente,* le savant dit : « Il y a dans ma tête quelque chose qui ne s'avoue jamais vaincu, une façon de toujours me demander pourquoi telle chose et ainsi et pas autrement. Tout objet, toute situation peuvent être toujours remis en question et lorsque une réponse vous plaît, il ne faut surtout pas en rester là. Parce qu'elle n'est jamais le dernier mot de la question. »

A cause de cette volonté de tout remettre en cause, sans cesse, Theodore Sturgeon est apparu à certains comme un briseur de tabous. Mais loin d'être un homme qui recherche le scandale pour le scandale, il ne fait qu'appliquer ses propres maximes. Son désir apparent de choquer n'est rien d'autre en réalité qu'un plaidoyer pour la liberté de pensée. Dans le mot gourou, il y a une notion de guide mais aussi une notion de décapsuleur de cerveau. C'est encore une recherche de la vérité. Ainsi sa nouvelle sur l'inceste *Si tous les hommes étaient frères, me permettrais-tu d'épouser ta sœur ?* n'a jamais eu pour but de choquer, mais d'étudier et de vérifier le bien-fondé de l'interdit jeté sur l'inceste dans toutes les sociétés. Il y fait une démonstration didactique, essayant de prouver que l'inceste n'est qu'un interdit stupide de plus, qui ne repose sur aucun critère sérieux. Il souligne que toutes les espèces bisexuées, sauf l'*homo sapiens,* pratiquent l'inceste. Après avoir analysé les raisons religieuses et sociales qui ont abouti au tabou de l'inceste, il dément la thèse selon laquelle la consanguinité donne des enfants anormaux. « Le premier éleveur venu te dira qu'une fois que tu as mis au point une race que tu veux conserver et améliorer, tu accouples le père à la fille et à la petite-fille, puis le frère à la sœur. Tu continues indéfiniment jusqu'à ce que le trait désirable apparaisse et se perpétue... » Cette longue exploration du plus radical des tabous n'était pour Sturgeon qu'une remise en question de plus, une interrogation de plus sur un acquis figé ; elle choqua malgré tout nombre de lecteurs, ainsi que ses autres textes à « scandale » : *Un peu de ton sang,* histoire d'un homme qui se nourrit de sang, *Vénus plus X* ou *The World Well Lost,* qui abordent le thème de l'homosexualité, *Une fille qui en a,* nouvelle biologique peu ragoûtante...

Finalement l'être humain, que Sturgeon aime tant et en qui il a une foi absolue, lui apparaît comme un infirme, un aveugle, un sourd, un muet, incapable de communiquer, incapable de sortir de son isolement qui le ronge, l'aliène. Mais devant une si haute vocation et une si insigne faiblesse, l'écrivain a un rôle à jouer : il doit réveiller son lecteur, le secouer, lui faire prendre conscience — au moyen de belles histoires d'amour et de haine — qu'il appartient à une entité fabuleuse, miraculeuse, vivante : l'humanité, que rien ne pourra détruire. Nous sommes les pensionnaires infirmes, encore inconscients de *Synapse seize sur Bêta,* et Theodore Sturgeon, guidé par un immense désir d'harmonie universelle joue, dans ses fables pathétiques, le rôle des extraterrestres, pour faire apparaître notre synapse seize.

Marianne LECONTE.

L'ILE DES CAUCHEMARS

Publiée en 1941 dans Unknown, *à une époque où Sturgeon était l'auteur-vedette de cette revue spécialisée dans les histoires intermédiaires entre le fantastique et la science-fiction, cette nouvelle passa complètement inaperçue. Elle était en effet signée E. Waldo Hunter, un pseudonyme qui évoque le premier nom de l'auteur. Cette nouvelle est pourtant particulièrement belle, avec son climat étrange et poétique, ses implications personnelles (une histoire de raté qui réussit sa vie précisément parce qu'il la rate...) et son long développement, caractéristique de la science-fiction de l'époque, qui nous introduit par étapes dans l'univers de l'auteur.*

L'ILE DES CAUCHEMARS

Le gouverneur visa entre les deux feuilles d'une menthe importée à grands frais, et aligna l'échancrure verte sur le coin de la véranda en bambou et la silhouette d'un homme courbé sur la plage. Il ne disait rien. Cela dura tant, que son visiteur manifesta une certaine inquiétude de ne plus entendre la voix, ou plutôt le bourdonnement confortable du gouverneur. Que faire d'autre, pensa-t-il, sinon regarder cet homme âgé qui, son verre froid contre la joue, observait entre les deux feuilles le batteur de grèves. Que faire d'autre dans cet archipel d'îlots mornes et lumineux, sinon parler. Si on laissait tomber la conversation, on pensait chaleur, on pensait silences scandés par le ressac, bruissement alangui des palmes, ce qui ramenait à la chaleur. Bon sang, pensa-t-il soudain, et ce gouverneur qui s'habille tous les soirs pour dîner, tous les soirs par cette chaleur.

« Pauvre cinglé », grommela le gouverneur.

« Qui ça ? » demanda le visiteur américain.

Le gouverneur tendit son verre en direction de la mer et du batteur de grèves, puis le ramena à ses lèvres. La silhouette lasse du type, là-bas, titubait dans les vagues jusqu'aux genoux et son ombre, tant le soleil déclinait rapidement, rampait, se coulait sur la plage, comme douée d'une vie autonome. Le temps d'un éclair — mais ce n'était qu'un effet de lumière — l'homme parut transparent, et l'Américain le vit comme un squelette aux épaules larges, tourné vers la mer. Un subtil déplacement des ombres lui rendit son apparence première : un corps vidé, efflanqué, dégingandé.

L'Américain, après un grognement, se retourna vers son hôte. « Qu'est-ce qu'il a ? »

« Lui ? Il n'a rien, justement. Il a perdu quelque chose, et il ne peut pas — je ne peux rien faire pour — le retrouver. »

« Qu'est-ce qu'il a perdu ? »

Le regard du gouverneur se fit grave. « Vous êtes un homme d'affaires. Vous brassez des dollars, des cents, des tonnes. Si je vous le disais, vous ne me croiriez pas, vous ne me laisseriez même pas finir. »

L'Américain ouvrait la bouche pour protester, mais le gouverneur, levant la main, lui dit : « Ecoutez ça. »

La plainte brisée du batteur de grève dérivait au-dessus de la confusion de la côte, surpassait le murmure des brisants. « Ahniroo ! » criait-il. « Ahni — Ahniroo ! » Puis un long silence, pendant lequel la pénombre gagna. Juste au moment où le soleil assoupi tirait par-dessus sa tête la couverture de l'horizon, ils virent s'effondrer les épaules du batteur de grève. Celui-ci tourna le dos à la mer et avança.

L'Américain jeta un coup d'œil entendu dans sa direction. « Je parie qu'il n'est pas aussi fou qu'il en a l'air. »

Le gouverneur secoua la tête. « Si vous voulez. »

L'Américain se carra confortablement dans son siège. Ce type sur la grève ne l'intéressait guère, pas plus que le gouverneur, d'ailleurs. Mais il avait encore quarante-huit heures à passer ici, jusqu'à ce que le bateau courrier le ramène, sans rien d'autre à faire que rester assis à écouter parler ce vieux bonhomme. Celui-ci semblait au moins avoir une bonne histoire à raconter, une histoire alléchante.

« Allez, racontez », dit-il avec un large sourire. « Je vous croirai sur parole. Après tout, je n'y connais rien à ce pays ni à ce qui s'y trafique. Parlez-moi de ce type, et de ce qu'il faisait à lancer des grands cris à la mer. Il me fait froid dans le dos. Qui est ce Ahniroo — ou bien, qu'est-ce que c'est ? »

Le gouverneur se laissa aller contre son dossier et contempla au plafond une araignée qui, d'ici la fin de la soirée, allait certainement se laisser choir entre un cou et un col. Il ne dit rien pendant un bon moment, puis il commença :

Ahniroo était un... un ami de ce type. Je doute qu'aucun homme ait eu ce genre d'ami. En ce qui concerne l'homme... oui, vous avez peut-être raison. Il n'a peut-être pas toute sa tête. Après ce qu'il a vécu, le contraire serait étonnant. Mais justement, ses propos sont plutôt sensés. Sensés et spéciaux, puisqu'il ne parle que de son Ahniroo, mais de façon tout à fait raisonnée.

C'était un marin, guère différent des autres marins. Le tableau classique : la famille à terre, et sans doute un mariage en vue ; de temps en temps une visite à sa ville natale, c'est-à-dire la virée avec un billet de cent dollars dans chaque poche d'un complet neuf. Comme tous les autres marins, il mettait de l'argent de côté, le dépensait, le perdait, se le faisait voler, et comme certains marins, il buvait.

Tout a commencé du jour où il s'est retrouvé sans travail. Le chômage des gens de mer est très particulier en ce sens que sa solution n'a pas de lieu précis. Un soyeux doit crever de faim devant une filature avant d'y trouver un travail, mais le marin peut crever n'importe où. S'il est vraiment marin, il est peintre et homme de peine, débardeur et manœuvre. A l'occasion, il sait conduire un camion ou jouer d'un instrument. Bref : il est capable de faire mille petits métiers. Même s'il ne sait pas où ni s'il mangera le lendemain, il sait toujours où trouver le verre pour se rafraîchir ou se réchauffer selon la saison. Mais Barry, notre batteur de grève, se souciait fort peu de nourriture. Il pouvait s'en passer pendant un bon bout de temps, jusqu'à ce que la faim l'oblige à faire le nécessaire. Il privilégiait la boisson, et plus il buvait, plus il trouvait de raisons de boire, au point qu'il ne pouvait plus ni marcher, ni dormir, ni travailler, ni voyager, ni se tenir tranquille sans un ou deux verres d'encouragement. Moche, tout ça. Il a perdu travail sur travail en mer et à terre. Quand il en trouvait un, il buvait pour arroser l'événement, et quand il en perdait un, il buvait pour se consoler. Vous imaginez le résultat.

Ça l'a pris dans une petite ville côtière de Floride. Il venait de se faire vider d'un petit cargo de quatre mille tonneaux qui faisait du cabotage et s'arrêtait dans ces petits ports perdus, histoire de couvrir ses frais de navigation. Géographiquement, c'était le continent nord-américain, mais pour le reste, c'était comme dans ces îles. Chaud, humide et loin, très loin de tout.

Voilà notre Barry assis sur les planches d'un trottoir en bois, les pieds dans le caniveau et le moral à hauteur des pieds, sans argent, sans travail, et l'estomac vide. Il était dans un bel état, à mi-chemin de la cuite et de la gueule de bois. Pendant vingt minutes il est resté à regarder une pierre peinte sur la poussière de la route, simplement parce que ses yeux convergeaient par là. Bientôt, de derrière la pierre sort un scorpion qui reste à le regarder.

Un scorpion comme il n'en avait jamais vu. Pas plus gros qu'un autre, de la même couleur sombre, mais au lieu des pinces terrifiantes qu'ils ont tous, il avait des *bras*. C'étaient de petits bras menus, parfaits, tout roses et lisses, avec des petites mains fines, des ongles de nacre. Donc — oui, j'oubliais : pas d'articulations, apparemment. Ils étaient absolument souples comme des trompes d'éléphant. Comme c'était un peu fort, Barry l'a regardé un long moment avant d'en croire ses yeux. Il s'est secoué, avec ce mouvement d'épaules qu'ont les ivrognes, et il a dit :

« Que je sois pendu ! » puis, s'adressant à l'étrange scorpion : « Salut ! »

Le scorpion a agité un de ses petits bras parfaits, invraisemblables, et dit « Tu le seras ! » avant d'ajouter : « Salut à toi ! »

Barry a eu un tel haut-le-corps qu'il s'est remis debout. Mais tout l'alcool qu'il avait ingurgité semblait s'être amassé dans ses genoux, ses jambes étaient complètement liquéfiées, elles se sont affaissées, et il est tombé la face contre le sol. Il se rappelle avoir vu filer le scorpion, senti son crâne heurter la pierre peinte, puis plus rien.

Barry avait été un type solide, mais après ses deux années de biberonnage alcoolisé, il n'en restait plus rien. Il n'était pas beau. Une longue figure tannée, un nez violacé. Ses yeux étaient presque aussi rouges que ses paupières, et ses épaules de costaud étaient du parchemin tendu sur des cure-dents. Sa peau, autrefois bien pleine de muscles compacts, pendouillait, toute sèche et lui allait aussi mal que ses vêtements. Il était grand, au moins un mètre quatre-vingts, mais devait peser à peine plus de soixante kilos.

Le scorpion devait être le détonateur, et le coup sur le crâne le résonateur. Après ça, les horreurs. Les bonnes vieilles horreurs grouillantes et rampantes. Quand il est revenu à lui et qu'il a ramené sa guenille de corps sur le trottoir, il était dans un autre monde peuplé de choses horribles qu'il ne comprenait pas. Des choses molles, blanches, qui se tortillaient, et il y en avait un tapis sous ses pieds. Tapi sous le porche d'un magasin plus loin dans la rue, il y avait un griffon au grand complet avec souffle de feu, cornes et queue, surgi tout incarné d'une histoire qui lui avait fait peur quand il était môme. Un vrombissement monstrueux est passé au-dessus de sa tête, et c'était, bien vivant, un Jabberwock à dents de lapin d'Alice au Pays des merveilles, qui fondait sur lui. Il a crié, voulu courir. Il est retombé, suffoquant et pataugeant dans l'Abîme du Désespoir du Pilgrim's Progress, et avec lui s'y trouvait une fille en skis et à peine vêtue sortie d'un magazine parisien. Sur un éclat de rire, elle s'est transformée en serpent ailé à six pattes qui l'a mordu férocement avant de disparaître. Il s'est remis tant bien que mal sur ses jambes, s'est élancé en sanglotant dans la rue poussiéreuse, et les gens sur les trottoirs se retournaient sur lui en disant : « Il a pris un coup de chaleur à la tête », parce que dans cette région il existe une forme de délire caniculaire qui frappe les marins débarqués, au mois d'août.

Barry a continué sur sa lancée, et toujours tant bien que mal, s'est retrouvé hors de la ville, puis divaguant dans les dunes, les arbustes ras, les herbes coupantes. Il s'est mis à voir des choses qu'il est incapable de décrire, des diables, des araignées et des insectes énormes. Sous l'éclat furieux du soleil, il s'est effondré à genoux, sanglotant. Il y a eu un bruit d'interrupteur dans sa tête et, d'épuisement physique, il est tombé.

Il faisait nuit, et frisquet, quand il s'est réveillé. Il y avait une demi-lune, un milliard d'étoiles, et les dunes faisaient un désert de velours noir et d'argent. La face noire et celle éclairée des choses grouillaient d'une vie étrange, bien pire qu'en plein jour, parce qu'il sentait, maintenant, ce qu'il ne pouvait pas voir. Il *savait* qu'à cinquante mètres de là se dressait un ignoble vautour, immense, qui le tenait sous son regard. C'était bien plus que l'effroi d'une présence, plus qu'un sentiment, c'était la sensation même de chaque plume, du cou croûteux chargé de caroncules, des ergots calleux de ses pattes sèches et jaunes. Tremblant, scrutant les lointains moutonnants, il a senti le râclement du sabot d'un bison qui dardait sur lui un œil rougeoyant, prêt à charger. Le bruit des dents du loup a frappé sa peau plutôt que ses tympans, et il a senti encore la langue râpeuse passer sur les babines noires. Il a hurlé et s'est enfui vers la ville, porté par son instinct de marin, contournant les dunes, zigzaguant. Il en a tâté, des horreurs, et jusqu'au bout.

Il était onze heures du soir quand il est rentré dans la ville, salement arrangé, couvert de poussière, tailladé, contusionné et malade. Quelqu'un l'a aperçu précairement appuyé au mur desséché d'un bistrot minable, essayant de se requinquer au bruit tintant des verres et à l'odeur d'alcool qui en sortait. Quelqu'un a dit : « Vise la bête ; faut lui donner à boire. » C'est peut-être ce qui a sauvé Barry, parce que, avec son métabolisme délabré, il serait mort sur place faute de carburant.

Ils l'ont fait entrer et lui ont offert un verre, deux verres, plusieurs verres et ses divagations bafouillées les ont distraits un moment, après quoi ils sont rentrés chez eux, laissant Barry et son corps épuisé affalé en travers d'une table ronde.

Le bar fermait, ce qui veut dire qu'il n'y avait plus personne pour lui payer un demi, et le propriétaire, un cajun venu de Louisiane, s'est avancé pour mettre dehors ce marin. Il ne restait plus personne, à part deux rats et quelques mouches. L'un des rats n'avait que deux pattes, et malgré la touffeur portait chemise fermée et cravate. L'autre rat, qui avait plus de tenue, se glissait sous les tirettes à bière pour boire le pissat mousseux : c'était un vrai quadrupède possédant des réflexes innés de rat.

Le rat à deux pattes s'appelait Zilio. C'était une petite créature huileuse au teint bistre, au nez crochu soutenu en bas par une mince moustache, de manières patelines, et dont les moyens d'existence étaient fort peu orthodoxes. La démarche entreprise par le patron venait de lui faire remarquer Barry. Il a glissé au bas de son tabouret en disant : « Un moment, Pierre ; c'est moi qui paye pour ce monsieur. Sers-lui un punch », faisant référence à l'effet du breuvage plus qu'à sa composition. Le patron, avec un haussement d'épaules, est retourné derrière son bar, a versé un double mauvais whisky, plus deux gouttes d'un liquide transparent contenu dans une fiole : c'était ça, le punch à la Zilio.

Zilio le lui a pris des mains et est allé le porter à Barry. Il a posé le verre sur la table devant le marin, a tiré une chaise pour s'asseoir près de lui, sans façons, un bras sur l'épaule de Barry.

« Buvez, mon vieux », a-t-il dit d'une voix forcée. Il a doucement secoué Barry, et au moment où celui-ci levait sa tête hagarde, il a répété : « Allez, buvez. »

La main tremblante de Barry a provoqué une petite tempête dans le verre, qu'il a siroté, trop épuisé qu'il était pour boire à gorgées franches.

« Vous êtes marin, non ? »

Barry a secoué la tête et s'est reculé pour faire converger ses yeux rétifs vers le personnage huileux. « Ouais, et un vachement bon marin. »

« Syndiqué ? »

« Ça vous intéresse ? » a-t-il demandé, agressif, et Zilio lui a rapproché son verre. Puis Barry a compris que le bonhomme doucereux et patelin lui offrait à boire, et vite il s'est radouci. « Ouais, j'ai ma carte, » et il a repris le verre.

« Parfait », a dit Zilio, « buvez donc ! »

Et Barry a bu. Le liquide caustique lui est descendu dans la gorge, et après quelques détours, est revenu le frapper derrière la nuque. Il a glissé dans un fourmillement vers l'inconscience. Zilio, qui l'observait depuis un moment, a souri.

« Qu'est-ce que tu vas faire, avec ce débris de mataf », a demandé Pierre.

Déjà Zilio fouillait dans les poches de Barry. « Si je trouve ce que je cherche, dit-il, ce débris de mataf ne va pas faire de vieux os chez les chômeurs. » Il a fini par trouver les papiers de Barry. « Voyons... Matelot de deuxième classe... Intendance, fournitures et entretien... Parfait. » Il s'est relevé pour essuyer ses mains à un grand mouchoir blanc. « Pierre, appelle deux des gars et fais amener l'animal à mon embarcadère. »

Pierre est sorti en grognant. A son retour, il était accompagné de deux pêcheurs. Sans un mot ils ont ramassé Barry inconscient et l'on porté dans un vieux tacot louche, qui a disparu au bout de la rue poussiéreuse.

En disant « Salut, Pierre », Zilio lui a glissé deux billets dans la main pour s'être prêté à l'enlèvement, et il est parti.

Les effets du cocktail de Piérre se sont dissipés, cédant la place à des sensations absolument pas insolites. Barry n'avait même pas besoin d'ouvrir les yeux. Son nez et un sentiment général le renseignaient assez. Il était allongé sur une couche étroite, et des ressorts clairsemés ne cessaient de vibrer sous lui. Son côté droit lui semblait plus lourd que son côté gauche, et il a roulé ; puis le poids a changé de côté, et il a roulé dans l'autre sens. Il grogne. Quoi, il a retrouvé du travail ?

Il ouvre enfin les yeux pour voir dans quel genre de rafiot il se trouve. Il voit un petit habitacle de gaillard d'avant avec six couchettes dont une seule est occupée. Il y fait sombre, c'est crasseux, partout traînent des boîtes de bière vides, des chaussettes sales, des mégots, plus deux bleus de chauffe et un papier d'emballage de blanchisserie. Le désordre habituel de la cabine d'équipage quand on lève l'ancre. Il ferme les yeux et secoue violemment la tête pour se débarrasser de cette vision invraisemblable, car il *sait* qu'il n'a pas pris de bateau, qu'il est sans travail, et malade de voir des choses impossibles à croire. Donc, il ferme les yeux et secoue la tête pour décanter ses idées, mais une douleur épouvantable la traverse. Il pense : « Ouah, quelle virée j'ai dû faire ! » et il laisse reposer ses idées jusqu'à ce que la douleur s'atténue. Il rouvre alors les yeux. Il est toujours dans le gaillard d'avant d'un bateau.

Il appelle faiblement : « Hé ! »

La forme couchée sur la couchette du bas, de l'autre côté de la travée, sursaute, et une tête d'homme paraît dans la lumière qui filtre de la coursive.

« Hé, où je suis ? Quel jour on est ? »

L'homme semble pouvoir démêler le sens de ce vague questionnement. « Mardi, » dit-il. Pour Barry, ça ne veut rien dire. « Tu es à bord du *Jesse Hanck*. Pétrole, Extrême-Orient. »

Barry se laisse retomber, avec un gémissement.

La flotte Hanck était célèbre, tristement. Elle se composait de vieux bateaux de la Fore River, bateaux réservoirs, pétroliers, sales, ne tenant pas la mer, ne nourrissant pas son homme, les quartiers-maîtres touchaient des salaires de simples matelots, et le salaire de ceux-ci était à l'avenant. Vingt-huit dollars de misère par mois. Des courses de quatre-vingt-six jours.

Barry se dresse sur un coude et demande, moitié à l'autre, moitié pour lui-même : « Moi, j'ai fait ça ? J'ai demandé ce travail ? »

L'autre se laisse glisser sur le bord de sa couchette, et enfile des chaussures spéciales de pétrolier. « Tu n'aurais pas rencontré un certain Zilio ? »

« Euh, si. »

L'homme hoche la tête. « Eh bien voilà, mon vieux. Il t'a fait boire un coup. Tu t'endors comme un bébé, et quand tu te réveilles, tu te retrouves à bord de ce bidon d'huile. C'est ça le boulot à Zilio. »

« Le salaud — mais je suis syndiqué, moi, je vais le faire arrêter, ce bateau, je vais le faire rentrer ! Je vais le dénoncer aux Affaires maritimes ! Je vais... »

L'autre se lève, traverse l'habitacle et vient se planter devant Barry, les coudes appuyés à sa couchette et lui soufflant son odeur de gencives nécrosées dans les narines. « Tu vas faire ton boulot et tu vas la fermer. Quand tu auras de nouveau les yeux en face des trous, tu verras que tu t'es embarqué sans tes papiers de marin. Si tu te tiens bien et que tu files doux avec le vieux phoque qui se prétend second, tu les reverras. Si tu fais le mariole, tu te fais débarquer quelque part sans rien. Entre nous, tu ferais mieux de mettre tes histoires de syndicat en veilleuse. Tu t'es fait ramasser par un rabatteur de jaunes et embarquer sur un bateau de jaunes. Les histoires de camarades, c'est pas le genre ici. »

« Ah oui ? » Il fait passer ses jambes par-dessus la couchette, mais doit tenir sa pauvre tête pleine de coups de marteau. « On sera bien forcés de passer par Panama, et je sauterai dans le canal. »

« On ne saute plus dans le canal de Panama, mon pote. Sinon le bateau lance l'alerte comme quoi tu es espion, et tu as droit à quelque chose comme cinquante ans de forteresse militaire. Tu ferais mieux de te calmer tout de suite, et de te rendormir. J'ai le quart de huit à douze, et toi celui de douze à quatre. »

Voilà donc Barry de nouveau au travail. Il passe ses jours et ses nuits dans la détresse la plus totale. Le joint autour du hublot à côté de sa couchette avait sauté depuis des années, et dès que le temps rafraîchissait, l'eau passait au travers. La nourriture était abominable. L'équipage se composait de cireurs de chaussures, gosses en vacances ou fermiers dépossédés, plus un ou deux marins professionnels comme lui-même, soit qu'ils aient choisi de travailler au noir, soit qu'ils aient été chloroformés comme lui. Mais tout cela n'était rien à côté de *ses* horreurs. Elles ne faisaient que croître et embellir.

Il n'est pas courant d'y être sujet à ce point, non plus qu'il est courant de se mettre dans la situation où Barry se trouvait. Le cercle de bêtes féroces se rétrécissait autour de lui. Quand il dormait, il faisait des cauchemars, et quand il se réveillait, c'était pour sentir des petites pattes froides et humides courir sur son corps. Il avait peur de prendre seul le quart, et pour le faire sortir du gaillard d'avant pendant la nuit, il fallait que le second le menace des pires choses. Il était sûr et certain que quelque chose se cachait dans le mécanisme de l'ancre, prêt à lui sauter dessus et à l'entortiller dans les câbles. Ce n'était pas mieux quand il se retrouvait au milieu des autres, parce que devant ses yeux obnubilés par l'alcool, les visages se mettaient à couler, prenant les formes les plus affreuses. Il passait donc tout le temps où il n'était pas de quart à errer autour des petits groupes d'hommes. Ceux-ci, excédés, ont fini par l'appeler le Fantôme ou « Jaunasse ».

Il a fini, lui aussi, par comprendre ce que l'homme du huit-à-douze avait derrière la tête en disant qu'on ne sautait pas du bateau à Panama. La veille de s'engager dans le canal, tous les hommes dont on craignait les réactions ont été convoqués chez le second, chacun séparément, en secret et là, hop, un verre de tord-boyaux. Ils se sont tous fait avoir, ils n'avaient rien compris. C'était du punch. Quand ils se sont réveillés, ils étaient dans le Pacifique.

Le *Jesse Hanck* se gardait bien de suivre les routes habituelles aux transporteurs. Tous les bateaux de la compagnie étaient affrétés, c'est-à-dire en location, et de fraudes en irrégularités, en passant par le gonflement des dépenses de carburant, tout le monde s'en mettait plein les poches, sauf évidemment l'équipage. L'affaire pourrie par excellence. Toujours est-il que c'est huit jours après la sortie du canal que Barry a eu son accident.

Le bateau poursuivait sa route quelque part sur le dixième méridien, et il faisait chaud. C'était l'un de ces soirs où on met une chemise pour absorber la sueur, et qu'on l'enlève deux secondes après parce que c'est insupportable par cette chaleur, ces soirs où on n'est pas mieux à dormir sur le pont.

Les hommes couchaient un peu partout, étalant leurs matelas sur l'arrière du bateau, suspendant des hamacs aux gréements du milieu, ils rampaient sous les tables du mess qui avaient été amenées sur la poupe, dans l'espoir d'échapper à cette épouvantable chaleur. Convoquer l'homme de quart était une entreprise hasardeuse. Ou bien vous trouviez l'homme de la relève, ou bien vous ne réveilliez pas le bon, et ce type qui venait enfin de trouver le sommeil vous faisait passer un mauvais quart d'heure.

Ce matin-là, Barry quitte le quart à quatre heures. Il va quelque part à l'arrière. Au petit déjeuner, pas de Barry ; à onze heures et demie, le simple matelot, celui du quart de huit à douze, l'appelle pour le déjeuner : pas de Barry. Il faut attendre une heure et demie pour que le maître d'équipage s'aperçoive qu'il est manquant. Entre quatre heures du matin et une heure de l'après-midi, Barry avait disparu du bateau.

Pendant deux ou trois jours, l'événement alimente les conversations. Le capitaine inscrit un « disparu en mer » sur le journal de bord, et confie à un simple matelot les tâches de Barry, sans augmentation de salaire, celui de Barry étant empoché par le capitaine lui-même. Puis on oublie Barry. Quelle importance, au fond ? Personne ne l'aimait. Il ne valait rien. Il ne savait pas tenir la barre, il ne savait pas peindre. Comme homme de quart, il était plus que douteux.

Cet épisode n'est pas clair dans la version qu'en donne Barry. Comment un homme rompu aux dangers de la mer, capable de les éviter en toutes circonstances a pu *tomber* à l'eau, cela défie l'entendement. Personnellement, je n'y crois pas. Pour moi, il a sauté. Pas tant à cause des traitements qui étaient de règle à bord de ce négrier, il n'avait plus assez d'amour-propre pour ça. Le pas, il l'a sauté à cause des horreurs ; en tout cas, selon lui, c'est la dernière chose qui lui soit arrivée à bord du *Jesse Hanck* et dont il garde un souvenir.

Il va donc se mettre à l'écart pour dormir, quand un bruit, comme il y en a sur les bateaux, le réveille, les chaudières qui s'emballent, ou l'antique servomoteur du gouvernail qui ronfle. Toujours est-il que le voilà certain que quelque chose est à ses trousses, et que s'il ne cherche pas à y échapper, il est promis à une mort horrible. Il a cherché, et s'est retrouvé dans l'eau.

Les yeux papillotants dans la saumure, il a vu passer devant lui sur l'eau tiède la coque du vieux rafiot. Il n'a même pas essayé d'appeler au secours. Il est resté un moment à surnager vertical jusqu'à ce que le feu arrière du pétrolier ne soit plus qu'une étoile basse dodelinant à l'horizon, puis il s'est renversé sur le dos et s'est mis à battre nonchalamment des pieds pour maintenir sa flottaison.

Il faut savoir que le delirium tremens est une calamité bien spéciale. Vous absorbez une dose de poison, vous mourez, mais l'overdose, vous la vomissez. L'esprit humain est pareil, passé le point de saturation, il débouche sur un état de presque normalité. C'était le cas pour Barry ; ses épisodes hallucinatoires ne cessaient de revenir, mais il était, d'un coup, immunisé contre eux. Comme s'il avait oublié d'avoir peur, de s'étonner, même, des choses qu'il voyait et sentait. Il s'en fichait. Depuis sa chute à l'eau et jusqu'à maintenant, il est indifférent. Du fait qu'il avait pratiquement perdu la tête, il pouvait, pour la première fois depuis des semaines, se laisser aller, avec le sentiment qu'il n'était plus mortellement effrayé. Confronté pour la première fois à un danger réel, il n'avait pas peur.

Il raconte qu'il est resté étendu là à dormir pendant des semaines, que les dauphins sont venus jouer avec lui, qu'ils criaient comme de petits enfants, qu'un ange est descendu du ciel pour lui construire un bateau d'algues et d'écume. Mais il ne se rappelle qu'un seul lever de soleil. C'est donc vraisemblablement ce même matin qu'il s'est retrouvé agrippé à un bois flottant qui lui a fait faire une gentille course sur le dos des vagues jusqu'à une petite île sous le vent. Ce n'était qu'un tas de sable et de roche, assez élevé en son centre, semé de végétation et auréolé d'oiseaux criards. Pendant les quatre heures qu'il s'en est approché, il ne l'a pas lâchée des yeux, mais complètement indifférent. Quand ses pieds ont raclé le fond, il n'a pas réagi. Il s'est laissé porter jusqu'à ce que ses genoux touchent. Alors seulement il a lâché son bout de bois et s'est hissé sur la rive.

Le soleil se levait de nouveau quand Barry s'est réveillé. Il se sentait à bout de forces. Sa peau était sèche et écailleuse comme seule peut l'être la peau qui a longtemps séjourné dans l'eau de mer. Sa langue le gênait pour respirer. Il s'est mis à quatre pattes et comme une bête lasse a remonté la pente du rivage jusqu'à une touffe de palmiers. Il s'est affalé, le menton dans une source fraîche, et se serait certainement tué à trop boire s'il ne s'était rendormi.

Quand il a de nouveau émergé, il se sentait mieux. Il avait changé, et cela aussi il le sentait. Il était changé, du tout au tout, il était dans un rapport différent aux choses. Il lui a fallu un bon bout de temps pour s'en rendre vraiment compte. Certes, il était toujours environné des monstres, visions et spectres projetés par son esprit malade, mais il n'en avait plus peur. Mieux encore, ce n'était plus l'indifférence qu'il avait pour la première fois ressentie, perdu en mer, c'était de la haine pour ses horreurs. Il attendait que l'une d'elles l'approche d'assez près pour la démolir. Embusqué près de la source, il jetait autour de lui des regards fauves, impatient d'avoir sous la main une victime à tuer, à déchiqueter. Il y avait une noix de coco près de lui. Il a ramassé une pierre, l'a abattue sur la noix de coco qu'il a prise, pour boire le lait qui sourdait de ses fissures, avant de la briser complètement pour manger sa chair, jusqu'à la nausée. Il était fabuleusement content de lui.

Autour de lui le sol bourgeonnait et se creusait de fossettes, et, à partir de ces dépressions, poussait ce qu'il avait pris tout d'abord pour d'étranges plantes. C'étaient des tiges sinueuses, qui semblaient faites des boudins de caoutchouc qui s'enroulaient l'un autour de l'autre en spirale, formant comme un tentacule qui se terminait par deux sortes d'yeux d'escargot. Il a avancé la main pour en toucher une qui poussait à vue d'œil, mais à son contact, celle-ci s'est rabattue en arrière et s'est mise à frapper le sol en aveugle, à tâtons. Jamais, même dans ses rêves, il n'avait imaginé une chose pareille. En outre, il était sûr de n'avoir rien à craindre. Il s'est levé, a décoché un coup de pied dégoûté dans l'une des tiges, et s'est dirigé en reconnaissance vers le sommet de la colline. A peine avait-il fait un pas qu'un des tentacules surgissait du sol et venait s'abattre avec un bruit de gifle humide à l'endroit qu'il venait de quitter. Il ne s'est pas retourné. Il n'allait pas se retourner sur toutes les chimères de son imagination, quand même ? Eh bien là il s'est trompé, ces choses étaient réelles. Aussi réelles que vous et moi, cher ami !

Mais Barry, cette pauvre loque affolée, ne pouvait pas s'en rendre compte, parce que toutes ces trompes qui poussaient et se tortillaient autour de lui, étaient mêlées aux projections que son délire faisait bégayer et danser devant ses yeux. Il y avait des choses innocentes et belles, et des choses trop atroces pour qu'on en parle. Rien d'étonnant, donc, à ce que ces tiges soient passées, si j'ose dire, inaperçues.

Barry monte sur la colline. En chemin il ramasse un gros bâton bien lourd et épineux, et toujours marchant, il taille dans les monstres, réels comme irréels. Mais son subconscient enregistrait que quand il frappait une licorne ou une grenouille ailée, celles-ci disparaissaient ; les tentacules, eux, se rabattaient ou s'entortillaient, se nouaient autour de leur blessure. Il s'est même retourné, et il a vu comment les tiges accompagnaient sa progression, rentrant dans le sol derrière lui pour resurgir devant. Pour lui, ça ne voulait toujours rien dire.

A quelques centaines de mètres du sommet, il s'arrête pour renifler. Il y a dans les environs une puanteur qui ne lui dit rien de bon. Sans trop savoir pourquoi, il l'associe au pus sanguinolent qui s'écoule des tiges blessées, puis il n'y pense plus. Sur un haussement d'épaules, il se remet en route vers le sommet.

Arrivé là-haut, il reste un moment à s'essuyer le front, après quoi il inspecte les environs. Pas d'autre île en vue. La sienne est plutôt petite et presque ronde, un kilomètre et demi sur deux kilomètres. Il repère deux autres sources, plus un taillis de cocotiers et d'arbres à pain, ce qui lui semble encourageant. Il fait un pas pour éviter une trompe caoutchouteuse surgie du sol qui cherche à enrouler comme la mèche d'un fouet ses deux tentacules autour de sa jambe, et le manque.

Un coup de vent chargé de l'odeur indicible a amené son attention sur le sommet de la colline. Celui-ci était presque rond, son coutour suivait presque exactement celui de l'île, mais un cratère enfonçait son centre. Au fond de ce cratère s'ouvrait un orifice parfaitement circulaire, d'où sortait l'odeur.

Barry s'engage dans le cratère parce qu'il se trouve devant et que c'est le trajet qui demande le moins d'efforts. Il est descendu à mi-chemin quand deux pointes d'une espèce de chair pulpeuse s'élèvent de l'orifice. Elles semblent bouger lentement mais Barry s'aperçoit que c'est une illusion d'optique due à leur taille énorme. Avant même qu'il ait le temps de s'arrêter, elles se sont élevées de cinquante mètres en l'air. Puis elles se courbent, l'une dans sa direction et l'autre à l'opposé. Elles grossissent à mesure qu'elles sortent et s'étendent. A la fin elles reposent sur la pente, et l'une d'elles lappe l'espace vers lui.

Jamais un tel fantasme n'avait visité le cerveau confit d'alcool de Barry, mais il n'avait pas peur. Au contraire, solidement campé sur ses jambes, le bâton levé, il attend. Quand la chose arrive à ses pieds, il se dresse comme un coq sur ses ergots et abat de toutes ses forces le bâton sur cette langue de chair. Celle-ci fait un écart en arrière, mais pour refluer vers lui. Il la frappe, la frappe encore, et enfin elle recule. Soudain, elle fend l'air et s'érige à la verticale comme l'autre, restée de l'autre côté du cratère. Elles se rejoignent avec un puissant *clac* mouillé et restent là, dressées, colonne vert pâle et luisante de chair vivante, palpitant au soleil. Puis, à une vitesse invraisemblable, elles s'enfoncent dans le sol au fond de leur trou. Barry laisse tomber son bâton, se prend la tête dans les mains et sourit niaisement. Après quoi, il retourne à sa source.

Et en chemin, plus la moindre trompe.

Il a bien dormi, cette nuit-là, sous un abri grossier de palmes. Rien n'est venu le tourmenter, à part ses rêves qui ne le tourmentaient plus guère. Son triomphe sur la chose, là-haut dans le cratère, avait planté une petite graine d'amour-propre chez cet être en décomposition. Ceci, ajouté au fait que sa dinguerie le mettait à l'abri de la peur, en faisait un homme nouveau.

Sitôt les yeux ouverts, il s'est dressé sur son séant. A ses pieds, il y avait un tas de fruits d'arbre à pain et de noix de coco, et autour de lui, une forêt, une muraille de tiges ondulantes. D'un bond, il est debout. Il cherche son bâton ; plus de bâton. Il prend son couteau qui, par miracle, ne l'avait pas quitté depuis le *Jesse Hanck*, et reste planté là entre les barreaux épais et vivants. Il aspire un grand coup et s'approche d'un air menaçant de la ligne de tiges, qui s'enfouissent dans le sol avant qu'il ait pu les atteindre. Une volte-face, et il se rue sur les tiges derrière lui. Dès qu'il va les atteindre, plus rien. Alors, il s'arrête pour réfléchir. Après tout, si c'était leur idée, O.K. Il a rangé son couteau et s'est jeté sur les fruits. Les tiges se sont alignées à bonne distance, comme attentives. Puis quelque chose de nouveau l'a frappé. Au fond de son cerveau, il y avait un murmure fluide, constant, comme si des milliers de gens parlaient ensemble une langue étrangère. Rien de grave. Il avait vu pire, et il n'était pas curieux.

Après avoir fini son repas, il remarque une ondulation dans le mur qui l'entoure. Les créatures se passaient quelque chose. Son bâton ! il arrive à la tige la plus proche de lui, qui le pose délicatement près de lui. La tige se raidit à la verticale et s'enfonce dans le sol comme si elle était gênée.

Barry regarde les choses ondoyantes et pour un peu il sourirait. Il ramasse son bâton. Aussitôt toutes les créatures disparaissent d'un côté pour réapparaître, en rangs doublement serrés, de l'autre. Quelques-unes percent juste sous ses pieds. Il saute de côté, surpris. Plus il en disparaît devant lui, plus il en repousse derrière. Il les regarde avec une vague inquiétude. Il les trouve un peu insistantes, comparées à ses habituels monstres évanescents. Il s'en éloigne, elles suivent, c'est-à-dire qu'elles se massent derrière lui, sous ses talons. Et dans sa tête le murmure enfle en une cacophonie silencieuse, heureuse, triomphante.

Il marchait vers l'intérieur de l'île, suivi de sa bruissante escorte de tiges vert pâle. Lorsqu'il voulait tourner à droite ou à gauche, elles jaillissaient autour de lui, et ce n'était pas la peine de passer au travers. Elles ne le menaçaient pas, non, elles le *poussaient* vers la colline. Peut-être l'a-t-il compris, peut-être pas. Barry était dans un état de totale dissociation. Personne d'autre n'aurait pu vivre ça sans dommage. Mais son entraînement à l'insolite, la discrète fêlure de son esprit le mettaient à l'abri. Lui-même n'était pas conscient de son mérite. Son monde de fantasmes n'avait rien de plus que la réalité pour nous. Alors que vous ou moi transportés sur cette île, nous serions aussi affolés qu'un gorille à Times Square, ou un New-Yorkais dans la jungle africaine. C'est une question de seuil de sensibilité.

Ça a dû être un spectacle étonnant, ce type marchant sur la pente, doucement mais fermement, poussé vers la chose monstrueuse du cratère par sa suite de tiges vert pâle.

La chose l'attendait. Il a dépassé la crête de l'entonnoir, et la pointe d'un des gros jets de chair verte s'est entortillée au-dessus de sa tête pour s'abattre sur lui. Il a esquivé la chose à qui il a flanqué une volée de bâton une fois au sol. Le gros machin s'est retiré dans le trou. Barry a fait un pas ou deux pour le suivre. C'était énorme, car il y avait vingt mètres jusqu'au trou au centre du cratère. Dès que la chose avait bougé, il avait entendu derrière lui un bruissement, et toutes les tiges avaient disparu.

Barry se précipitait pour frapper encore, quand une forme a surgi du sol à côté de lui, s'est lovée autour de sa jambe et l'a plaqué au sol. Il a roulé sur le côté et, en se redressant, a vu l'autre grand bras vert fondre sur la tige qui lui avait fait le croc-en-jambe, et sauvé la vie. Les deux énormes tentacules ont claqué l'un contre l'autre, enserré dans leur double spirale la tige frêle, et se sont mis à tirer. La tige a essayé de rentrer sous terre, elle a résisté un moment, comme une spirale de ressort détendu, émincé par cette traction de plusieurs tonnes. C'est le sol qui a cédé, et avec un bruit de succion caractéristique, la tige s'est trouvée déracinée. Pour la première fois, Barry voyait en quoi ça consistait.

La « racine » était un ballon de rugby vert sombre, long d'un mètre et demi à deux mètres, épais de soixante-quinze ou quatre-vingts centimètres à l'endroit le plus renflé. C'était quelque chose de grêlé et de plissé sous son vernis de mucus. La tige elle-même faisait presque deux mètres cinquante de long. Elle est restée un instant pendante entre les tentacules jumeaux avant d'être engloutie, sa rotondité distendant au passage les deux bras qui s'étaient refermés, vrillés l'un sur l'autre pour former une gigantesque trompe d'éléphant. Très profond dans sa tête, Barry a entendu le cri de la pauvre créature.

Il s'est levé et, tant bien que mal, s'est retrouvé à l'extérieur du cratère. Il venait de comprendre que l'énormité tapie dans le trou avait jeté son dévolu sur une victime — lui-même en l'occurrence — et que la tige s'était sacrifiée à sa place. Mais le monstre avait sa proie, il serait repu un bon moment. Barry voyait juste. En se retournant il a vu la gigantesque colonne se dresser à la verticale et disparaître en vitesse dans le trou. Au moment où les deux pointes s'enterraient, il a compris autre chose encore : cette trompe divisée, cette faculté de pousser hors du sol et d'y rentrer, c'était en plus grand la réplique exacte des autres créatures.

Alors, vous me direz, qu'est-ce que c'était ? Barry, lui, ne l'a jamais vraiment su. En cherchant bien, j'ai fini par le savoir, mais je ne le lui ai jamais dit. Ces choses existaient, et Barry ne s'occupait pas d'en savoir plus, et ne s'en occupe pas plus aujourd'hui. D'après ce que j'ai découvert, les créatures étaient de l'espèce d'un ver marin, une échiuroïdée, la *bonellia viridis,* pour être précis. Ces animaux sont habituellement de bonne taille, mais dépassant rarement un mètre, corps et trompe compris. Cependant, je pense que dans un endroit propice, une colonie peut muter, et les individus acquérir une taille considérable. Au sujet du gros, Barry a d'ailleurs trouvé deux ou trois choses.

Descendant de la colline, il n'avait qu'une idée : se mettre à l'abri, rester tranquille quelque part, hors d'atteinte de toutes ces choses. Il était donc dans un coin à essayer de se détendre, quand, lentement d'abord, puis de plus en plus vite, les tiges ont repoussé autour de lui. Elles restaient à distance respectueuse, aurait-on dit. Mais il y avait dans leur présence un aplomb qui pesait à Barry.

« Fichez le camp ! » leur a-t-il jeté.

Elles ont fiché le camp. Barry, littéralement, n'en revenait pas. Pour la première fois depuis des semaines, il se passait quelque chose d'humain. De voir ces drôles de créatures, si étrangères à tout ce qu'il connaissait, lui obéir au doigt et à l'œil, a réveillé chez lui un sens du comique anesthésié depuis longtemps. Il a piqué un fou rire.

« Houhou ! »

Son rire s'est arrêté dans sa gorge.

« Houhou ! » C'était un son sans provenance précise, comme venu de nulle part. Peut-être une voix intérieure, mais il n'avait pas parlé.

« Qui appelle ? » Sa voix à lui était rapide, tendue.

« Moi », a dit la voix. Il a jeté un regard circulaire, et repéré un mouvement vers le fond, à sa gauche. Là, deux vrilles jumelles, qui terminaient les tiges, saillaient du sol.

« Toi ? » demande Barry qui tend le doigt dans sa direction.

La créature se hisse de cinquante centimètres au-dessus du sol : « Oui, moi. »

« Bon Dieu, mais d'où tu sors ? »

« Je ne comprends pas bon Dieu mais d'où. »

« Et ça parle anglais », hoquette Barry.

« Je parle », réplique le monstre, « mais qu'est anglais ? »

Barry se redresse sur ses genoux pour mieux voir.

« Qu'est-ce que tu es ? » demanda-t-il encore.

« Homme. »

« Ah ouais ? Et moi, alors ? »

« Tu es différent. Je n'ai que tes mots pour parler. Ton mot pour toi-même est homme, mon mot pour moi-même est homme, je n'ai pas de mot pour toi. »

« Je suis un homme », précise Barry, quoique légèrement incrédule.

« Et moi, quel nom me donnes-tu ? »

Barry regarde bien la créature. « Un foutu cauchemar. »

Et la chose reprend avec sérieux : « Parfait. Désormais nous nous ferons appeler cauchemars. Je ferai passer le mot. »

Barry a fini par comprendre qu'on pouvait causer avec ces bêtes pas belles à voir, et ça l'a drôlement secoué. « Bon Dieu, mais comment tu peux parler avec moi ? »

« Mon esprit parle à ton esprit. »

« Sans blague... » Seul commentaire dont Barry ait été capable alors.

« Que vas-tu faire ? » demande la créature.

« Comment ça ? »

« Tu as prouvé que tu étais contre le Gros. Nous savons que tu peux le détruire. Détruis-le vite, s'il te plaît. »

« Le Gros... tu veux dire la chose dans le cratère ? »

« Oui. »

« Qu'est-ce que je peux faire ? »

« Tu le sauras bien, O tout-puissant. »

Barry regarde autour de lui pour voir à qui s'adresse ce discours plein de révérence et en conclut que c'est à lui. Il bombe le torse. « Très bien, dit-il, apporte-moi à boire et je lui fais son affaire. »

C'était son vieux réflexe de se blinder chaque fois qu'on lui proposait un travail. Sa technique était de redemander à boire jusqu'à persuader l'employeur potentiel de son inaptitude au travail. De fait, on le laissait cuver, seul et sans travail.

« Tout de suite », a dit la tige.

Un signal télépathique a brui dans la tête de Barry, et une vingtaine, une trentaine de créatures ont surgi du sol.

« Le maître désire boire ; faites passer. De plus, notre nom sera désormais cauchemars ; tel est son souhait. »

Toutes les tiges disparaissent, sauf l'interlocutrice de Barry.

« Ça, c'est du service », soupira Barry.

« Tout est à toi pour le service que tu nous rends », réplique le cauchemar.

« C'est quand même fort de fort », dit Barry en se grattant la tête. « Pourquoi tu ne m'as pas parlé avant ? »

« Je ne savais ni quelles étaient tes intentions, ni si tu étais une créature intelligente », dit le cauchemar.

« Tu le sais, maintenant ? »

« Oui, maître. »

« Dis donc, comment ça se fait que tu sois le seul à parler ? »

« Je suis un peu différent. Tu vois ces oiseaux ? »

Barry lève la tête vers le nuage tournant de mouettes et de courlis. « Oui, et alors ? »

Le cauchemar émet un sifflement télépathique spécial, et les oiseaux convergent, fondant sur eux. La clairière en est remplie, leurs ailes éventent, giflent Barry. Il en attrape un gros au vol, et lui tord le cou.

Sur un signal soudain du cauchemar, les autres oiseaux s'égayent et prennent de la hauteur.

« Pourquoi as-tu fait ça ? » demande le cauchemar.

« Pour le manger. »

« Tu manges les oiseaux ? »

« Pourquoi pas ? »

« Tu auras tout ce que tu veux. Mais, comme je le disais, je suis différent des autres. De nous tous, je suis le seul à pouvoir appeler les oiseaux, et apparemment, je suis le seul à savoir te parler. »

« On dirait. Les autres, je les entends, mais sans rien comprendre à ce qu'ils racontent. Parle-moi du Gros. D'où sort-il ? »

« Le Gros était l'un de nous. Mais différent, aussi. C'était un mutant, comme moi, mais inintelligent. Il mange ses congénères, ce dont nous sommes incapables. Il est très vieux et, chaque fois qu'il mange l'un de nous, il grossit. Il ne peut pas bouger du cratère parce qu'il est rivé au roc, et il ne peut pas le creuser. Mais plus il devient gros, plus il a le bras long. Si vous n'étiez pas là pour le tuer, il grossirait au point de frapper où il veut sur l'île, c'est ce qu'on dit. Figurez-vous qu'il y a mille ans, il parcourait encore nos routes... »

« Quelles routes ? Je ne vois pas de routes ! »

« Elles sont sous terre. Toute l'île est un réseau de galeries. Nous ne laissons passer que nos trompes au-dessus de la surface. Nous nous nourrissons ainsi, palpant le sol et le bord de mer à la recherche de plantes, de petits animaux. Nous creusons, également, aussi vite que nous parcourons nos routes... Voilà votre boisson. »

Barry regardait, médusé, s'approcher une colonne de tiges portant des récipients en coquille de noix de coco pleins d'eau mêlée de lait de coco et de jus de fruit d'arbre à pain. Et pas une éclaboussure : deux, trois tiges giclaient de terre et se courbaient en arrière vers les porteurs de boisson; elles se chargeaient du fardeau, se courbaient prestement en avant vers les cauchemars qui venaient d'apparaître, et s'enfonçaient dans le sol pour ressortir plus loin.

« Pourquoi ne pas les porter sous terre ? » a demandé Barry.

« Cela pourrait ne pas vous convenir, maître. Vous vivez au soleil et vos nourritures ont poussé au soleil. Il en sera fait selon votre désir. »

Barry tend la main, et une coquille de noix pleine d'eau fraîche est déposée dedans. Il en boit une gorgée, qu'il recrache.

« Je vous ai demandé à boire ! rugit-il, à boire ! »

« Qu'aimeriez-vous ? »

« Du whisky, bon Dieu ! du gin, du rhum... de la bière ! Du vin, à défaut d'autre chose ! » Et plus il y pense, plus il a soif. « Apportez-moi à boire... toi, là, ton nom ? »

« Ahniroo. »

« A boire, débrouille-toi », et Barry, boudeur, se laisse retomber.

« Maître, nous n'avons rien de ce que vous demandez. Peut-être pourrions-nous en fabriquer. »

« En fabriquer ? non, mais, je... Attends voir. » Barry se met à réfléchir. Fabriquer une boisson digne de ce nom, presser, attendre que ça fermente, passer, il valait mieux ne pas y penser. Mais puisque ces grandes bringues de créatures brûlaient de travailler pour lui... « O.K., je vais vous montrer. » Le voilà en train de diriger les opérations. Il savait vaguement comment faire, dans la mesure où il savait de quoi étaient faites les boissons alcoolisées. Cela faisait passer agréablement le temps. Il avait de quoi boire et manger à profusion sans lever le petit doigt. La vie de ses rêves, dont il n'avait pu écarter les cauchemars, était réalisée.

La base du breuvage était le lait de coco. Il avait entendu Dieu sait où que la boisson la plus innocente fermentait si on y mettait un raisin sec avant de fermer hermétiquement la bouteille. Seulement, il n'avait pas de raisins secs. Après plusieurs essais, il a remarqué que les morceaux de pulpe de fruits à pain séchés au soleil sur des pierres donnaient les meilleurs résultats. Il les mettait dans les coquilles de noix de coco percées, et celles-ci étaient soigneusement rebouchées avec une cheville enfoncée dans le trou, et scellées à l'aide du mucus enduisant la peau des créatures. Pas dégoûté, Barry.

C'était bien agréable, de les voir travailler. Leur travail était admirablement coordonné par petits groupes centrés sur une tâche, et chaque cauchemar y allait d'une ou deux cornes d'escargot qui surmontait la trompe. Chaque noix était présentée, percée, touchait sa ration de pulpe avec une telle dextérité que c'en était un régal pour les yeux. Barry avait juste enfoncé une cheville quand son couteau lui a été pris des mains par trois tiges, l'une qui maniait le couteau, et les deux autres le morceau de bois. Et vous savez combien de noix de coco Barry s'est fait préparer ? Plus de neuf mille. C'est Ahniroo qui a compté, on peut se fier à lui.

Cela fait, Barry a déclaré que de toute façon il faudrait bien six mois avant que ça soit buvable. Les cauchemars n'ont pas relevé, ils avaient le temps. L'un deux avait la charge de compter les jours, et les autres se dévouaient à l'entretien de Barry. Personne ne parlait du Gros. Et Barry se la coulait douce à rêver à la cuite qu'il allait prendre quand les neuf milles bouteilles de breuvage maison pourraient défiler dans ses mains.

« Cher gouverneur, dit l'Américain tandis que le vieil homme allumait un cigare, vous ne trouvez pas un peu fort d'ajouter foi au délire d'un ivrogne ? Cette histoire d'asticots intelligents qui parlent avec lui, vous ne trouvez pas ça un peu gros ? »

Le gouverneur réfléchit. « Peut-être. Une fois que vous pouvez faire abstraction de la surprise que provoque cette idée, examinez-la. Pourquoi ne seraient-ils pas intelligents. Et qu'est-ce que c'est, au fond, l'intelligence ? »

« Enfin... » l'Américain se touchait la pomme d'Adam d'un air embarrassé. « Je dirais que l'intelligence, c'est ce qui fait de nous l'espèce supérieure de cette planète. »

« Ah oui ? Mais nous ne sommes rien à côté de certaines espèces, les vers entre autres, si vous placez la supériorité dans le nombre. Nous sommes loin d'être aussi forts que l'éléphant ou rapides que l'antilope, la force et la vitesse n'ont rien à voir avec la supériorité. Notre intelligence à nous passe dans les outils, elle sert à les imaginer, les fabriquer, et c'est à eux que nous devons notre supériorité.

Barry a connu six mois somptueux. Certes, les oiseaux crus, les fruits d'arbre à pain, les noix de coco et les coquillages ne sont pas spécialement fastes, mais la somptuosité n'est pas tant la possession que la façon dont c'est donné. Un albatros cru soigneusement nettoyé et découpé, servi dans les règles, est un luxe au même titre que ces repas français à vingt dollars à cuire soi-même. Barry n'avait à s'occuper de rien. Jamais il ne s'était senti aussi bien, et il savait bien que c'était dû à son abstinence. Il rêvait de noix de coco pleines d'un vieux scotch de derrière les fagots plus souvent que de dragons et de serpents.

Il n'a pas vu passer les mois, et il n'en est pas revenu, ce matin où Ahniroo lui a apporté une noix de coco en disant :

« C'est prêt, Maître. »

« Quoi ? »

« La boisson que vous nous avez demandé de faire. »

« Bon Dieu de bon Dieu, apporte-moi ça ! »

Ahniroo s'est penché vers lui, et il a pris la noix. D'un coup de couteau, il a chassé la cheville, et a bu deux gorgées. La première a passé, mais la seconde est ressortie.

« Pouah ! Prends ça et va l'enterrer où tu veux ! Nom d'un chien, on dirait de la raclure d'égout. »

Ahniroo, très gravement, a pris la noix, l'a écartée : « Oui, maître. »

Machinalement, Barry s'est léché le pourtour des lèvres pour se débarrasser du goût. Puis sa langue a ralenti son mouvement avant de s'arrêter tout à fait. Il a dégluti une fois, deux fois, d'un bond, il était debout et aboyait : « Arrêtez, j'ai déjà payé pour boire pire ! Ramenez-la et apportez-en cinquante. » Il a rattrapé la noix et l'a vidée. Il était alcoolique, après tout. Le goût était inhumain, mais ça faisait son petit effet.

Trois heures plus tard, Barry était vautré au milieu des noix de coco brisées. Un doux sourire ornait son long visage chevalin et une félicité sans pareille régnait sur son esprit. Ahniroo se penche, et d'un doigt luisant, lui touche la nuque. Barry secoue la tête puis s'immobilise. Mais Ahniroo insiste. Barry finit par se redresser, et retombe aussitôt, mais en avant cette fois. Ahniroo et deux de ses congénères entreprennent de le rouler sur le dos pour le redresser. Huit minutes durant, Ahniroo le secoue, jusqu'à ce qu'il se mette à grogner.

« Maître, il est temps ! Venez, je vous prie, nous attendons. »

« Quoi, le temps ? le temps de quoi ? »

« Votre promesse, O tout-puissant. Nous avons réalisé vos souhaits. Vous nous avez promis de tuer le Gros quand nous vous aurions apporté à boire. Vous avez eu votre boisson, Maître. »

Barry se frappe le front du plat de la main et grimace. Promis quelque chose ? Alors, alors ce n'était pas pour rien ? Il devait quelque chose ? Et il mesure à ce moment que sa dette n'est pas mince. Il est celui qui débarrassera l'île de la monstruosité tapie dans le cratère !

« Ecoutez, faut être raisonnable, susurre-t-il, vous n'allez pas me faire faire le boulot maintenant, vous n'allez pas me faire ça. » Devant le silence d'Ahniroo, il reprend plusieurs tons au-dessus : « Dis donc, grande perche, faudrait pas me bousculer. Et si je le faisais pas, ce boulot ? »

Ahniroo répond tranquillement : « Vous le ferez, vous l'avez promis. Venez. »

Un signal perçant, et Barry se trouve soulevé, mis sur pieds. Il a beau menacer, protester, il est poussé par une haie compacte de cauchemars vers la colline. Deux fois, il essaie le refus d'obéissance, en s'asseyant par terre, comme il faisait sur les pétroliers quand il se trouvait lésé dans ses droits. Mais les vers ignorent tout du droit syndical moderne. Ils le ramassent et le portent, puisqu'il refuse de marcher. Une autre fois, il essaie de fuir. Ils le laissent courir, mais s'arrangent pour que ce soit dans la bonne direction. Finalement, il accepte d'avancer, d'un pas lourd et hésitant, rêvant d'une île dix fois plus grande pour un Barry vingt fois plus petit. Arrivé au sommet de la colline, Barry reste seul avec Ahniroo. Les autres ont disparu dans le sol. Barry est en larmes.

« Ahni, il le faut vraiment ? »

« Oui, Maître. »

Barry regarde le trou, il est à vingt mètres, il mesure dix mètres de large. « C'est grand, hein ? »

« Très grand. »

« Je pourrais boire un coup avant de descendre? »

« Certainement, maître. »

Ahni donne le signal, et en quelques minutes surgit de terre une marée de noix de coco, seule spécialité destinée à Barry dont Ahniroo avait autorisé le transport souterrain. Il y en a cinquante ou soixante quand Barry en ouvre trois, et les assèche. « Ecoute-moi, Ahni, continue à les faire venir, j'en ai besoin. »

Il remonte sa ceinture et s'engage dans le cratère, une noix de coco à chaque main. Pas trace du Gros. Il va jusqu'au trou et se penche, retenant son souffle à cause de l'odeur. Elle était là, cette crapule dont Barry n'apercevait que le bout de la trompe.

« Allez, viens te battre », hurle Barry d'une voix imbibée.

Rien ne bouge. Barry, avec un vague sourire, se penche au-dessus du bord, il se sent un peu idiot, d'autant qu'Ahniroo ne cesse de l'observer.

Sa voix se fait caressante : « Allez, viens boire un coup. » Il débouche une noix et laisse couler le liquide dans le trou. Un frémissement, puis plus rien.

La voix immatérielle d'Ahniroo lui parvient : « Le Gros n'a pas faim, aujourd'hui. »

« Alors, il a peut-être soif ; fais-moi rouler quelques dizaines de noix par ici. »

Les cauchemars, docilement, poussent sur la pente le tas de noix de coco qui arrivent en sautillant. Il les ouvre et les verse, une trentaine peut-être, et, en l'absence de contrordre, elles continuent à affluer.

Le Gros projette un tentacule, qui oscille et se rabat. Barry est complètement achevé par les dernières noix qu'il a bues et il ne sait plus, depuis un moment, où il en est.

« Hé, mon copain veut qu'on remette ça ! A boire ! Il est gros, mon copain, versez-lui comme pour un homme. Deux volontaires pour m'aider ! »

Deux tiges se présentent immédiatement à ses côtés. Il ne se rend même pas compte qu'il les mène peut-être à la mort. Tous les trois, ils se mettent à dégoupiller les noix de coco et à en verser le contenu dans le trou.

Je n'ai pas d'explication pour la suite. Peut-être le Gros était-il allergique à l'alcool, peut-être celui-ci avait-il brouillé la coordination de ses mouvements, qu'il ne maîtrisait plus dès qu'il les ébauchait, mais soudain, avec un rugissement sifflant, le Gros avait jailli de son repaire.

Impossible à décrire. La trompe seule mesurait bien trente-cinq mètres et elle se tenait droite, puis un peu tordue, et finalement elle s'affalait sur le sol. Elle était là sur la pente du cratère, retombant d'un côté à flanc de colline, et de l'autre dans le trou. Tombant sur Barry, elle aurait fait de la bouillie, et d'ailleurs, elle l'a manqué de peu. Les deux cornes d'escargot de la trompe étaient masquées, mais toute la masse, épaisse de plus de cinq mètres, palpitait, frémissait du choc causé à l'autre bout.

Barry tombe à la renverse, instantanément dégrisé, et un message d'Ahniroo vient interrompre sa contemplation horrifiée.

« Les pieds, maître, coupez les pieds ! »

Barry sort son couteau et court vers le bord du puits. Le corps proprement dit de la créature, cette grosse partie ovoïde, est juste visible, et Barry aperçoit les pieds, sortes de protubérances puissamment musclées que possèdent toutes ces créatures pour fouir. Mais la chair des pieds du gros était attendrie par des dizaines d'années d'inaction. Barry se penche et, comme un forcené, taille à la base d'un pied, l'acier pénètre les couches de tissus, et bientôt la chair pend, morte. Barry esquive un jet purulent, et attaque le deuxième pied. Mais il ne va pas loin, car le pied s'enfonce contre la paroi du puits pour essayer de faire rentrer le grand corps dans le trou. La terre cède, le pied bat, la traverse et vient gifler le côté du Gros. C'était sa dernière amarre, il n'avait plus de refuge.

Immédiatement, le cratère a été envahi de tiges comme des fourmis, elles sont agrippées à la masse énorme, elles la poussaient, l'empoignaient et l'ont finalement assujettie au sol. Autour d'elles, Barry dansait, complètement obnubilé par la boisson, agitait une noix de coco pleine, d'une main, et de l'autre taillant dans le monstre cloué au sol. Il riait, poussait des cris, chantait, et puis il est tombé de fatigue, tout simplement, sans que cessent son grommellement béat ni ses soupirs de satisfaction.

Ahniroo et quelques autres l'on ramené, et étendu sur la plage. Elles l'ont lavé, et ont glissé des feuilles fraîches sous son corps. Elles entretenaient un flot constant de noix de coco pleines. Leur sollicitude a failli avoir raison de lui. Pour son bien, d'ailleurs, elles n'auraient pas dû le laisser sur la plage. Parce qu'il a été réembarqué, figurez-vous.

Une vedette du gouvernement a surgi dans la crique, en mission de surveillance, puisque de nos jours le moindre caillou dans la mer risque d'avoir son importance stratégique. Ils ont trouvé Barry ivre-mort sur la plage. Le détachement débarqué n'y comprenait rien : pas d'empreintes qui auraient marqué d'où il venait, et même après avoir passé au peigne fin les alentours de la plage, ils n'ont pas trouvé trace d'arbre ni de rien lui ayant appartenu. Ils l'ont monté à bord, et l'île était déjà loin quand il a dessoûlé. Il est devenu fou furieux en voyant où il était. Il voulait retourner chez ses vers. Depuis, il est là. Il n'est rien à personne. Il boit quand il a mendié ou volé. Il ne va pas tarder à en crever, mais son seul plaisir est d'être pinté. Pauvre diable. Je me dis que je pourrais le reconduire à son île, mais que voulez-vous, c'est un problème. Comment moi, avant-poste d'une humanité civilisatrice, pourrais-je autoriser un de mes semblables à regagner sa culture d'asticots? »

L'Américain frissonna. « Je dirais que c'est... impensable. Dites-moi, gouverneur, elle est vraie, votre histoire ? »

Le gouverneur haussa les épaules. « Je vais vous dire. J'étais à bord de cette vedette. J'étais parmi ceux qui ont trouvé Barry. Et juste avant que l'île disparaisse, je ne sais pourquoi, j'ai voulu revoir la plage, à travers mes jumelles. Vous ne savez pas ce que j'ai vu ?

« La plage était *vivante* ! C'était une foule compacte de tiges vert-pâle, tendue vers la vedette, vers Barry. Elles avaient quelque chose, dans les figures dessinées par leurs groupes, dans leur façon de se ployer vers nous, qui m'a fait penser à une prière publique. Distinctement, j'ai entendu — moi aussi dans ma tête, et non par mes oreilles — leur supplication qui n'en finissait pas : « Reviens, maître, reviens ! »

« Barry était un dieu pour ces fichues bestioles. Et nous autres qui débarquions aussi, je suppose, leur effroi quasi religieux explique qu'elles ne se soient pas montrées à ce moment. Pauvre Barry, vraiment, je me dis toujours que je devrais le reconduire là-bas. Ce n'est pas humain, et je ne peux pas me faire complice d'une civilisation de... Pouah ! »

Ils restèrent longtemps assis sans rien dire. Puis l'Américain se leva avec une sorte de précipitation. « Bonsoir, cher gouverneur, votre histoire n'est pas à mon goût. » Avec un sourire forcé, il rentra dans la pièce, laissant le vieil homme face à la mer.

Tard dans la nuit, l'Américain était devant la fenêtre de sa chambre, inquiet. Près de la maison du gouverneur, le sol était couvert d'une pelouse très ordinaire. Au-delà, c'était la jungle, noire de nuit.

Traduit par Didier Pemerle.
Nightmare Island.

LES OSSEMENTS

Paru dans Unknown *en 1943, à une époque où Sturgeon n'écrivait plus, ce texte date de 1940. James H. Beard, un vieillard, avait présenté à Campbell quelques histoires intéressantes mais impubliables. Sturgeon reçut alors pour mission de les polir. Deux nouvelles, issues de cette collaboration, furent publiées :* les Ossements *et* la Sorcière du marais, *une histoire de sorcière. On y trouve à la fois une quête fantastique (qu'y a-t-il après la mort ?) interprétée en termes de science-fiction par l'intermédiaire de la biologie et une histoire policière à chute comme l'auteur en a beaucoup écrit au début de sa carrière.*

LES OSSEMENTS

DONZEY alla à la porte avec ses pinces à la main et de la pâte à souder tartinée sur le côté du maxillaire.

« Oh, c'est toi, Farrel, entre. »

« Salut, Donzey. » Le sheriff du bourg baissa la tête pour passer la porte et traversa derrière le mécanicien un séjour bordélique pour entrer dans l'ancienne office de la maison, convertie en atelier avec ses étaux, un tour électrique, une petite perceuse, des rangées entières d'outils. Là, tout n'était qu'ordre. Sur une petite table près de la fenêtre, un appareil radio d'une extrême complication était monté. On ne voyait en fait qu'une antenne sphérique, et plus de lampes, transformateurs et condensateurs qu'un petit réparateur de vélos ne consomme habituellement. Farrel ajouta un chewing-gum à la chique qui lui gonflait démesurément la joue, et regarda l'objet.

« C'est ça ? » demanda-t-il.

« C'est ça », répondit Donzey non sans fierté. Il s'assit à la table, et prit un fer à souder électrique. « Elle devrait marcher, cette fois », dit-il en approchant le fer de sa joue pour voir s'il était assez chaud.

« Et moi qui pensais que FM, c'était les initiales d'une université », dit Farrel.

« Pas en radio », dit Donzey. Le morceau de soudure dans sa main coula avec un éclat métallique : il soudait. « Ici, en fait, c'est une modulation de fréquence d'un genre différent. Tu vas voir, Farrel, cet appareil va nous rapporter gros. »

« Ouais », répondit le sheriff sans enthousiasme. Il pensait aux autres inventions de Donzey : l'indomptable moteur à flottaison qui était censé tirer son énergie d'un train de boules creuses remontant vers la surface d'un réservoir ; un plan ingénieux pour diviser en voies, selon l'importance de la circulation dans l'un ou l'autre sens, les autoroutes, et ce au moyen de murets de béton escamotables (une idée géniale, mais que quelqu'un avait déjà déposée) ; il était aussi question d'un fusil qui pouvait tirer trente coups dans un intervalle compris entre le cinquième de seconde et la demi-heure. Personne n'en avait voulu. Le succès de Donzey était inversement proportionnel à son enthousiasme. Seul un extraordinaire pouvoir de persuasion l'empêchait de mourir de faim. Il aurait pu vendre une de ses inventions à un sourd-muet-aveugle ; mieux encore que cela, il avait su décider un type comme Farrel à investir dans son projet de transmission FM directionnelle. Son principe était le suivant : un faisceau d'ondes était dirigé vers le haut, jusqu'à rencontrer l'ionosphère qui le renverrait tout droit vers le bas, de manière que seul le récepteur ainsi visé puisse le recevoir. L'idée lui en était venue à la salle de billard. S'il était possible, par la bande, de frapper une boule de six avec une boule de huit, on devait pouvoir faire la même chose avec un récepteur et un émetteur, l'ionosphère étant la bande. Le résultat fournirait à l'armée un excellent téléphone de campagne sans fil.

Donzey, évidemment, ne connaissait pas grand-chose à la radio. Mais il avait toujours travaillé selon le principe que la logique était aussi bien si ce n'est mieux qu'un savoir livresque. Il avait l'esprit aussi incroyablement agile que ses gros doigts courts, et ses solutions gagnaient en élégance ce qu'elles perdaient en exactitude. A la vue du câblage de l'appareil, un professionnel aurait soupiré et demandé à Donzey s'il allait ajouter la sauce tomate à ce plat de spaghettis. Et le professionnel se serait fait traiter de conservateur étriqué. Dommage, en tout cas, que la méthode purement pragmatique de Donzey n'ait laissé aucune trace écrite de ce câblage. Celui-ci pensait pouvoir en construire d'autres si le prototype marchait. Si ça ne marchait pas, qui se soucierait de savoir pourquoi et comment ?

Donzey posa le fer à souder sur le support carbonisé qu'il s'était creusé sur l'établi, renvoya en arrière, sans résultat, ses cheveux noirs frisés, et annonça que c'était fini. « Elle ne va peut-être pas marcher encore », dit-il en branchant la radio, retenant son souffle comme pour une prière silencieuse, attendant que les plombs sautent. Ils ne sautèrent pas, mais il ajouta : « C'est pas encore sûr qu'elle marche. » Quand les lampes s'allumèrent, il mit le haut-parleur en circuit. Un épouvantable rugissement se fit entendre, qu'il réduisit en un bourdonnement hypnotique.

Farrel se replia sur une chaise et contempla les opérations d'un œil morne, se demandant s'il retrouverait les vingt-huit dollars et soixante cents qu'il avait misés sur cette invention. Donzey éteignit le haut-parleur et lui tendit des écouteurs. « Mets ça et voyons ce qu'on reçoit. »

Farrel colla les écouteurs à ses oreilles et essaya de prendre un air blasé. Donzey se remit à ses boutons et à ses cadrans.

« Tu reçois quelque chose ? »

« Ouais. » Farrel changea son chewing-gum de côté. « Il y a comme un chien qui gueule. »

Avec un grognement, Donzey posa un doigt sur la prise d'un écouteur et le pouce sur l'autre. Farrel jura et arracha le casque. « Eh, t'essayes de me rendre sourd ou quoi ? » grommela-t-il en frottant le cartilage translucide de sa grande oreille.

« T'inquiète pour les écouteurs, petit. » Donzey avait quinze ans de moins que Farrel, mais il pouvait lui dire « petit » sans que ça détonne. « C'est le condensateur des écouteurs qui a sauté, et c'était mon dernier 00035. Faut que je bricole quelque chose. Attends une seconde. » Il avait déjà quitté l'atelier.

Farrel soupira et s'approcha de la fenêtre. Donzey était connu dans le coin pour son habileté à « bricoler » les choses. Il avait bricolé pour le panier à salade municipal un surcompresseur qui fonctionnait vraiment une fois qu'on avait compris que la seconde vitesse faisait marche arrière. Farrel trouva donc parfaitement normal de voir Donzey explorer activement la poubelle dans la cour.

Il rentra bientôt dans l'atelier. Il soufflait la moelle de l'intérieur d'un os de mouton comme si cette opération allait de soi. « Tu as des cigarettes ? » dit-il en s'essuyant la bouche. Farrel lui tendit le paquet d'un air renfrogné. Donzey l'ouvrit et laissa tomber les cigarettes sur l'établi. Il arracha le papier d'alu, le déchira en deux morceaux, et après avoir nettoyé l'intérieur de l'os avec le mouchoir de Farrel, il enfila un morceau de papier d'alu dedans, se servant de l'autre moitié pour emmailloter soigneusement l'os. « Vite fait bien fait, dit-il, voilà un condensateur. »

« Mon mouchoir... » protesta Farrel.

« Tu pourras t'en acheter des cargaisons quand on lancera l'appareil sur le marché », répliqua Donzey avec une inébranlable confiance. Il relia l'enveloppe extérieure de l'os à un fil des écouteurs et le bouchon de papier d'alu à l'autre. « Ça devrait marcher », dit-il en tendant les écouteurs au sheriff. « J'émets à partir de ce commutateur. Il n'y a aucune liaison entre émetteur et récepteur. Le signal va tout droit en l'air, du moins je l'espère. Il devrait revenir directement sur toi. »

« J'y connais rien, à ces trucs de radio », dit Farrel qui, néanmoins, replaça les écouteurs sur ses oreilles.

« Auçune importance », dit Donzey, « je vais jouer *Turkey in the Straw*; tu devrais reconnaître. »

Ils s'assirent et de nouveau Donzey mit le contact. Ses doigts trouvèrent le commutateur quand ses yeux rencontrèrent le visage de Farrel. Il en oublia le commutateur.

Les épaisses paupières de Farrel se fermèrent un instant tandis que son prognathisme béait. Puis ses yeux se rouvrirent, lentement. Ils étaient à demi ouverts quand ses paupières s'immobilisèrent, et il fit quelque chose d'incroyable avec ses narines. Il laissa échapper un long soupir, qui fit battre l'une contre l'autre ses larges lèvres. Sa tête balançait de côté et d'autre.

« Mmmâââ », dit-il.

« Farrel ! » s'exclama Donzey horrifié.

« Mmmmêêê... »

Avant que Donzey ait pu le rattraper, il fut comme projeté de sa chaise, la tête rejetée en arrière. Les écouteurs, miraculeusement, restèrent en place. Il retomba sur une main, et Donzey entendit craquer le poignet. Ses énormes pieds ruaient furieusement, ses bras s'écartèrent. Son visage s'écrasa au sol, et le fil de l'écouteur, trop tendu, commença à faire pencher la radio sur la table. Donzey poussa un cri et tendit les bras pour protéger son enfant chéri. Ses mains attrapèrent le châssis, muni d'une bonne prise de terre, et, comme il serrait contre lui l'appareil en perdition, le contact supérieur d'une lampe 6D6 le toucha au menton. Un canon de 75 n'aurait pas fait mieux. D'extraordinaires couleurs dansèrent devant ses yeux. L'une d'elles, cela lui revint plus tard, ressemblait à l'odeur d'une rose, et une autre à un bruit assourdissant. Il toucha le sol avec un bruit sourd, mais, mû par l'instinct de conservation des appareils, il parvint à interposer son corps entre sa radio et le plancher. Rien ne cassa, si ce n'est le fil d'alimentation, ce qui permit à Farrel de se relever en jurant comme un charretier.

« Relève-toi, peau de fesse », tonna-t-il, « que je te tanne le cuir ! »

« Ouh ouh », faisait Donzey d'une voix réellement étouffée, car il n'arrivait pas à remettre sa respiration en marche.

« Fous le camp », souffla la masse palpitante sur quoi reposait la radio. Donzey attendit, mais voyant que la masse ombrageuse du sheriff le surplombait toujours, il décida d'attendre encore. Il savait que ce vieux malin de Farrel se souviendrait avoir investi dans la radio. Tant que celle-ci serait sur sa poitrine, il n'avait rien à craindre.

« Non mais, tu fais à qui tu cauves ? » articulèrent les lèvres déjà très enflées du sheriff.

« Mais fi », répondit-il en l'imitant, « Mais ve t'affure que v'y peux rien. Allez, calme-toi. Qu'est-ce qui s'est passé ? »

« Ve commenfais à devenir dingue, voilà fe qui f'est paffé. Qu'est-fe que f'est que fe bon Dieu d'appareil ? »

Sentant que la colère du sheriff se muait en lamentation sur son sort, Donzey saisit l'occasion et souleva la radio.

« Dis donc, mon vieux, tu t'es fait mal ! »

Farrel suivit le regard de Donzey sur son poignet qui enflait à vue d'œil. « Ouais, ve... Aïe, mais fa fait mal ! » dit-il, surpris.

« Tu m'étonnes ! » commenta Donzey. Il bricola une attelle à Farrel qui se laissa faire en grondant et alla chercher des cubes de glace pour ses lèvres tuméfiées. Dès que le sheriff fut un peu remis, il le questionna.

« Qu'est-ce qui s'est passé quand j'ai allumé le poste ? »

Farrel tressaillit. « C'était épouvantable. J'ai vu des images. »

« Des images ? Tu veux dire, comme à la télé ? » La fibre inventrice de Donzey fut délicieusement pincée par un afflux d'idées neuves dans son esprit déjà encombré. Et si son appareil, par quelque étrange connection, pouvait transmettre les signaux de télévision directement au cerveau ? Il venait peut-être d'inventer l'inducteur de télépathie. Il venait peut-être de mettre la main sur un procédé complétement nouveau et inédit. De toute façon, ça représentait des millions. *Pauvre mec*, se dit-il, *ça représente des millions !*

« Ben dis donc », dit Farrel. Puis il pâlit. Cela arrive parfois aux ruminants : il avait avalé son chewing-gum.

« Ne t'en fais pas », lui dit Donzey qui avait vu. « Le chewing-gum ne te fera rien. Prends-en un autre et n'y pense plus. Ces images, alors ? »

« Ah oui. Non, c'était pas comme la télévision. J'avais jamais vu ça. C'étaient des images en couleur... »

« Des images qui bougeaient ? »

« Ça oui. Mais toutes floues. Près de moi, c'était net, mais à dix mètres, c'était le brouillard. »

« Comme un appareil photo pas au point ? »

« Si tu veux. Mais les lointains vraiment loin étaient nets comme si on y était. »

« Tu as vu quoi ? »

« Des collines ; des champs. Je n'ai pas reconnu le coin. Mais rien n'avait la même allure, non plus. L'herbe était verte, avec du gris dedans. Le ciel était... vide. C'était bien. Et puis... Tu ne vas pas te moquer de moi, hein ? » demanda soudain le sheriff.

« Jamais de la vie ! »

« Et je mangeais de l'herbe ! » Farrel jeta un coup d'œil timide à l'appareil et sembla rassuré. « C'était bizarre. Je ne me représentais plus le temps. Je ne sais pas combien de temps ça a duré, des années peut-être. Des fois on aurait dit qu'il pleuvait. Des fois il faisait froid, mais ça ne me faisait rien. Des fois il faisait chaud. Alors ça, c'était chaud. »

« Tu veux dire que tu as *ressenti* des choses devant ces images ? »

Farrel fit posément oui de la tête. « Donzey, j'étais à l'intérieur des images. »

Et Donzey pensa : *Sur quoi je suis tombé ? La transmigration ? La téléportation ? La clairvoyance ? Hola, ça représente des milliards !*

« Ce qui m'a frappé, continua Farrel, pensif, c'est que tout paraissait si bien. Avant la fin, avec ses kilomètres de couloirs, et puis un immense bâtiment sombre. J'avais peur, mais puisque les autres y allaient aussi, j'ai suivi le mouvement. Et là, un type avec un tranchoir... J'ai essayé de partir, je n'ai pas pu, et il a frappé. J'ai gueulé. »

« Et pas qu'un peu. » Ils tressaillirent tous deux.

« Et c'est tout », dit Farrel. « Il m'a frappé deux fois, et je me suis retrouvé au sol avec une patte cassée et je t'ai vu attelé à ta radio. Dis-moi, toi, qu'est-ce qui s'est passé ? »

« Tu es entré dans une espèce de transe. Tu gueulais, tu te débattais. Après ça tu as sauté au plafond et fait tomber la radio de la table. Je l'ai rattrapée, et j'ai pris le jus dans le menton à un fil sous tension. Ça m'a mis K.O. En tout, ça n'a pas duré vingt secondes. »

« Donzey », dit le sheriff en se levant, « tu peux garder l'argent que j'ai mis là-dedans. Je ne veux plus en entendre parler. » Il était devant la porte. « Cela dit, si ça te rapporte, n'oublie pas ceux qui t'ont aidé à démarrer. »

Donzey éclata de rire. « Je ne te perds pas de vue.

Au fait, ce grand bâtiment où tu es entré. Tu as dit que tu avais peur, mais que comme tout le monde y allait, tu as suivi le mouvement. Il était comment, *tout le monde ?* »

Farrel lui lança un regard inquisiteur : « Moi ? J'ai dit tout le monde ? »

« Oui. »

« C'est marrant. » Farrel leva son bras libre pour se gratter la tête. « Les autres, c'étaient des moutons. » Et il sortit.

Farrel était parti depuis longtemps. Donzey était toujours assis à regarder sa radio. « Des moutons », murmura-t-il. Il se leva et replaça précautionneusement le récepteur sur la table. Il l'inspecta rapidement. Rien de cassé. « Des moutons ? » se demanda-t-il. Quel rapport entre la modulation de fréquence et les moutons ? Il rangea les pinces, le chlorure d'ammonium, la soudure, prit le fer à souder par la pointe, ce qui lui rappela qu'il était branché. Il regarda sa main brûlée. « Des moutons », répéta-t-il pensivement.

Ce n'était pas une chose simplement concevable, comme le bruit d'une voiture qui fait deux cents kilomètres sans huile, ou le fait que c'est le dessus de l'aile qui soutient le plus l'avion. C'était quelque chose qu'il fallait vivre, comme se saouler ou tomber amoureux. Donzey alluma la radio, s'assit et prit les écouteurs. Alors qu'il les remettait à la taille normale d'un crâne humain, il eut une pensée affreuse. Farrel en avait bavé, avec ce casque sur la tête. Il avait rêvé — si c'était un rêve — qu'on lui donnait un coup de tranchoir juste au moment où il avait fait ce saut de carpe et du même coup coupé le jus. Mais si le fil n'avait pas cassé ? Il serait mort ? Comme ce mouton qu'il croyait être ?

Donzey reposa le casque et alla dans sa chambre prendre le réveil. Il le fixa à la table, relia par un fil le relais de la sonnerie à l'interrupteur du poste, puis il le régla soigneusement pour que, dans une minute, la sonnerie éteigne le poste. Il mit les écouteurs, attendit vingt-cinq secondes, et alluma. Quinze secondes pour chauffer, et...

Pour lui aussi, l'herbe était verte avec du gris, le ciel était vide, il pleuvait, le temps n'existait plus. Et puis aussi, les *autres* : les moutons. Il broutait l'herbe et c'était bien. Effrayé, il s'est entassé avec les autres dans ces passages. Il vit le bâtiment sombre. Il — mais le réveil sonnait. La radio s'éteignit Il était assis, suant, tremblant. C'était dur. Très dur.

Pouvait-on imaginer ce qu'une telle invention rapporte ? Que des gens paieraient pour des images où ils vivraient, et se verraient mettre à mort ?

Il eut l'envie subite de prendre son petit marteau d'électricien et de faire définitivement taire ce poste. Mais il se ravisa, jurant toutefois de ne plus jamais manger de mouton ni d'agneau. Ce cri que Farrel avait poussé...

Du mouton ? Mais il y avait du mouton, dans cette radio. Il la regarda : bien sûr, le condensateur. Un simple morceau d'os creux avec du papier d'alu à l'intérieur et à l'extérieur. Avec un petit rire nerveux, il prit un morceau de fil, court-circuita le condensateur, régla la sonnerie et alluma. Il mit les écouteurs. Rien. Il tendit la main et arrangea le fil. Il mangeait une herbe verte et grise sous un ciel vide et c'était bien, il faisait froid, puis la sonnerie.

Il s'appuya au dossier de sa chaise, l'œil fixé sur le condensateur en os de mouton.

« Cet os n'est pas mort ! » murmura-t-il.

Il alla devant la porte d'entrée, pensant à l'indicible horreur de ce bâtiment sombre et du grouillement des moutons, au poignet foulé de Farrel, à l'os de mouton. « Je ne sais pas encore comment, se dit-il, mais ça vaut des centaines de milliards. »

Sonner à la porte d'une main portant un énorme sac de provisions tandis que l'autre bras est en écharpe est un exercice difficile, mais le sheriff Farrel s'en tira honorablement. Tourner la poignée de la porte présentait une plus grande difficulté, mais il la déjoua également puisque personne n'avait répondu au coup de sonnette. Il entendit alors un bruit incroyable et glaçant : gloussements, caquetage hystérique dont la montée vers les aigus fut coupée net par un atroce gargouillement. Farrel posa en vitesse son paquet sur le divan miteux et courut à l'atelier.

Donzey, les écouteurs sur la tête, était affalé sur sa chaise près de la radio. Son visage était pâle, ses yeux étaient fermés et il tressautait. La radio, que Farrel n'avait pas vue depuis quinze jours, avait notablement changé ? C'était maintenant une boîte de tôle émaillée noire d'où ne saillaient que les boutons et une paire de broches d'acier mobiles qui maintenaient quelque chose comme un bâtonnet blanc. Le vieux haut-parleur, l'antenne sphérique et la couche externe de spaghettis avaient disparu. Parmi les cadrans se trouvait celui d'un réveil muni d'une seule aiguille : celle des secondes. La course de celle-ci et les tressautements de Donzey étaient les seuls mouvements perceptibles dans la pièce.

Puis il y eut un cliquetis dans le poste, et Donzey s'immobilisa. Il regarda le mécanicien avec appréhension, pensant que le plus dur ne serait pas de soulever son cercueil.

« Donzey... »

Donzey secoua la tête et se redressa sur la chaise. Il était amaigri, et le sheriff vit bien dans ses yeux qu'il était dans les affres de quelque chose. Il bondit pour manœuvrer comme un levier de pompe la main valide de Farrel. « Tu tombes à pic. Ça marche, Farrel, ça marche ! »

« Oui, nous sommes riches », dit Farrel d'un ton d'enterrement. « J'ai déjà entendu ça quelque part. Laisse tomber, et sors de là. » Il traîna Donzey dans le séjour et lui montra le paquet sur le divan. « Vas-y. »

Donzey examina la chose. « Qu'est-ce que c'est ? »

« De la bouffe, abruti. Tout le monde raconte que tu te laisses crever de faim. Si je ne t'avais pas fourni mes fonds, tu n'aurais pas construit cette radio. »

« Ça n'implique pas que tu me nourrisses », répondit Donzey chaleureusement.

« Je donne toujours à manger aux chiens perdus qui me suivent à la maison », dit Farrel. « Et pourtant c'est pas de ma faute s'ils crèvent de faim. Allez, mange. »

« Qui raconte que j'ai faim ? »

« Personne parce que ça se passe de commentaire. Un type qui tournicote autour de la boucherie pour y chercher des os deux fois par jour manque de vitamines B. »

Donzey éclata d'un rire énorme, regarda le sheriff

et repartit à rire. « La boucherie ? Mais c'est pas parce que j'avais faim ! »

« Essaie pas de me bourrer le mou. Mange ce que je t'ai amené, sinon je fous tout par terre et je te roule dedans. » Il prit le sac et en répandit le contenu sur le divan.

Donzey vit avec effarement le pain, le beurre, les conserves, le steak, le lard, les pommes de terre, les légumes.

« Ma parole, Farrel, tu as volé tout ça ! C'est pas possible. »

« Ça l'est », répliqua sombrement le sheriff. Il poussa Donzey dans la cuisine, débarrassa le réchaud du creuset à plomb fondu et d'une machine à vapeur miniature, et s'activa.

Donzey protesta avec véhémence, mais le steak se mit à grésiller dans la poêle, et les mots se noyèrent dans l'eau qui lui venait à la bouche. Au fond, il avait un petit creux.

Farrel le gava jusqu'à ce qu'il ne puisse plus bouger. Cela fait, il vint s'asseoir en face de lui, pour le dévisager froidement. « A quoi ça rime, tout ça ? » demanda-t-il. « Pourquoi tu n'es pas venu me dire de t'aider ? »

« Je n'avais pas besoin qu'on m'aide », dit Donzey. « J'étais bien trop pris pour ça. Farrel, tu as devant toi la plus grande invention du siècle ! »

« Ça lance le signal où tu veux ? »

« Le signal... Ah, tu veux parler de l'ionosphère. Non, non, je m'en fiche », dit-il avec dédain. « Dis-toi bien, petit, que j'ai là quelque chose d'énorme ! »

« Oui-oui », dit Farrel en jetant un coup d'œil à son bras en écharpe. « Et à quoi ça sert ? »

« Cet appareil fonde à lui seul une toute nouvelle

école de pensée », énonça Donzey avec jubilation. « Ça touche à la philosophie, mon pote, à la métaphysique, et même aux sciences psychiques. »

« A quoi ça sert ? »

« Je n'ai qu'une petite idée des effets et des causes, c'est sûr. Quand tu es entré, j'étais un poulet. Je me faisais tordre le cou. Incroyable, hein ? Mais pas pour toi. Toi, tu *sais*. Personne d'autre ne pourrait me croire. Un poulet... »

« A quoi ça sert ? »

« ...tout simplement parce que, entre les broches que j'ai mises en circuit sur l'appareil, j'ai mis un morceau d'os de poulet. C'était du mouton, quand tu l'as essayé. J'ai déjà été bœuf, cochon avec cet appareil, Farrel. Un moineau, une grenouille-taureau, un chat de gouttière et même une anguille. J'ai vécu leur vie et leur mort ! »

« Génial », dit Farrel. « Mais à quoi ça sert ? »

« A quoi ça sert ? Comment peux-tu me poser cette question ? Tu ne peux penser à rien d'autre qu'à l'argent ? »

Ce retour à l'envoyeur frappa Farrel entre les oreilles. Il se leva, très digne, comme s'il avait été assis sur un monte-plats. « Donzey », dit-il, « tu es un escroc, et je ne veux plus jamais avoir affaire à toi. Madame Curtis disait l'autre jour que Donzey est un gars qui retombe toujours sur ses pattes. Je vais te dire, moi, où tu peux retomber. » Il le lui dit et martela le sol jusqu'à la porte.

Donzey en rit, puis, à l'aide d'un cure-dent, entreprit de dégager les derniers restes de cet excellent steak. Farrel était un brave type, mais quel manque d'imagination !

Au fait, à quoi sert-elle, cette invention ?

Deux heures plus tard, on lui fit remettre un petit paquet, contenant une lettre et un morceau d'os. Il lut :

Je sais, c'est idiot ce que j'ai fait, mais je ne peux pas oublier comment j'ai fait la connaissance de ton truc à modulation de fréquence. Enfin, pour une fois, peut-être qu'une de tes inventions va servir à quelque chose.

Bill Kelley est passé voir tout à l'heure pour que je retrouve Eula sa femme. Ils se disputaient. Tu connais Bill, il la traitait en dessous de tout. Et je me suis toujours demandé pourquoi elle n'était pas partie depuis longtemps avec sa façon de lui flanquer des coups. Justement, on dirait qu'elle est partie.

Bill prétend qu'elle a filé avec quelqu'un, mais il ne sait pas qui. Il venait juste de sortir, quand un de mes hommes arrive et dit qu'il a retrouvé Eula sur la route dans sa voiture. La voiture est en bouillie. J'ai été voir et pas de problème c'est bien elle. La voiture a percuté un pylône à haute tension du mauvais côté d'un pare-cyclone. Ce que je te demande, c'est de me dire s'il y avait quelqu'un avec elle. Elle avait une fracture ouverte multiple, et je n'ai pas eu de mal à prendre un échantillon. Vois ce que tu peux faire.

Farrel.

Donzey s'aperçut qu'il avait toujours l'esquille d'os dans la main. Il la posa vivement sur la table et la regarda comme si elle allait gémir. L'idée lui était déjà venue depuis un certain temps. Il savait que tôt ou tard, il aurait affaire à un os humain, mais il aurait préféré un os anonyme. Il connaissait Eula Kelley depuis des années. La triste lettre de Farrel ne disait rien de l'origine de la tragédie : son mariage avec Kelley, la grosse fortune du bourg. Avant d'être une Kelley, c'était une Walsh. Pas étonnant, donc, qu'elle ait fini par le quitter. Mais il était impensable qu'elle l'ait fait avec un autre homme. Pas Eula.

Avec un léger malaise, Donzey fixa l'os à sa machine, la régla sur vingt secondes, mit les écouteurs et alluma. Il resta assis sans bouger jusqu'à ce que la minuterie coupe le courant, puis, pâle et tremblant, régla l'appareil sur quarante secondes. De nouveau, il *écouta,* puis fit un dernier réglage à cinquante-deux secondes, assez pour accéder à l'image mentale de la mort d'Eula. Il n'osait pas aller plus loin. Sa terreur était qu'un jour son identité fusionne avec celle de l'os et ne soit entraînée avec elle dans la mort.

Farrel, qui venait le voir, le trouva assis sur son perron, les mâchoires rageusement serrées, et les yeux rétrécis par une colère tourmentée.

« Tu as eu quelque chose ? »

« Des tas. Farrel, il faudrait l'abattre, ce Bill Kelley, et je m'en chargerais bien. »

« C'est vrai, c'est une ordure. Ça ne nous regarde pas. Tu as eu quelque chose, sur Eula ? »

« Oui, je crois que oui. Il vaudrait mieux que tu te rendes compte. »

Farrel lui lança un regard plein de questions mais s'assit à côté de la machine. Donzey l'alluma quand Farrel s'atiffa du casque, puis se recula pour observer. Il était désolé de mettre Farrel là-dedans, mais il savait que l'histoire racontée par ce bout d'os ne laisserait pas le sheriff indifférent. Les pensées d'Eula lui revinrent, avec les images qu'elles charriaient. Une boue abjecte, l'enfer qu'un homme faisait vivre à une femme par ses paroles, ses gestes. Eula avait supporté, enduré, et sa personne avait été laminée par ce poids. Il y avait l'effroyable scène finale, puis elle avait fui. Fui sans but, seulement fui. Puis l'envolée de tous les espoirs, le glas final quand elle a compris, sur la route, qu'elle ne s'en sortirait pas. Elle était toujours sous l'emprise de Kelley ; elle n'aurait pas la force d'en finir avec lui et leur vie commune. Elle savait ce qu'elle faisait en lançant sa voiture, fermant déjà les yeux sur les premiers signes de l'écrasement.

La minuterie éteignit le poste. Farrel, les yeux agrandis, se tourna vers Donzey et eut un long soupir tremblant.

« C'est pas correct d'apprendre des choses comme ça sur une femme. Je me suis toujours dit que Bill était une crapule, mais là... »

« Ouais, dit Donzey, je sais. »

Farrel se débarrassa des écouteurs, et alla à la porte. « Harry », dit-il à son adjoint, « va me chercher Bill Kelley. »

« Pour quoi faire ? » lui demanda Donzey quand il revint.

« C'est purement officieux », dit tranquillement Farrel. « Je vais donner une leçon à Bill Kelley. » Il dégrafa son insigne et le posa sur l'établi.

Donzey se rappela soudain qu'avant d'épouser Kelley, Eula Walsh avait été fiancée à Farrel. Il se demanda s'il aurait fait écouter l'os à Farrel *après* s'en être souvenu. Sans doute que oui.

« Farrel », dit-il au bout d'un moment, « à propos de l'autre personne dans la voiture... »

La grosse tête du sheriff se leva. « C'est vrai, il y avait quelqu'un. Quelqu'un était là, juste avant l'accident. Et j'ai l'impression, l'impression seulement, de le connaître. »

« Moi aussi. Je n'y comprends rien, Farrel. Elle ne s'intéressait à rien ni personne en dehors de ficher le camp. Rien ne m'a laissé penser qu'elle avait rencontré quelqu'un, été avec quelqu'un avant les dernières secondes. »

« C'est vrai. A quoi ressemblait-il ? »

« A... n'importe qui de ni grand ni petit. Du diable si je me rappelle ! Mais je ne pense vraiment pas l'avoir déjà vu. »

« Moi non plus », dit Donzey, « et je ne sais pas si c'est vraiment important. Partir avec quelqu'un, ça se prépare. Je ne pense pas que ce soit le cas... Au fait, c'est peut-être un auto-stoppeur. Avec ses idées noires, elle n'a même pas dû le regarder. » Sa dernière phrase manquait de conviction.

« Une femme ne rentre pas dans les platanes avec un passager à bord », dit Farrel.

« Une femme qui en a bavé comme Eula est capable de n'importe quoi. » La sonnerie l'interrompit. « C'est sûrement Kelley. »

Farrel alla ouvrir, et Donzey s'aperçut que ses paumes étaient moites. Mais à la porte, c'était la voix de l'adjoint : « J'ai vu Kelley, sheriff, il ne veut pas venir. »

« Il veut pas ? Pourquoi ? »

Harry prit un ton offensé. « Ben c'est-à-dire qu'il a piqué un bœuf. Il est devenu fou furieux, il bavait. Il disait que la police était au service des gens, qu'il n'avait pas l'habitude qu'on lui donne des ordres comme à un criminel. Que si vous vouliez le voir, vous n'aviez qu'à vous déranger, ou prouver qu'il avait commis un crime. Méchant-méchant, quoi. »

« S'il n'y avait que ça », dit Farrel. « Aucune importance. Tu peux disposer, Harry. J'arrive dès que j'ai fini. » Il referma la porte. « Donzey, on le tient. »

Donzey n'aimait pas voir ce genre de sourire sur l'armoire à glace habituellement taciturne. Sa main n'avait jamais si peu tremblé que quand il remit son insigne.

« C'est vrai, dit Donzey distraitement, on le tient. »

Farrel pivota sur ses talons comme s'ils étaient posés sur la figure de Kelley, et sortit.

Trois jours plus tard, une des antennes de Farrel à l'hôpital du comté envoyait un échantillon d'os prélevé sur un cas mortel d'appendicite. Une brève note était jointe.

Cause du décès : appendicite. Age : quarante ans environ. Sexe masculin. Rupture spontanée de l'appendice au Sessions Restaurant à 20 h 30. Opéré vers 21 h 15. Administration par le médecin de garde d'une dose d'adrénaline par hypodermique péricardiale. L'effet tonifiant autorisant l'opération, l'ablation de l'appendicite et le drainage du péritoine se déroulèrent normalement. Mort par hémorragie interne post-opératoire à 21 h 18.

« Il est vrai », murmura Donzey en fixant l'os à la machine, « que nous avons un homme de science parmi nous. C'est ce bon vieux docteur Grinniver qui nous joue encore un de ses tours ! Un appendice pourri, et il vous envoie une giclée d'adrénaline pour “ tonifier ” le cœur, pour bien diffuser le poison dans tout l’organisme, et que je te pompe ! » Il prit les écouteurs et jeta un dernier coup d’œil au papier. « Hémorragie post-opératoire mon œil ! C’était une péritonite, oui ! De toute façon, je crois qu’il y serait resté. Ce vieux charcuteur ne serait pas fichu de guérir un cobaye de l’appendicite. » Il s’assit devant la machine, régla la minuterie, et son esprit accueillit le récit de l’os.

Une histoire de vie et de mort, comme d’habitude, mais pas tout à fait. Le type était dans de sales petites intrigues de bureau qui avaient monopolisé toute son attention au cours des derniers mois. Quand son appendice l’en a détourné, il a été vaincu par la douleur. Donzey avait remarqué qu’il y a deux attitudes face à la douleur : on la laisse s’amonceler jusqu’à étouffement, ou bien on la remonte, comme on remonte à la surface, et on se fait porter par elle. La seconde attitude supposait un long entraînement, et Donzey n’était pas fâché d’en faire l’apprentissage par procuration.

Celui-ci avait adopté la première attitude, et ce n’était pas beau. La douleur croissait et enténébrait toutes ses perceptions, sauf celles de douleur, évidemment. Il fut bientôt incapable de penser. Mais, passé ce stade, après la saturation, la douleur diminua. Il avait les yeux ouverts, depuis longtemps, sans doute, puisqu’ils étaient secs, mais c’est seulement là qu’il se mit à voir. Il était sur une table d’opération. Il avait déjà vu ça au cinéma, mais d’habitude il n’y avait pas ce personnage habillé de sombre près de la table. Quelqu’un se pencha sur lui. Sa vision se clarifia. Le personnage devenait toujours plus net. Il eut d’abord un mouvement de curiosité, puis ce fut la terreur, la panique la plus absolue. Il la sentit, comme un flux d'énergie négative, drainer la chaleur de son corps, sa vie même. C'était énorme et monstrueux. Il ferma les yeux un dixième de seconde avant que le visage devienne net. A ce moment, l'aiguille du docteur s'enfonçait à la place du cœur. Il sentit la chaleur revenir faiblement. Quand il osa enfin ouvrir les yeux, la forme sombre avait disparu.

L'opération, maintenant. Il n'en perdit pas une miette ; et le scalpel en fit, des miettes. En y repensant, Donzey sentit son appendice se tordre dans un spasme de sympathie. Décidément, les animaux étaient mieux lotis. Puis la minuterie coupait l'histoire, laissant une bonne marge de deux minutes de vie.

Donzey resta longtemps sur sa chaise à réfléchir. Il avait une intelligence de mécanicien, qui ne rejette pas systématiquement tout ce qui est nouveau ou différent. Cette machine lui posait quelques questions d'importance. Donzey les étala noir sur blanc sur une plage vierge de son cerveau et les examina.

La machine montrait ce qu'on ressent quelques instants avant la mort. Avant qu'elle ne se *produise*. Ce n'était pas un effet d'interrupteur, une lumière qui s'éteint. La mort se produisait comme une force en action, si puissante qu'elle pouvait imprégner un réseau de pensées cohérent qui, mystérieusement, se manifestait dans la matière même de l'os. C'était cela l'important. Oui mais...

Qu'était donc cette force appelée mort ?

Donzey repensa à la silhouette sombre de la salle d'opération. Il tenait sans aucun doute la réponse. Il fut reconnaissant au défunt propriétaire de ce morceau d'os d'avoir fermé les yeux avant de bien voir. N'était-ce pas plutôt l'adrénaline qui avait écarté la chose sombre de sa vue ? Qu'est-ce que *voir* avait à faire avec la mort ? Mourait-on de regarder le Sombre (la majuscule était de Donzey) ? Etait-ce possible ? La maladie, l'accident étaient-ils tout simplement ce qui donnait à l'homme le pouvoir de voir la mort ? Et cette vision, était-ce la chose qui drainait la force vitale de leur corps désormais inutiles ? Et...

De même, pouvait-on mourir d'avoir vu la Mort dans la machine ?

Donzey eut un regard respectueux pour son appareil et pensa : « Rien ne m'empêche de le savoir. » Mais il ne fit pas un geste dans ce sens.

Farrel lui rendit visite ce soir-là. Pour une fois le vieil ours avait l'air tout bêtement heureux. Il donna une grande claque dans le dos de Donzey, sourit et s'assit sans dire un mot.

« Farrel, dit Donzey, je te connais assez pour savoir que quand tu découvres tes dents, c'est pour mieux mordre. Tu n'aurais pas envie de me mordre, par hasard ? »

« Toi ? non ; encore que. Parce que je te préviens, ça va valser, chez toi. Ça ne te dérange pas, au moins ? »

« Dis donc », dit Donzey qui se demandait ce que ça préparait, « que vas-tu faire valser, avec quoi et pourquoi ? »

« Je réponds dans l'ordre », répondit Farrel avec un large sourire. « Premièrement tout ce qui se met en travers de mon chemin quand je fréquente, et ça, en l'occurrence, tu le sais comme moi, c'est un monsieur Kelley. »

« Ah », fit Donzey en se frottant les mains, « il vient ici ? Ou bien c'est toi qui le fais expédier en exprès ? »

« Il vient de son plein gré. Il est passé au commissariat ce matin et il a fait tout un cirque vu que je ne retrouvais pas le type avec qui sa femme a filé. Qu'elle soit morte, il s'en fiche. Ce qui le met hors de lui, c'est d'avoir tant d'années supporté une femme qui... Tu connais Bill Kelley. »

Donzey éprouva comme un dégoût. « Comment peut-on être aussi intégralement dégueulasse ? »

« Il a de l'entraînement. Là-dessus, je le calme un peu et je lui dis que je connais quelqu'un, il s'agit de toi, qui a trouvé qui était dans la voiture avec sa femme. Je lui ai dit qu'on se retrouvait chez toi à 20 h 15. C'est comme tu veux, ou bien tu dégages, ou bien tu restes pour te rincer l'œil. C'est ici le seul endroit où je sois sûr de pouvoir faire ce que je veux sans être dérangé. »

« C'est-à-dire ? »

« La même chose qui est arrivée à Eula. Elle fonçait dans sa voiture quand tout d'un coup, hop, une cabriole, et la bouillie. Je vais lui en faire faire, des cabrioles avant de le réduire en bouillie. » Le sourire de Farrel était absolument angélique.

« Je reste », dit Donzey. « Au fait... » Puis il hésita.

« Oui, quoi ? »

« Je sais pour de vrai qui était dans la voiture avec Eula. »

« Ah oui ? Qui ? »

Donzey le lui dit. « C'est pas vrai », dit Farrel. « Ben dis donc. Le squelette et la faux, tout le vieux truc... »

« Tu sais », dit Donzey, « c'est juste une façon de la dessiner. Ça lui ressemble autant qu'une caricature à un candidat à la présidence. » On sonna à la porte. « Farrel », dit rapidement Donzey, « je veux qu'il voie par l'os d'Eula. Il est vraiment le mieux placé pour en apprécier la valeur. Fais ça. »

Pensif, Farrel répondit : « Ce sera pas mal. Ça m'évitera des explications. Quand la machine s'arrêtera, je l'inviterai à danser, il saura pourquoi. »

Donzey alla à la porte et fit entrer un pardessus de demi-saison à pieds-de-poule sur un complet gris de sport admirablement coupé, mais pourvus d'yeux porcins, de bajoues molles et d'une voix comme le crissement de l'ongle sur le tableau noir. Bill Kelley passa devant Donzey comme s'il avait été le domestique ou une simple cellule photo-électrique commandant l'entrée. Il avait dû se remonter en chemin, car il était en plein milieu d'une phrase.

« ... Dans un taudis pareil en rasant les murs parce qu'un imbécile de sheriff ne fait pas son boulot. Je vais tâcher de savoir combien on prend sur mes impôts pour entretenir ce type et je demanderai une détaxe. Il est au service des gens, non ? Je devrais pouvoir le lui faire comprendre. Salut, Farrel. Qu'est-ce que c'est que cette histoire ? »

Le caquètement de Kelley ne résista pas devant la basse tranquille de Farrel. « C'est ce petit bonhomme derrière vous qui a vu la personne dans la voiture d'Eu... de madame Kelley. »

« Lui ? Très bien, très bien. Parlez, mon vieux. Qui était-ce ? S'il est dans les affaires je le grille, au chômage je le fais radier. Si c'est le genre vagabond minable que je vois bien avec Eula, je loue quelques paires de bras pour s'occuper de lui. Alors ? Alors ? »

« Voyez par vous-même, *monsieur* Kelley », dit Donzey d'un ton suave.

« Je ne veux pas le voir ! » s'insurgea Kelley. « Il est là ? » Et il tourna la tête dans tous les sens.

Le temps d'un éclair, Donzey le vit grognant et se vautrant dans la boue. « Pas exactement. Asseyez-vous, et je vais vous montrer une espèce de film. »

Kelley voulut protester, mais déjà il était soulevé du sol, balancé et déposé sur la chaise. Il glapit d'indignation, vit passer très près de lui le gros visage osseux de Farrel, vira au gris rosâtre, et se tut.

« Doucement, Farrel », dit gentiment Donzey, et il posa les écouteurs sur les oreilles de Kelley. Il fouilla dans un tout nouveau meuble de rangement, fixa le specimen sur la machine et alluma. Les yeux de Kelley se fermèrent.

Eux, debout, regardaient leur prisonnier.

« Farrel », dit Donzey tout doucement. Le sheriff leva la tête. « Tu sais, avant qu'il arrive, je me demandais si ce n'est pas de voir la mort... qui fait mourir. »

Farrel grogna et se retourna vers Kelley. Il regardait l'autre, engagé dans le tragique labyrinthe de la vie d'Eula. Les muscles de ses mâchoires ne cessaient de se contracter régulièrement, comme un cœur qui bat.

Soudain Kelley se raidit. Ses yeux s'exorbitèrent, et on aurait dit que ses paupières se retroussaient comme des lèvres. Ce regard terrifié les regardait tous deux sans les voir. Pendant une minute, rien ne bougea dans la pièce.

« Le spectacle est terminé, » grommela Farrel. « Qu'est-ce qu'il fait ? Il traîne ? » Puis il se rendit compte que les yeux fixes de Kelley ne regarderaient plus jamais rien.

Donzey hocha la tête. « Et voilà, dit-il, c'est quand on La voit. »

« Qu'est-ce qu'il a ? »

« J'ai dans l'idée qu'il est monté en voiture avec Eula. Je n'avais pas mis la minuterie. »

« Ah bon », dit Farrel. Il s'approcha de Kelley pour soulever son poignet. « Moi, ce que je vois, c'est un type qui nous claque entre les pattes... Dans un accident de voiture vieux de plus d'une semaine. »

Traduit par Didier Pemerle.
The Bones.

LARGO

Un sentiment que Sturgeon dépeint de façon merveilleuse, c'est l'amour, sous toutes ses formes, et plus particulièrement sous sa forme ultime : la haine. Voici l'histoire d'un amour violent et absolu. Jamais peut-être on n'a aussi bien illustré le vieux proverbe : la vengeance est un plat qui se mange froid. On y découvrira aussi la passion de l'auteur pour la musique.

LARGO

LES chandeliers du quatre-vingt et unième étage de l'Empire State Building balancèrent sauvagement. Une compagnie de soldats s'engagea sur un pont tout neuf et solidement construit, qui s'effondra. Enrico Caruso emplit ses poumons et chanta : le verre de cristal vola en éclats.

Et Vernon Drecksall composa son Largo.

Il le composa dans des chambres d'hôtel, le nota dans les trains, sur les bateaux, et cela dura plus de vingt-deux ans. Il commença à l'époque où le plafond de fumées était bas sur la ville, car les industries marchaient au charbon, et non grâce à l'énergie ondulatoire ; à l'époque où les hommes se parlaient au moyen de câbles et donc ne se connaissaient pas de vue ; à l'époque où les nations de la Terre étaient menées par la cupidité d'un homme ou celle des hommes. Ni la guerre de Trente Jours ni le Grand Changement qui s'ensuivirent n'interrompirent son travail. Il termina le jour de sa mort.

C'était de la musique. Phrase absurde et aphasique ! J'ai entendu une femme dire merci au docteur qui venait de la guérir d'un cancer et verser des larmes sur l'insuffisance des mots. J'ai connu un homme né dans la solitude, solitude qui ne fit que croître toute sa vie durant jusqu'à devenir une monstruosité. Alors il rencontra celle qu'il voulait pour femme et à qui un soir il dit : « Je vous aime. » Des mots, rien que des mots, mais qui comblèrent le vide immense qu'il avait en lui, le comblèrent si bien qu'il en déborda trois mots, dix lettres.

Le Largo, c'était de la musique. Dérivez à partir des mots, coupez-vous du sens produit par leur assemblage, et essayez d'imaginer la musique sous les espèces du Largo en mi mineur de Drecksall. C'est trop peu dire que les notes en étaient polies, elles étaient rutilantes. Si la musique est une succession de notes, alors le Largo transcendait la musique, car ses arrêts, ses syncopes, ses repos mélodiques étaient des silences teintés d'harmonie ou de dissonances. Seul le génie de Drecksall pouvait donner matière sensible au silence. La musique créait des gammes, des tons et des accords de silence dont le contrepoint brodait délicieusement les thèmes audibles.

Il était dédié à Drecksall lui-même, car il était un authentique génie, et tout ce qui n'était pas lui dans l'univers existait par rapport à lui. Mais le Largo fut écrit pour Wylie, et inspiré par Gretel.

Tous trois étaient jeunes quand ils se rencontrèrent. C'était dans un de ces bidonvilles d'été qui formaient d'étranges avant-postes aux casernements de la ville. On y voyait des plombiers, des artistes, des banquiers, des sténographes, des conducteurs de gravicab et des étudiants. Pascal Wylie était trapu et roué. Il était là pour dilapider un petit héritage au milieu de gens que ça épaterait. Il avait décidé que quand les petits millions auraient disparu, il trouverait bien quelqu'un qui allongerait les siens. Cela, par malheur, devait s'avérer. C'est injuste mais vrai : on voit toujours de ces gens qui parviennent à rendre leur parasitisme nécessaire à un quelconque dispensateur de fonds.

Gretel faisait partie des étudiants. Sans enthousiasme, elle suivait en ville des cours en vue d'un métier qui ne lui disait rien et qui de toute façon se serait passé d'elle. Féminine réplique de Wylie, elle dilapidait sa valeur maritale pour épater ceux qui en avaient moins qu'elle à dépenser. Comme lui, elle se laissait bercer, certaine que l'avenir pourvoirait au remplacement de son capital envolé. Son bien le plus rentable étaient un sourire prompt et une œillade promptissime, dont elle usait très fréquemment, chaque fois qu'une remarque faite en sa présence restait incomprise d'elle. C'étaient le sourire et l'œillade d'une fine et spirituelle intelligence, parfaitement convaincants. La promptitude de sa réaction était proportionnelle à la subtilité de la remarque. Ses lèvres plutôt pleines s'entrouvraient et l'on guettait la sage et brillante répartie qu'elles ne manqueraient pas d'articuler. Mais rien. Elle évoluait au milieu de métasnobs et de pseudotêtes dont la conversation arrivait à planer loin au-dessus de sa pauvre tête, jusqu'à ce qu'elle arque légèrement un sourcil doré ; on pouvait alors en déduire que tout cela était fort intéressant, mais un peu en deçà de ses moyens. Elle était inconcevablement cruche, et il ne fallait pas gratter l'émail.

Vernon Drecksall faisait la pluche et la plonge pour la cuisine commune. Il avait un violon, et cela seul comptait, sauf que pour jouer il faut manger et ce travail était la chaîne qui rivait son âme à un monde qui n'était pas le sien. Le nombre de dollars qu'il touchait par semaine était égal à celui de ses heures de travail journalières. En l'état de ses aspirations, la somme lui paraissait satisfaisante.

Chaque soir, après avoir récuré le dernier de ses quatre-vingt-dix faitouts, sorti ses trois barriques d'ordures et balayé ses cinq mille mètres carrés de plancher, il allait prendre le violon dans la chambre et courait se réfugier au loin. Il entrait dans la forêt par un mauvais sentier qui le menait au bord d'un lac de sommet. Dans les taillis épais, il se frayait un chemin jusqu'à une croupe granitique qui, au bout d'une langue de terre, retombait dans l'eau. Tous les soirs il venait sur cette scène sauvage et jouait avec un abandon bouleversant. Devant lui s'étendait l'eau tiède et noire cloutée de reflets d'étoiles, comme un public dont les yeux brillent. Et comme la lampe d'une ouvreuse, la lumière d'un héliplane ricochait sur l'eau. Comme la respiration de vingt mille spectateurs envoûtés, l'eau s'essoufflait interminablement en bruissements cassés sur les rives. D'applaudissements, jamais. Cela répondait mieux à sa disposition d'esprit. A Gettysburg non plus, on n'applaudit pas Lincoln.

Tous les dix jours, le plongeur avait une journée de congé, c'est-à-dire qu'il ne travaillait que jusqu'à midi, ce qui traînait jusqu'à quatre heures en raison de diverses besognes urgentes. Il avait alors le privilège de circuler au milieu de gens qu'il dégoûtait par ses plaintes : que les bois étaient pleins de vandales, que le lac était plein de bateaux, et que le téléjuke-box ne pouvait faire mieux que vulgariser une notion rythmiquement frelatée de la dissonance totale. Il n'attendait pas après ses jours de congé. Puis il rencontra Gretel.

Elle était assise devant une antiquité d'orgue électrique, les yeux dans le vide, la tête absolument vide. Derrière elle, le couchant ruisselait sur la montagne, allumait un halo dans ses cheveux et faisait de son corps à contrejour la seule éclipse digne de cette lumière. Rien n'aurait pu préparer Drecksall à cette vision. Il fut ébloui, ensorcelé. Il n'en crut pas ses yeux. Elle ne pouvait être que musique. Interprétation parfaitement logique, car chez lui le seul sens capable de percevoir une telle beauté était voué à la musique. Il s'approcha d'elle, et le lui dit. Ce n'était pas pour faire poétique qu'il déclara : « On vient de vous jouer sur cet orgue, mais vous étiez trop belle pour n'être que sons. » Il décrivait, tout simplement.

Elle tourna la tête et lui adressa un insondable demi-sourire. Elle inspira et le flot doré dans son dos coula le long de sa joue jusqu'à l'arche de sa narine. L'attitude était exquise ; elle lut dans ses yeux qu'elle lui plaisait et pensa : Il sent l'ammoniaque et le graillon.

Il avança la main et la toucha, craignant sincèrement qu'elle se dissolve en un éphémère crescendo musical dont sa mémoire ne retiendrait rien.

« Vous allez rester une femme vivante ? » demanda-t-il d'une voix défaillante. « Evidemment », répondit-elle.

Puis il lui demanda de l'épouser.

Elle vit un visage bosselé, quelque chose d'osseux, une poitrine creuse, des yeux hagards et elle fit non de la tête. Il fit quelques pas en arrière, puis se retourna et s'enfuit. Un dernier regard par-dessus son épaule lui fit voir une image qui illumina sa pensée jusqu'à sa mort. Car là, modulé en ombres et lumières, en chairs tièdes et couleurs fraîches, il avait devant lui son Largo ; il ne mourrait pas avant de l'avoir transposée en musique, celle sur qui, telle quelle, il n'avait pas prise. Il la posséderait en majeurs et mineurs, en syncopes et contretemps à vous dérégler le cœur. Il courait donc sans regarder devant lui, et sa tête heurta le montant de la porte. Il continua, d'un pas d'ivrogne, en sang, en larmes.

Gretel contempla pensivement ses ongles. « Ouah, dit-elle, quel débile ! » Elle se remit à ruminer le vide de son cerveau. Quelques jours plus tard, un soir, Gretel et Pascal Wylie étaient en canoë sur le lac de sommet, profanant voluptueusement le charme sacré dont Drecksall la parait, quand ils entendirent la musique.

« Qu'est-ce que c'est que ça ? » dit Wylie agacé.

« Du violon », dit Gretel. Pour elle l'incident était clos et pour un peu, on aurait entendu un clapet se fermer. Mais l'esprit aux aguets de Wylie était distrait. Elle s'en rendit compte et l'accepta comme elle acceptait n'importe quoi. « Qui ça peut être ? » demanda Wylie. Il effleura une manette et le silencieux moteur à solénoïde à l'arrière du canoë les projeta en direction du son.

« C'est le gars des cuisines », murmura Wylie peu après.

Gretel se remua juste assez pour voir. « Il est fou », dit-elle froidement. Elle aurait peut-être préféré que Wylie l'éloigne de ce bruit de violon, ou que Drecksall cesse de jouer, ou qu'il joue autre chose. Elle n'avait jamais entendu ce genre de musique, ce qui n'était pas étonnant quand on sait de quoi Drecksall était capable. Ça ne l'avait donc jamais ennuyée, entre autres parce que rien, en général, ne l'ennuyait. Elle fit un effort presque visible pour comprendre en quoi ça la dérangeait, se rendit compte qu'elle éveillait une culpabilité, postula qu'elle se sentait coupable d'être avec Wylie, et laissa tomber. Son raisonnement débordant quelque peu la musique, elle oublia celle-ci. Elle ne l'aurait pas oubliée si elle y avait reconnu son portrait tel qu'il se donnait à entendre au travers du regard d'un autre.

Wylie aussi était vaguement dérangé, mais différemment. Il ne se demandait pas pourquoi ce lave-vaisselle grattait son violon au bord du lac au lieu de dormir. Ce qui le turlupinait, c'était la façon dont l'homme faisait chanter son violon, un son qui allait de l'oreille aux tripes même si on s'en fichait, ce qui était le cas de Wylie. Il se demanda pourquoi les mains qui jouaient ainsi travaillaient dans l'eau de vaisselle. Il avait compris très tôt que le seul moyen de survivre (c'est-à-dire pour lui de faire du fric) était de rentabiliser son talent le plus exploitable. Il y avait là un type qui dépensait ses dons pour les arbres et les poissons.

La musique est un art, et aussi une science, et ceux qui voient les musiciens comme de doux incapables sont toujours éberlués de découvrir qu'ils ont souvent un sens très sûr de la mécanique. A l'inverse, celui qui ne sait que faire de ses dix doigts est rarement musicien. Ce soir-là, le jeu de Drecksall était maîtrisé, pensé, précis. Il construisait une chose pour lui aussi tangible qu'un pont pour un ingénieur.

L'œuvre promettait d'être terrible et belle une fois achevée, mais ses éléments étaient aussi nécessairement triviaux que ceux d'un pont : écrous, boulons, rivets tonaux. Et Wylie était intrigué par cet assemblage virtuose, bien plus sans doute qu'il ne le serait par l'ouvrage terminé.

Drecksall fit une pause après un arpège époustouflant, et resta, le violon à la main, posant sur l'eau un regard inquiet. Il venait de comprendre l'énormité de sa tâche. Submergé par ce sentiment, il n'était pas préparé aux applaudissements soudains de Wylie. Celui-ci applaudissait en fait à l'idée brillante qu'il venait d'avoir. Il allait se mettre dans les bonnes grâces de ce violoniste, se lier avec lui et l'amener à quelqu'un qui dirait s'il valait quelque chose commercialement. Si oui, Wylie prendrait un pourcentage. Dix, quarante, soixante-dix pour cent? Drecksall était jeune et apparemment du genre à se faire avoir. Il le pigeonnerait donc longtemps.

C'est ainsi qu'il frappa dans ses mains fines et poussa un sifflement aigu, comme un pépé au caf' conc'. L'andouille apprécierait sûrement d'avoir des admirateurs.

Drecksall sursauta comme un daim débusqué, faillit perdre l'équilibre puis s'immobilisa à la vue du canoë sombre, tandis qu'une bouffée de colère s'insinuait dans son cerveau. Il se sentit nu, contraint, bafoué. Son jeu nocturne exigeait une plus grande solitude privée que son corps, et voilà qu'on l'épiait outrageusement. Alors il brisa le violon sur son genou, lança les morceaux en direction du canoë et prit la fuite dans les bois noirs.

« Il est fou, je t'ai dit, » dit Gretel avec suffisance.

Il fallut à Pascal Wylie un bon moment avant qu'un vent favorable gonfle de nouveau sa voile.

Deux jours plus tard, Drecksall revenait du taillis proche du bâtiment central du bidonville, portant deux grands seaux à ordures. Il y avait là-bas un incinérateur, et, comme il en partait, il entendit un bourdonnement de rotors. Il leva les yeux, un cab descendait. Il n'y aurait pas fait plus attention s'il n'avait remarqué que le passager, qui sortait et payait le conducteur, avait un étui à violon sous le bras. Drecksall eut pour lui un regard d'un collégien devant une réclame de soutien-gorge.

« Salut, » dit Pascal Wylie. Drecksall fit un signe de tête.

« Je voudrais vous parler, » dit Wylie.

« A moi ? » Drecksall ne pouvait détacher ses yeux du violon.

« A vous. Il paraît que vous avez perdu votre violon. »

Drecksall ouvrit de grands yeux. Avec un sourire, Wylie lui tendit l'instrument. Drecksall laissa tomber ses seaux, happa l'étui qu'il ouvrit. C'était un bon violon, avec trois archets, des cordes de rechange et un diapason à bouche. Drecksall était tout pantelant, essayant de faire dire à sa bouche ce qu'exprimaient ses yeux.

« Vous avez envie de ce violon ? » demanda Wylie d'un ton dégagé. « Il est à vous si vous me rendez un service. »

« Lequel ? »

Wylie fit un geste vers le cab. « Montez avec moi, c'est tout. On va en ville, et vous jouez votre truc pour un ami à moi. Il y a des chances pour qu'après qu'il vous aura entendu vous puissiez jouer autant que vous voudrez sans plus jamais laver de marmites. Ça vous dit ? »

Drecksall regarda les seaux renversés à terre. « Je ne peux pas partir, » dit-il, « je perdrais mon travail. »

Wylie ne pensait pas à ça. Si l'audition ne marchait pas, il crèverait de faim. Il fallait aussi envisager cette désagréable éventualité. Mais le violoniste avait une chance. Il lui reprit le violon des mains et retourna vers le cab. « Très bien, d'accord. »

Drecksall ramassa ses eaux et son regard ébaubi suivait Wylie. Son ex-futur imprésario monta sans un regard en arrière. Celui-ci, avec une maladresse très étudiée, avait un mal fou à faire entrer l'étui à violon dans le cab. Il s'agita un instant à l'extérieur, noir, luisant, désirable ; puis Drecksall remarqua l'odeur infecte des seaux. Il courut et monta dans le cab.

« C'est gentil, » dit Wylie.

Drecksall lui reprit l'étui et l'ouvrit. « Je n'ai jamais eu un si beau violon, » dit-il simplement.

L'audition se passa sans accroc. On mena Drecksall à une pièce insonorisée où se trouvaient un novacorde et une petite organiste pas agréable. On lui donna une pile de partitions qui, à part certaines, lui étaient inconnues. Un voyant rouge s'alluma et dans le haut-parleur une voix lasse dit : « Allons-y. » Il joua pendant une heure, ne s'arrêtant que deux fois pour accorder son violon qui était neuf et capricieux, et une autre pour mettre au pas l'organiste qui, passé les premières mesures, n'avait jamais si bien joué de sa vie.

Plus tard, dans une autre pièce, Wylie était convoqué pour parler à un personnage important. Il traversa la pièce et, le chapeau vissé sur la tête, alla s'asseoir cavalièrement sur le bord du bureau. Il inspecta ses ongles tandis que l'homme assis derrière le bureau lui parlait.

« C'est vous l'imprésario ? »

« Mmm-mmm. »

« Huit cent pour trente minutes pendant treize semaines à raison de cinq fois par semaine. » Il tira du bureau un contrat tout prêt, remplit quelques espaces laissés en blanc, et le poussa vers Wylie. Celui-ci y jeta un œil distant comme s'il s'agissait des seaux à ordures de Drecksall, prit le stylo, barra huit cent et marqua cinq mille. Puis il bâilla et regarda la fenêtre.

« Ne soyez pas idiot, » dit le type de la radio. Il y eut une lame dans son regard, puis un soupir entre ses lèvres. Il prit un autre contrat, qui portait sur deux mille. Wylie signa sans se faire prier. « Faites deux chèques, payables au porteur, » dit-il « un de mille huit cents, et un de deux cents. »

Derrière le bureau, l'homme les rédigea. « Le chèque de dix pour cent, c'est le vôtre ? » Wylie sourit.

« Vous êtes un chancre, » dit le personnage directorial, et il lui tendit les deux rectangles de papier.

Devant la porte, Wylie toucha le bord de son chapeau, avec un sourire qui montrait les dents. « Merci beaucoup, Monsieur, » dit-il. Puis il alla retrouver Drecksall pour lui donner le chèque. Celui-ci le regarda et faillit s'étrangler.

« Deux cents dollars ? »

Wylie fit oui de la tête. « Vous êtes engagé. Filons d'ici. »

Ce n'était qu'un début. Wylie avait un nombre confondant de relations, et avant la fin de l'année Drecksall connaissait la notoriété nationale. L'argent coulait à flot, et comme Wylie était aussi adroit qu'intéressé, il veillait à ce que Drecksall n'en manque jamais. Dans ces conditions, celui-ci ne posa jamais le problème du pourcentage prélevé par Wylie qui, de son côté, était extrêmement discret sur l'usage de son argent.

Puis il arriva autre chose.

Un après-midi, Drecksall rentrait en hâte dans l'appartement qu'il partageait avec Wylie à Safrisco. C'était un endroit savamment conçu mais pas tapageur. Il répondait, entre autres, à la seule exigence de Drecksall : une salle d'étude totalement insonorisée. Celui-ci ouvrit donc la porte à la volée, et avait déjà traversé la moitié du séjour quand il se dit qu'il avait vu en entrant un visage inconnu. Il se retourna.

« Salut, » dit Gretel. Elle posa son verre et ôta ses pieds du divan. « Tu te souviens de moi ? »

Drecksall fit oui en silence sans la quitter des yeux, tout en ôtant ses gants.

« Vous avez changé, » dit-il l'instant d'après, à la vue de ses vêtements, de sa coiffure.

« Pas étonnant. » Un sourire rapide. « Je suis mariée. »

« Ah... » Ça ne rentrait pas facilement dans sa tête. « A qui ? »

« A Pascal. »

« C'est lui... qui vous a changée ? »

La cervelle d'oiseau de Gretel commanda un rire gazouillant. « Evidemment. »

« Mon Dieu, » souffla Drecksall, dégoûté.

Il alla dans sa chambre et ferma la porte. Ce

n'était qu'un début, celui de sa haine pour Wylie.

Gretel reprit son verre. « Toujours aussi fou, » dit-elle.

Vernon Drecksall n'avait pas, sur la plupart des choses, des idées plus insensées que la plupart des gens. Il avait une idée fixe ; qu'il ait agit en conséquence n'est guère blâmable. Lui et son étrange vision personnelle de Gretel étaient faits l'un pour l'autre. Il en était le réceptacle idéal, qu'elle avait rempli complètement. C'était une vision miraculeusement unique, rebelle à la répétition, tout en or du couchant, ombres violettes et cette inoubliable touche de rose éveillée par la transparence de la narine. Rien ne lui permettait de comprendre l'altération de cette image. Ce qu'il savait, c'est qu'elle ne cadrait plus, quelque chose avait détruit cette perfection. Elle lui avait dit que ce quelque chose était Pascal Wylie. Il fut la proie d'un désespoir impérieux. Il n'y pouvait plus rien, sauf à poursuivre sa composition, mais ne s'en rendait pas compte. Elle lui reviendrait ; un jour. Un jour, elle surgirait de son violon comme un bulle mélodique qui se poserait et crèverait pour la révéler telle qu'elle avait paru un soir d'été. Elle serait à lui. Gouverné par son idéal, il ramait. Au fil des heures et seul dans sa pièce insonorisée, il travaillait au Largo. Travail parfois récompensé par l'achèvement d'un élément : il avait déjà une phrase pour les cheveux, un trait pour ses yeux quand elle tournait la tête, un stupéfiant contrepoint pour sa voix. Chaque détail maîtrisé était soigneusement noté, et il se les jouait, rejouait jalousement, les yeux pleins de sa vision, se forçant à retrouver des sonorités plates pour le contexte trivial de l'image : la fenêtre derrière elle, la vieille boiserie rayée de l'orgue Hammond, la déchirure au côté de sa chaussure.

Pendant la guerre et ses lendemains désolés, il se félicita que les concerts, enregistrements et apparitions en public ne soient plus de mise, car ils prenaient sur son temps de travail. Au fin fond d'un hôtel à moitié en ruine, il travailla à la lueur d'une chandelle, tandis que trois vagues successives de contre-révolutions déferlaient et battaient contre sa pauvre citadelle de silence. Par deux fois, il vit Pascal Wylie, mort de peur, et les deux fois il le mit physiquement à la porte, sans rien vouloir entendre de ses plaintes et de ses avertissements comme quoi ils allaient tous être fusillés. Wylie était dans la politique jusqu'au cou et au-delà, mais il sut rester dans l'ombre et laisser ses dollars exprimer ses opinions. Puis lorsque le monde épuisé commença de se relever, Drecksall était sans doute le seul survivant à ne pas savoir ni vouloir savoir ce qui s'était passé. Certes, il avait été concerné dans la mesure où la source de ses revenus avait disparu. Mais pour lui c'était lettre morte. Cela reviendrait, il en était certain et il avait raison. Le Grand Changement était en voie, et la renaissance du pays donnait du travail aux gens comme lui.

Les années passèrent devant sa porte comme avait passé la violence de la guerre, de la révolution et du redressement. Les années le laissèrent seul et, si scandaleux que cela paraisse, le seul objet ayant gardé pour lui consistance et permanence au cours des temps agités était l'étrange créature. Gretel avait changé, car son éclatante beauté était de l'espèce rustique qui se fane vite. Elle se préparait un avenir de dessus de cheminée avant de finir comme gargouille incorporée au-dessus même. Wylie faisait moins d'efforts pour elle (l'habitude y suppléait) que pour rebâtir sa fortune. Et Drecksall joua.

Quelque chose s'insinuait dans la construction du Largo. Le thème central lui-même, cette reproduction transcendée et palpitante de Gretel, se trouvait inscrit dans une masse sonore plus sombre, plus grave. Cela sonnait comme la violence, la haine. C'était Pascal Wylie, qui tournait autour de Gretel. Ce n'était plus seulement la musique insensée de Drecksall. C'était un plan, le programme détaillé d'une action. Le même mouvement qui le poussait à la perpétuation de sa Gretel disparue le faisait agir en conséquence avec Wylie.

Puis vint le temps où Drecksall sentit venir la fin du Largo. Les partitions ne suffisaient plus, il allait falloir l'audience, l'exécution. Il ne pouvait être joué ni dans une salle de concert ordinaire, ni en plein air. Il lui fallait, pour se déployer, un auditorium conçu exprès.

Ce genre de bâtiment était inconnu à la surface du globe, et Drecksall n'avait jamais imaginé le contraire. Il le construisit. Cela prit deux ans au plus, coûta des milliers de dollars, à tel point qu'il alla même en demander à Wylie ; et Wylie, craignant qu'il ne commence à poser des questions, allongea la monnaie, expliquant suavement que les directeurs de salles et les radios payaient mieux ces temps-ci. Du moment qu'il en avait assez pour son projet, Drecksall s'en moquait.

Les difficultés ne manquèrent pas. Il lui fallut des mois avant de trouver un entrepreneur qui ose se lancer dans la construction de l'auditorium, des mois encore avant d'en trouver un qui accepte de respecter les desiderata de Drecksall, au millimètre près. Ah, les admirables colères de Drecksall quand il voyait sur les plans de menues variations. Avec le temps, il devint allergique aux indignations du genre : « Figurez-vous, Monsieur Drecksall, que je suis architecte diplômé, et votre incontestable autorité musicale ne vous qualifie pas pour... » Après avoir brisé quelques coûteux violons et accessoires sur quelques têtes diplômées, il cessa tout contact direct avec les gens du bâtiment, et se contenta de traiter avec eux par courrier, quitte à tremper sa plume dans le vitriol.

Une fois achevé, cependant, l'auditorium était conforme à ses souhaits, depuis l'assise rocheuse et le sol de terre jusqu'au sommet de la tour carrée. L'édifice était étrange. Il n'était pas de dimensions cyclopéennes. On aurait dit l'étrave stylisée d'un vaisseau spatial. Les murs étaient minces à la base et épais au sommet en coupole. L'intérieur laissait voir la structure de l'ensemble. Elle se composait de trente-huit arches qui, réunies au sommet, formaient la paroi circulaire des côtés et du sol. La tour, de béton armé massif, était courtaude. Les fenêtres étaient absentes et la porte à auto-effacement ne se distinguait pas du mur. L'éclairage était assuré par un dispositif encastré dans la paroi interne. La seule altération de cette composition géométrique était un lourd bloc de béton qui surplombait de très haut un siège de pierre. Un semblable siège se trouvait à l'autre bout de la salle, sauf que le mur derrière lui et au-dessus n'avait rien de spécial. Au centre exactement du bâtiment, un petit carreau rouge était posé sur le sol, et la scène, l'endroit où jouer n'étaient pas autrement marqués. Etrange création en vérité, conçue dans un but étrange.

Comme il s'attendait à des résistances, Drecksall fit connaître ses volontés plusieurs semaines à l'avance. Elles furent respectées. Wylie ne comprit pas pourquoi il devrait aller à l'intégrale de ce chef-d'œuvre alors que la musique était le cadet de ses soucis ; pourquoi il devrait aller dans cet endroit perdu, à des kilomètres de toute ville, pour l'entendre ; pourquoi cela ne se passait pas dans leur appartement ou à leur maison de campagne, pourquoi surtout il devrait secouer Gretel de la torpeur intellectuelle et la traîner jusqu'à l'auditorium. Drecksall, après l'avoir écouté patiemment, dit : « Je ne te demande pas grand-chose, » et quitta la pièce. Il y revint l'instant d'après avec le concerto pour violon qu'il glissa dans un plexiderme avant de le mettre dans sa valise. « Je ne jouerai plus, » dit-il tranquillement, « tant que Gretel et toi, n'aurez pas entendu mon Largo seuls dans l'auditorium. » Puis, laissant Wylie adresser d'impuissants haussements d'épaules à l'étui du violon, il sortit.

Quarante-huit heures plus tard, Wylie comprit que Drecksall ne plaisantait pas, car un concert était prévu à cette date. Wylie mit son smoking et passa prendre Drecksall. Celui-ci, négligemment allongé sur le divan de sa salle d'étude, refusa de s'y rendre. Furieux, Wylie annula le concert. Il ne céda ni cette fois ni la suivante, mais lorsqu'il lut dans un fascinal que le Vieux Maître s'aigrissait et que désormais il faudrait peut-être faire précéder de *peut-être* toutes les dates de ses concerts, il craqua, se disant qu'au fond il n'y avait pas de quoi faire des histoires. Drecksall avait gagné sans trop de difficultés.

Enfin, ils louèrent un héliplane qui les emmena jusqu'à l'auditorium. Comme ils atterrissaient, Wylie sortit de sa bouderie pour demander combien de temps ils resteraient ici.

« Je ne saurais dire, » dit Drecksall avec un sourire béat.

« Combien de temps il dure, ton morceau ? »

« Une heure à peu près. »

« Je lui dis de venir nous reprendre à ce moment-là ? » demande Wylie en lui désignant du menton le pilote de l'héliplane. Drecksall descendit et aida Gretel à sortir. « Si tu veux, » dit-il.

L'héliplane s'éloigna et ils prirent le mauvais chemin de terre jusqu'à l'auditorium.

« C'est là ? » demanda Wylie.

« C'est là. »

Wylie regarda. « C'est pour ça que tu es allé dépenser tout ce fric ? On ne peut même pas y faire entrer cinquante personnes. »

« Ça n'était pas non plus mon intention. »

Ils arrivèrent devant la porte, c'est-à-dire là où le chemin butait contre le mur. Drecksall s'arrêta pour les regarder.

« Tu as un col à ta chemise, enlève-le. »

« L'enlever, pourquoi ? »

« Cette salle est le dernier cri — mon dernier cri — de l'acoustique. Je veux que rien n'interfère. » Il regarda Gretel, plantée là, soumise comme à l'accoutumée. « Dis-lui d'enlever ses bas, aussi. Leur pellicule de plastique peut faire écho. »

Wylie regarda par-dessus son épaule le point fuyant qu'était devenu l'héliplane, puis, haussant les épaules, il ôta son col. « Enlève tes bas, » dit-il à Gretel.

Le spasme qui chez Gretel manifestait l'activité cérébrale contracta certains muscles de son visage neutre. « Il est fou, » dit-elle en regardant Drecksall.

« Pas d'histoires, » dit Wylie, « allez, enlève-les. »

Cela fait, Drecksall ouvrit la porte et passa après eux. Il alluma les lumières et referma la porte. « Assieds-toi là, » et il indiqua à Wylie le siège sous le surplomb rocheux. Il mena Gretel à l'autre siège. Puis il prit son violon, rangea l'étui dans un renfoncement du mur que vint masquer un panneau.

« C'est dingue cet endroit, » dit Wylie. L'écho comme un boomerang vint percuter ses oreilles. Echaudé, il reprit à voix basse : « Qu'est-ce qui t'en a donné l'idée ? »

Drecksall cessa le va-et-vient des crins de l'archet sur la colophane. « Ce qui m'en a donné l'idée ? L'étude, tout simplement. Des années d'études. La patience infinie de percer les secrets grands et petits de l'acoustique. Maintenant tais-toi, je vais jouer. »

Il cala la caisse du violon au creux de son cou, fit sonner les cordes à vide et baissa l'une d'elles d'un dixième, ou moins, de ton. Puis, sans un mot de plus, il joua.

Que dire de plus sinon qu'il jouait le Largo ? Une introduction stridente tissait un cadre flamboyant à sa vision de Gretel, et Wylie se sentit pris dans la trame que, comme une navette, faisait passer et repasser l'archet. Mais une partie de son esprit engrenait sur le pourquoi de l'auditorium, le fait qu'il soit construit pour abriter seulement deux auditeurs, la surprise de découvrir après des années que Drecksall avait su agir en secret, la constatation que l'acoustique en était vraiment stupéfiante. Les notes s'épanchaient du violon inspiré, prenaient leur essor vers le haut du dôme qui les rabattait avec une force à faire trembler le bâtiment. De l'écho, il y en avait, et bientôt les sons réverbérés prirent le dessus, à tel point que Drecksall put se contenter d'une ligne mince et flûtée accompagnée par la retombée des pans sonores édifiés quelques secondes auparavant.

Brusquement, la musique agressa les tympans par un thème qui impliquait aussi bien la comateuse Gretel que Wylie, leur fouillait la mémoire jusqu'à leur faire retrouver un lac noir. Ils revirent la silhouette qui, sur le rocher lançait sa musique dans l'air chaud du lac de sommet. Le même thème encore, puis cette séquence, cette débâcle de notes graves, puis, avant même que ses auditeurs aient pu être pris de court, le thème quasi télépathique, puis les va-et-vient de navette entre le rugissement des graves et le thème du souvenir, toujours plus rapidement enchaînés, crescendo. Ils finirent par se fondre dans une montée vertigineuse, monstrueuse trombe de son qui toucha le fond du dôme pour déferler vers le bas, arrachant au passage le bloc qui saillait du mur, précipitant les tonnes de béton sur la tête de Pascal Wylie. Le fracas intégra précisément sa masse symphonique au ton et au rythme de la musique, et lorsque les derniers échos moururent, toute la partie du sol touchée s'abaissa, emportant le corps écrasé de Wylie sous les décombres, et un panneau glissa pour masquer l'ouverture. L'acoustique de l'auditorium était prête à accueillir la suite.

Gretel était toujours assise, paralysée par la peur. Drecksall jouait avec ardeur. Le Largo venait de faire œuvre de justice. Depuis longtemps il avait envie de tuer Wylie car celui-ci avait tué la Gretel de l'image. Mais l'artiste intégral ne s'autorise que les armes de son art. Or il avait toujours été question de musique.

La reprise de sa vieille, vieille vision pouvait commencer. Sans un regard pour celle qui avait été son modèle, il esquissa les grands traits de son portrait sonore puis les reprit sans cesse jusqu'à combler tous les espaces. Sans jamais contredire le premier jet, il en fouillait les lignes pour atteindre à un plus parfait achèvement. Gretel elle-même ne manqua pas d'y être sensible. La musique bougeait avec une perfection mécanique sur son écran mental dont la surface se consumait irrémédiablement à son contact. Elle avait la calme promptitude du faisceau photoélectrique transmettant codée une image. Comme lui, sa démarche était indirecte, mais implacablement déterminée.

Sollicitées, les cordes bourdonnaient, grésillaient, et les doigts de Drecksall étaient un brouillard quelque part sur le manche. Gretel, qui n'en revint pas, sentit sur sa peau le tissu des vêtements qu'elle portait ce jour-là, sentit la chaleur du soleil couchant dans son dos et ses lèvres bougèrent pour articuler les mots qu'elle avait dit alors, tant la musique était criante de vérité.

Puis, sur un son suraigu, la composition s'acheva. L'image ne tenait plus qu'au fil d'une note mince et haute qui déclina, déclina encore jusqu'à s'enfler en un vibrant et grave point d'orgue, infiniment impérieux qui se prolongea, insoutenable, emplissant la salle au point de redoubler la pression interne de l'air. D'ailleurs un sable de pierre effritée cascadait à la base de la tour. Puis la pierre écartelée ne tint plus. Le dôme céda et la tour carrée apparut au travers.

Vernon Drecksall sut qu'il tenait sa vengeance. Le béton s'ouvrit très haut au-dessus de sa tête, laissant entrer un rayon de soleil doré qui vint se poser, dans la poussière et le tonnerre, sur Gretel assise. Drecksall, dans son délire triomphant, revit une pose, des cheveux, une expression qui étaient l'incarnation du Largo. Avec un cri de joie, il jeta son violon, et la prit dans ses bras au moment même où la tour s'écrasait sur eux deux. Il était vengé, et il avait consommé.

Les chandeliers du quatre-vingt et unième étage de l'Empire State Building balancèrent sauvagement. Une compagnie de soldats s'engagea sur un pont tout neuf et solidement construit, qui s'effondra. Enrico Caruso emplit ses poumons et chanta : le verre de cristal vola en éclats.

Traduit par Didier Pemerle.

Largo.

CICATRICES

Le western est un genre typiquement américain. Sturgeon a écrit plusieurs histoires anecdotiques sur la vie des pionniers. Non seulement parce qu'il est américain, mais surtout parce que les magazines spécialisés formaient un excellent débouché pour un écrivain professionnel, obligé de gagner sa vie. Voici un échantillon de cette facette peu connue de son talent. On verra qu'il n'y a nullement oublié sa vocation pour l'horreur et l'humour macabre.

CICATRICES

QUAND ce qu'on a sur le cœur devient lourd, il faut le poser. Mais pas sur la pierre ni à la fourche d'un arbre comme un paquet pesant. La seule chose qui puisse prendre sur soi ce poids, c'est une oreille humaine. Encore faut-il que ce soit au bon moment, dans une solitude à deux. On ne peut le faire seul, ni largué dans une foule.

Cette solitude, les garde-clôture la connaissent, ils l'ont jusqu'à la gorge au bout de deux ou trois semaines de tournée. Chaleur, moustiques et son monocorde du fil sous les tenseurs le jour, silence et étoiles la nuit. Et un soir quelque chose tombe dans le feu, un loup hurle, et l'homme s'aperçoit que son compagnon est réveillé aussi et que cette chose qu'il a sur le cœur croît, gonfle, s'alourdit. Si c'est assez lourd, on peut le déposer délicatement au sol comme une porcelaine protégée par d'épais lambeaux de silence.

Les bons contremaîtres savent assortir judicieusement leurs garde-clôture. Il arrive que l'un d'eux dise des choses qui lui ont poussé comme les cals produits par les pinces coupantes, des choses qui font partie de lui comme une entaille à l'oreille ou des cicatrices de balle au ventre ; et celui qui les entendra n'en parlera jamais une fois le jour levé, ou tant que son compagnon ne sera pas mort, ou jamais.

Kellet avait les mains calleuses de manier la pince, une entaille à l'oreille et de vieilles cicatrices de balle dans le bas-ventre. Il est mort, maintenant. Powers n'avait rien demandé au sujet des cicatrices. Powers était un bon garde-clôture et un bon compagnon. A part le grognement quand le piquet était à la bonne profondeur, le « Tiens » quand l'un d'eux tendait un outil, ils travaillaient en silence. Quand ils s'apprêtaient à bivouaquer pour la nuit, il n'y avait pas de « Va chercher le bois » ni de « Va faire le café ». L'un ou l'autre s'en chargeait, c'est tout. Après, ils restaient assis à fumer, quelquefois à parler de choses importantes pour eux ou non.

Kellet a parlé de l'oreille un soir en faisant le dîner. Recourbé pour protéger le feu du vent, il secouait à petits gestes vifs la poêle à long manche. Il a regardé comme brusquement on étudie l'aspect d'une bague qu'on porte depuis des années.

« C'était dans une bagarre, » dit-il.

Et Powers : « Une femme ? »

« Oui, dit Kellet, je sortais avec une couturière de Kelso quand j'étais jeune homme comme toi. Je mangeais là. Elle cuisinait irlandais, et bien. »

Ils mangeaient toujours, dix minutes plus tard, quand il poursuivait : « Arrive l'autre type, les cheveux gominés, l'air pas clair. »

« Mexicain ? »

« Oriental. »

Là-dessus, le silence de Powers était plus d'approbation que d'écoute.

« Elle lui dit d'entrer. Elle lui sert ce qui devait être mon rab de Stew. Elle se met à ricaner et à faire des chichis avec lui. » Il s'arrêta pour mâcher, et l'obstacle étant avalé, il reprit après avoir puissamment craché : « Remarque, j'ai râlé un peu. Ç'a été plus fort que moi. Après il m'a dit des mots qu'on emploie pas devant une dame. On commence à s'en balancer, et ça a fini vite. Tu vois cette oreille ? »

« Il a sorti un couteau ? »

Kellet, de sa grosse tête couturée, fit non : « Non. Elle m'a donné un coup de poêle, une poêle à long manche. Ça m'a emporté la moitié de l'oreille. Après, il a fallu que je passe trois quarts d'heure à savonner mes mains pour enlever la gomina. »

Les trous dans son ventre, c'était une balle, et Kellet en parla brièvement à Powers, un après-midi qu'ils faisaient trempette dans une rivière froide.

« J'avais un peu de brioche à l'époque, » dit Kellet. « La balle est entrée d'un côté, ressortie de l'autre. Un moment, je me suis dit qu'ils auraient mieux fait de m'attacher, de me piquer, de me saigner et de me fumer. Mais je m'en suis sorti. Je peux te dire que ma brioche je l'ai perdue à l'hôpital. Ils me donnaient à manger rien que des bouillies, des choses comme ça. J'avais les tripes tout emmêlées avec des croisements et des déviations. »

« Un soir, le type du lit d'à côté meurt. On nous réveillait avant l'aube pour le petit-déjeuner. Le type avait des pruneaux. Je les aurais bien mangés. Quand j'ai vu qu'il n'en aurait plus besoin, je les ai pris. Je croyais que personne s'en apercevrait. » Il eut un petit rire.

Plus tard, ils étaient rhabillés, en selle et longeaient la clôture ; il ajouté : « Ils ont trouvé les noyaux dans mes pansements. »

Mais c'est le soir que Kellet raconta l'autre chose, celle qui poussait comme un cal et s'enfonçait plus loin que les cicatrices de balle.

Pour une fois, c'était Powers qui parlait. Les femmes. « Elles te sortent toujours des trucs, » dit-il d'un ton amer. Il sortit un bras de son sac de couchage et s'appuya sur un coude. Prenant une voix de fausset rocailleuse, il continua : « Je t'aimerais tellement mieux, George, si tu te conduisais comme un gentleman. »

Il rentra son coude et se recoucha ostensiblement. « Je sais ce que c'est, un gentleman, c'est ce que tu pourras jamais être même avec des ailes dans le dos et des auréoles sur la tête. Moi, je n'en ai jamais vu. Je veux dire que je n'ai jamais vu encore un type à qui un jour une femme ne puisse jamais dire de se conduire comme un gentleman. »

Le feu lançait haut ses flammes, qui se rétrécirent. « J'en suis un, » dit Kellet.

Powers perçut alors la chose, cette pesante hernie de la mémoire. Il ne dit rien. Il était éveillé, et il savait que Kellet s'en était aperçu.

Kellet dit : « Tu connais, du côté de Pushmataha ? Non, je ne pense pas. Il y a un petit cours d'eau, le Kiamichi. Je venais de quitter une équipe à Winding Stair et je me baladais. Je passe une petite montée et je redescendais vers la rivière quand je vois quelque chose qui agite l'eau. Une femme. J'arrête vite fait. Je n'en croyais pas mes yeux. Elle était toute nue. »

« Elle remonte vers l'autre rive. Elle a de l'eau jusqu'aux genoux. Elle renvoie en arrière ses cheveux et elle me voit. Elle pique une tête. Remarque, elle a glissé. Elle est au fond, elle ne bouge plus. »

« J'étais emmerdé, tu peux le croire. Je ne suis pas du genre à surprendre les femmes. J'aurais pu faire demi-tour, oublier tout ça, mais alors je la laissais se noyer. Elle était peut-être blessée.

« J'ai galopé jusqu'en bas, quitte à la trouver vivante et en rogne plutôt que morte et en paix.

« Elle s'était bien esquintée. C'était la tête. A cent mètres en aval, il y avait une exploitation. Je l'ai ramassée, elle ne pesait pas plus lourd qu'un bébé bison, et je l'ai amenée là-bas. J'appelle, personne. J'entre, je trouve un lit, je la pose dessus. Je la laisse, je siffle mon cheval, je prends mes sacoches. Quand je rentre, elle saignait tant qu'elle pouvait. Je trouve une serviette pour mettre sous sa tête. Je lave la blessure avec du whisky, une entaille de dix-douze centimètres juste sous la racine des cheveux. Elle avait des cheveux, tu sais, de ce noir qui fait bleu au soleil. »

Il resta longtemps sans rien dire. Powers prit sa pipe, la bourra, se leva, prit une braise dans le feu mourant pour l'allumer et retourna à son sac, sans un mot.

Kellet était prêt. Il reprit : « Elle était vivante, mais inconsciente. Je ne savais pas quoi faire. Le sang a fini par s'arrêter de couler, mais comment j'aurais pu la soigner ? Je ne suis pas docteur. Alors je me suis assis près d'elle et j'ai attendu. Elle allait se réveiller, ou bien quelqu'un viendrait. Peut-être aussi j'allais avoir ma dose d'ennuis si quelqu'un venait, je le savais bien. Mais quoi, je n'allais pas reprendre mon cheval et hop.

« Quand il a commencé à faire noir, deux ou trois

heures plus tard, j'ai fait du café, du mien. Pendant qu'il passait, j'ai entendu un drôle de petit cri dans l'autre pièce. Elle était là, assise toute droite, à me regarder par la porte, à serrer la couverture comme pour se la rentrer dans le corps, les yeux grands comme des anneaux d'attache. Je vais la voir, et elle a encore ce petit cri en se réfugiant dans un coin. Elle me disait de ne pas la toucher.

« J'ai dit : ça non, madame. Vous êtes blessée. Calmez-vous, ça vaudra mieux.

« Qui vous êtes, elle dit, qu'est-ce que vous faites là.

« Je lui dis mon nom et : ça y est, ça resaigne, couchez-vous que j'arrange ça.

« Je ne sais pas si elle m'a cru ou si elle s'est évanouie, mais elle s'est recouchée, et j'ai mis un linge sur sa blessure. Elle a dit : qu'est-ce qui s'est passé.

« Je lui ai raconté comme j'ai pu. Et voilà qu'elle se relève. Elle dit : je me baignais, je n'avais pas de... et elle ne finit pas sa phrase, elle pousse des petits cris.

« Je lui dis comme ça : vous êtes tombée sur votre tête, madame, ça je m'en rappellerai. J'ai fait ce que j'ai cru bon de faire. Remarquez, c'est de ma faute. Je ne vous veux pas de mal. Dès qu'il y aura quelqu'un pour vous aider, je partirai. Où sont les hommes ?

« Ça l'a rassurée. Elle m'a parlé d'elle. Elle avait la ferme. Elle avait un droit de préemption et dix-huit mois avant la fin de ce délai. Un mari tué dans un éboulement. Elle lui avait juré de continuer la ferme. Elle ne savait pas ce qu'elle ferait après, mais elle tiendrait sa promesse dur comme fer. Elle avait du cran. »

Kellet se tut, encore une fois. La pâleur de la lune rejetait vers l'est le gros de l'obscurité. La pipe de Powers se mit à gargouiller.

« Le voisin à vingt kilomètres en aval avait brûlé l'hiver d'avant. Le type à douze kilomètres en amont était monté à Winding Stair avec sa femme et ne reviendrait pas avant deux mois. Quant à la fille, elle faisait du maïs, des pois à sécher et aussi des patates. Elle ne voyait jamais passer personne ou presque. Comme il faisait chaud ce jour-là, elle était allée se baigner à la rivière.

« Je lui ai demandé si elle n'avait pas peur des routards comme moi ou des hors-la-loi. Elle a pris un petit pistolet caché sous son lit en disant : Voilà pour ces ordures. Et aussi un petit couteau pointu. Elle a dit : ça, c'est pour moi. Tout simplement. Je lui ai dit de ne jamais s'en séparer. Si c'est pas dommage, une fille si courageuse, j'en étais malade.

« Je voulais dormir dehors, sous l'auvent. Après qu'on a parlé un peu, je lui ai fait des galettes de maïs, et elle a dit que je pouvais dormir dans la cuisine si je voulais. Je lui ai dit de verrouiller sa porte. Elle l'a bloquée avec une grande barre de bois. Je me suis mis dans mon sac, et dodo. »

La lune fut une escarboucle au front de la colline ourlée de lumière, puis un diadème, puis une couronne.

Powers rangea sa pipe.

« Le lendemain matin, dit Kellet, elle ne pouvait pas se lever. Comme elle ne répondait pas, j'ai enfoncé la porte. Elle avait une sale fièvre. Elle se rendormait toujours. Elle restait réveillée une minute ou deux et elle se rendormait. Je suis resté près d'elle pratiquement toute la journée sauf pour m'occuper du cheval et pour les bricoles indispensables. Je me suis occupé d'elle comme d'un gosse. Je lui passais de l'eau froide sur la figure. Jamais, je n'avais fait ça, et comme je ne savais pas trop, j'ai fait de mon mieux.

« L'après-midi, elle a parlé pendant une heure, comme une folle. A son mari, comme s'il était assis là à ma place. Il avait de la veine, son mari. Elle disait...

« Tu t'en passeras, de ce qu'elle a dit Mais moi, je me prenais à lui répondre de temps en temps : oui, chérie, quand elle le réclamait. Il était mort depuis bien un an, mais elle n'y croyait pas encore, pas complètement. Elle lui disait... des choses qu'on ne m'a jamais dites à moi. Mais quand je lui répondais, elle se calmait. Quand elle appelait, elle s'agitait, elle rouvrait sa blessure. Qu'est-ce que je pouvais faire d'autre ?

« Le lendemain, elle était mieux, mais faible comme un poulain sevré au vent du désert. Elle dormait tout le temps. J'ai trouvé où elle mettait son gibier à sécher, et l'ai fini. J'ai pris quelques légumes en plus de ses haricots secs. Je retournais tout le temps voir si elle allait bien. Je me suis rappelé avoir vu de grosses baies rouges d'églantine près de la crête et j'ai été lui en prendre pour mettre dans ses gâteaux l'hiver.

« On a passé quatre-cinq jours comme ça. Un jour j'ai eu un daim, je l'ai dépecé et mis à sécher. J'ai rafistolé des boiseries sous l'auvent et dans la maison. Ce que je pouvais. La fois que j'ai réparé la porte de la cuisine que j'ai enfoncée, elle m'a regardé de son lit et une fois fini elle m'a dit que j'étais bien. Vous êtes bien, Kellet, elle m'a dit.

Pas grand-chose mais pour moi c'était beaucoup. »

Powers regarda la lune monter se mettre en équilibre sur le sommet avant de se larguer dans le ciel. Un arbre mort isolé sur le sommet se dressait devant, comme une main noire dressée devant un visage doré.

Kellet dit : « Regarde cet arbre, il a l'air solide, et pourtant... il est bien mort. »

Quand la lune se lâcha, Kellet dit : « J'ai réparé la porte avec une solive neuve et des bons gonds. On aurait du boulot pour la défoncer maintenant. Elle... »

Powers attendit.

« ... Ne s'en est jamais servie. Après elle allait assez bien pour aller et venir un peu. Peut-être qu'elle n'y pensait plus. Peut-être que si. La nuit, je me couchais dans mon sac et j'attendais. Pas longtemps. Elle me disait depuis la chambre : Bonne nuit, Kellet, dormez bien. Des choses comme ça. Ça vaut bien quelques bricoles sur la ferme et dans la maison.

« Un soir, au bout d'une dizaine de jours que j'étais là-bas, elle pleurait dans le noir dans l'autre pièce. Sans me déranger je lui ai demandé ce qu'il y avait. Elle n'a rien répondu, juste continué à chialer. J'ai cru que c'était sa tête qui lui faisait mal. Je me lève, je vais à la porte, je lui demande si tout va bien. Elle pleure toujours, pas fort si tu veux, mais fort quand même. Une façon de pleurer qui te prend là.

« J'entre. Je l'appelle par son nom. Elle tapote comme ça le bord du lit. Je m'assieds. Je lui pose la main sur le front au cas où elle aurait de la fièvre, mais non, elle est toute fraîche, toute mouillée. Elle a pris ma main dans ses mains et l'a serrée contre sa bouche. Je n'aurais pas imaginé qu'elle avait autant de force.

« Je reste là deux ou trois minutes et je dégage ma main. Je dis : pourquoi vous pleurez, madame ?

« C'est bien que vous soyez là, elle me fait.

« Je me lève et je lui dis : essayez de vous rendormir. Et elle... »

Les minutes passèrent, mais il reprit, d'une voix inchangée :

« ... A pleuré peut-être encore une heure. Puis ça s'est arrêté d'un coup. Je ne me rappelle pas bien.

« Le lendemain matin, elle était sur pied de bonne heure pour faire le déjeuner. C'était la première fois depuis qu'elle s'était blessée. Je lui ai dit : hé, doucement, madame, ne vous esquintez pas.

« Et elle : j'aurais pu m'y mettre depuis trois jours déjà. Elle a dit ça d'un ton fâché, je n'ai pas bien saisi pourquoi. Son petit déjeuner était tout ce qu'il y a de bon.

« La journée s'est passée comme les autres, sauf que les autres jours on ne parlait que des choses à faire, les chenilles dans les plants de tomates, boucher un trou dans le fumoir à viande. On a parlé des mêmes choses sauf qu'on faisait très attention à ne pas parler d'autre chose. Et aussi... ni l'un ni l'autre on n'a dit un mot sur les travaux du lendemain.

« A midi j'ai ramassé mes affaires, bouclé mes sacoches ; j'ai amené le cheval sous l'auvent pour le faire boire et le seller. Elle, je ne l'ai pas beaucoup vue, mais je savais qu'elle me regardait depuis l'intérieur de la maison.

« Quand j'ai eu fini, j'ai donné des tapes sur le

cou du cheval, mais j'ai dû taper si fort qu'il a henni. J'ai été le premier étonné.

« Alors elle est sortie. Elle est restée à me regarder. Elle m'a fait : au revoir Kellet, que Dieu vous bénisse.

« Je lui ai dit au revoir. Pendant une minute on n'a pas pu bouger. Elle a dit : vous pensez que je suis une mauvaise femme.

« Je lui ai répondu : ça non, madame, vous étiez dans un drôle d'état, et fichument seule. Tout ira bien, maintenant.

« Elle a dit : je vais bien et ça ira bien si longtemps que je vivrai, grâce à vous, Kellet. Kellet, vous aviez à vous occuper de nous deux, et vous l'avez fait. Vous êtes un gentleman Kellet, elle m'a dit.

« Je suis monté à cheval. Sur la pente, je me suis retourné. Elle était toujours près de l'auvent et elle me regardait. J'ai agité mon chapeau et j'ai continué. »

Depuis que la lune avait troqué l'or de son mouillage contre l'argent de croisière, la nuit était blanche. Powers entendit Kellet se retourner. Il savait qu'il pouvait parler, maintenant, s'il voulait. Une souris couina quelque part entre les serres d'un chat-huant. Au loin, l'appel d'un coyote affamé fit répondre les échos.

Powers dit : « C'est donc ça un gentleman, quelqu'un qui peut s'occuper de deux personnes le moment venu ? »

« Non. » Il y avait de l'impatience dans la voix traînante de Kellet. « C'est un truc qu'elle s'était mis dans la tête parce que je ne l'avais pas touchée. »

« Pourquoi tu ne l'as pas fait ? » demanda aussitôt Powers.

Il arrive qu'on dise des choses qui ont poussé comme les cals produits par les pinces coupantes, des choses qui font partie de soi comme une entaille à l'oreille ou des cicatrices de balle au ventre ; et celui qui les entend n'en parlera jamais une fois le jour levé, ou tant que son compagnon ne sera pas mort, ou jamais.

« Je ne peux pas, » dit Kelly.

Traduit par Didier Pemerle.
Scars.

UN DON PARTICULIER

Le premier titre de cette nouvelle fut, en 1951, Last Laugh *(« Rira bien... ») ; quelques années plus tard, lors de sa parution en volume, il devint* Special Aptitude. *Un simple space opera, en apparence classique et distrayant, mais chargé d'amertume. Sturgeon, en décrivant le « martyre » de son personnage principal, un civil embarqué avec un équipage de la Spatiale, s'est certainement souvenu de son propre bizuthage lors de son bref séjour à l'école navale. Cette histoire, c'est en quelque sorte sa revanche — comme* Largo *racontait celle d'un de ses personnages. Mais cette fois Sturgeon ne se contente pas de la vieille maxime biblique (« œil pour œil, dent pour dent ») et nous fait déboucher sur des perspectives humanistes.*

UN DON PARTICULIER

DE quoi cause-t-on dans les salons alors que l'an 2300 approche ? De l'Homme du Siècle. Certains avancent le nom de Bael Ben Gerson, qui eut le mérite d'avoir récrit la Constitution mondiale, d'autres lui préfèrent Ikihara et ses travaux sur la pathologie des irradiations. On cite fréquemment, aussi, le capitaine Riley Riggs, ce qui me paraît viser dans la bonne direction.

Dans la bonne direction mais pas dans le mille. Je ne suis qu'un vieux loup de l'espace, mais je sais de quoi je parle. J'étais officier radio avec Riggs il y a soixante ans. Je m'en souviens comme si c'était le mois dernier. C'était au cours de la troisième expédition sur Vénus, la traversée qui a changé le destin de la Terre en ramenant les cristaux de Vénus, qui ont fait de nous les êtres gracieux et insouciants que nous sommes. Avant, la vie n'était pas rose. On savait ce que c'était, de faire cinq heures de travail par jour, sans robots personnels comme maintenant. Le matin, on s'habillait tout seul. Ça vous faisait des gens plus résistants, sans doute.

Bref, mon candidat pour l'Homme du Siècle

était à bord de ce vaisseau, le *Starlure,* mais ce n'est pas Riggs.

L'équipage était formidable. On ne pouvait trouver meilleur capitaine que Riggs, ni meilleur second que Blackie Farrel. Il y avait Zipperlein, l'ingénieur, un grand type tranquille à petits yeux, et ses deux techniciens, Greaves et Purci, deux gars à qui le vide interstellaire n'avait pas refroidi les yeux. Il y avait Lorna Bernard, la meilleure pilote de tous les temps. C'était ma copine, elle était superbe. Deux autres femmes étaient à bord, Betty Ordway, la spectranalyste et Honey Lundquist, l'officier de contrôle des avaries. Deux bonnes femmes boulot-boulot et moches à vous dégoûter.

Pour la rigolade, il y avait Slopes. On l'avait embarqué à cause de connaissances qu'il avait sur les cristaux de Vénus. *On* l'avait embarqué, mais je ne sais vraiment pas qui. Tout le travail sur les cristaux ne pourrait se faire que sur Terre, quand on rentrerait. Si on rentrait. On avait dû trouver qu'il avait sa place dans l'équipage, qu'on aurait besoin de lui pour repérer les cristaux ou je ne sais quoi. D'ici là, il était inutile, et nous ne nous privions pas de le lui faire savoir.

Il n'embêtait pourtant personne. Il était drôle, voilà tout. Il avait un comique naturel. Pas du tout le genre à glisser une plaque anti-G sous la nappe pour la brancher quand on pose la soupe dessus. Pas du tout le boute-en-train qui se met des tubes fluorescents dans le col pour faire le martien. Non : Slopes était là et du coup c'était drôle.

Il n'était pas très grand, pas vraiment moche, mais pas assez beau pour que ça lui rapporte. Sa voix n'était pas tout à fait assez grave ou assez forte pour qu'on l'entende vraiment... Ce qui le définit bien, c'est de dire qu'il était « presque » en tout. Et chez Slopes, tout au moins, la différence entre presque et complètement était très drôle à détailler, et personne ne s'en privait.

Personne ne le connaissait avant qu'il arrive à bord, ce qu'il fit deux heures avant la mise à feu, et habillé en civil. C'était sa première erreur. Je dis : une erreur, mais après tout c'était un technicien civil. Et un civil au milieu de gens appartenant tous à divers services des Forces armées est de toute façon minoritaire. Au moment où Slopes émergeait du monte-charge avec son paquetage, Purci, le technicien numéro deux, traînait dans le passage. Purci était un grand type dégingandé et pince-sans-rire, et il a tout de suite pris la mesure du personnage en face de lui. Il a emmené Slopes à l'arrière, c'est-à-dire en bas, puisque le vaisseau était le nez en l'air sur l'aire d'envol, pour lui montrer où ranger son paquetage. Mais en fait de vestiaire, Purci lui a désigné le local à ordures, qui devait être vidangé automatiquement dès qu'on passait dans l'ionosphère. Ce n'était pas bien grave, la cambuse regorgeait d'équipements, presque à sa taille qui, au moins, lui donnaient l'air réglementaire. Ce qu'on a rigolé. La tête qu'il fait, quand six heures plus tard, il est retourné au vide-ordure ! J'en ris encore. Et pendant tout le reste de la traversée, il suffisait qu'il demande où se trouvait quelque chose pour que quelqu'un réponde : « Va voir au vide-ordure ! » et que les autres s'écroulent de rire.

Là où on a le plus rigolé, c'est sans doute au moment de la « relève », quand la chute libre prend le relais de l'accélération. Rien que pour

Slopes, on n'avait pas branché la pesanteur artificielle, et tout le monde, sauf Zipperlein qui commandait l'opération, s'était réuni dans la salle de garde pour assister au spectacle. Tout le monde, sauf Slopes, bien entendu, était averti de l'heure exacte où prendrait fin l'accélération, et ça n'a pas été rien de rester sérieux pour ne pas vendre la mèche. Nous sommes tous restés à portée d'un pilier ou d'une table scellée pour avoir quelque chose de solide où s'aggriper le moment venu. Slopes arrive et s'assied tout seul dans un coin près du distributeur de repas, innocent comme un agneau. Graeves était là, une main autour de sa montre et l'œil sur l'aiguille des secondes. A trois secondes de la relève, il lance « Slopes ! Allez, viens par ici ! »

Slopes, un peu éberlué, le regarde, demande : « Moi ? » décroise ses jambes et se lève, timidement. Il n'avait pas fait deux pas que, crac, plus de pesanteur.

La relève, en fait, on ne s'y habitue jamais. On a l'estomac qui remonte délicatement, et les canaux du labyrinthe de l'oreille interne qui protestent vigoureusement. On se tend, jusqu'à la crampe ; ce qui rend malade, c'est cette impression de tomber sans savoir dans quelle direction ; on réagit comme si on allait s'écraser, mais on ne s'écrase pas ; on se sent tout bête de s'être contorsionné. Vos cheveux flottent n'importe comment, mais tant que ça dure, il y a, au-delà de la peur, un extraordinaire sentiment d'euphorie et de bien-être. On appelle ça l'euphorie de Welsbach. C'est psychologique, c'est paraît-il l'effet anxiolytique de l'apesanteur.

Mais revenons à Slopes.

Quand Zipperlein coupe l'accélération, Slopes fait un faux pas. C'est-à-dire que son pied effleure le sol au lieu de s'y poser fermement. Il lance ses bras en arrière, sans doute parce qu'il se sent tomber par là, et ses épaules, qui accompagnent le mouvement des bras, sont projetées vers le bas tandis que ses pieds remontent. Il aurait fait ainsi un saut périlleux complet si ses pieds n'avaient pas heurté le plafond. Il flotte en l'air, les pieds en haut, la tête en bas, sans rien pour se raccrocher et avec le sentiment pénible que le sang n'afflue pas à sa tête alors qu'il aurait dû. Soudain, tout se trouve en l'air par rapport à lui ; l'en-bas n'existe plus. Il tente d'attraper la cloison étanche, le plafond, la porte, dont il sait pourtant qu'il ne les atteindra jamais. Il cesse de s'agiter, tout tremblant, au moment où nous autres nous remettons de la relève — ce n'était pas la première fois, après tout. On allait pouvoir profiter du spectacle.

« Je t'ai dit de venir ici ! » aboie Greaves.

Slopes bat l'air avec des gestes de noyé, mais rien n'y fait, il reste sur place, la tête en bas, complètement largué. Et nous de nous esclaffer. Ses lèvres bougent à deux reprises, et il parvient à émettre deux *mmmff* angoissés. J'ai cru crever de rire.

« Fais pas bande à part, » lui dit la petite Lundquist, l'officier de contrôle des avaries, « Viens nous faire un bisou. »

« Je vous en prie, je vous en prie, » murmure-t-il, là-haut.

« Qu'il dise : Je vous en prie messieurs-dames, » dit Betty Ordway. Re-rigolade.

Moi je dis : « Remarque, peut-être qu'il ne nous

aime pas. Allez, Slopes, reste avec nous. » Puis quelqu'un d'autre : « Un vide-ordure, vite ! » On repart à rire.

Arrive Zipperlein, qui marche sur les mains. « Ça alors, » dit-il de sa belle grosse voix caverneuse, « voilà qu'il vole ! »

« Il a une araignée au plafond, » dit le capitaine, et tous s'esclaffent. Ce n'était pas drôle, mais c'était le capitaine.

« Je vous en prie, » disait Slopes, « descendez-moi. Que quelqu'un me fasse descendre. »

Greaves insiste : « Moi, j'aime les marins qui savent se tenir. Slopes, je t'ai demandé très poliment de venir avec nous et de te montrer sociable. »

Zipperlein rit. « Ah bon, c'est lui que vous voulez ? » Il va de la porte à l'arrivée d'eau, de la table au lampadaire fixe, toujours sur ses mains poilues, et attrape le pied de Slopes. « Greaves veut te voir, » dit-il, et il donne une poussée.

Slopes tourne comme une hélice en gémissant : « Ah, oh, ah, oh. » Il va ainsi d'un bout de la salle de garde à l'autre, vers Greaves qui l'attend, cramponné à une main-courante et jambes fléchies. Quand Slopes arrive à sa portée, il lui appuie les deux pieds dans le dos et, d'une détente, l'envoie droit comme une fusée vers le capitaine. D'un coup d'épaule, Riggs me le passe, et je le rabats sur Greaves. Pas de chance, Greaves le manque et avec un bruit d'œuf qui se casse, Slopes va percuter la cloison. Le poids, c'est une chose, on peut s'en débarrasser, mais la masse c'est autre chose. Slopes avait toujours sur lui ses soixante-quinze kilos quand il est rentré dans le mur à toute vitesse. Il s'en est juste un peu décollé, toujours gémissant.

« Zip, » a dit le capitaine, branchez les plaques de gravitation, sinon on va rester là toute la journée. »

« A vos ordres, » et Zip a filé.

Je me tenais à Lorna, d'une part parce que je savais qu'elle s'accrocherait à quelque chose de solide, et d'autre part parce qu'en général, j'aime bien me tenir à elle. « Ace, » m'a-t-elle dit, « qui a eu cette idée ? »

« Devine.»

« Je vais te dire, Ace, tu es un salaud. »

Je lui ai fait un large sourire. « Ecrase, veux-tu. Tu aurais dû voir ce qu'ils m'ont fait quand j'étais cadet. »

Elle s'est retournée vers moi, avec dans les yeux une expression que je ne lui avais vue que deux fois. Et ces deux fois-là, nous étions totalement étrangers l'un à l'autre. Elle a dit : « On en apprend tous les jours, même sur les gens qu'on croit bien connaître. »

« Encore heureux. Tu peux regarder les étoiles tant que tu veux pendant une traversée, et visionner autant de bandes que tu veux, il faut toujours quelque chose pour casser cette monotonie. A ce titre, Slopes a droit à notre reconnaissance éternelle. C'est quelqu'un de marrant. »

A ce moment, elle a dit quelque chose que je n'ai pas compris. Zipperlein avait mis la gravitation artificielle, et Slopes était retombé au sol où il se tortillait, comme s'il se vautrait amoureusement dessus. On l'aime, le sol, après le baptême de l'apesanteur.

Ce qu'on a rigolé, ce soir-là. Je ne l'oublierai jamais.

Notre mission faisait causer, à bord. Maintenant que nous avons des centaines de millions de cristaux de Vénus, on ne se rend pas compte de leur valeur il y a soixante ans. La deuxième expédition sur Vénus en avait ramené deux, totalement détruits au cours des examens destinés à définir leurs propriétés. Le premier a été pulvérisé exprès, car personne ne pensait à l'époque qu'il serait différent des autres cristaux connus : on pensait l'analyser chimiquement, préparer une solution au sein de laquelle se développeraient de nouveaux cristaux. Mais ceux de Vénus ne poussent pas ainsi. Le second cristal a été soumis à des tests de résonance à haute fréquence. La résonance a dû être un peu trop fréquente, parce que le cristal a volé en éclats comme un vulgaire lustre de l'Opéra. Plus de cristaux, mais les conditions de l'explosion indiquaient précisément qu'on tenait avec eux la clé des problèmes énergétiques de télécommunication, et d'une façon telle que le prix de revient en serait pratiquement nul. L'énergie, nous l'avions déjà depuis les techniques de fission du cuivre. La télécommunication est une autre affaire, à moins de pouvoir diriger un faisceau serré à partir d'une centrale émettrice vers des récepteurs en mouvement, automobile ou hélicoptère, sans les lâcher. Les cristaux de Vénus en étaient capables : non seulement ils résonnaient aux fréquences émises, mais ils renvoyaient un rayonnement qui guidait le train d'ondes. Avec un nombre suffisant de ces cristaux, nous n'avions plus besoin des kilomètres et des kilomètres de câbles, lesquels pouvaient servir à alimenter la Terre en énergie pendant quelques siècles. Oui, en quatre cents ans, l'humanité n'a cessé d'étendre un réseau de cuivre sur tout le globe. Ça en fait un tas.

Pour une Terre assoiffée d'énergie, les cristaux étaient une priorité absolue. Mais entre eux et nous, il y avait un autre obstacle que la distance de la Terre à Vénus : les Cacophones.

La première expédition sur Vénus avait découvert les Cacophones et les avait laissés respectueusement tranquilles. La deuxième expédition avait découvert que les Cacophones avaient des quantités de ces précieux cristaux, et avait filé en vitesse après en avoir récupéré deux. Notre mission était d'en ramener une cargaison, Cacophones ou pas Cacophones. Nos consignes, qui auraient rempli plusieurs volumes se résumaient en substance à ceci : « Négociez avec les Cacophones et ramenez les cristaux. Si les Cacophones ne marchent pas, ramenez-en quand même. »

« J'espère qu'on pourra les avoir pacifiquement, » disait Lorna. « L'humanité a suffisamment de destructions et de massacres sur la conscience. »

Et je lui disais : « Qu'on les ait comme ça ou autrement, cocotte, je m'en fiche. Les Cacophones ne sont pas des *gens.* »

« Ils sont pourtant civilisés, non ? Enfin, presque ? »

« Mais non, ce sont des sauvages, des monstres. Garde plutôt tes sentiments pour les gentils humains comme moi, qui en ont besoin. »

Elle me donnait alors une tape sur la main et retournait à ses ordinateurs.

Un jour, Slopes m'a questionné sur les Cacophones. « Ce sont vraiment des humains ? »

« Des humanoïdes, » lui ai-je répondu sans

m'étendre. Ça me gênait un peu de lui parler, je préférais le trouver marrant. « Ils marchent sur deux jambes, ils ont des mains dont le pouce est opposable, et ils portent des parures. Les cristaux ne leur servent qu'à ça. Mais ils respirent de l'ammoniac au lieu d'oxygène et ils ont Dieu sait quel métabolisme. Pourquoi, Slopes, tu as envie de faire leurs poubelles ? »

« Je voulais savoir, c'est tout, » a-t-il répondu doucement. Je me souviens, rien qu'à la pensée de Slopes affronté aux Cacophones, j'en riais, car depuis l'invention des Griffons par les anciens conteurs, on n'avait jamais rien vu de si épouvantable. A l'exception de deux hommes, l'équipage du *Starbound,* le vaisseau de la deuxième expédition, a laissé sur place armes et bagages à la vue d'un seul Cacophone. Les deux autres ont tenu jusqu'à ce que les Cacophones se mettent à crier. Pour les psychologues, c'étaient des cris intéressants, mais pour un être humain normal, c'était trop. L'un des deux hommes a craqué et pris ses jambes à son cou, ce qui ne doit pas le faire prendre pour un lâche. L'autre, paralysé de peur et coupé du vaisseau, est resté au milieu des Cacophones qui hurlaient, trompettaient et frappaient le sol de leurs poings écailleux jusqu'à ce qu'il tremble. Le type a tiré un coup en l'air. Il n'était pas affolé au point d'en blesser un. C'était juste pour effrayer ces enragés. Il y est peut-être arrivé, mais le résultat, ç'a été un charivari redoublé, un tel déferlement de cris d'animaux qu'il a tourné de l'œil. Quand il est revenu à lui, plus personne, mais deux cristaux à côté de lui. Il les a ramassés et a couru comme un dératé jusqu'au vaisseau. Il a fallu huit mois de psychothérapies de pointe pour le remettre d'aplomb, et il paraît qu'il a encore un grain, bien qu'il ait maintenant atteint un âge avancé. On ne savait toujours pas à l'époque quelle était la nature de l'arme psychologique utilisée par les Cacophones, mais j'aurais donné cher pour voir Slopes en face d'eux.

Il nous divertissait assez pour que les périodes de veille passent rapidement, à bord. Je n'oublierai jamais le soir où Graeves avait mis une cuillerée de résine T.C., le pire adhésif qu'on ait jamais inventé, dans le sandwich de Slopes. Il a mordu un coup dedans, et ses dents du haut se sont retrouvées collées à celles du bas. Il s'est mis à courir en rond, gémissant, avec une moitié de sandwich qui lui sortait de la figure, battant inutilement l'air de ses mains. Quelle rigolade. La colle elle-même est inoffensive, chimiquement inerte, et cède à la moindre radiation Bêta, qui disloque ses liaisons moléculaires. Mais on a attendu de ne plus en pouvoir avant de l'irradier. J'aurais voulu que vous voyiez ça.

On a un peu oublié Slopes en pénétrant l'atmosphère de Vénus. J'ai réglé les écrans de visualisation infra-rouge pour Lorna — ils donnent une image plus nette que les radars dans les vapeurs ammoniacales — et elle nous y a fait entrer en douceur. On a repéré l'endroit où le *Starbound* s'était posé en en fournissant le relevé au pilote automatique jusqu'à ce qu'il coïncide avec les images des écrans.

Lorna a mis le vaisseau nez en l'air et passé les commandes aux gyroscopes. Le vaisseau s'abaissait lentement sur sa colonne de feu, tandis que

Lorna avait l'œil rivé au sonar qui indiquait la compacité du sol sous le vaisseau. Qu'une de ces chrysalides de l'espace se pose sur le flanc, et c'est fichu. Nous ne possédions pas de générateurs anti-G à l'époque. C'était vraiment l'âge héroïque. Les jeunes se la coulent douce, maintenant.

Quoi dire de Vénus ? C'est resté un endroit dégoûtant et inutile, sauf qu'il y avait quelque part des cristaux qu'il nous fallait. Par les hublots, on ne voyait qu'un brouillard épais. Le radar et les écrans infra-rouges nous montraient des ondulations de terrain, des pitons rocheux, une végétation bleu pâle et çà et là des arborescences démesurées.

Il fallait rester douze heures environ sans bouger pendant que le sol refroidissait sous le vaisseau et que la cuisine chimique de l'azote libre et fixé, de l'acide nitrique, du nitrate d'ammonium, de l'ozone et de l'eau, déclenchée par l'atterrissage ait refroidi. La plupart des hommes dormaient, mais pas Slopes, je crois. Il allait du haut en bas, de gauche et de droite, de radar en écran infra-rouge, restant même derrière les hublots givrés, tentant de voir au travers du bouillonnement de chaleur et de réactions chimiques, s'usant les yeux et la santé à épier un paysage débile. C'est donc Slopes qui nous a alertés.

« Les Cacophones ! » s'est-il exclamé. « Venez voir, capitaine Riggs, venez voir ! »

Il était excité comme un gosse, mais il faut dire que ça valait le coup. Nous nous sommes agglutinés aux hublots.

Entre les buissons bleu pâle et les rochers, à deux cents mètres du vaisseau, bougeaient des choses qui, malgré notre préparation, nous ont obligés à nous détourner, au bord de la nausée. C'était plus grand que les hommes. Je ne m'y attendais pas, allez savoir pourquoi. Quant au reste, c'étaient des crocs jaunes, des yeux d'un rouge enragé et des écailles glauques, du moins c'est ce qui est resté gravé dans ma mémoire, mais je ne vais pas m'étendre là-dessus.

« Mettez le son, » a dit le capitaine. Je suis allé dans la cabine radio pour brancher un micro extérieur sur un ampli et j'ai fait passer le signal sur la sono du bord. Le vaisseau résonnait des bruits d'une planète étrangère, entre autres un fantomatique bruit de vent, d'autant plus étrange que le brouillard paraissait immobile, des espèces de caquètements et de sifflements d'oiseaux, avec, dominant le tout, l'effarant bla-bla-bla des indigènes, qui leur avait valu le nom de Cacophones. C'était un son dément, tonitruant, apparemment incontrôlé, passant sans transition des aigus aux graves, ressemblant vaguement aux cris des singes hurleurs à cette différence horrible près qu'on y sentait comme une intelligence.

« Purci et Greaves, » a crié le capitaine, « les combinaisons et les équipements de sortie ! Radio, à votre cabine ! Je veux des enregistrements séparés pour chaque combinaison. Pilote, à vos écrans ! Quatre volontaires devant le sas de sortie, et que ça saute ! »

Ça n'est pas moi qui débinerai les types des Forces spatiales. J'aurais préféré dire que l'équipage s'est mis au garde à vous comme un seul homme pour répondre « A vos ordres ! » D'un autre côté, j'ai pris soin de dire qu'il ne fallait pas taxer de lâcheté ceux du *Starbound* qui ont tout lâché pour prendre leurs jambes à leur cou à la vue des Cacophones.

Riggs voulait quatre volontaires. Il en a eu deux : Purci tout simplement parce que ça ne lui faisait ni chaud ni froid, et Honey Lundquist, qui voulait sans doute se faire remarquer pour autre chose que sa mocheté de pou de l'espace. Quant à moi, j'étais assez content d'être retenu par mes appareils de radio et de n'avoir pas à me prononcer. Les autres, je ne les blâme pas, même pas Slopes, encore que je l'aurais bien vu face à deux ou trois Cacophones affamés, rien que pour rigoler du contraste.

Riggs n'a pas pipé mot. Il s'est contenté de se déshabiller et de revêtir sa combinaison, imité par les deux autres. On les a aidés à ajuster le scaphandre moulant et le heaume sphérique transparent. Ils ont vérifié l'arrivée d'air et la radio et se sont avancés devant la porte intérieure du sas. C'est moi qui l'ai ouverte.

« Nous allons établir le contact, » a dit froidement Riggs. Sa voix ne venait plus de lui, mais des haut-parleurs de la sono. A vous faire froid dans le dos. « Essayons d'abord de l'établir pacifiquement. Donc pas d'armes. J'emporte un crayon-canon, au cas où. Vous deux, vous resterez toujours ensemble et derrière moi. On ne s'éloigne sous aucun prétexte du vaisseau, et surtout restez en communication avec lui. Vérifiez la liaison. »

Purci jappe dans le micro, et Honey Lundquist susurre.

Le capitaine entre dans le sas avec les deux autres sur ses talons. Je referme la porte, qui gronde, et je manœuvre la portière extérieure par la commande à distance. A bord, on prend d'assaut les écrans.

Il y a vingt ou trente Cacophones embusqués

dans les buissons. Nous, on ne voit pas encore le capitaine et les deux autres, mais c'est sûr, ils ont été repérés. Moi qui vous parle, je n'ai jamais rien vu de tel que ces Cacophones qui se ruent en avant. J'entends Purci faire un « Ouh » étouffé, et Honey Lundquist un « Nnnn » répugné. Le capitaine fait « OK » d'une voix qui hoquette. J'entends derrière moi le *flouf* de Betty Ordway qui tourne de l'œil. Je la laisse s'affaler et je retourne à mes écrans.

Comme s'ils en étaient convenus à l'avance, la bande de Cacophones s'arrête en haut de la pente douce qui nous sépare des buissons, et trois d'entre eux se détachent, un devant et deux autres derrière. Le reste de la troupe faisait un tel tintamarre que les arbres géants en tremblaient. C'est à ce moment que le capitaine s'avance dans le champ de nos caméras avec Purci et Honey Lundquist visibles derrière lui. Ils s'arrêtent, les trois Cacophones s'arrêtent aussi, et, chose incroyable, la troupe, derrière eux, redouble son chahut. Ça a été plus fort que moi, j'ai réduit l'ouverture du micro extérieur. C'était insupportable. Lorna m'a dit merci. Slopes s'épongeait le visage, se passant le mouchoir autour des yeux pour ne pas en perdre une miette.

Il y a eu un moment de tension, mais pas de silence. La cacophonie continuait au même niveau assourdissant, mais rien ne bougeait. Le déclenchement du mouvement devait être d'une terrifiante soudaineté.

Le capitaine a levé les deux bras, certain de faire là un geste de paix. D'après la suite, les Cacophones l'ont pris comme une insulte mortelle. Les trois du devant ont sauté en l'air et se sont mis à galoper. Ils avançaient par grands bonds, tout en hululant et mugissant. Derrière eux, le gros de la troupe a dévalé la pente. J'ai perçu le cri de Honey Lundquist sur fond de vacarme. Les trois formes humaines en combinaison m'ont paru bien menues face à cette avalanche de géants beuglant. L'une d'elles s'est écroulée, de peur. Riggs a crié un dérisoire « Arrêtez ou je tire ! » et a pointé son canon-crayon. Un des volontaires a ramassé l'autre au sol, l'a juché sur ses épaules et a boitillé vers le vaisseau. Riggs a fait feu, puis demi-tour, et sans regarder le résultat de son coup de feu, s'est mis à courir.

C'est Slopes qui s'est jeté sur les commandes du sas, collant son œil au judas pour voir s'ils étaient tous trois sans dommage à l'intérieur. Il a ouvert l'arrivée d'air qui chasserait le gaz ammoniacal entre les deux portes, avant de retourner en vitesse à ses écrans.

Les Cacophones s'étaient agglutinés autour de celui qu'avait atteint Riggs. Le bruit était infernal. Je suis rentré dans ma cabine pour baisser le son, mais leur raffût se percevait aussi bien par les vibrations du plancher sous les pieds.

Lorsque la porte intérieure du sas s'est effacée, le capitaine était très pâle, Honey Lundquist était essoufflée, et Purci était en travers de ses épaules. « Il s'est évanoui, » a-t-elle précisé inutilement, et elle l'a fait rouler dans nos bras.

On l'a déposé dans un coin, pour retourner aux écrans. « J'en ai quand même eu un, » a soupiré Riggs.

« Eh non, capitaine, » a dit Slopes. C'était pourtant vrai. Le Cacophone abattu était assis. Il piaillait en frottant sa grosse tête en pain de sucre.

« Ils sont à l'épreuve des balles ? » demande Greaves.

« Non, » répond Slopes, décidément sans pitié, « le capitaine l'a touché juste sur le cristal qu'il porte au cou. »

« Le capitaine grogne : " J'ai l'impression qu'on ne les touchera pas de plus près, ces cristaux. " Personne ne m'a dit que ce serait comme ça. Ils auraient mieux fait d'envoyer à temps un vaisseau de guerre. »

« Tuer ces créatures pour arracher ces ornements de leur corps ? » demanda Lorna hors d'elle. « Comme si en mille ans on n'avait rien appris ? »

« Il ne faut pas le prendre comme ça, » je dis, mais Riggs m'interrompt. « Vous avez raison, Lorna. A moins de les rendre coopératifs, nous allons passer des années avant de trouver comment ils ont ces cristaux, comment ils les fabriquent ou les extraient. Or nous n'avons pas des années devant nous, mais quatre jours. »

C'est qu'il y a soixante ans, les vaisseaux n'avaient de combustible que pour les mises à feu, et les expéditions étaient programmées au moment où les planètes étaient le plus proche. Quitter Vénus pour la Terre au moment où elles s'éloignaient était inconcevable. Alors qu'à notre époque d'énergie à n'en savoir que faire, cela se fait tous les jours.

On a sorti Purci de sa combinaison avant de le ranimer. On était tous certains qu'il avait été victime d'une arme secrète. Il était dur à émouvoir. Ce n'était sans doute qu'une réaction particulière à un certain niveau de bruit. Nous aurions attribué n'importe quel pouvoir aux Cacophones.

Le vaisseau s'est mis à trembler.

« Ils attaquent, » lance Greaves.

Mais ils n'attaquent pas. Ils sont plus nombreux que jamais. La pente est couverte de ces horribles monstres écailleux vaguement humains. Le bruit de leur voix est démentiel, et il y en a toujours pour se jeter au sol et le marteler de leurs poings à assommer les bœufs.

« Ils se remontent, » commente Zipperlein. « Capitaine, décollons. Nous sommes, selon votre expression, sous-équipés pour ce genre de chose. »

Riggs réfléchit. « On reste encore, dit-il finalement, j'aimerais être sûr d'avoir fait tout mon possible, même si on ne fait plus rien avant de partir. »

Personnellement j'en doutais, et les autres aussi, d'après leur tête. Personne n'a rien dit. Le vaisseau tremblait. Nous avons mangé.

Treize heures environ avant la mise à feu, je regardais, pas gai du tout, le grouillement des Cacophones sur un écran quand j'ai senti une présence près de moi. C'était Slopes. On l'avait laissé presque complètement tranquille au cours des trois derniers jours. L'équipage était trop déprimé et trop nerveux pour s'amuser.

« Regarde-les, je grogne en lui montrant l'écran, je ne sais pas si ce sont les mêmes ou s'ils se sont relayés, mais l'assistance est toujours aussi fournie. Il faut vraiment être vénusien pour les reconnaître. Moi, je ne les distingue pas l'un de l'autre. »

Il me regarde comme si je venais lui dire où étaient les joyaux de la couronne, et il s'éloigne sans un mot. On n'y fait pas attention, on se dit qu'il va prendre une douche. Soudain, le revoilà en combinaison, en train de fixer le heaume.

« Hé, Slopes, où tu vas ? »

Il dit quelque chose que je ne comprends pas. Je me répète sa réponse : « Dehors. » Il entre dans le sas et referme la porte.

Riggs sort comme un ours de la salle des commandes. « Où est-ce qu'il va, ce cinglé ? » Il va au sas, mais le voyant rouge et allumé, indiquant que le sas est ouvert sur l'extérieur. Slopes était parti.

« Branchez-moi sur lui, » aboie Riggs, et il attrape un micro sur ma console. Il rugit : « Slopes ! »

Je règle le retour, et la voix de Slopes arrive, calme et nette comme jamais elle ne l'avait été.

« Oui, capitaine ? »

« Rentrez ! »

« Je vais essayer d'avoir des cristaux. »

« Vous essayez de vous suicider. Rentrez, c'est un ordre ! »

« Désolé, capitaine, » répond laconiquement Slopes. Avec Riggs, on se regarde, médusés. Et Slopes ajoute, avant que le capitaine ait trouvé quoi que ce soit à dire : « J'ai mon idée sur les Cacophones, et je suis le seul qualifié pour la vérifier. »

« Vous allez vous faire tuer ! » mugit le capitaine.

« Oui, mais seulement si je me trompe, » dit la voix calme de Slopes. « Si ça ne vous fait rien, je ferme mes écouteurs, j'ai besoin de me concentrer. »

Au moment où l'aiguille vacille et se rabat sur le cadran correspondant au micro de Slopes, Riggs inspirait. Il expire en soufflant une syllabe obscène.

Tout le monde se précipite aux écrans où, justement, Slopes apparaît, s'éloignant du vaisseau. « Qualifié, qualifié, » je dis, « je me demande bien en quoi il est qualifié. »

« Humainement qualifié, » dit Lorna. Je n'ai pas compris ce qu'elle entendait par là. Son visage face à l'écran était pâle et tendu.

A la vue de Slopes, un bouillonnement se produit du côté des Cacophones. Ils se ruent en avant, se marchent pratiquement les uns sur les autres pour arriver sur lui. Trois ou quatre des plus gros s'échappent du peloton, braillant et se donnant des claques sur leur crâne d'obus, et comme pour tourner en dérision son impuissance, ils l'encerclent, bondissant et s'égosillant, parfois se courbant au sol pour le frapper puissamment de leurs poings. Soudain, l'un d'eux s'empare de Slopes et, le brandissant au-dessus de sa tête, s'enfuit avec lui le long de la pente. La foule s'ouvre devant la créature et se referme derrière elle, et comme un seul homme suit Slopes dont la silhouette tenue à bout de bras disparaît dans le taillis bleu.

« Ce ne sont pourtant pas les moyens de se suicider qui manquent, » feule Purci. Et Honey Lundquist de sangloter.

« Ce n'est pas un suicide, » dit Lorna, « C'est un meurtre. C'est vous les meurtriers. »

« Je lui demande : « Qui ? Moi ? »

Elle explose : « Oui, toi et vous tous. Ce pauvre vieux qui ne faisait de mal à personne. Vous lui avez fait la chose la plus dégueulasse qu'on puisse faire à un être humain, le persécuter à cause de ce qu'il est, et pas de ce qu'il a fait. Et là, il vous prouve qu'il est bien assez homme, assez humain pour mettre sa vie au service d'une mission où nous avons tous échoué. »

« S'il est sorti, c'est pour se faire tuer, » relève Betty Ordway avec sa logique glacée. « C'est du suicide et non du meurtre. Et si sa sortie n'a rien à voir avec les cristaux, je ne comprends pas. »

« Moi, je ne t'ai pas vue faire grand-chose pour le comprendre, » ajoute Honey Lundquist d'un air vertueux.

Lorna n'a pas essayé de se défendre sur leur terrain. « Tout à l'heure encore je ne comprenais pas quel genre de type c'était, » a-t-elle dit d'un ton désolé. Puis elle est retournée à son poste.

« Il faudrait aller le chercher, » a dit Greaves. La remarque n'a eu aucun succès. Riggs a déclaré : « Quoi qu'il arrive, mise à feu dans onze heures trois, » et il est entré dans la salle de programmation. Nous évitions de nous regarder, pensant : *On a peut-être été un peu durs avec lui,* et aussi : *Après tout, on ne lui a jamais fait de mal.*

Je pense que c'est au même instant que nous avons ressenti le silence létal du dehors succédant à trois jours de cacophonie et de pilonnage incessants. Tout le monde a dit un mot, deux syllabes, puis s'est tu. Sans doute nous commencions à comprendre ce que Lorna voulait nous faire entendre.

C'est Purci qui a résumé nos pensées : « Il n'avait pas envie de retourner dans le vaisseau. Il n'avait pas envie de revenir sur Terre. Il ne tenait plus à rien parce que personne ne s'était préoccupé de lui parler. Il a dû en avoir assez. »

Il n'y a pas eu plus de cinquante mots prononcés au cours des dix heures suivantes, mis à part les ordres.

On en était bien à quatre-vingt-dix minutes de la mise à feu, quand les Cacophones se sont fait entendre. Une à une, les têtes se sont levées.

« Ils veulent du rab, » a dit quelqu'un. Quelqu'un d'autre, une voix féminine, a juré brutalement.

J'ai rebranché le circuit des écrans. Le taillis fourmillait de Cacophones qui se dirigeaient vers le vaisseau. J'ai crié : « Capitaine ! On décolle ? On leur roussit les écailles ? »

« Ferme ta grande gueule, » a dit Lorna. Ce n'était qu'un murmure, mais j'aurais juré que tout le vaisseau avait entendu. « *Ils ramènent Slopes.* »

Elle avait raison. Mille fois raison. A califourchon sur les épaules d'un Cacophone, le visage légèrement bleui par l'épuisement de sa réserve d'oxygène, mais souriant, Slopes avançait vers le vaisseau au milieu d'une foule de plusieurs centaines de monstres écailleux. Le Cacophone qui lui servait de monture a mis un genou en terre et Slopes a sauté. Il a agité la main, et une bonne cinquantaine de créatures sont tombées sur le derrière pour frapper la terre de leurs poings. Slopes, d'une démarche lasse, avançait sur le vaisseau, suivi de quatre Cacophones portant chacun un gros paquet sur la tête.

« La portière est ouverte ? » s'est souvenu quelqu'un. J'ai vérifié. Elle l'était.

On cognait lourdement, dans le sas, et il y avait un tintamarre de Cacophone proche à faire peur. Puis la lumière rouge s'est allumée, et nous avons entendu le sifflement de l'air qui entrait.

La porte s'est ouverte, et nous nous sommes précipités pour débarrasser Slopes de son heaume et de sa combinaison. « J'ai faim, » a-t-il dit, « et je suis atrocement fatigué. En plus, je suis sourd pour le restant de mes jours. »

Nous l'avons épluché puis emmailloté avant de lui servir une soupe bien chaude. Il n'en a pas mangé la moitié que déjà il dormait. Nous l'avons fixé dans sa couchette, ses quatre gros paquets ont été défaits, et après quelques coups de semonce destinés à écarter les Cacophones, nous avons repris le chemin des étoiles.

Les quatre paquets contenaient huit cent quatre-vingt-douze cristaux de Vénus, parfaits. Pendant le retour, nous essayions tellement de nous rattraper auprès de Slopes que nous commencions pour de bon à nous jalouser les uns les autres. C'en était fini du presque-Slopes. Il était passé du côté du complètement, avec un éclat métallique dans la voix et un ressort élastique sous ses pas.

Il a travaillé comme une bête sur ces cristaux. Tout ce qu'il a dit, au début, c'était : « Il faut pouvoir synthétiser les cristaux. L'humanité et les Cacophones n'ont rien à faire ensemble. » Nous l'avons donc aidé. Peu à peu l'histoire se recomposait pour nous. Plus loin il allait dans l'analyse de la structure complexe de ces cristaux, plus il nous en disait. Nous n'avions pas encore atteint Luna, que déjà nous apprenions le fin mot de son histoire.

« Ces Cacophones, » a-t-il dit, « ne sont pas ce que vous vous êtes imaginé. C'est tout de même incroyable chez l'être humain, cette peur de ce qu'il ne comprend pas. Je voudrais qu'on m'explique pourquoi il voit de l'agressivité dans toutes les réactions qu'il peut susciter chez un animal totalement étranger.

« Imaginez-vous comme un cochon d'Inde caché sous une table. Vous mangez des miettes de gâteau et vous ne vous occupez pas du reste. Il y a cinq ou six humains dans la pièce, et l'un d'eux raconte une histoire de fille de fermier et de représentant de commerce. Au moment où ça devient drôle, tout le monde éclate de rire. Mais notre cochon d'Inde ? Pour lui ce n'est qu'une explosion de bruits et de rugissements animaux, et il crève de peur.

« C'est exactement ce qui s'est passé entre les humains et les Cacophones. Sauf que pour une fois, c'étaient les humains les cochons d'Inde. »

Quelqu'un s'est insurgé : « Tu veux dire que ces singes-crocodiles se moquaient de nous ? »

« Ecoutez-moi ça ! Quelle belle indignation ! Oui, c'est exactement ce que je veux dire. Les Cacophones n'ont jamais rien vu d'aussi drôle qu'un être humain. Quand je suis sorti, ils m'ont amené à l'un de leurs villages, ils ont appelé tous les Cacophones des environs, histoire de se payer une pinte de bon sang, et là je n'avais pas besoin de me donner du mal. Je bougeais le bras, ils s'esclaffaient. Je m'asseyais, ils s'écroulaient de rire. Je courais, je sautais, ils se roulaient par terre en se tenant le ventre. »

Il avait dit cela de sa nouvelle voix complètement Slopes, puis il a écarté son travail, et a repris, comme s'il pensait à voix haute : « Ça fait mal, hein ? On a du mal à imaginer que l'être humain soit risible. Il est le roi de la création. A lui tout honneur et toute gloire. On ne l'excuse pas d'être risible, à moins qu'il n'ait décidé de l'être. Je vais vous dire : j'ai trouvé auprès des Cacophones quelque chose que la fréquentation des humains ne m'avait jamais apporté, le sentiment d'appartenir à l'humanité. Ce que vous avez éprouvé quand les Cacophones se sont précipités sur vous, je l'ai éprouvé toute ma vie. Pour vous, c'est une affaire classée, mais pas pour moi. Grâce aux Cacophones, je sais que vous, les esprits forts, vous êtes aussi marrants que moi.

« Les Cacophones sont un peuple doux et qui sait se montrer reconnaissant. Quand je leur ai fait comprendre que les cristaux m'intéressaient, ils m'en ont apporté bien plus que je ne pouvais en porter.

« Je ne suis pas ingrat, non plus, et c'est pourquoi je dis que les cristaux doivent être couramment fabriqués sur Terre, pour qu'on ne dérange plus ces gens avec nos expéditions. Si jamais l'humanité rencontre des êtres intelligents qui se tordent de rire à sa vue, elle les exterminera. »

Il vaudrait mieux, tout compte fait, que Slopes ne soit pas l'Homme du Siècle. Il n'apprécierait certainement pas cette publicité indirecte faite autour des Cacophones. Et puis c'est un salaud. Il a épousé ma copine.

Traduit par Didier Pemerle.
Special Aptitude.

M. COSTELLO, HÉROS

Dans l'œuvre de Sturgeon, toutes les histoires écrites après 1947 sont des sortes de fables critiquant certains aspects de la société ou de l'humanité. La nouvelle précédente illustrait déjà cette veine « moraliste ». Celle-ci enseigne la méfiance vis-à-vis de tout politicien doté d'un large sourire et prônant un bel idéal. Sturgeon, par sa façon de décrire et de ridiculiser une société totalitaire, révèle un penchant viscéral pour l'individualisme et l'anarchisme.

M. COSTELLO, HÉROS

« ENTREZ, commissaire. Et fermez la porte. »

— « Je vous demande pardon, capitaine ? »

Le patron n'invitait jamais personne à entrer — pas dans sa cabine. A son bureau, oui, mais pas ici.

Il fit un geste brusque, j'entrai et refermai la porte. Le compartiment était aussi luxueux qu'un compartiment pouvait l'être sur un vaisseau spatial. J'essayai de ne pas trop écarquiller les yeux comme si je le voyais pour la première fois, justement parce que je le voyais pour la première fois.

Je m'assis.

Il ouvrit la bouche, la referma, poussa la pointe de sa langue entre ses lèvres minces. Il les humecta en me regardant fixement. Je n'avais jamais vu l'Homme de Fer ainsi. Je décidai que le mieux était de ne rien dire, et c'est ce que je fis.

Il sortit un jeu de cartes du tiroir central et le fit glisser à travers le bureau. « Distribuez. »

Je dis : « Je v... »

— « Et ne dites pas que vous me demandez pardon ! » explosa-t-il.

Bon, après tout. Si le patron voulait faire une partie tranquille de gin rummy pour tromper les parsecs, loin de moi l'idée de... Je battis les cartes. Six ans sous cet ordinateur à sourcils doté de sang-froid et d'yeux de poisson, et c'était la première fois qu'il...

— « Distribuez, » dit-il. Je levai les yeux vers lui. « Cinq cartes. Vous savez jouer au poker, n'est-ce pas, commissaire ? »

— « Oui, capitaine. » Je donnai et reposai le paquet. J'avais trois trois et deux figures. Le patron regarda ses cartes en fronçant les sourcils et en jeta deux. Il me fixa de nouveau.

Je dis : « J'ai un brelan, capitaine. »

Il laissa tomber ses cartes comme si elles n'existaient plus, se leva brusquement de son fauteuil et me tourna le dos. Il renversa la tête et regarda le voit-tout, au-dessus de lui, avec son complexe de coordonnées de vitesse, temps, position et distance franchie. Borinquen, notre planète de destination, était à portée de crachat — seulement à un jour de là à peu près — et la Terre était loin, loin derrière. J'entendis un bruit et abaissai les yeux. Le capitaine avait noué ses mains derrière son dos, les pressant si fort que les jointures craquaient.

— « Pourquoi n'avez-vous pas tiré ? » grinça-t-il.

— « Je vous demande p... »

— « Quand *je* jouais au poker — et j'ai joué diablement souvent au poker — comme je m'en souviens, le donneur demandait à chaque joueur combien de cartes il voulait après la donne et lui en donnait autant qu'il en rejetait. Avez-vous jamais entendu parler de cela, commissaire ? »

— « Oui, capitaine, je m'en souviens. »

— « Vous vous en *souvenez*. » Il se retourna. J'imagine qu'il avait dû fixer du même air furieux le voit-tout et je me demandai pourquoi il n'avait pas brisé le panneau vitré qui le recouvrait.

— « Pourquoi alors, commissaire, » demanda-t-il, « avez-vous montré un brelan sans jeter, sans tirer — sans, monsieur, me demander combien de cartes j'aurais pu vouloir ? »

Je réfléchis. « Je... nous... je veux dire, capitaine, nous ne jouons pas au poker de cette façon, ces temps-ci. »

— « Vous jouez au poker sans tirer de cartes ! » Il se rassit et me lança de nouveau ce regard furieux. « Et qui a changé les règles ? »

— « Je ne sais pas, capitaine. Nous avons seulement — c'est la façon dont nous jouons, maintenant. »

Il hocha pensivement la tête. « Maintenant dites-moi quelque chose, commissaire. Combien de temps avez-vous passé dans la coquerie, au cours du dernier quart ? »

— « A peu près une heure, capitaine. »

— « A peu près une heure. »

— « Eh bien, capitaine, » expliquai-je rapidement, « c'était mon tour. »

Il ne dit rien et il me vint soudain à l'esprit que ces quarts de coquerie ne faisaient pas partie des règlements du vaisseau.

Je dis vivement : « Il n'est pas *contraire* à vos ordres de tenir un tel quart, n'est-ce pas, capitaine ? »

— « Non, » dit-il, « ça ne l'est pas. » Sa voix était si douce qu'elle en était inquiétante. « Dites-moi, commissaire, Cooky ne se formalise pas de ces quarts de cuisine ? »

— « Oh, non capitaine ! Il en est très content. » Je savais qu'il pensait à la taille de la coquerie. Il était vrai que deux hommes représentaient une vraie foule dans un endroit comme celui-là. Je dis : « De cette façon, il sait que tout le monde peut lui faire confiance. »

— « Vous voulez dire que de cette façon, vous savez qu'il ne vous empoisonnera pas. »

— « Eh bien... oui, capitaine. »

— « Et dites-moi, » demanda-t-il d'une voix encore plus douce, « qui a suggéré qu'il pourrait vous empoisonner ? »

— « Je n'en sais vraiment rien, capitaine. C'est quelque chose qui est venu comme ça. Cooky n'y voit pas d'inconvénient. » J'ajoutai : « Si on le surveille tout le temps, il sait que personne ne le soupçonnera. C'est très bien. »

De nouveau, il répéta mes paroles.

— « C'est très bien. » J'aurais souhaité qu'il ne le fît pas. J'aurais souhaité qu'il cessât de me fixer ainsi. « Depuis combien de temps, » demanda-t-il, « l'officier de pont a-t-il coutume d'emmener un témoin avec lui quand il prend la relève ? »

— « Je n'en sais vraiment rien, capitaine. C'est en dehors de mon rayon. »

— « Vous n'en savez rien. Maintenant, réfléchissez, commissaire. Avez-vous jamais pris le quart dans la coquerie, vu les officiers de pont emmener des témoins avec eux quand ils relèvent le quart, ou vu jouer au poker sans tirer — avant ce voyage ? »

— « Ben, non, capitaine. Je ne crois pas. Je suppose que nous n'y avions jamais pensé avant. »

— « Nous n'avons jamais eu M. Costello comme passager, auparavant, n'est-ce pas ? »

— « Non, capitaine. »

Je pensai un instant qu'il allait dire autre chose, mais il ne le fit pas. Seulement : « Très bien, commissaire. Ce sera tout. »

Je sortis et retournai vers l'arrière, troublé et quelque peu confondu. Le patron n'avait pas à insinuer de telles choses à propos de M. Costello. M. Costello était un homme très bien. Un jour, le capitaine avait eu une dispute avec M. Costello. Ils avaient échangé des cris dans le carré. C'est-à-dire, le capitaine avait crié — M. Costello ne criait jamais. M. Costello avait une bonne nature comme il y en a peu. Un homme cordial et affable, avec un visage qu'on qualifie d'ouvert. Ouvert et honnête. Il avait été autrefois Triumvir, sur la Terre — le plus jeune jamais nommé, disait-on.

Vous n'auriez pas pensé qu'un homme aussi simple pût être aussi brillant. Les Triumvirs sont en général nommés à vie, mais M. Costello n'était pas satisfait. Il fallait qu'il bouge, voyez-vous. Toujours apprendre, serrer les mains autour de lui, rester près des gens. Il aimait les gens.

Je ne sais pas pourquoi le capitaine ne s'entendait pas avec lui. Tout le monde s'entendait bien avec lui. Et de plus, M. Costello ne jouait pas au poker ; que pouvait lui importer le fait que *nous* le jouions d'une façon ou d'une autre ? Il ne mangeait pas la nourriture de la coquerie — il avait ses provisions personnelles dans sa cabine — alors quelle différence pour lui si le cuisinier empoisonnait quelqu'un ? Sauf, bien sûr, qu'il se souciait de *nous*. Les gens — il *aimait bien* les gens.

De toute façon, c'est mieux de jouer au poker sans tirer. Le poker est un bon jeu avec une mauvaise réputation. Et d'où pensez-vous qu'il tire sa mauvaise réputation ? Des tricheurs. Et comment les gens trichent-ils au poker ? Presque jamais quand ils donnent. C'est quand ils passent les cartes après la décharge. C'est là qu'un donneur véreux sait ce qu'il tient, et il sait quoi donner aux autres pour se faire gagner. Alors, supprimez la décharge, et vous supprimez neuf dixièmes des tricheurs. Supprimez les tricheurs et les honnêtes gens peuvent se fier les uns aux autres.

C'est ce que M. Costello avait coutume de dire, en tout cas. Pas qu'il préférât une façon ou l'autre pour lui-même. Ce n'était pas un joueur.

J'allai dans le carré et M. Costello était là avec le Troisième officier. Il m'adressa un grand sourire et un geste de la main, alors je m'approchai.

— « Venez, asseyez-vous, commissaire, » dit-il. « Je débarque demain. Je n'aurai plus beaucoup l'occasion de vous parler. »

Je m'assis. Le Troisième ferma le livre qu'il avait tenu ouvert sur la table et l'escamota.

M. Costello rit de son geste. « Allons. Troisième, montrez-le au commissaire. Vous pouvez lui faire confiance — c'est un homme bien. Je serais fier de faire partie du même équipage que le commissaire. »

Le Troisième officier hésita, puis prit le livre qu'il avait posé sur ses genoux. C'était le *Code Spatial,* et les *Règles de Route* qui en découlaient. Tout officier breveté devait le piocher pour obtenir son brevet. Mais ce n'était pas le genre de livre avec lequel on tuait habituellement le temps.

« Le Troisième me montrait tout ce qu'un capitaine peut et ne peut pas faire, » dit M. Costello.

— « Eh bien, vous me l'avez demandé, » dit le Troisième.

— « Voyons, une minute, » dit vivement M. Costello, « une minute. » Il avait une façon d'agir ainsi, parfois. Cela faisait partie de lui, comme les cheveux clairsemés sur le dessus de son crâne, le large sourire, et la façon dont il penchait la tête sur le côté en vous demandant de répéter ce que vous veniez de dire, comme s'il n'entendait pas très bien. « Une minute, vous *vouliez* me montrer cela, n'est-ce pas ? »

— « Eh bien, oui, monsieur Costello, » dit le Troisième.

— « Vous vérifiez les limitations de pouvoir d'un patron spatial de votre propre gré, n'est-ce pas ? »

— « Eh bien, » dit le Troisième, « je suppose. Bien sûr. »

— « Bien sûr, » répéta M. Costello d'un air content. « Répétez au commissaire la partie que vous venez de me lire. »

— « Celle que vous avez trouvée dans le livre ? »

— « Vous savez laquelle. Vous l'avez lue de vous-même, n'est-ce pas ? »

— « Oh ! » dit le Troisième. Il me regarda — avec une sorte de gêne, pensai-je — et prit le livre.

M. Costello posa la main dessus. « Oh, ne prenez pas la peine de chercher, » dit-il. « Vous pouvez vous en souvenir. »

— « Ouais, je suppose, » admit le Troisième. « C'est une sorte de sauvegarde pour empêcher les pouvoirs d'un capitaine de lui monter à la tête, au cas où cela se produirait. Supposez qu'il vienne un moment où un capitaine commence à se conduire bizarrement, et que l'équipage ait l'impression que la passerelle est occupée par un aliéné. Bon, il faut faire quelque chose. L'équipage a le pouvoir de déléguer un officier et de l'envoyer demander au capitaine de se justifier. Si le capitaine refuse, ou si l'équipage n'est pas satisfait de ses justifications, alors ils ont le droit de le confiner dans sa cabine et de prendre le commandement du vaisseau. »

— « Je pense en avoir entendu parler, » dis-je. « Mais le capitaine a des droits, lui aussi. Je veux dire que l'équipage doit rendre compte de tout par radio spatiale à l'instant même, et le capitaine bénéficie d'une audience en compagnie de l'équipage à l'escale suivante. »

M. Costello nous regarda et secoua sa grosse tête, plein d'admiration. Quand vous aviez l'approbation de M. Costello, vous vous sentiez rempli d'aise.

Le Troisième regarda sa montre et se leva. « Je dois relever la passerelle. Voulez m'accompagner, commissaire ? »

— « J'aimerais lui parler un instant, » dit M. Costello. « Pensez-vous pouvoir trouver quelqu'un d'autre pour témoin ? »

— « Oh, certainement, si vous le voulez, » dit le Troisième.

— « Mais vous allez chercher quelqu'un ? »

— « Absolument, » dit le Troisième.

— « Le vaisseau le plus sûr à bord duquel j'aie jamais voyagé, » dit M. Costello. « C'est un sentiment agréable, de savoir que l'officier de quart ne risque jamais de mal interpréter les ordres. »

Je pensais de même et me demandai pourquoi nous ne l'avions jamais fait avant. Je regardai le

Troisième s'éloigner et restai où j'étais, avec une sensation de bien-être, de sécurité, content que M. Costello voulût me parler. Moi, un simple commissaire, et lui, un ex-Triumvir.

M. Costello m'adressa le grand sourire. Il hocha la tête en direction de la porte. « Ce jeune homme ira loin. Un brave garçon. Vous êtes tous de braves garçons, ici. » Il enfonça une tasse-suçoir dans le chauffeur et me la passa de ses propres mains. « Café, » dit-il. « Ma réserve personnelle. Le seul que j'utilise jamais. »

Je le goûtai et il était bon. M. Costello était un homme très généreux. Il s'adossa et me regarda d'un air rayonnant tandis que je buvais le café.

— « Que savez-vous de Borinquen, » demanda-t-il.

Je lui dis tout ce que j'en savais. Borinquen est un endroit très agréable, ce qu'on appelle « Terrestre Normal à quatre neuf » — ce qui signifie que le climat, la gravité, l'atmosphère et l'écologie approchaient ceux de la Terre à 0,9999. Il n'y a que six planètes connues de ce genre. Je lui parlai de l'unique ville qui s'y trouvait et du trappage qui constituait la principale industrie. Les manteaux en fourrure de *glunker* durent éternellement. Ils brillent d'une lueur verte dans la lumière blanche et d'un rouge chaud de braise dans la lumière bleue, et vous pouvez prendre un manteau de grande taille et le chiffonner pour le faire disparaître entre vos deux mains, tant elle est fine et légère. A cause de sa légèreté, la fourrure était une cargaison spatiale idéale.

Bien sûr, il y avait maintenant sur Borinquen beaucoup d'autres choses — des lingots d'isotopes rares, des produits alimentaires, des graines pour l'industrie pharmaceutique et le reste, et je suppose que le commerce de *glunker* pourrait disparaître sans empêcher Borinquen de continuer à se suffire. Mais les fourrures avaient été le point de départ de la planète, les fourrures avaient subvenu aux besoins de la ville à ses débuts, et la moitié de la population était encore composée de trappeurs qui vivaient dans le maquis.

M. Costello écouta tout ce que je disais d'une manière que je ne peux qualifier que de respectueuse.

Je me souviens avoir terminé en disant : « Je regrette que vous deviez débarquer là, monsieur Costello. J'aurais aimé vous revoir. J'aimerais vous rendre visite à Borinquen, quand nous ferons escale, mais je suppose qu'un homme comme vous n'a pas beaucoup de temps libre. »

Il posa sa grosse main sur mon bras. « Commissaire, si je n'ai pas de temps libre quand vous ferez escale, je m'en trouverai. Vous entendez ? » Oh, il avait une façon merveilleuse de réconforter les gens.

Tout ce que je sais ensuite, c'est qu'il m'invita dans sa cabine. Il me fit asseoir et me tendit un suçoir empli d'un vin rouge doux et parfumé à la cannelle, ce qui était nouveau pour moi, et il me montra quelques-unes de ses affaires.

Il était grand collectionneur. Il avait un ou deux petits morceaux de papier coloré qu'il me dit être des timbres utilisés avant l'Ere Spatiale, pour payer à l'avance les droits de transport des lettres en papier. Il dit que, où qu'il fût, une seule de ces choses pouvait lui procurer une fortune. Et puis il avait quelques joyaux, pas de bagues ni ce genre de choses, seulement des pierres, et une merveilleuse histoire pour chacune d'elles.

— « Ce que vous tenez dans votre main, » dit-il, « a coûté la vie d'un roi et la perte d'un empire moitié plus grand que la Terre Unie. » Et : « Celle-ci fut autrefois si bien gardée que la plupart des gens ne savaient pas si elle existait ou non. Toute une religion était basée sur elle — et maintenant elle a disparu, et avec elle la religion. »

Cela vous donnait un étrange sentiment, d'être auprès de cet homme qui se montrait juste aussi chaleureux et amical que votre oncle préféré.

— « Si vous pouvez m'assurer que ces cloisons sont insonorisées, je vous montrerai une autre chose que je collectionne, » dit-il.

Je lui assurai qu'elles l'étaient, et elles l'étaient vraiment. « Si les constructeurs de vaisseaux spatiaux ont appris une chose, » lui dis-je, « c'est qu'un homme a besoin d'être seul de temps à autre. »

Il pencha la tête sur le côté, à sa manière habituelle. « Comment dites-vous cela, exactement ? »

— « Un homme a besoin d'être seul de temps à autre, » répétai-je. « Alors, masse ou pas, dépense ou pas, les cloisons d'un vaisseau spatial sont construites pour assurer à un homme l'intimité dont il a besoin. »

— « Bon, » dit-il. « Maintenant, je vais vous montrer. » Il déverrouilla une mallette qu'il ouvrit et, d'un petit compartiment à l'intérieur, retira une boîte qui avait à peu près la taille d'un étui de montre. Il la manipulait avec soin et la posa sur son bureau. Elle était carrée, avec une grille mince sur le dessus et deux petits boutons argent sur le côté. Il pressa l'un des boutons et se tourna vers moi, souriant. Et, laissez-moi vous le dire, je faillis tomber de la couchette sur laquelle j'étais assis : parce que là, de la boîte, sortit la voix du capitaine, aussi forte et aussi claire que s'il avait été dans la pièce avec nous. Et savez-vous ce qu'il disait ?

Il disait : « Mon équipage met en doute ma santé mentale — mais soyez sûr que si un seul homme à bord conteste mon autorité, il apprendra que je suis le maître ici, même s'il doit l'apprendre à la pointe d'un pistolet. »

Ce qui me surprit tellement ne fut pas tant la voix que les paroles — et ce qui me surprit spécialement dans les paroles était que j'avais moi-même entendu le capitaine les prononcer. C'était le jour où il avait eu cette dispute avec M. Costello. Je m'en souvenais bien parce que j'étais entré dans le carré au moment où le capitaine s'était mis à crier.

— « Monsieur Costello, » avait-il dit de cette grosse voix puissante, « en dépit de votre conviction que mon équipage met en doute ma santé mentale... » et tout le reste, exactement comme sur l'enregistrement de M. Costello. Et je me rappelais qu'il avait dit aussi, « même s'il doit l'apprendre à la pointe d'un pistolet. *Ceci, monsieur, s'applique aux passagers — l'équipage a des moyens légaux qui lui sont propres.* »

J'allais le faire remarquer à M. Costello mais, avant que j'aie pu ouvrir la bouche, il me demanda :

« Alors dites-moi, commissaire, ceci est-il la voix du capitaine de votre vaisseau ? »

Et je répondis : « Eh bien, si ça ne l'est pas, je ne suis pas le commissaire, ici. Parbleu, je l'ai moi-même entendu prononcer ces paroles. »

M. Costello me donna une claque sur l'épaule. « Vous avez l'oreille fine, commissaire. Et que pensez-vous de mon petit jouet ? »

Et il me le montra, un petit mécanisme dans l'épingle-bijou qu'il portait sur sa tunique, un petit fil très fin qui le reliait à un interrupteur dans la poche de côté.

— « L'une de mes collections favorites, » me dit-il. « Les voix. N'importe qui, n'importe quand, n'importe où. » Il retira l'épingle et en fit glisser une petite perle hors de la monture. Il l'inséra dans une rainure de la boîte et pressa le bouton.

Et j'entendis ma propre voix dire : « Je regrette que vous deviez débarquer là, monsieur Costello. J'aurais aimé vous revoir. » J'éclatai de rire. C'était l'une des choses les plus ingénieuses que j'aie jamais vues. Et de penser à ma voix dans sa collection, avec celle du capitaine et l'espace sait combien de gens fameux et importants !

Il avait même la voix du Troisième officier, juste quelques minutes plus tôt, qui disait : « La passerelle est occupée par un aliéné. Bon, il faut faire quelque chose. »

Tout compte fait, cette visite avait été merveilleuse ; puis il me demanda de m'occuper de ses papiers de dédouanement. Je me rendis donc à mon bureau et les sortis. Ils sont enfermés dans le coffre-fort du commissaire de bord durant le voyage. Et je les parcourus en y apposant les tampons nécessaires. Il y en avait un paquet — il en avait plus que la plupart des gens.

J'en trouvai un du Central Terrien qui m'indigna. Je suppose que c'était une erreur. C'était un *A qui de droit* qui intimait aux officiels consulaires d'adresser tous les six mois, temps terrestre, un rapport sur les activités de M. Costello.

Je le lui apportai, et c'était effectivement une erreur — il le dit lui-même. Je le déchirai de son passeport et apposai une note officielle, rapportant la destruction accidentelle d'une page utilisée, couverte de visas périmés. Il me donna une magnifique gemme bleue pour l'avoir fait.

Quand je dis : « Je ne peux accepter ; je ne veux pas que vous pensiez que je soutire des pots-de-vin aux passagers, » il rit et mit l'une de ces perles dans son enregistrement ; et ma voix en sortit : « Je soutire des pots-de-vin aux passagers. » C'était un grand blagueur.

Nous restâmes quatre jours sur Borinquen. Il ne se passa pas grand-chose, sinon que je fus très occupé. C'est le hic du rôle de commissaire. Vous n'avez rien à faire pendant des semaines dans l'espace, et lorsque vous êtes au spatioport, vous avez trop de travail pour aller beaucoup à terre, à moins que ce ne soit une longue escale.

Je ne m'en suis jamais trop plaint. Je suis un de ces génies mathématiques, voyez-vous, même si je n'ai pas beaucoup de jugement en d'autres matières, et je tire fierté de mon travail. Tout le monde est bon à quelque chose, je suppose. Je ne pourrais pas vous dire comment fonctionne le machin qui fait voyager le vaisseau plus vite que la lumière, mais je n'aimerais pas confier au Chef Mécanicien l'un de mes manifestes de cargaison interplanétaires, ni une table de taux de change des peaux de *glunker* en dollars T.U.

Un personnage à la mâchoire dure, avec une carte d'Enquêteur de la Marine Spatiale, vint à bord avec un magnétophone portatif et me fit réciter ainsi qu'au Troisième Officier un tas d'inepties pour quelque sorte de test, je ne sais pas quoi. Les E.M.S. font toujours des tas de choses mystérieuses et inutiles. Je me disputai avec l'Agent du Spatioport, et descendis à terre avec Cooky pour boire un verre en vitesse. Le truc habituel. Puis je dus faire des heures supplémentaires pour engager un nouveau Troisième — ils transféraient l'ancien sur une corvette qui devait arriver, me dit-on.

Oh, oui, c'est après ce voyage que le capitaine a démissionné. Je crois qu'il était grand temps. Il était devenu plutôt nerveux. Il me lança un regard des plus sombres en descendant à terre pour la dernière fois, comme s'il hésitait entre me tuer ou éclater en sanglots. Une rumeur disait qu'il était devenu fou furieux et avait menacé l'équipage avec un pistolet, mais je n'écoute pas les rumeurs. Et de toute façon, c'est le Capitaine du Port qui engage les nouveaux patrons. Ce n'était pas un surcroît de travail pour moi, ça n'avait donc pas beaucoup d'importance.

Nous décollâmes de nouveau pour la tournée habituelle. Boötes Sigma, Nightingale, Caranno et la Terre — appareils de chimie en verre, calques noirs, graines de *sho* et cristaux de lumière ; parfum, bandes musicales, peaux de *glizzard* et Aldebar — tout le bric-à-brac habituel pour les mois coutumiers. Et nous revînmes à Borinquen.

Eh bien, vous ne croiriez jamais comment un endroit peut changer tellement en si peu de temps. Borinquen était habituellement une planète libre et tolérante. Il y avait l'unique ville de bonne taille, voyez-vous, et les camps de trappeurs répartis dans toute la région non colonisée. Si vous aimiez les gens, vous vous installiez dans la ville, et vous pouviez travailler dans les installations de traitement des peaux ou d'entretien, ou autre chose du même genre. Sinon, vous pouviez piéger les *glunkers*. Il y avait toujours quelque chose pour tout le monde, sur Borinquen.

Mais les choses étaient différentes, à ce voyage-ci. D'abord, un homme avec un insigne du Gouvernement Planétaire vint à bord, pardieu, pour censurer les bandes musicales livrées à la ville, et il avait un ordre de mission, en plus. Ensuite, je découvris que les autorités municipales avaient réquisitionné les entrepôts — *mes* entrepôts — et qu'on les convertissait en dortoirs.

Et où étaient les marchandises — les peaux et les lingots à exporter ? Eh bien, dans les maisons — dans des centaines de maisons, toutes disséminées ici et là, toutes répertoriées par une grande administration nouvelle pleine de réquisitionnés et de volontaires pour embrouiller les choses et les empêcher de se débrouiller ! Pour la première fois depuis que je parcourais l'espace, je dus demander une prolongation d'escale pour démêler la situation.

De toute façon, cela me donnait l'occasion de parcourir la ville, ce qui était rare.

Vous auriez dû voir l'endroit ! Tout le monde semblait être en train de déménager. Tous les grands bâtiments étaient transformés en coquilles vides garnies de rangées de matelas. Des banderoles étaient suspendues dans les rues : ETES-VOUS UN HOMME OU ETES-VOUS SEUL ? UN TOIT POUR UN SEUL EST UN TRISTE FOYER ! LE DIABLE HAIT LA FOULE !

Tout cela n'avait aucun sens pour moi. Mais ce n'est qu'en voyant un signe peint à la chaux sur la vitrine d'un bar, disant — INTERDIT AUX TRAPPEURS ! — que je pris conscience du changement le plus important.

Il n'y avait pas de trappeurs dans les rues — pas un seul. Ils étaient habituellement l'attraction touristique de Borinquen, vêtus de fourrures de *glunker,* avec les longues queues flottant dans leur sillage, et une sorte de distance dans leurs yeux que n'avaient même pas les astronautes. Dès qu'ils me manquèrent, je commençai à voir les signes INTERDIT AUX TRAPPEURS ! un peu partout — sur les magasins, les restaurants, les hôtels et les théâtres.

Je me tenais au coin d'une rue, regardant autour de moi et me demandant ce qui se passait ici, quand un flic de Borinquen me cria quelque chose depuis une voiture de patrouille monoroue. Je ne compris pas ce qu'il disait, alors je me contentai de hausser les épaules. Il fit demi-tour et s'arrêta à ma hauteur.

— « Qu'est-ce qui se passe, paysan ? Perdu tes pièges ? »

Je dis : « Quoi ? »

Il dit : « Si tu veux rester seul, *glunker,* nous avons des cellules individuelles, à l'hôtel de ville, qui te conviendront parfaitement. »

Je le regardai d'un air idiot. Et, à ma surprise, un autre flic pointa la tête hors du patrouilleur. Un patrouilleur monoplace, notez. Ils étaient vraiment tassés, là-dedans.

Le deuxième dit : « Où est ton fil à pièges, blanc-bec ? »

Je dis : « Je n'ai pas de fil à pièges. » Je pointai un doigt vers mon vaisseau, surplombant le spatioport comme une haute tour. « Je suis le commissaire de ce vaisseau. »

— « Ah, crénom ! » dit le premier flic. « J'aurais dû m'en douter. Ecoutez, Spatiard, vous feriez bien de vous trouver un compagnon ou vous avez des chances de vous faire malmener. Ce n'est pas un endroit pour un soliste. »

— « Je ne vous comprends pas, sergent. Je ne faisais que... »

— « Je le prends, » dit quelqu'un. Je me retournai et vis une grande Borinquena, debout devant la porte ouverte de l'une des centaines de maisons vides. Elle dit : « Je suis revenue chercher quelques affaires. Quand j'ai eu fini, il n'y avait personne sur les trottoirs. Il y a une heure que je suis ici, à attendre quelqu'un pour m'accompagner. » Sa voix avait un petit quelque chose d'hystérique.

— « Vous savez que vous ne devriez pas aller là-dedans seule, » dit l'un des flics.

— « Je sais... je sais. C'était seulement pour prendre mes affaires. Je ne voulais pas rester. » Elle souleva un sac à linge et le balança devant elle. « Seulement pour prendre mes affaires, » répéta-t-elle, effrayée.

Les flics s'entre-regardèrent. « Bon, ça va. Mais faites attention. Allez avec le commissaire, là. Feriez bien de le mettre au courant — il n'a pas l'air de savoir ce qui est bien. »

— « Je le ferai, » dit-elle avec reconnaissance.

Mais le patrouilleur était déjà parti avec un gémissement, oscillant un peu sous sa double charge.

Je la regardai. Elle n'était pas jolie. Elle était plutôt lourde et stupide.

Elle dit : « Ça ira, maintenant. Allons-y. »

— « Où ? »

— « Ben, au Dortoir Central, je suppose. C'est là que presque tout le monde va. »

— « Il faut que je regagne mon vaisseau. »

— « Oh, mon Dieu, » dit-elle, de nouveau désemparée. « Tout de suite ? »

— « Non, pas tout de suite. Je vais aller en ville avec vous, si vous voulez. »

Elle ramassa son sac à linge, mais je m'en emparai et le jetai sur mon épaule. « Tout le monde ici est-il dingue ? » demandai-je en fronçant les sourcils.

— « Dingue ? » Elle se mit à marcher et je la suivis. « Je ne le *pense* pas. »

— « Tout cela, » insistai-je. Je montrai une banderole qui disait : AUCUNE ECHELLE N'A QU'UN SEUL ECHELON. « Que signifie cela ? »

— « Juste ce que ça dit. »

— « Il vous faut mettre un truc grand comme ça juste pour dire... »

— « Oh, » dit-elle, « vous voulez dire, qu'est-ce que ça *signifie !* » Elle me regarda d'un air étrange. « Nous avons découvert une nouvelle vérité à propos de l'humanité. Écoutez, je vais essayer de vous le dire de la façon dont les Lucilles l'ont dit hier soir. »

— « Qui est Lucille ? »

— « *Les* Lucilles, » dit-elle d'un ton légèrement choqué. « En fait, je suppose qu'elles ne sont qu'une en réalité — bien que, évidemment, il y ait certainement quelqu'un d'autre dans le studio en même temps, » ajouta-t-elle vivement. « Mais en tridéo, on dirait quatre Lucilles, toutes parlant en même temps, comme une sorte de chœur. »

— « Continuez, » dis-je quand elle s'interrompit. « Je saisis doucement. »

— « Eh bien, voilà ce qu'elles disent. Elles disent qu'aucun être humain isolé n'a jamais *rien* fait. Elles disent qu'il faut cent paires de mains pour construire une maison, dix mille paires pour construire un vaisseau. Elles disent qu'une paire seule n'est pas seulement inutile — elle est *nuisible*. Toute l'humanité est une chose faite de nombreuses parties. Aucune partie n'est bonne en elle-même. Toute partie qui veut s'en aller seule blesse l'ensemble — la chose qui est devenue si importante. Alors nous veillons à ce qu'aucune partie ne se sépare jamais. A quoi vous servirait votre main si un doigt décidait soudain de s'en aller de son côté ? »

Je dis : « Et vous croyez ceci — comment vous appelez-vous ? »

— « Nola. Le *croire* ? Mais, c'est vrai, non ? Ne voyez-vous pas que c'est vrai ? Tout le monde *sait* que c'est vrai. »

— « Oui, ça *pourrait* être vrai, » dis-je à contre-cœur. « Que faites-vous des gens qui veulent rester seuls ? »

— « Nous les aidons. »

— « Supposez qu'ils ne veuillent pas être aidés ? »

— « Alors ils sont trappeurs, » dit-elle aussitôt.

« Nous les repoussons dans le maquis, d'où viennent les solistes malfaisants. »

— « Et la fourrure ? »

— « Personne n'utilise plus de fourrure ! »

C'était donc ce qui était arrivé à ma livraison de fourrures ! Et je pensais que ces bureaucrates amateurs les avaient seulement égarées quelque part.

Elle dit, comme pour elle-même : « Tout péché commence dans l'obscurité solitaire, » et en levant les yeux, je vis qu'elle l'avait lu d'un ton approbateur sur une autre banderole.

Nous atteignîmes un carrefour et je clignai des yeux sous une lumière vive. C'était l'un des entrepôts.

— « Voilà le Centre, » dit-elle. « Aimeriez-vous le visiter ? »

— « Je crois bien. »

Je la suivis le long de la rue jusqu'à l'entrée. Un homme y était assis devant une table. Nola lui tendit une carte. Il vérifia sur une liste et la lui rendit.

— « Un visiteur, » dit-elle. « Du vaisseau. »

Je lui montrai ma carte de commissaire et il dit : « O.K. Mais si vous voulez rester, il faudra vous inscrire. »

— « Je ne veux pas rester, » lui dis-je. « Il faut que je rentre. »

Je suivis Nola à l'intérieur.

L'endroit avait été dénudé au maximum. Si on avait retiré une écharde de plus aux structures verticales, le toit se serait écroulé. Il n'y avait pas un seul coin caché, ni une étagère, une draperie ou un surplomb. Il devait y avoir deux mille lits, couchettes et matelas étalés côte à côte sur toute la surface, par blocs de quatre espacés seulement d'une main.

La lumière était aveuglante — d'énormes projecteurs baignaient chaque centimètre carré d'un feu blanc-jaune.

Nola dit : « On s'habitue à la lumière. Après quelques nuits, vous ne la remarquez même plus. »

— « On n'éteint jamais les lumières ? »

— « Oh, mon Dieu, non ! »

Alors je vis les installations sanitaires — douches, tubs, lavabos et tout le reste. Tout était aligné le long d'un mur.

Nola suivit mon regard. « On s'habitue à ça aussi. Mieux vaut avoir tout au grand jour que de laisser entrer le diable l'espace d'une seconde de dissimulation. C'est ce que disent les Lucilles. »

Je posai son sac à linge et m'assis dessus. La seule chose qui me vint à l'esprit fut : « Qui a eu cette idée ? Comment cela a-t-il commencé ? »

— « Les Lucilles, » dit-elle vaguement. Puis : « Avant elles, je ne sais pas. Les gens ont commencé à réaliser. Quelqu'un a acheté un entrepôt — non, c'était un hangar — je ne sais pas, » dit-elle de nouveau, faisant apparemment un effort pour se souvenir. Elle s'assit à côté de moi et dit d'une voix étouffée : « En fait, tout le monde ne l'a pas très bien pris, au début. » Elle regarda autour d'elle. « *Je* ne l'ai pas très bien pris. C'est vrai, pas du tout. Mais il fallait croire, ou agir comme si on croyait, et d'une façon ou d'une autre, tout le monde en est arrivé à cela. » Elle fit un geste de la main.

— « Qu'est-il arrivé à ceux qui ne voulaient pas venir dans les Centres ? »

— « Les gens se moquaient d'eux. Ils perdaient leur emploi, les écoles ne voulaient pas de leurs enfants, les magasins refusaient d'honorer leurs cartes d'alimentation. Et puis la police s'est mise à appréhender les solistes — comme pour vous. » Elle regarda de nouveau autour d'elle avec une sorte de satisfaction familière dans les yeux. « Il n'a pas fallu longtemps. »

Je me détournai d'elle, mais me retrouvai contemplant de nouveau toute la plomberie. Je me levai vivement. « Il faut que je parte, Nola. Merci de votre aide. Heu... comment vais-je rentrer au vaisseau, si les flics arrêtent tous les solistes qu'ils rencontrent ? »

— « Oh, parlez à l'homme de l'entrée. Il y aura des gens en attente pour aller dans votre direction. Il y a toujours des gens qui attendent pour aller n'importe où. »

Elle vint avec moi. Je parlai à l'homme de l'entrée, et elle me serra la main. Je me tenais près de la petite table et je la vis hésiter, puis s'approcher d'une femme qui arrivait. Elles entrèrent ensemble. Le portier me poussa vers un groupe de badauds.

— « *Nord* ! » brailla-t-il.

J'héritai d'un petit homme rondouillard avec de mauvaises dents, qui ne dit pas un seul mot. Nous nous escortâmes mutuellement jusqu'aux deux tiers du chemin vers le spatioport, et il disparut dans une usine. Je franchis le reste du chemin en courant, avec l'impression d'être un criminel ; ce que j'étais, je suppose. Je me jurai de ne jamais remettre les pieds dans cette ville de dingues.

Et le matin suivant, qui vint me chercher, dans une voiture blindée escortée de six patrouilleurs biplaces ? M. Costello lui-même !

C'était fantastique de le revoir. Il était comme toujours, grand, séduisant et affable. Il n'était pas seul. Dans le coin arrière de la voiture s'étalait la plus belle blonde qui m'eût jamais coupé le souffle. Elle ne disait pas grand-chose. Elle se contentait de me regarder de temps à autre en souriant, puis elle regardait par la fenêtre en se mordillant la lèvre inférieure, puis elle regardait M. Costello sans sourire du tout.

M. Costello ne m'avait pas oublié. Il avait une bouteille de ce même vin rouge à la cannelle, et il parla du temps passé de la même façon, comme un oncle de marque. Nous fîmes une sorte de visite guidée. Je lui parlai de la soirée précédente, de ma visite au Centre, et il était aussi content qu'on peut l'être. Il dit qu'il savait que j'aimerais cela. Je ne m'arrêtai pas à réfléchir pour savoir si je l'aimais ou pas.

— « Pensez ! » dit-il. « Toute l'humanité, une seule unité. Vous connaissez le principe de la coopération, commissaire ? »

Comme je mettais trop longtemps à réfléchir, il dit : « Vous savez. Deux hommes travaillant ensemble peuvent produire plus que deux hommes travaillant séparément. Bon, qu'arrive-t-il quand un millier — un million — travaillent, dorment, mangent, pensent, respirent ensemble ? » A la façon dont il le disait, cela paraissait merveilleux.

Il regarda au-dehors par-dessus mon épaule et ses yeux s'agrandirent un peu. Il pressa un bouton et le chauffeur arrêta son véhicule.

— « Attrapez celui-là, » dit M. Costello dans un micro installé à côté de lui.

Deux des patrouilleurs foncèrent dans la rue et encadrèrent un homme. Il esquiva à droite, esquiva à gauche, puis un patrouilleur le heurta et l'assomma.

— « Pauvre type, » dit M. Costello, pressant le bouton de départ. « Il y en a qui n'apprendront jamais. »

Je pense qu'il le regrettait beaucoup. Je ne sais pas si la femme blonde pensait de même. Elle ne regarda même pas.

— « Etes-vous maire ? » lui demandai-je.

— « Oh, non, » dit-il. « Je suis une sorte d'intermédiaire. Un peu de ci, un peu de ça. J'arrive à aider un peu. »

— « Aider ? »

— « Commissaire, » dit-il confidentiellement, « Je suis un citoyen de Borinquen, maintenant. Ceci est mon pays adoptif et je l'aime. J'entends faire tout ce qui est en mon pouvoir pour l'aider. Je me moque de ce que cela coûtera. Ce sont des gens qui ont trouvé la *vérité,* commissaire. Cela me subjugue. Cela me rend humble. »

— « Je... »

— « Parlez, mon vieux. Je suis votre *ami.* »

— « Je l'apprécie, monsieur Costello. Eh bien, je voulais dire, j'ai vu le Centre et tout. Je n'ai pas encore décidé. Je veux dire, si c'est bien ou pas. »

— « Prenez votre temps, prenez votre temps, » dit-il de sa grosse voix douce. « Il n'est pas nécessaire de *faire* voir la vérité à un homme, n'est-ce pas ? Une vérité réelle ? Un homme la voit de lui-même. »

— « Ouais, » acquiesçai-je. « Ouais, je suppose. » Parfois, il était difficile de trouver une réponse à donner à M. Costello.

La voiture s'arrêta près d'un bâtiment. La femme blonde se redressa. M. Costello lui ouvrit la porte lui-même. Elle descendit. M. Costello tapota l'écran de tridéo, devant lui.

Il dit : « Fais-nous quelque chose de vraiment bon, Lucille, vraiment bon. Je regarderai. »

Elle le regarda. Elle m'adressa un petit sourire. Un homme descendit les escaliers et elle entra avec lui dans le bâtiment.

Nous repartîmes.

Je dis : « C'est la plus jolie femme que j'aie jamais vue. »

Il dit : « Elle vous aime bien, commissaire. »

Je réfléchis à cela. C'était trop.

Il demanda : « Aimeriez-vous l'avoir toute à vous ? »

— « Oh, » dis-je, « elle ne voudrait pas. »

— « Commissaire, je vous dois une grande faveur. J'aimerais vous la retourner. »

— « Vous ne me devez rien, monsieur Costello ! »

Nous bûmes du vin. La grosse voiture glissait silencieusement. Elle allait lentement, maintenant, retournant vers le spatioport.

— « J'ai besoin d'aide, » dit-il au bout d'un moment. « Je vous connais, commissaire. Vous êtes exactement le genre d'homme qu'il me faut. On dit que vous êtes un génie mathématique. »

— « Pas exactement mathématique, monsieur Costello. Seulement les nombres — les statistiques — les tables de conversion et ce genre de chose. Je ne pourrais pas faire de l'astrogation ni de la physique théorique. J'ai le meilleur emploi qui me convienne pour l'instant. »

— « Non, vous ne l'avez pas. Je serai franc avec vous. Je ne veux pas plus de responsabilité sur Borinquen que je n'en ai, vous comprenez, mais les gens m'y poussent. Ils veulent de l'ordre, la paix et l'ordre — la propreté. Ils veulent être aussi propres et nets que l'un de vos multiples manifestes. Alors je pourrais les organiser, parfaitement, mais j'ai besoin d'un cerveau ordonné comme le vôtre pour les maintenir organisés. Je veux des statistiques complètes des taux de naissance et de décès, et je veux les projeter de façon à organiser une politique. Je veux des comptes rendus de calories et de répartition, de façon à utiliser au mieux la production de nourriture. Je veux... bon, vous voyez ce que je veux dire. Une fois le diable en déroute... »

— « Quel diable ? »

— « Les trappeurs, » dit-il gravement.

— « Les trappeurs sont-ils véritablement nuisibles aux gens de la ville ? »

Il me regarda d'un air indigné. « Ils sortent et passent des semaines isolés, seuls avec leurs mauvaises pensées. Ce sont des cellules errantes, des cellules sauvages dans le corps de l'humanité. Elles doivent être détruites. »

Je ne pus m'empêcher de penser à mes livraisons. « Mais, et le commerce de fourrures ? »

Il me regarda comme si j'avais commis une petite erreur malpropre. « Mon cher commissaire, » dit-il d'un ton patient, « donneriez-vous plus de prix à quelques peaux qu'à l'âme immortelle d'une race ? »

Je n'y avais pas pensé de cette façon.

Il dit d'un ton pressant : « Ce n'est que le commencement, commissaire. Borinquen n'est qu'un début. L'unité de cet être supérieur, l'Humanité, se propagera à travers tout l'Univers. » Il ferma les yeux. Quand il les rouvrit, le ton d'orgue avait disparu. Il dit de sa vieille voix amicale : « Et vous et moi, nous leur montrerons comment le réaliser, hein, garçon ? »

Je me penchai pour regarder la pointe de la flèche brillante du vaisseau. « J'aime bien le travail que j'ai en ce moment. Mais — mon contrat *expire* dans quatre mois... »

La voiture tourna dans le spatioport et traversa en bourdonnant l'aire de mâchefer.

— « Je pense que je peux compter sur vous, » dit-il d'un ton vibrant. Il rit. « Vous vous rappelez cette petite blague, commissaire ? »

Il pressa un bouton, et ma propre voix emplit soudain l'habitacle. « *Je soutire des pots-de-vin aux passagers.* »

— « Oh ça, » dis-je, et je laissai échapper la moitié d'un *ha-ha* avant de comprendre où il voulait en venir. « Monsieur Costello, vous n'utiliseriez pas cela contre moi. »

— « Pour qui me prenez-vous ? » demanda-t-il d'un air étonné.

Nous atteignions la rampe. Il sortit avec moi. Il me tendit sa main. Elle était chaude et cordiale.

— « Si vous changez d'avis à propos de l'emploi de Commissaire quand votre contrat expirera, fils, appelez-moi par le téléphone de service du spatioport, ils me relaieront. Pensez-y avant de revenir ici. Prenez votre temps. » Sa main se resserra sur mon biceps, si fort que je sourcillai. « Mais le délai vous suffira, hein, mon garçon ? »

— « Je suppose, » dis-je.

Il remonta à l'avant, près du chauffeur, et démarra en flèche.

Je restai là à regarder et, quand la voiture ne fut plus qu'un point noir sur l'aire de mâchefer, je repris mes esprits. J'étais seul au pied de la rampe. Je me sentis exposé.

Je fis demi-tour et courus jusqu'au sas, pressé, pressé de me retrouver près d'autres gens.

C'est à ce voyage que nous avons transporté le type dingue. Il s'appelait Hynes. Il était Consul de la Terre Unie à Borinquen et il rentrait faire son rapport. Il ne posa aucun problème au début, car la procédure des passeports diplomatiques est aisée. Il frappa à ma porte au cinquième quart après le départ de Borinquen. J'étais content de le voir. Ma cabine me mettait mal à l'aise et j'appréciais sa compagnie.

Pas qu'il me tînt réellement compagnie. Il était dingue. Cette première fois, il entra brusquement et dit : « J'espère que je ne vous dérange pas, commissaire, mais si je n'en parle pas à quelqu'un, je vais devenir fou. » Puis il s'assit au bout de ma couchette, se prit la tête entre les mains et se balança d'avant en arrière pendant un long moment, sans rien dire. La seule chose qu'il dit fut : « Désolé, » et il ressortit. Dingue, je vous dis.

Mais il revint avant longtemps. Et vous n'avez jamais entendu de telles divagations.

« Savez-vous ce qui est arrivé à Borinquen ? » demanda-t-il. Mais il n'attendait aucune réponse. Il avait les réponses. « Je vais vous dire ce qui est arrivé à Borinquen — ils sont devenus fous ! » dit-il.

Je poursuivis mon travail, pas qu'il y en eût beaucoup une fois dans l'espace, mais ce Hynes n'arrivait pas à se sortir Borinquen de l'esprit.

Il dit : « Vous ne le croirez pas si vous ne l'avez pas vu arriver. D'abord le petit coin, enfoncé dans le seul interstice qui pût exister — entre les citadins et les trappeurs. Il n'y avait jamais eu de conflit entre eux — jamais ! Tout d'un coup, le trappeur était une menace. Comment c'est arrivé, pourquoi, Dieu seul le sait. D'abord ces tentatives ridicules pour prouver qu'ils avaient une influence malsaine. Oui, ridicules — comment pouvait-on les prendre au sérieux ?

« Et puis les changements. Il n'était pas besoin de prouver qu'un trappeur avait fait quoi que ce soit. Il suffisait de prouver qu'il était un trappeur. C'était assez. Et ce qui a suivi — comment aurait-on pu *prévoir* une chose aussi démente ? » — il hurlait presque — « on a commencé à prendre tous ceux qui voulaient être seuls et à les assimiler aux trappeurs. Tout est arrivé si vite — c'est arrivé pendant notre sommeil. Et tout d'un coup, vous aviez peur d'être seul dans une pièce l'espace d'une *seconde.* Ils ont quitté leurs foyers. Ils ont construit des baraquements. Tout le monde avait peur de tout le monde, peur, peur...

« Savez-vous ce qu'ils ont *fait,* » rugit-il. « Ils ont brûlé les tableaux, tous les tableaux qu'ils ont pu trouver sur Borinquen et qui avaient été peints par un seul artiste. Et les quelques artistes qui ont survécu comme tels — je les ai vus. Par deux et par trois, ils travaillent ensemble sur la même toile. »

Il pleurait. En vérité, il était assis là et il pleurait.

Il dit : « Il y a de la nourriture dans les magasins. Les récoltes rentrent. Les camions circulent, les avions volent, les écoles fonctionnent. Les estomacs se remplissent, les voitures sont lavées, des gens s'enrichissent. Je connais un homme qui s'appelle Costello, juste arrivé de la Terre il y a quelques mois, peut-être un an, et il possède déjà la moitié de la ville. »

— « Oh, je connais M. Costello, » dis-je.

— « Vraiment. Comment cela ? »

Je lui parlai du voyage avec M. Costello. Il eut une sorte de recul. « C'est *vous* ! »

— « Moi quoi ? » demandai-je, surpris.

— « *Vous* êtes l'homme qui avez témoigné contre votre capitaine, l'avez brisé, l'avez forcé à démissionner. »

— « Je n'ai rien fait de tel. »

— « Je suis Consul. Je l'ai entendu, monsieur ! J'étais *là* ! Un enregistrement de la voix du capitaine, témoignant de son aliénation mentale, déclarant qu'il menacerait son équipage d'un pistolet si on contestait ses ordres. Puis votre témoignage enregistré disant que c'était bien sa voix, que vous étiez présent quand il avait fait cette déclaration. Et la déclaration enregistrée du Troisième officier disant que les choses n'allaient pas sur la passerelle. L'homme l'a nié, mais c'était sa voix. »

— « Attendez, attendez, » dis-je. « Je n'en crois rien. Il aurait fallu un procès. Il n'y a pas eu de procès, je n'ai été convoqué à aucun procès. »

— « Il y aurait eu un procès, espèce d'idiot ! Mais le capitaine s'est mis à divaguer à propos de poker sans tirage, d'équipage craignant d'être empoisonné par le cuisinier, d'hommes voulant des témoins, même pour relever le quart sur la passerelle. Les choses les plus démentes que j'aie jamais entendues. Il s'en est rendu compte soudainement, le capitaine. Il était vieux, écœuré, fatigué, abattu. Il a rejeté toute la chose sur Costello, et Costello a dit que c'était de vous qu'il tenait les enregistrements. »

— « M. Costello ne ferait pas une chose pareille ! » Je crois que je me suis emporté contre M. Hynes, à ce moment-là. Je lui ai dit un tas de choses à propos de M. Costello, quel grand homme c'était. Il a commencé à me dire que M. Costello avait été chassé du Triumvirat pour avoir semé le désordre dans la Cour Suprême, mais c'étaient des mensonges et je refusai d'écouter. Je lui parlai du poker, comment M. Costello nous avait libérés des tricheurs, comment il nous avait préservés d'être empoisonnés, comment le vaisseau était devenu sûr pour tous.

Je me rappelle comment il m'a regardé alors. Il a murmuré : « Qu'est-il arrivé aux humains ? Que nous sommes-nous fait avec ces siècles de paix, de confiance, de coopération et d'absence de conflits ? Voilà la défiance de l'homme pour l'homme, attendant sous une fine membrane le vampire qui la percera, attendant de se haïr et de se détruire de nouveau...

« *Bon Dieu !* » hurla-t-il soudain. « Savez-vous à quoi je me raccrochais ? A l'idée que, malgré toutes ses erreurs, malgré sa stupidité, l'idée d'une Humanité Une sur Borinquen était un *principe* ! Je le haïssais, mais, comme c'était un principe, je pouvais le respecter. C'est Costello — Costello qui ne joue pas, mais qui use de la peur pour changer les règles du poker — Costello, qui ne partage pas votre nourriture, mais vous fait craindre le poison — Costello, qui peut voir trois siècles de vol interstellaire sans histoire mais qui, par la peur, fait douter d'eux-mêmes les officiers de quart s'ils n'ont pas un témoin — Costello, qui dirige les choses sans être vu !

« Bon Dieu, Costello s'en *moque* ! Ce n'est pas du tout un principe. Ce n'est que Costello, répandant la peur n'importe où, partout, pour se rendre puissant ! »

Il sortit en pleurant de rage et de haine. Je dois admettre que j'étais un peu ébranlé. Je crois que j'aurais même pu réfléchir aux choses qu'il avait dites, mais il s'est tué avant d'atteindre la Terre. Il était dingue.

Nous fîmes la tournée comme toujours, programmée comme une ligne interurbaine : chargement, déchargement, décollage, vol et aplanétissage. Plein, dédouanement, manifeste. Manger, dormir, travailler. Il y eut une enquête à propos de Hynes. M. Costello envoya un spatiogramme pour exprimer ses regrets quand il apprit la nouvelle. Je ne dis rien à l'audience, seulement que M. Hynes était bouleversé, c'est tout, et c'était à peu près aussi vrai que n'importe quoi pouvait l'être. Nous transportâmes un second mécanicien qui jouait très bien de l'accordéon. L'un des hommes du bord débarqua sur Caranuo. Toutes les choses habituelles, sauf que je signai ma fin de contrat sans option, prêt à quitter.

Alors, en son temps, nous revînmes sur Borinquen et, devinez quoi, il y avait là la flotte de la Terre Unie. Je n'aurais jamais cru qu'ils avaient autant de vaisseaux. Ils nous tinrent à distance, tout à fait dans la tradition de la Marine : rien que des ordres et aucun renseignement. Borinquen était boutonné serré ; il paraît qu'on s'y battait. Nous ne pûmes rien apprendre ni rien faire savoir à travers la quarantaine. Cela rendit le capitaine furieux et il dut utiliser une partie de la cargaison comme carburant, ce qui sema la pagaille dans mes documents d'un bout à l'autre. Je remisai pour l'instant mes papiers de démission.

Et, à son tour, Sigma, où nous fîmes escale deux jours pour reprendre le rythme ; puis, toujours la même, Nightingale, de nouveau selon l'horaire.

Et qui m'attendait sur Nightingale ? Barney Roteel, qui avait été médecin sur mon premier vaisseau des années plus tôt, quand je sortais tout juste de l'Académie. Il avait pris du ventre et semblait avoir réussi. Nous abrégeâmes les effusions et il se mit à me détailler d'un air grave. Je fis remarquer que l'univers était petit — je savais qu'il avait un poste important sur Nightingale, mais imaginer qu'il se trouverait au spatioport juste quand j'y arriverais !

— « Je suis venu *parce que* vous arriviez, commissaire, » répondit-il.

Et alors, avant que j'aie pu disséquer cela, il se mit à me poser des questions. Ce que je faisais, ce que j'avais l'intention de faire.

Je dis : « Il y a des années que je suis commissaire de bord. Qu'est-ce qui vous fait penser que je voudrais faire autre chose ? »

— « Je me demandais seulement. »

Je me demandais, moi aussi. « Eh bien, » dis-je, « je ne me suis pas encore exactement décidé, pour ainsi dire — et un ou deux trucs se sont mis dans mon chemin — mais j'avais une sorte d'offre. » Je lui dis d'une façon générale quel homme important était maintenant M. Costello sur Borinquen, et comment il voulait que je me joigne à lui. « Mais il faudra que j'attende. Toute cette damnée Marine Spatiale a établi un cordon autour de Borinquen. Ils refusent de dire pourquoi. Mais quoi que ce soit, M. Costello s'en sortira. Vous verrez. »

Barney me regarda en fronçant les sourcils. Je n'avais jamais vu un homme avec un air aussi bizarre. Si, pourtant. Le vieil Homme de Fer, le jour où il avait démissionné et quitté le vaisseau.

— « Barney, qu'y a-t-il ? » demandai-je.

Il se leva et me montra par le vitrage de la porte un monoroue posé en équilibre devant le poste de réception. « Venez, » dit-il.

— « Mais, je ne peux pas. Il faut que je... »

— « *Allons !* »

Je haussai les épaules. Travail ou pas, ceci était le domaine de Barney, pas le mien. Il me couvrirait.

Il m'ouvrit la porte et dit, comme s'il avait lu mes pensées : « Je vous couvrirai. »

Il descendit la rampe, monta dans la voiture et démarra.

— « Où allons-nous ? »

Mais il ne répondit pas. Il conduisit sans rien dire.

Nightingale est un endroit merveilleux. Le plus beau de tous, je pense, même Sigma. Il est contrôlé par la T.U. à cent pour cent ; c'est une planète sans direction locale, *aucune.* C'est un véritable monde-jardin, et ils le gardent ainsi.

Nous franchîmes une crête et descendîmes une route sinueuse bordée d'authentiques peupliers de Lombardie venus de la Terre. En bas, il y avait un petit lac et une plage de sable. Personne.

La route tournait et une ligne jaune la traversait, puis une rouge, et plus loin un rideau miroitant, presque transparent. Il s'étendait de part et d'autre, aussi loin qu'on pût voir.

— « Clôture de force, » dit Barney, et il pressa un bouton sur le tableau de bord.

Le miroitement disparut de la route devant nous, bien qu'il demeurât de chaque côté. Nous traversâmes et il se reforma derrière nous ; nous glissâmes au bas de la colline jusqu'au lac.

En deçà de la plage se dressait la plus confortable petite cabane sigmienne que j'aie jamais vue, construite pour épouser la pente et ouvrir ses bras au ciel. Peut-être quand je serai vieux me mettront-ils à la retraite dans une semblable, moitié moins confortable.

Comme j'étais là, béat, Barney dit : « Allez-y. »

Je le regardai et il me montra quelque chose du doigt. Il y avait un homme en bas, près de l'eau, grand, très bronzé, bâti comme un remorqueur spatial. Barney me fit signe et je descendis jusque-là.

L'homme se leva et se tourna vers moi. Il avait les mêmes yeux espacés, chauds et profonds, la même voix douce et pleine. « Mais c'est le commissaire ! Eh, vieil ami. Alors vous êtes venu quand même ! »

J'eus un instant de désarroi. Puis je parvins à dire : « Hé, monsieur Costello. »

Il me donna une claque sur l'épaule. Puis il m'étreignit le biceps gauche de sa grosse main et m'attira un peu plus près. Il regarda vers le haut de la colline, à l'endroit où Barney était appuyé contre le monoroue, s'intéressant à autre chose. Puis il regarda de l'autre côté du lac, et vers le ciel.

Il baissa la voix : « Commissaire, vous êtes exactement l'homme qu'il me faut. Mais je vous l'ai déjà dit, n'est-ce pas ? » Il regarda de nouveau autour de lui. « Nous y arriverons, commissaire. Vous et moi, nous atteindrons le sommet. Venez avec moi. Je veux vous montrer quelque chose. »

Il marcha devant moi vers le bord de la plage. Il ne portait qu'un pagne, mais il se mouvait et parlait comme s'il avait encore la voiture blindée et les six patrouilleurs. Je le suivis en trébuchant.

Il tendit une main derrière lui pour me faire signe d'arrêter et il s'agenouilla. Il dit : « A les regarder, on penserait qu'elles sont toutes les mêmes, n'est-ce pas ? Eh bien, fils, laissez-moi vous montrer quelque chose. »

J'abaissai les yeux. C'était une fourmilière. Elles étaient différentes des fourmis terrestres. Celles-ci étaient plus grosses, plus lentes, bleues, et elles avaient huit pattes. Elles construisaient des nids de sable lié de mucus et perçaient des tunnels en dessous, de sorte que les nids s'élevaient à quelques centimètres sur de petits piliers.

— « Elles semblent toutes pareilles, agissent de la même façon, mais vous allez voir, » dit M. Costello.

Il ouvrit un petit sac en synthine qui reposait sur le sable. Il en sortit un oiseau mort et le thorax de ce qui semblait être une blatte de Caranno, de celles qui deviennent aussi grosses que votre avant-bras. Il posa l'oiseau là et la blatte un peu plus loin.

— « Maintenant, » dit-il, « observez. »

Les fourmis s'attroupèrent autour de l'oiseau, tirant et traînant, affairées. Mais une ou deux s'approchèrent de la blatte, la firent basculer et creusèrent autour. M. Costello prit une fourmi sur la blatte et la laissa tomber sur l'oiseau. Elle zigzagua un peu, se fraya un chemin parmi les autres et traversa le sable pour retourner à la blatte.

— « Vous voyez, vous *voyez* ? » dit-il, enthousiaste. « Regardez. »

Il prit une fourmi sur l'oiseau mort et la laissa tomber près de la blatte. Elle fit demi-tour pour se repérer, puis retourna droit à l'oiseau mort.

Je regardai l'oiseau, avec sa carapace bleue grouillante, et je regardai la blatte, avec ses deux ou trois nécrophages voraces. Je regardai M. Costello.

Il dit d'un air extasié : « Vous voyez ce que je veux dire ? A peu près une sur trente mange quelque chose de différent. Et c'est tout ce qu'il nous faut. Je vous le dis, commissaire, où que vous regardiez, si vous regardez assez longtemps, vous pouvez trouver un moyen de faire se retourner la plus grande partie d'un groupe contre l'autre partie. »

J'observai les fourmis. « Elles ne se battent pas. »

— « Attendez une minute, » dit-il vivement. « Attendez une minute. Tout ce que nous avons à faire est de faire savoir à ces mangeuses d'oiseau que les mangeuses de blatte sont dangereuses. »

— « Elles ne sont pas dangereuses, » dis-je. « Elles sont seulement différentes. »

— « Quelle est la différence, quand on y réfléchit ? Alors faisons peur aux mangeuses d'oiseau, et elles tueront les mangeuses de blatte. »

— « Oui, mais pourquoi, monsieur Costello ? »

Il rit. « Je vous aime bien, mon garçon. Je me charge de penser, vous vous chargez du travail. Je vais vous expliquer. Elles ont toutes le même aspect. Alors une fois que nous leur aurons fait exterminer celles-là... » — il indiqua la minorité autour de la blatte — « elles ne sauront jamais qui parmi elles pourrait être une mangeuse de blatte.

Elles seront si inquiètes qu'elles feront n'importe quoi pour ne pas être suspectées d'être mangeuses de blatte. Quand elles auront assez peur, nous pourrons leur faire faire tout ce que nous voudrons. »

Il s'accroupit pour observer les fourmis. Il prit une mangeuse de blatte et la posa sur l'oiseau. Je me levai.

— « Bien, je ne faisais que passer, monsieur Costello, » dis-je.

— « Je ne suis pas une fourmi, » dit M. Costello. « Tant que ce qu'elles mangent m'importe peu, je peux leur faire faire tout ce que je veux au monde. »

— « A un de ces jours, » dis-je.

Il continua de parler tranquillement tout seul tandis que je m'éloignai. Il observait les fourmis, complotant, et ne s'intéressait pas à moi.

Je retournai vers Barney. Je lui demandai, un peu étranglé : « Que fait-il, Barney ? »

— « Il fait ce qu'il a à faire, » dit Barney.

Nous regagnâmes le monoroue, franchîmes la colline et la barrière de force. Au bout d'un moment, je demandai : « Combien de temps va-t-il rester là ? »

— « Aussi longtemps qu'il le voudra, » dit Barney sans s'étendre.

— « Personne n'aime être enfermé. »

Il eut de nouveau cette expression bizarre sur son visage. « Nightingale n'est pas une prison. »

— « Il ne peut pas en sortir. »

— « Ecoutez, mon vieux, nous pourrions le refaire. Nous pourrions même faire de lui un commissaire. Mais nous avons cessé depuis longtemps de faire ce genre de chose. Nous laissons un homme faire ce qu'il veut. »

— « Il n'a jamais voulu être le patron d'une fourmilière. »

— « Non ? »

Je suppose que je n'eus pas l'air de comprendre, car il dit : « Toute sa vie, il s'est pris pour un homme en prenant les autres pour des fourmis. C'est devenu vrai pour lui. Il ne dirigera plus de fourmilières humaines, parce qu'il n'en aura plus jamais l'occasion. »

Je regardai à travers le pare-brise mon vaisseau dressé au loin comme un doigt brillant. « Qu'est-il arrivé sur Borinquen, Barney ? »

— « Quelques-uns de ses adeptes se sont répandus à travers le Système. Il fallait arrêter cette idée d'Humanité Une. » Il conduisit un moment, pensif. « Ne le prenez pas mal, commissaire, mais vous êtes un primate à l'esprit épais. Je peux le dire, si personne d'autre ne le peut. »

— « D'accord, » dis-je. « Pourquoi ? »

— « Nous avons dû entrer par la force dans Borinquen, qui était dans le temps si libre et si tolérante. Nous sommes arrivés au repaire de Costello, c'était un vrai fortin. Nous l'avons eu, lui et ses dossiers. Nous n'avons pas eu la fille. Il l'a tuée, mais les dossiers suffisaient. »

Au bout d'un moment, je dis : « Il a toujours été un bon ami pour moi. »

— « Vraiment ? »

Je ne dis rien. Il conduisit jusqu'au poste de réception et stoppa le véhicule.

Il dit : « Il avait tout préparé, au cas où vous seriez venu travailler avec lui. Il avait un enregistrement de vous, grandeur nature, disant : « Un homme a *besoin* d'être seul de temps à autre. »

Une fois que vous auriez travaillé pour lui, tout ce qu'il avait à faire pour vous garder dans le droit chemin était de vous menacer de diffuser cela. »

J'ouvris la portière. « Pourquoi avez-vous tenu à me le montrer ? »

— « Parce que nous croyons que nous devons laisser un homme faire ce qu'il veut, tant qu'il ne nuit pas aux autres. Si vous voulez retourner au lac et travailler pour Costello, par exemple, je vous y emmènerai. »

Je fermai soigneusement la portière et gravis la rampe du vaisseau.

Je fis mon travail et, quand l'heure vint, nous décollâmes. J'étais furieux. Je ne pense pas que c'était à cause de ce que m'avait dit Barney. Je n'étais pas spécialement furieux à cause de M. Costello ou de ce qui lui était arrivé, parce que Barney est le meilleur docteur psycho de la Marine qu'on puisse trouver et Nightingale est la plus belle planète-hôpital de l'Univers.

Ce qui me rendait furieux était la pensée que jamais plus un homme de l'envergure de M. Costello ne donnerait cette grande amitié chaleureuse, douce et forte, au pauvre type que j'étais.

Traduit par Jacques Polanis.
Mr Costello, Hero.

LA MUSIQUE

S'il a consacré la majeure partie de son œuvre à la science-fiction, Sturgeon a, comme nous l'avons vu avec Cicatrices, *touché à d'autres domaines littéraires. Voici un véritable petit chef-d'œuvre, tout noir, sur la folie. A notre époque, de nombreux auteurs de fiction spéculative sont fascinés par les thèmes de la paranoïa ou de la schizophrénie. Mais en 1953, ce genre de préoccupation était rare et Sturgeon a joué les pionniers.*

LA MUSIQUE

L'HOPITAL.

Ils ne veulent pas me laisser partir. Même si les bruits de vaisselle, les bruits de voix et les plaintes m'exaspèrent. Ils le savent : ils doivent savoir que cela m'exaspère. L'empois, l'ennui, la blanche odeur de mort. Ils le savent. Ils savent que je déteste ça, et toutes les nuits c'est la même chose.

J'ai le droit de sortir. Pas pour de bon, pas vraiment loin, pas dans les endroits où les gens portent autre chose que des blouses grises et des flanelles râpeuses. Mais je peux aller dehors et regarder le ciel, et respirer l'odeur de la rivière en fumant une cigarette. En fermant bien la porte, en allant jusqu'à la balustrade, en regardant et en respirant soigneusement, je peux parfois oublier ce qui se passe dans le bâtiment et ce qu'il y a en moi.

J'aime la nuit. J'allume ma cigarette et je regarde le ciel. Il est moutonneux, tout propre entre les nuages. L'air froid me réchauffe ; en bas, un long zigzag doré reflète sur l'eau de la rivière une lumière située sur l'autre rive. Ma musique faiblement s'élève en moi ; elle est en train de s'accorder. Je suis fier de ma musique car elle m'appartient. Elle est à moi et non à l'hôpital comme les flanelles râpeuses et les blouses grises. L'hôpital a de vieux bâtiments rouges et des clôtures, il a beaucoup d'infirmières qui savent s'y prendre avec les bassins, mais nulle part il n'a de musique.

Une brume légère flotte au-dessus d'une rangée de poubelles : une brume très propre, qui ne retombe pas parmi elles. Et la musique salue doucement l'entrée du chat.

C'est un chat pelé et blanc, qui sort de l'ombre. Il s'arrête devant les poubelles, la tête penchée, remuant la queue. Il est maigre et il s'avance superbement.

Et puis revient le rat : petite boule brune et grasse à la queue filiforme. Il sort d'entre les poubelles et s'immobilise, ramassé sur lui-même. La musique se met au diapason et son volume s'accroît. Le chat se raidit. Une douleur est quelque part en moi ; vaguement je m'aperçois que mes ongles s'enfoncent dans ma langue. *Mon* rat, *mon* chat, *ma* musique.

Le chat s'élance. Le rat verse son sang et pousse un cri d'agonie. Il gît par terre où il peut voir couler son sang. Le chat lèche la blessure ; il lacère en miaulant le corps agité de soubresauts. Il y a du sang sur le rat, sur le chat, sur ma langue.

Tremblant et exultant, je me détourne, et la musique répète en écho son thème de mort. Alors je la vois sortir du bâtiment. A l'intérieur, c'est une infirmière amidonnée, mais ici ce n'est qu'une boule brune, une petite boule brune et grasse. Moi je suis maigre et je m'avance superbement. Elle me sourit, se dirige vers les marches. Heureux, je m'avance à son côté, en contemplant sa douce gorge.

Ensemble, nous pénétrons dans la brume. Puis

elle s'arrête devant les poubelles et me regarde, les yeux agrandis.

Le chat m'observe avec curiosité puis revient à son repas. Ensemble nous prenons notre repas, tout en écoutant la musique.

Traduit par Alain Dorémieux.
The Music.

PARCELLE BRILLANTE

*Il n'est pas besoin d'être un mutant, un monstre, un extraterrestre, pour être coupé du reste de l'humanité. Un être fruste et primaire, ce qu'on appelle communément un pauvre type, peut être complètement isolé de ses semblables et vivre en solitaire, sans l'avoir voulu, simplement parce qu'il est incapable de communiquer. Mais cette difficulté d'élocution et d'expression ne signifie pas que le « paumé » est insensible ou qu'il ne désire pas lui aussi exister, ne serait-ce que pour une seule personne. Ce texte splendide, l'un des plus beaux de Sturgeon, résume toute la thématique de l'auteur. Solitude de l'être différent, qui lui inspire toute une série de désirs, désir d'amour, désir de servir à quelque chose, désir d'exister pour quelqu'un ! En résumé, un immense désir d'*Etre.

PARCELLE BRILLANTE

JAMAIS il n'avait eu une femme près de lui. Il n'était pas terrifié ; sa réserve de peur, il l'avait épuisée auparavant en la transportant chez lui, en refermant la porte du pied, en entendant le sang couler goutte à goutte de sa jupe détrempée, et un peu plus tôt quand il l'avait crue morte sur le trottoir, et ensuite quand elle avait eu ce gémissement qui ressemblait à un murmure ou un soupir. Il l'avait amenée, et en voyant tout ce sang il s'était tourné à droite, tourné à gauche, et il l'avait déposée par terre, la tête en ébullition, les tempes battantes sous l'effort inhabituel. *Pas de sang sur le couvre-pied* : c'était sa seule pensée. Il alluma le plafonnier et resta un moment à battre des paupières et à reprendre son souffle ; subitement il bondit vers la fenêtre pour baisser le store, pour se mettre à l'abri des regards et de la lumière du lampadaire dans la rue. Il vit ses mains tendues vers le cordon du store ; elles étaient rouges, prêtes à maculer tout ce qu'il toucherait. Il émit un son, qu'une part détachée de son esprit reconnut comme l'équivalent précis de ce murmure de souffrance qu'elle avait poussé là-bas, dans la rue sombre et mouillée. Il se précipita vers l'interrupteur électrique, vit la tache rouge qu'il y avait imprimée, l'effaça de la main en sachant qu'il en laissait une autre. Il avança en trébuchant vers l'évier encastré dans un angle de la pièce et se lava les mains, se les lava encore, en se détournant toutes les deux secondes pour observer le corps de la fille et l'épais filet de sang qui rampait vers lui en s'incurvant sur le linoléum.

Ayant repris son souffle maintenant, il regagna la fenêtre avec plus de précautions. Il abaissa le store et tira les rideaux, inspectant le bas et les côtés pour s'assurer qu'il ne restait pas d'interstice. Puis il revint de l'autre côté de la chambre, en contournant les bords du linoléum. Le filet de sang était désormais un tentacule onduleux progressant en direction du plancher souillé de taches. Il prit une éponge sur la table couverte d'une plaque de tôle émaillée près de l'évier, la jeta sur l'extrémité fureteuse du tentacule, se sentit satisfait : ce n'était plus une chose vivante en train de se déployer, c'était seulement un liquide répandu qu'on pouvait essuyer.

Il retira le couvre-pied et le posa sur la barre de métal à la tête du lit. Du tiroir du buffet et de celui de la table à abattants, il sortit ses deux nappes en plastique. Il en recouvrit le lit en les faisant se chevaucher partiellement, puis demeura un instant perplexe, se pinçant la lèvre inférieure entre le pouce et l'index. *Arrange ça bien,* se dit-il résolument. *Elle meurt avant, tant pis, mais arrange ça bien.*

Expulsant l'air par les narines, il alla prendre des livres sur une étagère du buffet — un almanach vieux de six ans, une demi-douzaine de romans en édition de poche, un gros catalogue d'articles de bijouterie. Il écarta le lit du mur et entassa les livres en piles inégales sous deux de ses pieds, de façon qu'il soit légèrement incliné de haut en bas et d'un bord à l'autre. Il se munit d'une couverture qu'il roula et glissa sous le plastique de manière à former une sorte de remblai le long du bord surélevé. Puis il ramassa un seau d'aluminium sous l'évier et le posa au pied du lit du côté où celui-ci penchait le plus, en y introduisant le coin de la nappe de plastique qui pendait vers le sol. *Vas-y, saigne, maintenant,* dit-il en silence à la fille, avec satisfaction.

Il se baissa vers elle et, avec un grognement, la prit par les aisselles. Sa tête retomba en arrière, comme si le cou n'avait pas d'os, et il manqua la lâcher. Il la tira jusqu'au lit, en laissant par terre une large traînée rouge tracée par la jupe qui avait baigné dans la flaque de sang. Il la souleva du sol, se campa fermement sur ses pieds, puis se courba vers le lit tout en la tenant dans les bras. L'effort lui coûta plus qu'il ne l'aurait cru. Il comprit alors seulement à quel point il était usé, à quel point il était vieux et fatigué. Il la posa maladroitement sur le lit, la laissant presque tomber dans son souci de ne pas déranger les nappes de plastique soigneusement disposées, et il faillit choir en même temps qu'elle. Il se retint en prenant appui, les bras cotonneux, et se releva pantelant. Autour du bord détrempé de la jupe le sang s'accumulait déjà, et sous ses yeux une rigole se forma paresseusement en direction du bas du lit. *Tellement, tellement de sang dans une personne,* s'étonna-t-il. *Arrête-le, comment faire si ça s'arrête pas ?*

Il regarda la porte verrouillée, la fenêtre masquée, la pendule. Il écouta. La pluie tombait plus fort, sifflant et tambourinant dans les heures sombres de la nuit. Sinon, rien ; la rue était silencieuse et la maison endormie. Il était seul avec son problème.

Il se tirailla de nouveau la lèvre, puis écarta vivement sa main en sentant le goût du sang. Il se mit à tousser, courut cracher dans l'évier, se rinça la bouche et les mains.

Bon, va prévenir...

Prévenir ? Prévenir qui, l'hôpital pour qu'ils appellent les flics ? Autant faire venir les flics tout de suite. *Espèce de crétin.* Et leur dire quoi, que c'est ma sœur, qu'elle a été renversée par une voiture, et ils vont me croire ? Leur dire la vérité, à une rue d'ici je vois quelqu'un la jeter d'une voiture en marche, elle file tous feux éteints, moi je la transporte dans la pluie, et c'est seulement ici que je m'aperçois qu'elle saigne comme ça, et ils me croient ? *Espèce de crétin.* Qu'est-ce qui t'a pris, tu pouvais pas t'occuper de tes affaires ?

Il se dit qu'il allait la reprendre et la ramener dehors dans la pluie. Oui, et si on te voit, *crétin* ?

Il vit que la grande flaque de sang devenait moins luisante et moins épaisse sur le linoléum, aux endroits où elle était asséchée et absorbée par l'éponge. Il ramassa celle-ci, rouge aux deux tiers maintenant, le reste bleu ciel comme à l'origine, sauf à un bout où elle semblait maculée d'un dessin au crayon rouge. Il la retourna pour éviter qu'elle coule et la transporta jusqu'à l'évier où il la rinça, en la pressant maintes fois sous l'eau du robinet. *Crétin,* appelle quelqu'un, va chercher de l'aide.

Appeler qui ?

Il pensa au grand magasin où depuis dix-huit ans, de nuit, il cirait les planchers et dépoussiérait les moquettes. Aux gens du quartier, parmi lesquels il connaissait l'épicier et le boucher. Tout était fermé, endormi, il n'y avait personne ; il ne savait pas les noms ni les numéros de téléphone, et puis à qui se fier ? *Bon Dieu, après cinquante-trois ans, t'as pas un ami ?*

Il prit l'éponge rincée et s'agenouilla sur le linoléum, et juste au même instant le ruban de sang qui avait serpenté vers le bas du lit atteignit le coin et se déversa en cascade ; d'abord un *floc* au fond du seau, puis un *fli-pili-pilip* accéléré, enfin un *split-split-split-split* régulier, à raison de trois par seconde à un rythme de métronome. Il eut alors la certitude absolue et tardive que ce sang ne s'arrêterait pas tout seul. Il gémit doucement et se releva pour aller vers le lit. « Sois pas morte », dit-il à haute voix, et la façon dont ces paroles résonnaient l'effraya. Il avança la main vers la poitrine de la fille mais la retira en voyant le corsage déchiré et le sang qui provenait aussi de là.

Il avala sa salive et entreprit de la déshabiller. Des ballerines usées, trempées, à la semelle mince comme du papier, et des petits chaussons de soie comme il n'en avait jamais vu, pareils au pied d'un bas. Encore du sang... non, c'était du vernis qui s'écaillait sur les ongles des pieds blancs et glacés. La jupe avait un bouton sur le côté et une fermeture éclair qui lui causa quelque ennui, mais il en vint finalement à bout et il fit descendre la jupe en une interminable série de saccades, en tirant alternativement d'un côté et de l'autre, tandis que le corps de la fille oscillait doucement et mollement en accompagnant le mouvement. Le slip était complètement imbibé de sang et sa partie gauche si tailladée qu'elle céda sous ses doigts ; mais l'autre côté lui résista si bien qu'il dut le fendre avec des ciseaux. Le corsage se boutonnait devant et ne posait pas de problème. Le soutien-gorge était coupé en deux sur le devant. Il le souleva mais dut inciser l'une des bretelles pour le dégager entièrement.

Il retourna à l'évier avec son éponge, la lava et la pressa, puis il remplit d'eau chaude une casserole et revint vers le lit. Il épongea le corps de la fille ; elle était bien bâtie mais trop maigre, avec les côtes apparentes et les os des hanches saillants. Sous le sein gauche, une longue entaille s'incurvait en remontant de la cage thoracique jusqu'au mamelon. Elle semblait profonde mais le sang ne faisait que s'écouler. L'autre plaie, dans l'aine, laissait gicler, par contre un jet régulier et intermittent, peu abondant mais tenace. Il avait déjà vu ce phénomène, le jour où Garber avait eu un bras pris dans les câbles de l'ascenseur, mais cette fois-là le sang jaillissait à trente centimètres de distance. C'était peut-être aussi comme ça pour elle, pensa-t-il soudain, mais maintenant ça se ralentit, maintenant ça va s'arrêter, oui, et toi, espèce de crétin, tu vas avoir un cadavre sur les bras et tu raconteras quoi à la police ?

Il rinça l'éponge dans l'eau et s'en servit pour essuyer la blessure. Avant que le sang la remplisse de nouveau, il en écarta les bords pour examiner l'intérieur. Il voyait nettement l'artère fémorale, presque entièrement tranchée, pareille à une extrémité de spaghetti. Puis le sang revint tout baigner.

Il s'accroupit sur ses talons, se tiraillant machinalement la lèvre de ses doigts sanglants, et s'efforça de réfléchir. Stopper l'écoulement. Pour ça, bloquer l'artère. Avec cette pincette ? Il courut à sa boîte à outils et l'ouvrit. Des années avant, il avait appris à fabriquer des chaînettes avec du fil d'argent, et il passait souvent son temps à enfiler l'un dans l'autre les petits maillons qu'il refermait ensuite à l'aide d'un minuscule fer à souder chauffé sur une lampe à alcool. Il prit la pincette puis changea d'avis et choisit à la place le crampon dont il se servait pour tenir les maillons pendant qu'il y travaillait. Il courut à l'évier, lava le crampon et revint au lit. Il épongea une nouvelle fois le petit lac de sang et, d'un geste rapide, referma les fines mâchoires du crampon sur l'artère, près de l'endroit où elle était sectionnée. Aussitôt il y eut un nouveau jet de sang. Il l'étancha encore et, sous le coup d'une inspiration, desserra le crampon, le plaça de l'autre côté de la partie sectionnée, puis le resserra.

Le sang continuait de suinter dans la blessure, mais ce terrible jaillissement avait cessé. Il se rassit sur ses talons et exhala péniblement l'air qu'il avait dû garder deux minutes dans ses poumons. Ses yeux fatigués lui faisaient mal et sa tête était toujours un tourbillon, mais il y avait aussi une impression, une impression nouvelle, presque comme la souffrance ou la douleur, qui était nulle part et partout à l'intérieur de lui ; elle lui donnait envie de rire, et en même temps ses yeux le picotaient, et une sueur brûlante et salée perlait de ses pores trop étroits pour lui livrer pleinement passage.

Au bout d'un temps il se ressaisit, les paupières battantes, et se redressa, submergé par le sentiment de l'urgence de la situation. *Faut arranger tout ça.* Il se rendit à l'armoire à pharmacie au-dessus de l'évier. Sparadrap, compresses de gaze. Peut-être pas assez grandes ; bon, mets-en deux ensemble, arrange ça bien. Le tube de cette nouvelle pommade, le sulfa-thia-dia-machin-chose, ça arrange tout, c'était la fois où j'avais eu l'infection, la poussière de l'aspirateur et la main écorchée. Ça arrange les brûlures aussi.

Il remplit d'eau propre sa casserole et une bouilloire et les plaça sur la cuisinière. Recoudre, c'était ça. Il trouva des aiguilles, du fil blanc, et les plongea dans l'eau. Il repartit vers le lit et resta un long moment songeur, les yeux fixés sur l'entaille qui saignait sous le sein de la fille. Il épongea une fois de plus la blessure fémorale et observa pensivement le sang qui recouvrait lentement l'artère ligaturée. Il n'était pas certain, mais il avait un vague souvenir à propos de tourniquets : il faut les ouvrir une fois de temps en temps sans ça il y a des ennuis ; c'était peut-être pareil pour une artère ? Le mieux était de recoudre l'artère ; elle était ouverte mais pas coupée. Si seulement il trouvait le moyen de l'arranger mais qu'elle soit toujours comme un petit tuyau, pas comme une chaussette trouée.

Il jeta aussi dans la casserole la pincette, une autre petite pince aux bouts pointus et, après réflexion, une douzaine de broches en argent provenant de son attirail à bijouterie. En attendant que l'eau se mette à bouillir, il inspecta de nouveau les blessures. Il se tripota la lèvre, les sourcils froncés, puis se munit d'une aiguille fine, l'exposa à l'aide d'une pince à la flamme du gaz jusqu'à ce qu'elle rougisse, et avec une autre pince la plia en demi-cercle avant de la placer dans l'eau. Il découpa ensuite sur le bord de l'éponge un certain nombre de lamelles qu'il déposa également dans la casserole.

Il regarda l'heure et, pendant dix minutes, frotta avec de la poudre à récurer la plaque de tôle emaillée qui recouvrait la table. Il la prit et la posa dans l'évier, la rinça sous le robinet, puis versa lentement sur elle le contenu de la bouilloire. Il l'emporta ensuite vers la cuisinière et la garda à la main tout en fourrageant dans l'eau bouillante de la casserole avec un couteau d'argent jusqu'à ce qu'il en sorte la pince, en équilibre sur la lame. Il la prit délicatement à travers un torchon propre et s'en servit pour attraper tous les objets plongés dans la casserole et les transporter jusqu'à la plaque. Une fois qu'il eut repêché la dernière des aiguilles, ainsi que les insaisissables broches en argent, la sueur lui coulait dans les yeux et le bras chargé de la plaque menaçait de tout lâcher. Mais il serra ses dents jaunâtres et résista.

Tout en tenant la plaque à deux mains, il poussa du pied une chaise à travers la pièce jusqu'au bord du lit et il y plaça son fardeau. *Ici c'est pas l'hôpital,* pensa-t-il, *mais j'arrange tout.*

Un hôpital ! Oui, dans les films...

Il ouvrit un tiroir et en sortit un mouchoir propre qu'il essaya de nouer par-dessus son nez et sa bouche comme dans les films. Mais son visage noueux et sa tête large étaient trop grands pour un seul mouchoir ; il dut en nouer trois bout à bout pour y arriver, et il avait une banderole blanche qui lui pendait sur la nuque comme dans la photo d'un aéroplane.

Il regarda ses mains avec impuissance, puis haussa les épaules ; pas de gants de caoutchouc, tant pis. J'ai qu'à bien les laver. Ses mains étaient déjà rosies et plissées d'avoir été en contact avec l'eau, mais il retourna à l'évier, gratta un morceau de savon jusqu'à ce que ses ongles en soient imprégnés, les cura avec une lime au point de les rendre douloureux, puis les savonna et les nettoya une nouvelle fois. Enfin il s'agenouilla à côté du lit, tenant en l'air ses mains purifiées comme s'il effectuait un salut cérémonieux. Il faillit se tirailler une fois de plus la lèvre mais s'arrêta à temps.

Il déposa sur la plaque de tôle deux tas de la pommade sulfa-chose et, avec la pince, y pressa deux lamelles d'éponge jusqu'à ce que la substance crémeuse les ait complètement imbibées. Il épongea la blessure fémorale et, aux deux extrémités de celle-ci, plaça un lambeau d'éponge enduit de pommade, tout en laissant l'artère à nu au milieu de la plaie. Alors, à l'aide de la pincette et de la pince, il enfila laborieusement le fil dans l'aiguille recourbée en demi-cercle, tout en réprimant l'envie d'en saisir l'extrémité dans sa bouche.

Il parvint à faire quatre minuscules points de suture réunissant les bords sectionnés de l'artère, en nouant chacun d'eux avec un soin extrême afin que le fil ne tranche pas le tissu mais le maintienne. Il s'assit ensuite sur ses talons pour se reposer, les muscles des épaules tendus, les yeux embués. Puis, après avoir pris une profonde inspiration, il retira le crampon.

Le sang envahit la blessure et imprégna les morceaux d'éponge. Mais il se répandait lentement, sans gicler. Il eut un haussement d'épaules. Qu'est-ce qu'il pouvait faire d'autre, poser une rustine comme sur une chambre à air ? Il étancha le sang une fois de plus et garnit rapidement la plaie de pommade, en plaçant par-dessus de la gaze, davantage pour la dissimuler que pour servir à quelque chose.

Il s'essuya les sourcils avec un bras, puis l'autre,

le regard fixé sur le mur d'en face comme quand il travaillait à ses chaînettes d'argent. Quand sa vue s'éclaircit, il reporta son attention sur la longue entaille située sous le sein. Il ignorait la manière de recoudre une blessure de cette taille mais il connaissait la cuisine et savait comment brocheter une volaille. En se mordant le bout de la langue, il enfonça la première des broches d'argent dans la chair, perpendiculairement à la blessure, la fit passer à travers celle-ci et la ressortit de l'autre côté avant de la refermer. Il enfila la broche suivante deux centimètres plus loin, puis fit de même avec la troisième. La quatrième racla quelque chose à l'intérieur de la blessure ; cela le fit sursauter comme une porte qui claque et il se mordit encore plus fort l'extrémité de la langue. Il ôta la broche et tâta avec la pince. Oui, il y avait quelque chose de dur. Il enfonça plus profondément les deux branches pointues de la pince, les sentant pénétrer dans le tissu intact avec un léger crissement que seul pouvait percevoir le bout de ses doigts apeurés. Il réprima un frisson et leva les yeux pour regarder le visage de la fille. Il décida de ne plus recommencer. Ce visage avait l'air tellement mort !

Crétin ! Mais l'insulte qu'il s'adressait fut immédiatement noyée dans sa concentration mentale. La pince se referma sur quelque chose de glissant, de dur et de résistant. Il la manœuvra doucement d'avant en arrière, intrigué et contrarié par cette chair inconnue qui cédait avec mollesse sous son mouvement. Progressivement, très progressivement, un objet aigu et acéré apparut. Il le tira afin de pouvoir le prendre avec les doigts ; puis il abandonna la pince et commença à l'extraire doucement de la blessure. Le sang se mit à ruisseler librement avant qu'il ait fini, mais il insista jusqu'à ce qu'il ait pu dégager l'objet entièrement. Il tenait entre les doigts un fragment d'acier aux bords déchiquetés. Il le retourna sur lui-même à deux reprises avant de se rendre compte que c'était un morceau de lame de rasoir à main. Il le posa sur la plaque de tôle tout en se demandant ce que la police aurait dit s'il avait amené la fille en racontant cette histoire d'accident de voiture.

Il épongea le sang en écartant le plus possible les bords de la blessure. Le bout du sein tressaillit sous ses doigts, tandis que l'aréole se plissait ; il grogna, avec l'impression qu'un insecte avait rampé sous sa main, puis il comprit ce que cela voulait dire : quoi que ce fût, ce n'était pas la mort, pas encore. Il dut recommencer ce qu'il avait déjà fait, étancher le sang en ouvrant la blessure, puis il y répandit autant de pommade que la plaie pouvait en contenir. Il continua ensuite à disposer les broches d'argent, jusqu'à ce qu'il y en ait une rangée de douze d'un bout à l'autre de la blessure. Il prit son fil, le doubla, plaça la boucle autour de la broche du haut en passant les deux parties du fil par-dessous. En tenant le fil d'une main, il pinça doucement les bords de la blessure pour les réunir sous la broche, puis il resserra la boucle, croisa les fils, les engagea sous la broche suivante et referma de la même manière une autre portion de la blessure. Il opéra ainsi tout le long de la rangée de broches, en maintenant la plaie serrée dans le fil entrelacé. Une fois en bas, il noua les deux bouts du fil et le coupa. Il y avait un mélange de pommade et de sang un peu partout, mais quand il eut nettoyé, l'ensemble n'avait pas trop vilain aspect.

Il se leva et laissa les sensations revenir en un flot douloureux dans ses pieds engourdis. Il était trempé de sueur ; il sentait la transpiration se frayer un chemin à travers les poils de ses jambes, comme une migration de punaises. Il regarda son reflet : rides, sueur et sang. Son image dans le miroir brouillé : un grand diable au visage bandé, avec des arcades sourcilières comme des corniches de rocher et des yeux enfoncés qui louchaient légèrement, avec des cheveux grisonnants qui semblaient salis de suie, avec une grosse tache de sang à l'endroit où sa bouche était dissimulée par le bandage. Il abaissa celui-ci et se regarda de nouveau. *Vaut mieux te cacher, parce que quoi.* Il se détourna avec la patience attristée d'un âne que le bât blesse.

Avec lassitude il porta la plaque de tôle émaillée à l'évier. Il se lava les mains et les avant-bras, retira de son cou les mouchoirs noués, se lava la figure. Puis il prit le reste de l'éponge, remplit une bassine d'eau chaude où il versa de la lessive, et emporta le tout vers le lit.

Cela lui prit des heures. Il épongea les nappes de plastique sur lesquelles elle était couchée, la déplaça doucement pour ne pas fatiguer les blessures, nettoya sa place et la sécha. Il la lava de la tête aux pieds, après être retourné chercher de l'eau propre, puis il dut de nouveau sécher le lit. Quand il lui souleva la tête, il s'aperçut qu'elle avait les cheveux collés et englués par la pluie et le sang séché, auquel se mêlait du sang frais ; il lui suréleva les épaules en calant dans son dos un gros oreiller sous le plastique et, lui renversant la tête en arrière, entreprit de lui rincer et de lui sécher les cheveux, ce qui lui fit découvrir à la base du crâne une grosse bosse et une contusion sanguinolente. Il peigna les cheveux tout autour pour en dégager l'emplacement et nettoya celui-ci avec de l'eau fraîche ; le sang cessa de couler, mais il y avait toujours la bosse, de la taille d'une prune. Il prit une demi-douzaine de compresses de gaze et les disposa en coussinet autour de la bosse, afin que le poids de la tête ne repose pas sur cette dernière ; il n'osa pas retourner la fille pour la mettre à plat ventre.

Souillés et détrempés, ses cheveux n'étaient qu'une tignasse sombre, mais quand il les eut nettoyés et coiffés, il vit qu'ils étaient auburn et parfaitement plats. Ils étaient répandus sur le lit en deux masses lustrées qui encadraient le visage rayonnant de pâleur, à la froideur lunaire. Il étala sur elle le couvre-pied et se tint un long moment à son chevet, envahi par cette étrange sensation presque faite de douleur, qui semblait provenir de partout et de nulle part, une sensation qui lui était pénible et dont il avait peur pourtant d'être démuni... car plus jamais peut-être il ne l'éprouverait.

Il poussa un soupir qui montait du fond de l'être et des années passées, puis se mit avec ténacité en devoir de lessiver le plancher. Quand il eut terminé, qu'il eut rangé le fil et les aiguilles ainsi que le sparadrap dont il ne s'était pas servi, jeté les enveloppes des compresses de gaze et vidé le seau de sang posé au pied du lit, nettoyé et remis dans leur boîte tous les outils, la nuit avait pris fin et la lumière du jour se dessinait faiblement contre le store baissé. Il éteignit la lumière et resta immobile sans respirer, l'esprit tout entier aux aguets, essayant de discerner de l'endroit où il se trouvait si elle était toujours en vie. Se pencher sur elle pour la trouver morte... oh ! non. Il voulait le savoir d'ici même.

Mais un camion passa dans la rue, une voix de femme appela un enfant, quelqu'un se mit à rire ; aussi dut-il s'approcher du lit au bord duquel il s'agenouilla, les yeux fermés, en posant doucement la main sur sa gorge. Celle-ci était fraîche — non, s'il te plaît, pas froide ! — et aussi inanimée qu'un gant perdu et tombé par terre.

Alors il sentit se hérisser les poils de sa main : elle avait respiré, elle avait eu le plus imperceptible des tressaillements. Un picotement gagna ses yeux, et il fut traversé de part en part par l'envie forcenée de *faire* des choses : préparer de la soupe, acheter des médicaments et peut-être une montre pour elle et un ruban pour ses cheveux, mettre la maison en ordre, courir les magasins... et tout en accomplissant toutes ces choses, pousser sans cesse de grands beuglements muets pour se répéter, jusqu'à s'en convaincre complètement, qu'elle était vivante. Puis, au sommet de cette explosion de désirs, il se produisit un curieux faux pas, et il ne tarda pas à sombrer dans un profond sommeil.

Il rêvait qu'on lui cousait les jambes ensemble avec une grosse aiguille recourbée, à l'aide d'un fil qui lui sortait du ventre ; il sentait à l'intérieur de lui la bobine tourner sur elle-même et se dévider. Il grogna et ouvrit les yeux, sut instantanément où il se trouvait et ce qui s'était passé, et s'en voulut du bruit qu'il venait de faire. Il leva la main, remua les doigts pour être sûr de son sens du toucher, les abaissa avec précaution vers la gorge de la fille. Elle était tiède maintenant — non, chaude, trop chaude. Il s'écarta du lit en rampant, les jambes molles et engourdies, sans pouvoir détacher ses genoux du plancher. Poussant un juron silencieux, il s'élança en avant pour s'agripper à la chaise de bois et s'y appuya pour se remettre debout. Comme il n'osait pas la lâcher, il clopina en l'entraînant avec lui jusqu'à l'angle de la pièce, avant de s'arrêter, haletant et courbé en deux au bord de l'évier, les jambes rongées de haut en bas par un acide bouillonnant. Quand il le put, il s'aspergea d'eau froide le visage et la nuque et, tout en s'essuyant avec une serviette, regagna le lit en trébuchant. Il écarta d'un seul geste le couvre-pied et... *espèce de crétin !* cria-t-il presque à haute voix en le sentant résister sous ses doigts en cours de route ; le tissu avait adhéré à la blessure qu'elle avait à l'aine et, en l'enlevant, il avait dû rouvrir et briser un morceau de l'artère maladroitement raccommodée. Et il n'y voyait rien ; il devait faire noir dehors ; combien de temps était-il resté accroupi au bord du lit ? Il courut allumer, revint en hâte. Oui, du sang, il y avait de nouveau du sang...

Mais peu, très peu seulement. La moitié de la gaze était arrachée et le sang recouvrait la blessure mise à nu, mais ce sang ne coulait pas. Il avait coulé pourtant, durant son sommeil, mais pas assez pour se répandre jusqu'au matelas. Il essaya de soulever doucement la gaze, mais elle collait au sang coagulé. Quant aux petits morceaux d'éponge imbibés de la pommade sulfa-machin, ils étaient toujours dans la blessure. Il avait compté les retirer au bout d'une heure ou deux, pas laisser se former autour d'eux tout ce caillot !

De nouveau la course : de l'eau chaude, sa grosse éponge. Du savon, oui. Il s'agenouilla une fois de plus près du lit, les jambes craquant en signe de protestation, et se mit à baigner la gaze en pressant l'éponge à petits coups.

Quelque chose lui fit lever la tête. Elle avait les yeux ouverts et le regardait. Son visage et son regard étaient dénués d'expression. Il observa ses yeux qui se fermaient et se rouvraient, les prunelles ternes ne reflétant que l'absence d'intérêt. « Ça va, fit-il d'une voix grondante. J'arrange tout. » Elle continua simplement de le regarder. Il eut un hochement de tête violent, c'était tout ce qui apaise et encourage, c'était l'espoir pour elle et la promesse d'un engagement total envers elle, mais cela se réduisait à une rapide secousse de sa grosse tête disgracieuse. Contrarié comme il l'était toujours de son incapacité à s'exprimer par les mots, il se remit à l'œuvre. Il retira entièrement la gaze et commença à mouiller le bord de l'un des morceaux d'éponge. Quand il le jugea prêt à venir sans résistance, il tira doucement.

Elle gémit en un murmure aigu : « Ho-o-o-o... ? », à la fois un sanglot et une question. Elle tourna lentement la tête vers la gauche. « Ho-o-o-o ? » Elle la tourna de nouveau en sens contraire et retomba dans l'inconscience.

« Je », dit-il à haute voix, d'un ton excité, puis encore : « Je... » et ce fut tout ; de toute façon elle ne l'entendrait pas. Il resta immobile jusqu'à ce que ses mains cessent de trembler, puis reprit son travail.

La blessure avait un aspect merveilleusement propre, malgré la peau brûlante et desséchée qui l'entourait.

Au fond de la plaie, il apercevait l'artère dans un nid de gelée humide ; elle devait être normale — il n'en savait rien, mais elle avait l'air normal, et il n'y toucherait pas. Il répandit de la pommade à l'intérieur de la plaie, rapprocha les bords l'un de l'autre et appliqua du sparadrap pour les maintenir. Celui-ci ne tarda pas à se décoller, alors il le jeta, sécha les chairs tout autour de la blessure et posa en premier lieu une compresse de gaze avant de la fixer avec du sparadrap ; cette fois, cela tenait.

L'autre blessure était entièrement refermée, bien que ce fût plus net à l'emplacement des broches que dans les intervalles. Elle aussi était entourée d'une zone de chair rouge, gonflée, desséchée.

Le coup à la base du crâne n'avait pas saigné, mais la bosse était plus grosse que jamais. Le visage et le cou étaient secs et brûlants, mais le reste du corps paraissait avoir une température normale. Il alla chercher un linge qu'il humecta avant de le lui mettre sur les yeux et les joues, et elle poussa un soupir. Quand il le retira, elle avait de nouveau les yeux fixés sur lui.

« Ça va ? » lui demanda-t-il, puis : « Ça va », affirma-t-il stupidement. Elle eut un léger froncement de sourcils fugitif et ses yeux se refermèrent. Il sut qu'elle était endormie. Il lui toucha les joues du dos des doigts. « Très chaud », marmonna-t-il.

Il éteignit la lumière et, dans la pénombre, changea de vêtements. Du fond d'un tiroir il sortit un cahier d'écolier et, de ce dernier, une feuille de papier où était inscrit en gros chiffres au crayon un numéro de téléphone. « Je reviens », dit-il en s'adressant à l'obscurité. Elle ne répondit pas. Il partit en refermant à clé derrière lui.

Laborieusement, il appela le magasin depuis le drugstore, en consultant son papier pour chaque chiffre et, pour chacun d'eux, en maintenant le disque bloqué contre la butée pendant trois ou quatre secondes comme pour s'assurer que le numéro se gravait bien dans les circuits. Il obtint le grand patron Mr. Laddie directement, ce qui ne manquait pas d'être embarrassant, puisqu'il ne lui avait en douze ans pas adressé une seule fois la parole. Du plus fort de sa voix mugissante, il se heurta au troisième « Allô ? » impatient de Laddie en lâchant : « Malade ! Je... euh, *malade* ! » Il entendit le récepteur claironner : « Mais enfin, bon Dieu, qu'est-ce que... ? » puis le rire de Mr. Wismer, et « Donnez-moi l'appareil, ça doit être mon gros gorille », et enfin dans son oreille : « Allô ? »

— Malade ce soir, hurla-t-il.

— Qu'est-ce qui vous arrive ?

— Peux pas, brailla-t-il après avoir dégluti.

— C'est la vieillesse, fit Mr. Wismer.

Il entendit Mr. Laddie qui riait, puis Mr. Wismer reprit : « Vous avez manqué combien de nuits en quinze ans ? »

Il y réfléchit. « Non ! » rugit-il. D'abord, c'était dix-huit ans.

— C'est vrai, vous savez, continuait Mr. Wismer qui parlait à Mr. Laddie sans même prendre la peine de boucher le récepteur. Quinze ans et il n'avait jamais encore demandé à prendre sa nuit.

— Et alors, qui a besoin de lui ? Qu'on les lui donne toutes, ses nuits.

— A ce prix-là, vous plaisantez, dit Mr. Wismer. D'accord pépère, poursuivit-il dans le téléphone, reposez-vous. Mais n'allez pas faire la foire.

Un déclic coupa son rire. Après avoir attendu dans la cabine pour être sûr que rien d'autre ne serait dit, il raccrocha à son tour et, quittant la cabine, se retrouva dans le grand drugstore où tous les gens le regardaient. Il en était toujours ainsi. Cela ne le troublait pas. Une seule chose le troublait, la voix de Mr. Laddie répétant dans sa tête : « Et alors, qui a besoin de lui ? » Il savait qu'il aurait dû s'arrêter et considérer ces mots en face, en les laissant pénétrer son esprit, eux et tout ce qu'ils contenaient. Mais pas maintenant, surtout pas maintenant.

Il écarta les mots de sa pensée en s'activant ; il acheta du sparadrap, de la gaze, de la pommade, un lit de camp et trois sacs à glace, puis après réflexion de l'aspirine, parce qu'on lui avait dit une fois que... Au supermarché il acheta ensuite de quoi nourrir une famille de neuf personnes pendant neuf jours. Et malgré tout ce qu'il avait à porter, il lui restait encore un bras épais et une large épaule pour se charger d'un pavé de glace de dix kilos.

Il ouvrit la porte et alla ranger la glace dans la glacière, retourna dans le vestibule ramasser ses paquets et les rentra, puis se dirigea vers elle. Elle était toujours brûlante, et sa respiration ressemblait au vol d'une mouette dans le vent, un petit battement, un autre petit battement, puis une longue attente en suspens. Il cassa un bout du pavé de glace, l'enveloppa dans un torchon et le frappa coléreusement contre le bord de l'évier. Quand la glace fut en miettes, il la versa dans un des sacs et le lui posa sur le front. Elle soupira sans ouvrir les yeux. Il remplit les autres sacs et lui en plaça un sur le sein et l'autre au niveau de l'aine. Puis il se tordit les mains au-dessus d'elle avec impuissance jusqu'à ce qu'une pensée lui vienne : *Faut qu'elle mange, à perdre du sang comme ça.*

Il se mit à préparer un repas démesuré, tout en l'observant du coin de l'œil toutes les deux minutes.

Il fit du minestrone, du chou cuit au four, des pommes de terre sautées et des côtes de veau. Il découpa une tarte et réchauffa les beignets à la cannelle, et il mit au chaud du café avec de la crème prête à y être mélangée. Elle ne mangea rien et ne but pas une goutte. Elle restait allongée sans bouger en laissant de temps à autre sa tête tomber sur le côté, auquel cas il courait remettre en place le sac de glace. Une autre fois elle poussa un soupir, et il crut à un moment qu'elle avait ouvert les yeux, sans en avoir la certitude.

Le deuxième jour elle continua de ne rien manger ni boire, et elle avait une fièvre incroyable. Au cours de la nuit, accroupi sur le parquet à côté de son lit, il s'éveilla en croyant entendre des échos de sanglots dans la pièce, mais peut-être avait-il rêvé.

Plus tard il coupa le plus tendre, le plus juteux des morceaux qu'il put trouver sur une côte de veau et le lui glissa entre les lèvres. Trois heures après il les écarta pour y insérer un autre morceau et constata que le premier était toujours là. La même chose se produisit avec de l'aspirine déposée en petits fragments sur une langue sèche.

Puis le temps vint où il fut à court de tâches et se mit à ronger son frein, cédant à un réflexe de souci qui se développait spontanément, et où le simple fait d'envisager des pensées nouvelles le prenait au piège des pensées anciennes, dont rien ne pouvait endiguer le cours et qu'il fallait subir avec toute la souffrance, toute l'humiliation qu'elles charriaient. Il essayait de faire face à une nouvelle pensée, en se demandant ce qui se passerait s'il appelait un docteur et que le docteur veuille la conduire à l'hôpital et dise : « Elle a besoin d'un traitement, mon vieux, elle n'a pas besoin de vous », et le mécanisme intervint alors dans son esprit, tout prêt à se déclencher :

Tu es un gosse de onze ans, un grand gosse lourdaud et timide, debout à la porte de la cuisine avec ta boîte en bois au bout d'une ficelle à la main, et tu essaies de remuer la bouche de la façon qu'il faut pour que les mots réfractaires se forment correctement ; et il y a maman penchée au-dessus d'une bouteille de gin comme un chat sur un oiseau à moitié bouffé, et elle te regarde, en tortillant sa grande bouche sans lèvres pour te dire : « Qu'est-ce que tu fiches là à bafouiller ? Parle ! Qu'est-ce que tu racontes ? Tu veux dire que tu t'en vas ? »

Alors tu hoches la tête, c'est plus facile, et elle dit : « Eh bien, va-t'en, qui a besoin de toi ? » et tu t'en vas :

Et tu es devenu un gamin de seize ans, costaud, trapu, et tu vas au centre de recrutement pour voir le sergent te demander : « Qu'est-ce que tu viens foutre ici, toi ? » et tu essayes, tu essayes de lui expliquer mais comme tu n'y arrives pas tu désignes du menton l'affiche où il y a un doigt pointé pour dire ONCLE SAM A BESOIN DE TOI ; et le sergent regarde l'affiche et te regarde toi, et tout d'un coup son doigt à lui vient s'agiter à un centimètre de ton nez ; et tu fixes le doigt en louchant pendant qu'il gueule : « Ouais, mais c'est pas de *toi* qu'il a besoin, l'oncle Sam ! » et toi tu attends, les yeux toujours fixés sur son doigt, sans bouger jusqu'à ce que tu comprennes ; parce que tu comprends bien les choses, ce qu'il y a c'est que tu n'entends pas vite. Et alors tu restes là en train de loucher, et tous ils se marrent.

Ou plus loin dans le passé, tu as huit ans et à l'école il y a la petite Phyllis avec ses anglaises qui dansent autour de sa tête quand elle la secoue, toute rose et propre et si jolie ; et toi tu as des chocolats enveloppés dans du papier doré recouvert d'une résille d'or ; tu remontes l'allée jusqu'à son pupitre et tu y poses les chocolats avant de retourner à ta place en courant ; et elle descend l'allée et les jette si fort que la résille se casse au moment où ils tombent sur ton pupitre, et elle dit à haute voix : « J'en ai pas besoin, et puis j'ai pas besoin de toi, et puis d'abord t'as d'la morve sur la figure », et tu y mets la main et t'aperçois que c'est vrai.

C'est tout. Mais c'est pour ça que chaque fois que tu entends dire « Qui a besoin de lui ? » ou un truc pareil, tu es obligé de faire défiler ces souvenirs, tous ces souvenirs. Tôt ou tard, même si tu essayes de les éloigner, il faut que tu remontes la mécanique.

— Je fais venir un docteur, t'as pas besoin de moi.

— Tu meurs, t'as pas besoin de moi.

S'il te plaît...

Loin au fond de la gorge de la fille, il y eut un sifflement comme un râle, et ses lèvres bougèrent. Elle riva son regard au sien, remua de nouveau les lèvres en silence, et avec un temps de retard sur les lèvres le sifflement se reproduisit. Il ne sut pas comment il avait deviné, mais il comprit et apporta de l'eau qu'il lui versa goutte à goutte dans la bouche. Elle léchait avidement le liquide, en soulevant la tête. Il lui mit une main sous la nuque, en faisant attention à la bosse, et l'aida à boire. Au bout d'un moment elle s'affaissa en arrière en adressant un faible sourire à la tasse. Puis elle le regarda et, bien que le sourire eût disparu, il se sentit mieux. Il se précipita vers la glacière et le fourneau, sortit des verres avec des pailles, et remplit chacun d'eux respectivement de jus d'orange, de chocolat au lait, de lait pur, de consommé en boîte et d'eau fraîche. Il les aligna sur la chaise au bord du lit tout en regardant la fille avec ardeur, comme un phoque savant dans un cirque qui attend le moment d'exécuter un de ses tours. Cette fois elle sourit, un bref et faible sourire à son intention, et il essaya le consommé. Elle en but presque la moitié d'une traite à l'aide de la paille et s'endormit comme une masse.

Plus tard, quand il alla voir si elle n'avait pas saigné, la nappe de plastique était mouillée, mais ce n'était pas du sang. *Crétin !* songea-t-il avec fureur, avant de sortir acheter un bassin.

Elle dormait beaucoup maintenant, et elle mangeait souvent mais peu à la fois. Elle se mettait à le suivre des yeux quand il se déplaçait ; parfois il la croyait endormie et se tournait vers elle pour rencontrer son regard. Le plus souvent, c'était ses mains qu'elle observait, au cours des deux jours qui suivirent. Il lava et repassa les vêtements qu'elle avait portés, puis s'installa pour les raccommoder à petits points serrés ; accoudé au bord de la table au dessus de tôle émaillée, il travailla à son fil d'argent pour lui confectionner une broche représentant une fleur sur un éventail, puis un pendentif au bout d'une chaînette d'argent, et enfin un bracelet assorti. Elle observait également ses mains pendant qu'il préparait la cuisine ; il faisait lui-même ses spaghetti — plus proches en fait des tagliatelle — travaillant et pétrissant la pâte avant de l'étaler en une large bande épaisse, puis roulant celle-ci en un cylindre serré qu'il découpait ensuite à coups de tranchoir vifs et précis, de manière à obtenir comme des lacets de soulier plats à la couleur d'un blanc crémeux. Il avait des mains qui n'avaient jamais appris leurs limitations, car il n'avait jamais eu l'idée de les limiter. Rien dans la vie ne se préoccupait de cet homme à part ses mains, et puisque c'était elles qui faisaient tout, elles pouvaient tout faire.

Mais quand il la changeait de vêtements ou lui faisait sa toilette, ou l'aidait à se servir du bassin, jamais elle ne regardait ses mains. Elle restait allongée parfaitement immobile et observait son visage.

Elle était très faible les premiers temps et ne pouvait remuer que la tête. Il se sentait heureux car les points de suture se cicatrisaient bien. Quand il lui retira les broches, elle dut avoir mal mais n'émit pas un son ; il n'y eut que douze plissements de son front lisse, un pour chaque broche enlevée.

— Fait mal, éructa-t-il.

Elle eut un léger signe d'assentiment. C'était la première communication entre eux, si l'on exceptait le regard de ces yeux muets qui suivaient ses déplacements. Elle sourit aussi, en faisant son signe de tête, et il lui tourna le dos en enfonçant ses poings dans ses yeux et se sentit merveilleusement heureux.

Il retourna travailler la sixième nuit, après avoir passé la journée à bricoler et à s'affairer afin d'empêcher qu'elle dorme, pour ensuite quitter les lieux, le moment venu, quand il fut sûr que le sommeil s'était emparé d'elle. Et de même les jours suivants. Il l'enfermait et partait au travail en se hâtant, avec une chaleur en lui et avec la détermination d'abattre la tâche de trois hommes ; et il rentrait aux heures sombres de l'aube aussi vite que pouvaient le porter ses jambes arquées, en lui rapportant tous les jours un nouveau cadeau — une petite radio, un foulard, quelque chose de spécial à manger. Il refermait solidement la porte à clé puis se précipitait vers elle, lui touchant le front et la joue pour voir quelle était sa température, retapant le lit doucement pour ne pas la réveiller. Puis il quittait son champ visuel, allait se déshabiller près de l'évier en enfilant le caleçon long qu'il mettait pour dormir, avant de revenir se coucher sur le lit de camp. Pendant une heure et demie peut-être il dormait d'un sommeil de plomb, mais ensuite le plus léger froissement de drap, la plus faible interruption du souffle, le faisaient bondir vers elle en graillonnant : « Ça va ? » penché au-dessus d'elle avec raideur, essayant frénétiquement de deviner de quoi elle avait besoin, ce qu'il pourrait faire pour elle ou lui apporter.

Et quand le jour se levait, il lui donnait un lait de poule, puis il lui faisait sa toilette, la changeait et la coiffait, et quand il n'y avait plus rien à exécuter pour elle, il nettoyait la pièce, lessivait le plancher, lavait le linge et la vaisselle et, interminablement, préparait la cuisine. L'après-midi il s'occupait des courses, trottant d'une boutique à l'autre et rentrant le plus vite possible pour lui montrer ses achats, lui faire voir ce qu'il projetait pour le dîner. Tous ces jours, puis ces semaines, il rayonnait intérieurement, un rayonnement qu'il enfermait au fond de lui quand il était loin d'elle et laissait irradier en sa présence quand ils étaient ensemble.

Il la trouva en pleurs une fin d'après-midi de la deuxième semaine, les yeux fixés sur la petite radio et les larmes lui coulant sur le visage. Il émit de sa voix rêche une syllabe apaisante et lui essuya les joues avec un gant de toilette propre, puis il recula d'un pas, une expression torturée sur sa figure animale. Elle lui tapota légèrement la main et accomplit une série de gestes fugitifs qui le laissa totalement perplexe. Il s'assit au chevet du lit et approcha sa tête de la sienne, comme s'il pouvait avec les yeux extirper d'elle la signification de ses mouvements. Il y avait quelque chose de différent en elle ; jusqu'à maintenant elle l'avait observé avec l'attention fascinée, incompréhensive, d'un jeune chat qui guette un aquarium de poissons tropicaux ; mais désormais il y avait autre chose dans son regard, dans sa façon de bouger et dans ce qu'elle faisait.

— Mal ? fit-il d'une voix grondante.

Elle secoua la tête. Sa bouche s'agita, elle la désigna du doigt et se remit à pleurer.

— Oh ! faim. J'arrange, j'arrange ça.

Il se leva mais elle lui saisit le poignet, en secouant la tête et en pleurant, mais en même temps avec un sourire. Il se rassit, déchiré par la perplexité. De nouveau elle remua sa bouche et la montra du doigt en secouant la tête.

— Pas parler, dit-il.

Elle respirait si fort que cela lui faisait peur, mais quand il eut prononcé ces mots, elle eut un halètement et tenta de se redresser : il lui prit les épaules pour la faire recoucher, mais elle hochait la tête avec insistance.

— Pouvez pas parler ! dit-il.

Oui, oui ! fit-elle en approuvant muettement de la tête.

Il la regarda un long moment. La musique à la radio s'arrêta et une voix grésillante se mit à débiter une réclame pour des voitures d'occasion. Elle tourna les yeux vers le poste et ses larmes recommencèrent à couler. Il se pencha en travers d'elle et éteignit la radio. Puis, après un effort intense, il modela la forme de sa bouche de la façon voulue pour lâcher en un grognement dédaigneux : « Ha ! Voulez parler pourquoi ? Pas parler. J'arrange tout, pas parler. Je... » Il se tut, à courts de mots, se frappa à grands coups la poitrine en montrant de la tête la fille, le fourneau, le bassin, le plateau de pansements. Puis il répéta : « Voulez parler pourquoi ? »

Elle leva les yeux vers lui, subjuguée par sa violence, et se ratatina sur elle-même. Il lui essuya tendrement les joues de nouveau, en grommelant : « J'arrange tout. »

Il rentra un matin avant l'aube, et après avoir constaté que, selon ses critères rigides, tout allait bien pour elle, il alla se coucher. L'odeur du bacon frit et du café fraîchement passé faisait, bien entendu, partie d'un rêve ; eût-il pu en être autrement ? Et les faibles bruits de mouvements dans la pièce provenaient de son imagination exténuée.

Il ouvrit les yeux sur son rêve et les referma, en raillant le crétin stupide qu'il était. Puis tout se figea à l'intérieur de lui, et lentement il rouvrit les yeux.

A côté de son lit de camp se trouvait la chaise, et sur celle-ci étaient posés un plat d'œufs au bacon, une tasse de café noir bien fort, une assiette contenant des toasts où l'or liquide du beurre fondu se diluait dans l'or plus sombre de la mie de pain grillée. Il contempla tout cela avec une incrédulité totale, avant de lever la tête.

Elle était assise à l'extrémité de son lit, là où

celui-ci formait un couloir de vingt centimètres le séparant du lit de camp. Elle portait son corsage repassé et raccommodé et sa jupe. La fatigue lui tassait les épaules, et elle semblait avoir du mal à garder la tête droite ; ses mains reposaient mollement entre ses genoux. Mais elle le regardait découvrir à son réveil son breakfast, le visage illuminé par une expression de délice et d'attente.

Il tordit la bouche en dénudant ses dents émoussées et jaunâtres et les serra en poussant un rugissement de fureur. Elle eut un sursaut de recul comme si ce son étranglé et grinçant lui avait causé une brûlure, et elle se pelotonna au milieu du lit, les yeux grands ouverts et bouche bée. Il s'avança vers elle, les bras levés et ses gros poings serrés ; elle se cacha la figure dans les draps, se protégeant la nuque des deux mains, immobile et tremblante. Un long moment il resta penché au-dessus d'elle, puis lentement ses bras s'abaissèrent. Il tira sur la jupe. « Enlever », grinça-t-il. Et il tira plus fort sur la jupe.

Elle glissa un regard vers lui et, lentement, se redressa. Elle tripota faiblement le bouton de la jupe. Il l'aida. Il fit glisser la jupe pour la retirer et la jeta sur le lit de camp, puis il désigna d'un geste sévère le corsage. Elle le déboutonna et il le tira par-dessus ses épaules. Il descendit le drap en le faisant passer sous elle, lui saisit doucement les chevilles de ses mains puissantes et les amena au bas du lit jusqu'à ce qu'elle soit entièrement allongée, puis releva soigneusement le drap pour la recouvrir. Il respirait fort. Elle le regardait avec terreur.

Avec un calme effrayant il revint au lit de camp et à la chaise posée à côté avec son chargement. Il prit la tasse de café lentement et la brisa en la jetant par terre. A un rythme régulier comme celui de la hache d'un bûcheron, la tasse fut suivie de la soucoupe, de l'assiette à toasts, du plat d'œufs au bacon. Débris de faïence et jaune d'œuf heurtèrent le plancher et éclaboussèrent les murs. Quand il eut terminé, il se tourna vers elle. « J'arrange tout », barrit-il. Et il agita son index épais pour souligner chaque syllabe en répétant : « *Moi,* j'arrange. »

Elle se mit brusquement sur le ventre, le visage enfoui dans l'oreiller, en sanglotant si violemment qu'il sentait trépider sous ses talons le plancher ébranlé par les pieds du lit. Il lui tourna le dos avec colère, prit une bassine, une brosse à récurer, un balai et un chiffon, et laborieusement, méthodiquement, entreprit de nettoyer par terre.

Deux heures plus tard, il s'approcha du lit où elle était toujours couchée à plat ventre, immobile et rigide. Il avait passé longtemps à préparer dans sa tête quelque chose à dire : « Écoutez, vous... *malade,* voyez ? » Il prononça ces mots aussi doucement qu'il le put. Il lui posa la main sur l'épaule, mais elle se cabra brutalement en la repoussant. Perplexe et peiné, il s'éloigna à reculons, s'assit sur son lit de camp et la contempla d'un air misérable.

Elle ne déjeuna pas.

Elle ne dîna pas.

Peu avant l'heure où il devait partir travailler, elle se tourna sur le dos. Il était toujours assis en caleçon long sur le lit de camp, chacun de ses traits, chaque ligne de son corps disgracieux exprimant le comble de l'infortune. Elle le regarda et ses yeux se remplirent de larmes. Il croisa son regard mais ne bougea pas. Elle poussa subitement un soupir et lui tendit la main. Il bondit vers cette main, la prit pour la poser contre son front, s'agenouilla la tête penchée en se mettant à pleurer. Elle lui tapota ses cheveux rêches en attendant la fin de cet orage, qui se calma avec soudaineté au plus fort de son déchaînement. Puis il s'écarta d'un saut, entrechoqua des casseroles en les plaçant sur le fourneau, et au bout de quelques minutes lui apporta du pain, du bouillon de viande et un artichaut cuit, arrosé d'huile d'olive et de basilic. Elle eut un pâle sourire et mangea lentement sans qu'il la quitte des yeux, rayonnant de gratitude. Alors il se changea et partit travailler.

Il lui apporta une robe rouge quand elle commença à s'asseoir dans son lit, bien qu'il ne lui permît pas de se lever. Il lui apporta un globe de verre renfermant une fleur plongée dans l'eau qui vivrait une semaine, deux tortues vivantes dans un bac de plastique, un lapin en peluche bleu pâle contenant une boîte à musique qui jouait *Rock-a-bye Baby* et un rouge à lèvres d'un vermillon flamboyant. Elle demeurait soumise et plus vigilante que jamais à son égard ; quand il cessait ses allées et venues et s'accroupissait sur le lit de camp, dans l'attente du prochain désir qu'il pourrait deviner chez elle, leurs regards se rencontraient et, de plus en plus souvent, il abaissait le sien. Le lapin bleu serré contre elle, elle le fixait sans ciller, ou bien elle souriait subitement, en entrouvrant la bouche comme si une chose à l'importance vitale, une chose profondément heureuse, allait leur échapper. Parfois elle paraissait inexprimablement triste, et parfois elle était si agitée qu'il allait vers elle et lui touchait les cheveux jusqu'à ce qu'elle s'endorme, du moins en apparence. Il lui vint à l'idée qu'il n'avait pas vu ses blessures durant presque deux jours, et que peut-être elles lui causaient une gêne qui était à l'origine de son agitation ; il la fit donc allonger doucement et la découvrit. Il effleura la cicatrice avec précaution et soudain elle lui écarta la main et agrippa sa propre chair avec vigueur, en la pétrissant et en la pinçant comme si elle ressentait des élancements cuisants. Éberlué, il regarda son visage et vit qu'elle souriait en hochant la tête. « Mal ? » Elle secoua la tête. Il dit fièrement en la recouvrant : « J'arrange. J'arrange ça bien. » Elle acquiesça et lui attrapa brièvement la main entre son épaule et son menton.

Ce fut cette nuit-là, après être tombé dans un profond sommeil à son retour du magasin, qu'il sentit la chaleur et la fermeté de son corps étendu de tout son long contre lui dans le lit de camp. Il resta un instant sans bouger, somnolent, ne comprenant pas, tandis que les doigts agiles détachaient les boutons de son caleçon. Il remonta ses mains et lui prit les poignets au piège. Immédiatement elle s'immobilisa, mais sa respiration était précipitée et il percevait contre sa poitrine les battements de son cœur, pareil à un petit poing fermé tapant avec colère. Laborieusement, il proféra une syllabe interrogative : « Qu-que... ? » et elle se pressa contre lui puis se figea, tremblante. Il retint ses poignets plus d'une minute, en essayant de réfléchir, et enfin se mit en position assise. Il lui mit un bras autour des épaules et l'autre sous les genoux. Il se leva. Elle s'accrochait à lui et sa respiration lui sifflait dans les narines. Il se dirigea vers le bord du lit et se pencha lentement pour la déposer. Il dut lever les bras en arrière et détacher les siens de sa nuque pour pouvoir se redresser. « Dormir », dit-il. Il chercha le drap à tâtons, le tira sur elle et la borda. Elle demeurait allongée sans faire un geste, et il lui toucha les cheveux avant de regagner son lit de camp. Il se recoucha et, au bout d'un long moment, sombra dans un sommeil troublé. Mais quelque chose l'éveilla ; il tendit l'oreille sans rien entendre. Il se souvint brusquement avec netteté de la nuit où elle était entre la vie et la mort, et où elle avait eu son sommeil interrompu par l'écho d'un sanglot qui ne s'était pas répété ; en proie à une frayeur soudaine, il se leva d'un bond jusqu'au lit et se courba pour lui toucher la tête. Elle était couchée sur le ventre. « Pleurer ? » murmura-t-il, et elle secoua la tête avec rapidité. Il grommela et retourna au lit.

C'était la neuvième semaine et il pleuvait ; il rentrait chez lui d'un pas pesant à travers les rues noires et luisantes, et au tournant qui l'amenait en vue de son pâté de maisons, en apercevant la rivière morte et brillante de la rue qui s'étendait entre lui et la lumière du lampadaire devant sa demeure, il éprouva un moment d'étrangeté, de désorientation onirique ; il lui sembla l'espace d'une seconde que rien ne s'était passé, que dans un moment la voiture allait surgir en trombe près de lui et faire une embardée vers le bord du trottoir, en laissant tomber par terre un corps mou, et il courrait vers ce corps et l'emporterait chez lui, et il allait saigner, saigner, il allait mourir... Il se secoua comme un gros chien qui s'ébroue et baissa la tête contre la pluie, en se traitant de crétin intérieurement. Rien ne pourrait plus aller de travers maintenant.

Mais il y avait un changement, il le sut avant d'entrer dans la maison ; sa fenêtre sur la rue était éclairée d'une lueur orange qui ne pouvait provenir du seul lampadaire. Peut-être lisait-elle un de ces romans dont il avait hérité en emménageant ; peut-être avait-elle eu besoin du bassin ou regardait-elle simplement l'heure à la pendule... mais ces pensées ne le réconfortaient pas ; il était malade d'une peur inexplicable en pénétrant dans le hall d'entrée. La fente sous la porte de son logement laissait voir de la lumière ; il fit tomber ses clés en les prenant dans sa poche, et enfin il ouvrit la porte.

Il resta le souffle coupé comme s'il avait reçu un coup au plexus solaire. Le lit était fait au carré, les draps nets et bien tirés, et elle ne s'y trouvait pas. Il pivota sur lui-même ; son regard frénétique la vit sans enregistrer sa présence avant qu'il ait pu en croire ses yeux. Grande, l'air d'une reine dans sa robe rouge, elle était debout à l'extrémité de la pièce, auprès de l'évier.

Il la regarda avec stupeur. Elle vint vers lui et, au moment où il gonflait ses poumons, prêt à lancer un de ces cris grinçants, elle se posa l'index sur les lèvres et, d'un geste léger, lui mit son autre main en travers de la bouche. Aucun de ces gestes, ni les deux, n'aurait suffi à le faire taire en temps ordinaire, mais il y avait autre chose en elle, quelque chose qui refusait d'attendre ce qu'il pouvait faire et qui ne plierait pas devant lui. Il fut aussitôt troublé et garda le silence. Il la suivit des yeux tandis qu'elle le contournait pour aller refermer la porte. Elle voulut lui prendre la main, se heurta aux clés qu'il avait gardées ; elle les ôta de ses doigts, les lança sur la table, puis lui prit la main d'une étreinte ferme. Elle était sûre d'elle, décidée ; comme quelqu'un qui a pesé les choses et fait un choix, et qui sait maintenant quelle conduite adopter. Mais, en un certain sens, elle était aussi triomphante ; elle avait le port de tête d'un vainqueur et le rayonnement d'une personne qui a été témoin d'un miracle. Il pouvait faire face à sa faiblesse et à son impuissance, qu'elle qu'en soit la nature, mais là... il était obligé de réfléchir, et elle ne lui laissait pas le temps de le faire.

Elle le conduisit vers le lit, lui mit les mains sur les épaules, le fit pivoter et le força à s'asseoir. Elle s'assit tout près de lui, le visage empourpré, et quand il remplit de nouveau ses poumons elle fit : « Chut ! » et en souriant lui couvrit la bouche de la main. Puis elle le prit une nouvelle fois par les épaules et, le fixant droit dans les yeux, énonça clairement : « Je peux parler maintenant, je peux parler ! »

Engourdi, il la contempla bouche bée. « Depuis trois jours déjà ; c'était un secret, une surprise. » Sa voix était enrouée et même rauque, mais très nette et plus grave que ne l'aurait suggéré son corps mince. « Je me suis entraînée, pour être sûre. Je vais bien, je suis guérie. Tu arranges tout ! » conclut-elle en riant.

En entendant ce rire, en voyant l'orgueil et la joie qui se peignaient sur son visage, il sut qu'il ne pourrait rien lui enlever. « Ahh... » fit-il d'un air étonné.

Elle se remit à rire et chantonna : « Je peux partir, je peux partir ! » Puis elle se leva d'un saut en pirouettant et se pencha au-dessus de lui, toujours rieuse. Il leva les yeux vers elle et vers sa chevelure voltigeante, et il cligna des paupières comme s'il fixait le soleil en face. « Partir ? » glapit-il, en éjectant ce mot de sa gorge avec la violence d'une explosion.

Elle se dégrisa immédiatement et se rassit près de lui :

— Oh ! mon chou, voyons, ne me regarde pas comme ça, comme si tu avais reçu un coup de couteau ou je ne sais quoi. Tu sais bien que je ne peux pas m'installer ici, vivre à tes crochets, ne plus jamais aller ailleurs !

— Non, rester, bredouilla-t-il, les traits angoissés.

— Voyons, écoute, reprit-elle en lui parlant lentement et simplement comme à un enfant. Je vais mieux, je peux parler maintenant. Ça ne serait pas normal que je reste ici, bouclée, le lit, le bassin et tout. Non, écoute-moi... fit-elle sans lui laisser le temps de formuler un mot, ça ne veut pas dire que j'oublie ce que tu as fait pour moi, c'est bien simple tu as été... tu as été, enfin je ne peux pas te dire quoi. Tu sais, personne dans la vie n'avait jamais fait une chose comme ça pour moi, tu comprends je suis partie de chez moi quand j'avais treize ans, j'ai fait des tas de choses moches. Et on m'a traitée... enfin, personne d'autre... écoute, il faut que tu saches, j'ai fait des trucs, tu vois j'ai volé, piqué du fric, et puis merde... enfin je veux dire : pourquoi pas, hein ? (Elle le secoua doucement pour essayer de lui faire comprendre ; puis, devant son expression absente et misérable, elle s'humecta les lèvres et se remit à parler.) Ce que je voudrais te dire c'est que... tu as été tellement chic et tout ça... (elle agita la main vers le lapin bleu, le bac à tortues, l'ensemble de la pièce) que je ne peux plus rien accepter. Rien, je veux dire pas même un repas. Si je pouvais te rendre autre chose en échange, n'importe quoi, je le ferais, je te jure que je le ferais. Si tu voulais quelque chose que tu puisses obtenir de moi... (Elle replia les mains vers elle et plaça le bout de ses doigts entre ses seins, en inclinant la tête avec une étrange soumission qui le frappa douloureusement.) Mais non, toi tu arranges tout, ajouta-t-elle en le singeant, mais sans intention de raillerie.

— Non, non, pas partir, murmura-t-il d'une voix rauque.

Elle lui tapota la joue, et il y avait de l'amour dans ses yeux.

— Je vais partir, dit-elle en souriant, puis son sourire disparut. Il faut que je t'explique, ces voyous qui m'ont esquintée, je l'avais cherché. J'ai fait une bêtise. Je faisais quelque chose de moche... je vais te dire quoi. J'étais revendeuse, tu comprends ? Trafic de drogue, tu vois.

Il la fixait d'un regard atone. Il ne saisissait pas un mot sur dix ; tout ce qu'il avait en tête, c'était le vide, l'inutilité, la solitude, et la terrible vérité de cette pièce sans elle ni le lapin bleu ni rien d'autre que ce qu'elle avait toujours renfermé au cours de ces années — le lino au dessin effacé, six romans qu'il ne pouvait pas lire, un fourneau attendant la présence de quelqu'un à qui faire la cuisine, la poussière, la monotonie et les qui a besoin de toi ?

Elle se méprit sur son expression.

— Mon chou, mon chou, ne me regarde pas comme ça, je ne le ferai plus. Je le faisais parce que je m'en fichais, ça me faisait plaisir qu'il y ait des gens qui se démolissent ; oui, c'est vrai. Je n'avais jamais su qu'on pouvait être chic comme toi ; je croyais que c'était des histoires, comme au cinéma. Du vent, du baratin, en tout cas pour moi.

« Mais il faut que je te dise, j'ai ratissé une planque, bon Dieu il y en avait bien pour vingt, vingt-deux mille dollars. Je n'ai pas gardé la came plus de trois quarts d'heure, après ça ils m'ont rattrapée.

(Ses yeux s'élargirent en voyant des choses qui n'étaient pas dans la pièce.) Il a pris un rasoir, il m'a frappée si fort avec qu'il l'a cassé contre le haut de la portière, dans la voiture. Il m'a frappée ici *en bas* et là *en haut,* je pense qu'il m'aurait étripée si le rasoir ne s'était pas cassé. (Elle expira de l'air par les narines, et son regard revint à ce qui l'entourait.) Je suppose que j'ai pris le coup derrière la tête quand ils m'ont jetée de la voiture. C'est sans doute à la suite de ça que je ne pouvais plus parler, j'ai entendu dire que ça se produisait. Oh ! *mon chou !* Ne fais pas cette tête-là, tu me fends le cœur !

Il la regardait douloureusement en secouant sa grosse tête de droite à gauche avec impuissance. Elle s'agenouilla soudain devant lui et lui prit les deux mains :

— Écoute, tu dois comprendre. Je voulais filer à l'anglaise pendant que tu étais au travail, mais je suis restée pour pouvoir te faire comprendre. Après tout ce que tu as fait... Tu vois, je vais bien, je ne peux pas passer le restant de ma vie coincée dans une chambre. Si je pouvais, je trouverais du boulot pas loin d'ici et je te verrais tout le temps, je te le jure. Mais dans cette ville ma vie ne vaut pas un clou. Il faut que je parte d'ici, que je quitte la ville je veux dire. Tout ira bien pour moi, mon chou. Je t'écrirai ; je ne t'oublierai jamais, comment veux-tu que je puisse t'oublier ?

Il était à la traîne très loin derrière elle. Il avait assimilé le fait qu'elle voulait le quitter ; la seconde chose qu'il comprit ensuite fut qu'elle voulait aussi quitter la ville.

— Pas partir, fit-il d'une voix étranglée. Besoin de moi.

— Tu n'as pas besoin de moi, dit-elle avec de la tendresse dans la voix, et moi je n'ai plus besoin de toi. C'est comme ça, mon chou ; c'est ce que tu as *arrangé*. Et c'est comme ça que ça doit être ; tu ne t'en rends pas compte ?

Dans cette réplique était contenue la troisième chose qu'il était apte à comprendre.

Il se leva avec lenteur, sentant ses mains à elle se détacher des siennes et glisser de ses genoux jusqu'au plancher comme il s'écartait d'elle.

— Oh ! mon Dieu, cria-t-elle du plancher où elle était agenouillée, tu me tues à le prendre de cette façon. Tu ne peux pas être heureux pour moi ?

Il s'avança en trébuchant à travers la pièce et se retint à l'étagère inférieure du buffet. Son regard plongea d'un bout à l'autre du long corridor sombre des années de sa vie, qui s'étendait si lointain et si morne, et il considéra cette brève petite parcelle brillante en train de lui échapper... Il entendit derrière lui les pas rapides de la fille et, quand il se retourna, il avait à la main le fer à repasser. Elle n'eut pas le temps de s'en apercevoir. Elle venait à lui le visage lumineux, implorant, il ouvrit les bras et elle s'y jeta, et le fer à repasser décrivit une trajectoire en arc de cercle avant de venir s'écraser à la base de son crâne.

Il la coucha doucement sur le lino et resta un long moment debout, la tête baissée vers elle, en pleurant silencieusement.

Enfin il posa le fer à repasser, remplit d'eau la bouilloire et une casserole, et mit dans cette dernière des aiguilles, un crampon, du fil, des lamelles d'éponge, un couteau, une pince et une pincette. Du tiroir du buffet et de celui de la table à abattants, il sortit ses deux nappes en plastique et commença à les disposer sur le lit.

— J'arrange tout, murmurait-il en se mettant au travail. J'arrange ça bien.

Traduit par Alain Dorémieux.
Bright Segment.

L'AUTRE CELIA

*Parmi ses nombreux talents, Sturgeon a le don de dépeindre un personnage peu sympathique, par petites touches, sans jamais le condamner ouvertement. Mais sa façon presque britannique de manier l'humour à froid ajoute toujours du piquant aux situations qu'il décrit. Il pratique l'*understatement *avec art. Finalement, avec son air de ne pas y toucher, son goût pour le suspense et l'histoire à chute, cette histoire n'est nullement dénuée d'implications morales.*

L'AUTRE CELIA

Si vous vivez dans une maison suffisamment modeste, dont les portes sont faites d'un bois de qualité assez médiocre, si les serrures sont antiques avec un pêne à simple effet, si les gonds ont du jeu, si vous possédez quatre-vingts kilos de muscles et d'os qui vous permettent d'exercer une poussée adéquate, vous pouvez fort bien, en empoignant le bouton de porte, opérer une pesée latérale sur les gonds et dégager le pêne. Plus tard vous pourrez refermer l'huis en utilisant le même procédé.

Slim Walsh habitait une telle maison, et comme il possédait toutes les qualités requises, il se livrait à cette occupation, en partie parce qu'il n'avait rien d'autre à faire. Les médecins de la société qui employaient ses services lui avaient octroyé un arrêt de travail de trois semaines (après que son aide l'eut heurté avec une clé anglaise de trente-cinq centimètres juste dans la région située immédiatement au-dessus de sa tempe) et il attendait un nouvel examen aux rayons X. S'il n'obtenait qu'un salaire de maladie, du moins avait-il l'intention de faire durer le plaisir. Mais si, par contre, il se voyait allouer une confortable indemnité — tout serait pour le mieux ! Ce qu'il économisait en vivant dans ce trou à rats rendait cette perspective encore plus alléchante. En attendant, il se portait comme un charme et n'avait rien à faire de ses dix doigts pendant toute la journée.

— « Slim n'est pas foncièrement malhonnête, » avait coutume de répéter sa mère, quelques années auparavant, aux commères de Children's Court. « Il est simplement curieux ! »

Elle avait parfaitement raison.

Mettiez-vous votre salle de bains à sa disposition, il était totalement incapable d'en sortir avant d'avoir fait l'inventaire de votre armoire à pharmacie. Si vous lui demandiez d'aller prendre une soucoupe dans la cuisine, il en revenait une minute plus tard, connaissant sur le bout du doigt le contenu de votre réfrigérateur, de votre caisse à légumes et (comme il mesurait un mètre quatre-vingt-sept) il avait découvert, sur la plus haute étagère, une terrine de confiture de cerises moisissant et dont vous aviez oublié jusqu'à l'existence.

Peut-être Slim, qui ne voyait rien d'extraordinaire à sa taille et à sa carrure impressionnantes, n'éprouvait-il aucun sentiment de supériorité à savoir que vous aviez secrètement recours à des lotions capillaires ou que vous étiez de ces personnes bizarres qui empilent de petites montagnes de chaussettes dépareillées dans le second tiroir de leur commode. Sécurité serait un terme plus juste. Peut-être ne s'agissait-il là que d'une sorte de compensation à sa prodigieuse timidité qui se doublait d'une curiosité tyrannique.

Quoi qu'il en soit, Slim éprouvait à votre endroit infiniment plus de sympathie si, en vous parlant, il connaissait le nombre exact de vestons pendus dans votre garde-robe, depuis combien de temps cette facture de téléphone impayée traînait dans votre tiroir et l'endroit exact où vous aviez dissimulé ces photographies un peu spéciales. D'un autre côté, Slim ne tenait pas tellement à connaître ceux de vos faits et gestes qui n'étaient pas à votre honneur ou dont la mention eût fait monter à votre front le rouge de la honte. Il désirait seulement posséder quelques renseignements vous concernant, point à la ligne.

Sa présente situation avait, par conséquent, quelque chose de quasi paradisiaque. A portée de sa main se trouvaient des portes alignées sur deux rangs, réceptacles attirants de connaissances potentielles ; l'un après l'autre, ils ouvraient l'accès de leurs trésors à son insatiable curiosité. Il ne touchait à rien (ou s'il lui arrivait de déplacer un objet, il le remettait scrupuleusement en place). Il n'emportait rien, si bien qu'au bout d'une semaine il connaissait les locataires de Mrs Koyper beaucoup mieux qu'elle-même, à supposer qu'elle s'en souciât. Chaque nouvelle visite discrète aux chambres des locataires lui procurait un point de départ ; les suivantes enrichissaient sa documentation. Il savait non seulement ce que possédaient ces gens, mais il n'ignorait rien de leurs occupations, du lieu où ils les exerçaient, de leur importance, du bénéfice qu'ils en tiraient et, dans la plupart des cas, le pourquoi de leurs activités.

Dans la plupart des cas. Vint Celia Sarton.

Il faut dire qu'à des époques variées, en maints endroits différents, Slim avait fait de surprenantes découvertes dans les appartements d'autrui. Il y avait, cette vieille dame, locataire d'un immeuble particulièrement décrépit, sous le lit de laquelle il avait découvert un train électrique, qu'elle faisait fonctionner régulièrement, d'ailleurs. Il y avait dans la maison qu'il habitait actuellement, une vieille fille qui faisait collection de bouteilles grandes et petites, de toutes valeurs et de toutes contenances, pourvu qu'elles fussent rondes et trapues, et pourvues d'un long goulot. Il y avait un particulier au second étage qui, pour monter la garde sur ses trésors personnels, dissimulait dans le tiroir supérieur de son bureau un pistolet automatique de calibre 6,35, avec, en guise de munitions, une boîte de cartouches de 9 millimètres.

Il y avait une... (soyons galants) jeune fille dans l'une des chambres, qui entretenait en permanence sur sa table de nuit un vase de fleurs fraîchement coupées, devant un cadre contenant huit photographies empilées les unes sur les autres. Chacune de ces photos était exposée un jour entier. Sept jours, huit photographies : Slim s'émerveillait du procédé. Pour chaque jour, un nouvel amour et une passion nouvelle à chaque mercredi. Et tous des vedettes de l'écran.

Des dizaines de chambres, des dizaines d'empreintes, de marques, d'impressions, d'atmosphères caractéristiques de personnalités différentes. Ne parlons pas de personnalités excentriques. Une femme s'installe dans une chambre, aussi banale, aussi anonyme soit-elle : dès l'instant où elle a placé sa boîte à poudre sur son étagère à toilette, la pièce lui appartient. Un petit rien glissé dans le cadre mal ajusté d'un miroir, le moindre chiffon pendu à l'antique bec de gaz depuis longtemps désaffecté, et la plus commune de toutes les chambres se rétracte sur son occupant, comme si elle désirait devenir un jour une enveloppe individuelle épousant les formes de son corps avec l'intime fidélité d'une peau.

Dans la chambre de Celia Sarton, rien de pareil.

Slim Walsh l'avait entrevue alors qu'elle suivait Mrs Koyper jusqu'au troisième étage. Mrs Koyper boitait, donnant à cette procession rituelle une allure tellement ralentie que le plus distrait des témoins ne pouvait faire autrement que d'en garder une vision clairement détaillée, et Slim était tout sauf distrait. Et pourtant, des jours durant, il n'arrivait pas à se rappeler clairement son image. C'était comme si Celia Sarton avait été — non pas invisible, car cette particularité eût été mémorable en elle-même — mais plutôt translucide, ou encore, que semblable au caméléon, elle avait eu la faculté de se fondre avec la couleur crasseuse du mur, celle du tapis et de la boiserie.

Elle avait... quel âge ? Sans doute était-elle assez vieille pour payer des impôts. Grande ? Suffisamment. Habillée ?... comme les milliers d'autres femmes dont font mention les statistiques. Souliers, bas, jupe, jaquette, chapeau.

Elle portait un sac. Lorsque vous glissez un œil dans l'entrepôt où sont déposés les bagages dans une gare importante, vous remarquez une valise ici, une malle-cabine un peu plus loin ; et de tous les côtés où se portent vos regards s'empilent, étagère après étagère, des cohortes de bagages anonymes et sans individualité, mais qui n'en existent pas moins, pour autant. Ce sac, le sac de Celia Sarton était l'un d'entre eux.

Et elle dit à Mrs Koyper... elle dit... elle dit tout

ce qui est nécessaire lorsqu'on désire louer une chambre des plus modestes ; et pour définir sa voix, il suffit de prendre la rumeur produite par une foule et de la diviser par le nombre d'individus dont elle se compose.

Elle était à ce point anonyme, elle attirait si peu l'attention que Slim, qui savait pourtant qu'elle partait le matin pour ne rentrer que le soir venu, laissa passer deux jours avant de se décider à pénétrer dans sa chambre. Cela pour une raison bien simple ; il n'arrivait pas à se souvenir d'elle. Et quand il y parvint, quand il eut inspecté la pièce tout son soûl, la main sur le bouton de porte, il s'apprêtait à quitter les lieux, avant de se rappeler que la pièce était, après tout, occupée. Jusqu'à cette seconde, il avait eu l'impression d'effectuer une ronde dans une chambre inoccupée. (Il accomplissait régulièrement cette formalité, ce qui lui procurait un lieu de référence.)

Il poussa un grognement, rentra dans la pièce et l'inspecta du regard. Il dut d'abord s'assurer qu'il ne se trompait pas, ce qui, pour un homme doué, comme lui, du sens inné de l'orientation, constituait un phénomène extraordinaire. Puis il dut affronter un moment d'incrédulité devant le témoignage que lui apportaient ses propres yeux, ce qui passait les bornes de l'imaginable. Ce moment passé, il demeura pétrifié d'étonnement, contemplant la réfutation palpable de tout ce que son... violon d'Ingres... lui avait appris, sur les gens et leur habitat.

Les tiroirs du bureau étaient vides. Le cendrier était net. Ni brosse à dents, ni pâte dentifrice, ni savon. Dans le placard, deux cintres métalliques, un cintre de bois et un dernier recouvert d'un tissu de soie crasseux et rien de plus. Sous le rideau poussiéreux de la table de toilette, rien. Dans la cabine de douches, dans l'armoire à pharmacie, rien et rien encore sauf les rares articles que Mrs Koyper y avait chichement déposés.

Slim s'approcha du lit et en releva avec précaution la couverture fanée. Peut-être y avait-elle dormi, mais le contraire était également possible ; Mrs Koyper avait la spécialité des draps non repassés et leur teinte Isabelle ne permettait pas de se faire une opinion décisive. Slim fronça les sourcils et remit soigneusement en place la couverture.

Soudain il se frappa le front, ce qui lui procura une douleur fulgurante dont était responsable sa blessure. Il n'en tint aucun compte. « Le sac ! »

Il se trouvait sous le lit, repoussé d'un pied négligent, mais non pas caché. Il le considéra un moment sans y toucher, de façon à pouvoir le remettre exactement à sa place. Puis il le tira à lui.

C'était un sac noir, ni neuf ni coûteux, de cette couleur indéfinissable qu'acquiert avec le temps une basane non entretenue. Il était pourvu d'une fermeture à glissière et la serrure n'en était pas fermée. Slim l'ouvrit. Il découvrit à l'intérieur une boîte de carton toute neuve contenant mille feuilles de papier blanc, bon marché, pour machine à écrire. Un ruban d'un bleu brillant l'entourait qui portait un diamant blanc avec la légende : *Nonpareil, l'ami de l'écrivain — 15 % de fibre de coton — Marque déposée.*

Slim tira de la boîte la rame de papier, inspecta le dessous, feuilleta de la largeur du pouce, au sommet, fit de même à la base, secoua la tête, remit le papier dans la boîte et la boîte dans le sac qu'il replaça à l'endroit exact où il l'avait découvert. Il s'immobilisa une fois encore au milieu de la pièce, se retourna lentement, mais il n'y avait décidément plus rien à voir. Il sortit, referma la porte et regagna silencieusement sa chambre. Il s'assit sur le bord de son lit puis il émit une protestation : « Personne ne vit de cette façon-là ! »

Sa chambre se trouvait au quatrième et dernier étage de la maison. Tout autre que lui l'aurait appelée la plus mauvaise chambre de l'immeuble. Elle était petite, sombre, décrépite, écartée, et lui convenait à merveille. Sa porte était munie d'une vitre qui avait été peinte et repeinte à maintes reprises.

En se tenant debout sur le pied du lit, Slim pouvait appliquer son œil au judas qu'il avait gratté dans la peinture et plonger directement dans la cage de l'escalier jusqu'au palier du troisième étage. Sur ce palier, accroché au tronçon de l'un des anciens becs de gaz, se trouvait un miroir fumeux surmonté d'un aigle doré couvert de poussière et entouré d'une multitude de fioritures de style rococo. Grâce à un calage astucieux opéré à l'aide de nombreuses enveloppes de paquets de cigarettes, d'innombrables essais et d'un kilométrage impressionnant accompli en allées et venues de haut en bas et de bas en haut de l'escalier, Slim était parvenu à donner au miroir l'inclinaison exacte qui lui permettait d'obtenir, du haut de son observatoire, l'image du palier du second étage.

Et de même qu'un opérateur de radar apprend à interpréter les points lumineux et les masses qui apparaissent sur son écran, en avions et en phénomènes atmosphériques, de même, il devint un expert dans le déchiffrage des images lointaines et brumeuses qui venaient frapper sa rétine. De cette façon il surveillait les allées et venues de la moitié des locataires, sans être contraint de quitter sa chambre.

C'est dans ce miroir qu'à douze heures six minutes, il aperçut Celia Sarton pour la seconde fois, et c'est avec des yeux luisants qu'il la regarda gravir l'escalier.

Elle avait perdu son caractère anonyme. Elle montait les marches deux par deux, d'une allure bondissante. Elle atteignit le palier, vira dans le couloir et disparut, tandis qu'une partie dc Slim tendait l'oreille, analysant la façon dont elle ouvrait sa porte (fébrilement, la clé trébuchant contre la plaque de serrure, poussant le battant d'une secousse, le claquant derrière elle), une autre partie étudiait la photographie mentale de son visage.

Ce qui élevait son masque au-dessus des multitudes dont fait état la statistique, c'était la résolution. Ses yeux ne s'intéressaient que superficiellement aux voitures, aux trottoirs, escaliers ou portes. Tout se passait comme si elle avait projeté toutes les parties importantes de son être dans cette chambre vide où elle attendait impatiemment que son corps matériel vînt la rejoindre. Il y avait quelque chose dans cette pièce qui ne pouvait attendre, un mystérieux rendez-vous qu'elle ne pouvait manquer. C'est ainsi que l'on revient vers un être cher après une longue absence, vers le lit de mort d'un parent bien-aimé, au tout dernier moment. Ce n'était pas l'irruption d'une femme qui désire, mais celle d'une femme que pousse une nécessité.

Slim boutonna sa chemise, ouvrit sa porte silencieusement et se faufila dans le couloir. Il s'immobilisa un instant sur le palier comme un grand élan qui flaire le vent avant d'aller s'abreuver au trou d'eau puis il descendit l'escalier.

La seule voisine de Celia Sarton — la vieille fille aux bouteilles — s'était installée pour la soirée. Elle avait des habitudes parfaitement régulières et Slim les connaissait bien.

Assuré qu'il ne serait pas surpris, il s'approcha de la porte de la jeune fille et s'arrêta.

Elle se trouvait dans sa chambre. La lumière filtrait le long de la porte mal ajustée, et notre curieux savait parfaitement reconnaître la différence qui existe entre une chambre vide et une chambre occupée, quel que soit le silence observé par l'occupant. Et Celia l'observait, le silence. Quelle que fût la hâte qui l'avait jetée tête baissée dans cette chambre, quelles que fussent ses occupations présentes, nul bruit, nul mouvement ne filtraient à l'extérieur que ses oreilles pussent détecter.

Pendant un temps interminable — six minutes, sept, peut-être — Slim demeura devant la porte, dilatant son gosier pour dissimuler le bruit de son souffle. A la fin, il se retira en secouant la tête, rentra dans sa chambre et s'étendit sur son lit, en proie à la plus grande perplexité.

Il ne pouvait rien faire d'autre que d'attendre. Mais il *pouvait* attendre. Nul ne peut se concentrer bien longtemps sur une simple occupation. Surtout lorsqu'elle ne comporte pas le moindre mouvement. Dans une heure... ou deux...

Cela dura cinq heures. A onze heures et demie, un léger bruit provenant de l'étage inférieur attira l'attention d'un Slim somnolent, qui reprit aussitôt son poste de guet au sommet de la porte. Il vit la jeune Sarton sortir lentement du couloir, s'immobiliser pour jeter un coup d'œil vague autour d'elle, tel un passager trop longtemps confiné dans sa cabine et qui monte sur le pont, non pas tant pour respirer que pour rassasier ses yeux de nouvelles images. Et lorsqu'elle descendit l'escalier, ce fut avec aisance et sans aucune hâte, comme si la partie la plus importante de son être était restée dans la chambre. Mais la mystérieuse opération était terminée pour l'instant, et désormais rien ne la pressait.

La main sur le bouton de la porte de sa propre chambre, Slim décida que lui non plus n'était pas pressé. Il éprouvait une grande tentation de se précipiter tout droit vers sa chambre, bien entendu, mais mieux valait être prudent. Le premier schéma qu'il avait esquissé de ses habitudes ne comportait pas de sorties nocturnes.

Il lui était impossible de connaître l'heure de son retour, et il n'était pas assez fou pour risquer de se faire prendre ainsi en flagrant délit et se priver de toutes les jouissances délectables que lui procurait son « violon d'Ingres ». Il soupira, mêlant à la résignation le plaisir anticipé et alla se coucher.

Moins de quinze minutes plus tard, il se congratula d'un sourire somnolent en percevant le bruit de ses pas gravissant lentement l'escalier. Puis il sombra dans le sommeil.

Il n'y avait rien dans le placard, rien dans le cendrier, rien dans l'armoire à pharmacie, rien sous la table de toilette. Le lit était fait, les tiroirs de la coiffeuse étaient vides, et sous le lit se trouvait le sac noir. A l'intérieur du sac, il y avait une boîte contenant mille feuilles de papier à machine, entourées d'un ruban bleu. Sans rien déranger, Slim feuilleta le paquet d'abord au sommet, ensuite à la base. Il poussa un grognement, secoua la tête, puis entreprit automatiquement mais méticuleusement de tout remettre en place dans l'état exact où il l'avait trouvé.

— « Je me demande à quoi cette fille peut bien passer ses soirées, » dit-il avec dépit. « Elle ne laisse pas plus de traces qu'elle ne fait de bruit. »

Il quitta la chambre.

Le reste de la journée s'écoula dans une activité intense pour Slim. Dans la matinée, il se rendit à une visite chez le docteur, et dans l'après-midi il passa des heures en compagnie du juriste de la société qui paraissait déterminé à (*a*) nier l'existence de toute blessure à la tête et (*b*) prouver à la face du monde en général et celle de Slim en particulier que ladite blessure remontait à plusieurs années. Sans aucun résultat. Slim possédait une seconde caractéristique aussi absorbante et aussi impérative que sa curiosité : sa timidité. On aurait cependant pu les empiler l'une sur l'autre sans parvenir pour autant à la hauteur de son obstination. Celle-ci s'avéra payante. Mais l'opération prit des heures, et il était sept heures passées lorsqu'il rentra chez lui.

Il fit halte sur le troisième palier et jeta un coup d'œil dans le couloir. La chambre de Celia Sarton était occupée, mais silencieuse. S'il la voyait sortir aux alentours de minuit, épuisée mais soulagée, il saurait qu'elle avait de nouveau escaladé l'escalier quatre à quatre vers sa tâche urgente, accomplie dans une totale immobilité... Parvenu à ce point, il se morigéna intérieurement. Il avait depuis longtemps appris à ne pas s'encombrer le cerveau d'inutiles conjectures. Mille choses pouvaient advenir dont une seule se produirait effectivement. Il n'avait qu'à attendre et cela, il pouvait le faire.

Quelques heures plus tard, il la vit de nouveau émerger dans le couloir. Elle regarda autour d'elle, mais sans voir grand-chose, il le savait. Elle avait une expression renfermée, les yeux largement ouverts et sans méfiance. Puis, au lieu de sortir, elle rentra dans sa chambre.

Il dégringola l'escalier une demi-heure plus tard et tendit l'oreille à sa porte. Il sourit : elle lavait son linge dans la cuvette. Le renseignement était maigre, mais il progressait. Cela n'expliquait pas sa façon de vivre, bien entendu, mais il comprenait maintenant comment elle faisait pour se débrouiller sans même disposer d'un mouchoir de rechange.

Peut-être que le lendemain matin...

Le matin venu, il n'y avait plus de « peut-être ». Il avait trouvé, il avait trouvé, mais il ne savait pas ce qu'il avait trouvé.

Tout d'abord, il rit de sa découverte, mais d'un rire qui n'avait rien de triomphal et qui ressemblait plutôt à un rictus, puis il se traita de « gourde ». Ensuite, il s'accroupit sur le plancher, au milieu du parquet (pas question de s'asseoir sur le lit, il risquait d'ajouter des plis de son cru à ceux que Mrs Koyper fournissait) et retira soigneusement la boîte de papier hors du sac et la posa sur le sol devant lui.

Jusqu'à présent, il s'était contenté de feuilleter rapidement la rame de papier, un peu au sommet, puis un peu à la base. Cette fois encore, il avait répété l'opération, sans même retirer la boîte du sac, mais simplement en soulevant le couvercle et en passant le doigt sur la tranche de la rame. Et presque en dépit de lui-même, son œil rapide avait saisi au vol un bref éclair bleu pâle.

Doucement, il avait retiré la bande bleue en prenant bien soin de ne pas rayer la surface brillante. Maintenant il pouvait feuilleter librement les pages, et, ce faisant, il découvrit que toutes, à l'exception d'une centaine au sommet et autant à la base, étaient découpées intérieurement, pour ne laisser qu'une marge étroite sur tout le pourtour. Dans l'espace creux ainsi ménagé, quelque chose était plié.

Il ne pouvait deviner en quoi consistait ce « quelque chose » sauf qu'il avait une couleur de tan pâle avec un soupçon de rose et présentait au toucher la texture d'un cuir lisse, à peine tanné. Il y en avait une quantité, soigneusement pliés de manière à s'adapter exactement à la cavité quadrangulaire ménagée dans la rame de papier.

Intrigué, il contempla sa trouvaille pendant quelques minutes sans la toucher, puis, se frottant le bout des doigts contre sa chemise pour en retirer jusqu'à la moindre trace d'humidité ou de graisse, il souleva doucement un coin de la substance et défit un pli. Ce qu'il découvrit était identique.

Il reposa de nouveau le pli pour s'assurer qu'il pouvait mener l'opération à bien, puis poussa plus avant le dépliage. Il s'aperçut bientôt que la chose affectait une forme irrégulière et qu'elle était probablement d'une seule pièce. L'opération consistant à lui donner la forme d'un rectangle demandait donc beaucoup de soin et une habileté considérable. C'est pourquoi il procédait avec une lenteur extrême, s'interrompant de temps à autre pour la replier. Au bout du compte, il lui fallut plus d'une heure pour déployer un fragment qui lui permît d'identifier la nature de l'objet.

L'identifier ? C'était totalement différent de tout ce qui lui avait été donné de voir auparavant.

Il s'agissait d'une « peau » humaine, réalisée à l'aide d'une substance très semblable à celle d'un épiderme véritable. Le premier pli qui s'était dévoilé à ses yeux intéressait la région du dos ; c'est pourquoi il ne comportait aucun trait révélateur. On aurait pu le comparer à une baudruche dégonflée, si l'on excepte que cette dernière se rétracte considérablement à l'état de repos. Autant que Slim pouvait en juger, le spécimen qu'il avait sous les yeux était réalisé grandeur nature, mesurant un peu plus d'un mètre cinquante de long et le reste à l'avenant. Les cheveux avaient ceci de particulier qu'ils offraient exactement un aspect réel, mais en les manipulant on s'apercevait immédiatement qu'ils étaient faits d'une seule pièce.

Quant au visage, il reproduisait fidèlement les traits de Celia Sarton.

Slim ferma les yeux et les rouvrit : non, il ne rêvait pas. Retenant son souffle, il avança un doigt prudent et souleva doucement la paupière gauche. Elle dissimulait bien un œil véritable, d'une couleur bleu pâle, apparemment humide, mais plat.

Slim respira plus librement et s'accroupit sur ses talons. Il se sentait des fourmillements dans les pieds pour être trop longtemps demeuré à genoux sur le plancher.

Il promena son regard sur les objets familiers qui l'entouraient pour bien s'assurer qu'il n'était pas le jouet d'un cauchemar, puis il entreprit de replier la « chose ». L'opération prit un temps considérable, mais lorsqu'il eut terminé, il sut qu'il l'avait effectuée correctement. Il replaça le papier à machine dans la boîte et la boîte dans le sac, déposa celui-ci à l'endroit exact où il l'avait trouvé et demeura immobile au milieu de la pièce dans cette sorte d'inconscience qui s'emparait de lui lorsqu'il était plongé dans ses pensées.

Au bout d'un moment, il entreprit d'inspecter le plafond. Il était fait de feuilles d'étain repoussé, semblables à celles qu'on trouve encore dans nombre de maisons à l'ancienne mode. Il était crasseux, écaillé et taché. Il était rongé de place en place, et, en un ou deux endroits, les feuilles d'étain s'étaient partiellement décollées. Slim hocha la tête avec une satisfaction évidente, tendit l'oreille à la porte pendant quelques instants, se faufila au-dehors, referma derrière lui et remonta à l'étage supérieur.

Il demeura une minute dans son propre couloir, vérifiant la position des portes, de la fenêtre du corridor, et son sens aigu de l'orientation lui confirma que la configuration générale était identique dans les deux étages. Puis il rentra dans sa propre chambre.

Sa chambre, qui était plus petite que la plupart de celles de l'immeuble, possédait un placard véritable et non une de ces garde-robes sommaires, plus ou moins branlantes, qui faisaient partie de l'ameublement des autres chambres. Il pénétra dans le réduit et s'agenouilla sur le parquet. Il était composé de planches disjointes qui se prêtaient merveilleusement à son dessein, aussi poussa-t-il un grognement de satisfaction. En démontant le linteau latéral, il dégagea l'espace compris entre le plancher du quatrième étage et le plafond du troisième.

Il dégagea une surface d'environ trente-cinq centimètres puis, dans un silence à peu près total, il se mit à débarrasser le fond de la cavité de la poussière antique et des débris de plâtre qui la recouvraient. Il travaillait avec un soin méticuleux. En effet, lorsque viendrait le moment de percer les plaques d'étain, il ne voulait pas que le moindre grain de poussière tombant dans la chambre inférieure vînt à révéler son labeur de termite. Il prenait tout son temps et l'après-midi était déjà fort avancé lorsqu'il se déclara satisfait et entreprit d'attaquer avec la pointe de son couteau le revêtement d'étain.

Il était encore plus mince et plus friable qu'il n'aurait osé l'espérer. Dès la première pesée, la lame s'enfonça plus qu'il n'aurait souhaité. Avec des précautions infinies, il fit pénétrer la lame acérée dans la petite fente qu'il avait pratiquée et l'allongea. Lorsque la longueur de l'ouverture atteignit deux centimètres et demi, il opéra une torsion de l'extrême pointe de la lame, la déplaça de cinq millimètres, réitéra la manœuvre et procéda de la même façon sur toute la longueur de la fente.

Il vérifia l'heure, puis redescendit à la chambre de Celia Sarton, afin d'examiner l'aspect de son travail, vu de l'étage inférieur. Il en fut pleinement satisfait. La coupure se situait à une trentaine de centimètres du mur et surplombait le lit. Elle apparaissait comme un trait insignifiant de crayon qui se perdait dans les dessins baroques imprimés dans les feuilles d'étain, dont la complexité s'aggravait encore de taches et d'écailles innombrables.

Il retourna dans sa chambre et s'assit pour attendre les événements.

Il entendit la maison retrouver son sursaut d'activité vespérale, des pas résonner sur les marches de l'escalier, une porte claquer çà et là. Dédaignant toutes ces rumeurs, il demeurait assis sur le bord de son lit, les mains croisées entre les genoux, les yeux mi-clos, immobile comme une machine dont les réservoirs de combustible sont pleins, les rouages graissés, minutieusement réglée, prête à réagir au premier mouvement de la main qui actionnerait le levier de mise en route. Ce fut le pas léger de Celia Sarton qui déclencha le processus.

Pour amener son œil en regard du nouveau trou d'observation, il devait s'étendre sur le plancher, le buste dans le placard, les jambes débordant dans la chambre, cependant que sa tête devait s'abaisser au-dessous du niveau du plancher. Cette posture lui procurait un contentement parfait qui en compensait largement l'inconfort, car il partageait le stoïcisme passionné de maints alpinistes, spéléologues, chasseurs de canards et autres amateurs d'aventures.

Lorsqu'elle tourna le commutateur électrique, elle apparut magnifiquement dans son champ de vision, de même que la plus grande partie du plancher, le tiers inférieur de la porte et une partie du lavabo, dans la salle d'eau.

Elle était rentrée avec la même hâte désespérée qu'il avait précédemment observée. A la seconde même où elle avait allumé l'ampoule électrique, elle avait apparemment lancé son sac à main en direction du lit ; il se trouvait à mi-course lorsque la lumière l'avait frappé. Elle ne lui accorda même pas un regard, mais se précipita vers le vieux sac noir, le tira de dessous le lit, l'ouvrit, en retira la boîte, en extirpa la rame de papier, fit glisser la bande...

Elle saisit l'espèce de baudruche, la secoua tel

l'épicier qui déplie un sac de papier, et la longue enveloppe se déploya de toute sa longueur. Elle la disposa soigneusement sur le linoléum usagé, les bras le long du corps, les jambes légèrement écartées, le visage tourné vers le plafond, le cou droit. Puis elle s'étendit à son tour sur le sol, la tête touchant celle du ballon dégonflé. Elle tendit la main par-dessus sa tête, saisit ce double aplati d'elle-même au niveau des oreilles et se livra à une mystérieuse manipulation qui intéressait également sa propre tête.

Slim perçut un faible déclic chitineux, comparable au bruit que l'on produit en faisant claquer deux ongles l'un contre l'autre. Sa main erra sur le visage dégonflé et opéra une traction en sens inverse comme pour s'assurer de la solidité de la connexion.

La tête membraneuse semblait maintenant adhérer à la sienne.

Ensuite elle adopta la même pose que le mannequin aplati, laissa ses bras retomber avec lassitude le long de son corps, et ferma les yeux.

Pendant un certain temps, il sembla qu'il ne se passait rien, si ce n'est qu'elle respirait d'une manière étrange, très profondément et avec une lenteur extrême. On eût dit la projection d'une séquence de film au ralenti représentant un coureur haletant à l'arrivée d'une longue et pénible épreuve. Après environ dix minutes de cet exercice, la respiration devint moins profonde, mais encore plus lente, si possible, si bien qu'au bout d'une demi-heure, il n'entendait plus aucun bruit.

Slim demeura immobile à son poste pendant plus d'une demi-heure, ses membres engourdis émettant de douloureuses protestations, le front serré dans un étau par le surmenage qu'il imposait à son œil. Il aurait voulu demeurer à son poste, mais il dut s'avouer vaincu. Silencieusement, il s'extirpa du placard, se remit péniblement sur ses pieds et s'étira. Il en éprouva un sentiment de soulagement intense qu'il savoura profondément. Il eut la tentation de réfléchir sur ce qu'il venait de voir, mais la repoussa délibérément — le moment n'était pas encore venu.

Lorsqu'il eut retrouvé la souplesse de ses membres, il reprit son poste d'observation dans le placard, introduisit sa tête dans le trou et approcha son œil de la fente.

Rien n'avait changé. La jeune femme était toujours allongée, à ce point détendue que ses paumes s'étaient retournées vers le plafond.

Slim observait, observait sans trêve. Il allait en conclure que la jeune fille passait la nuit entière dans cette posture et qu'il ne verrait rien de plus désormais, lorsqu'il détecta une contraction légère et soudaine dans la région du plexus solaire, puis une autre. Pendant un certain temps, il ne se passa rien d'autre, puis la peau vide attachée au sommet de sa tête commença à se remplir.

Et Celia Sarton à se vider.

Slim retint sa respiration au point de s'asphyxier et contempla l'extraordinaire phénomène dans un état d'ahurissement total.

Une fois commencé, le processus s'accéléra rapidement. C'était comme si une substance se transvasait du corps vêtu de la jeune femme à l'enveloppe nue. Cette substance devait certainement posséder une certaine fluidité, car rien, si ce n'est un fluide, n'aurait pu gonfler progressivement une souple enveloppe, cependant que la première se vidait symétriquement. Slim voyait les doigts de la pseudo-baudruche, qui se trouvaient au début repliés à plat, s'enfler petit à petit jusqu'à prendre la courbe d'une main vivante. Les coudes se déplaçaient légèrement pour adopter une posture normale le long du corps. Car c'était bien un corps qu'il avait sous les yeux maintenant.

C'était l'autre qui avait pris l'aspect d'une baudruche dégonflée. Il gisait grotesquement aplati dans ses vêtements, le visage creusé, déformé par le vide interne. Les doigts se replièrent contre la paume sous leur propre poids. Les souliers s'affalèrent de part et d'autre avec un léger bruit, les pointes tournées vers l'extérieur.

L'échange s'était effectué en moins de dix minutes. Au bout de ce temps, le corps nouvellement rempli s'anima.

Il remua les doigts comme pour s'assurer de leur souplesse, leva les genoux, les étendit de nouveau, cambra le dos contre le plancher. Les paupières se soulevèrent. Il leva les bras et opéra une preste manipulation au sommet du crâne. Slim perçut une seconde version du bruit chitineux, et l'ancienne tête, réduite à l'état d'outre vide, retomba à plat sur le sol avec un bruit mou.

La nouvelle Celia Sarton se dressa sur son séant, se frictionna légèrement le corps, comme si elle voulait rétablir la circulation ou combattre le froid. Elle s'étira aussi voluptueusement que Slim l'avait fait quelques minutes auparavant. Elle semblait reposée et revigorée.

Au sommet de son crâne, Slim entrevit une fente dont la blancheur semblait humide, mais elle paraissait se refermer. Au bout de quelques instants, il ne resta plus dans ses cheveux qu'une étroite vallée semblable à une raie normale.

Elle poussa un soupir et se leva. Elle saisit par le cou le pantin habillé étendu sur le sol, le souleva et le secoua à deux reprises pour faire tomber les vêtements éparpillés sur le sol, les rangea dans la pièce, la lingerie dans le lavabo, la robe et le corsage sur un cintre dans la garde-robe.

Elle se dirigea vers la salle d'eau d'un pas lent mais délibéré et bientôt Slim n'aperçut que ses mollets et ses pieds. Il entendit ensuite le même bruit de lessive qu'il avait détecté en tendant l'oreille à l'extérieur de la porte. Elle ressortit au bout de quelque temps, se dirigea vers la garde-robe d'où elle décrocha quelques cintres métalliques et les emporta jusqu'à la salle d'eau. Elle apparut de nouveau, tenant à la main les cintres sur lesquels étaient suspendus les articles de lingerie qu'elle accrocha au sommet de la porte de la garde-robe. Puis elle saisit la peau vide qui gisait en tas sur le lit, la secoua de nouveau, la roula en boule et l'emporta dans la salle d'eau. Slim entendit encore couler l'eau, de nouveaux bruits de lessive, et, à l'oreille, suivit l'opération de savonnage et le double rinçage. Elle émergea une fois de plus, secouant l'étrange objet qu'elle venait apparemment de tordre, le passa sur la barre sous-tendant un cintre de bois, le disposa en supprimant tous les plis, en s'arrangeant pour le faire pendre symétriquement de part et d'autre du support, et l'accrocha parmi les autres au sommet de la porte de la garde-robe.

Puis elle s'étendit sur le lit, non pas pour dormir, pour lire ou simplement se reposer — elle paraissait entièrement remise de sa lassitude — mais simplement pour attendre le moment de se livrer à une nouvelle activité.

Pour lors, les os de Slim avaient de nouveau commencé à protester, c'est pourquoi il quitta son poste d'observation à reculons, en observant le plus grand silence, passa ses chaussures et un veston et sortit pour chercher de quoi manger. Lorsqu'il rentra une heure plus tard, la jeune personne avait éteint sa lumière et il ne distinguait plus rien. Il étendit soigneusement son pardessus sur le trou qu'il avait pratiqué dans le plancher, pour éviter qu'un rayon de lumière provenant de sa chambre n'apparût dans la fente du plafond de la chambre inférieure, ferma la porte, se plongea pendant quelque temps dans la lecture d'une bande dessinée et s'en fut se coucher.

Le jour suivant, il prit la jeune fille en filature.

Il ne fit aucune conjecture sur les étranges occupations auxquelles elle pouvait se livrer, n'émit aucune hypothèse quant à la nature vampirique de ses activités éventuelles. Il avait pour principe d'accumuler d'abord des observations. Les déductions venaient après.

Ce qu'il découvrit sur la manière dont elle occupait quotidiennement son temps était encore, si possible, plus surprenant que les suppositions les plus échevelées. Elle était employée dans une petite boutique à cinq et dix, dans l'East Side. Elle prenait son repas de midi dans le bar du magasin — une salade verte et une quantité surprenante de lait — et le soir elle s'arrêtait devant un éventaire de marchand de saucisses chaudes et buvait le contenu d'une petite bouteille de lait, mais ne mangeait rien de solide.

A cette heure, ses pas étaient infiniment moins alertes et elle avançait d'un air las, pour n'accélérer son allure qu'aux abords de la maison meublée. A ce moment elle semblait transformée par la perspective de rentrer dans sa chambre et... de changer de peau.

Un indiscret assistait à l'opération et Slim, qui avait douté la première fois du témoignage de ses yeux, devait maintenant se rendre à l'évidence.

La chose se poursuivit pendant des semaines, dont Slim passait trois soirées à surveiller son étrange toilette. Toutes les vingt-quatre heures, elle changeait de peau, après quoi elle lavait, séchait et rangeait soigneusement son enveloppe de rechange.

A deux reprises, au cours de la semaine, elle sortait aux alentours de minuit pour effectuer une simple promenade hygiénique — en effet elle se contentait d'arpenter le trottoir devant la maison meublée, lorsqu'elle ne faisait pas le tour du pâté de maisons.

Et lorsque enfin Slim s'offrit le luxe de réfléchir sur la situation de cette femme, il lui apparut que, dans cette fourmilière où chacun de nous mène son éphémère existence, l'individu possède néanmoins un domaine secret où il peut mener à loisir les activités les plus étranges, à condition, bien entendu, que rien n'en transparaisse à l'extérieur. Si tel individu préfère dormir la tête en bas, à la manière des chauves-souris, et s'il s'arrange pour que nul jamais ne le voie pendant son sommeil, il pourra, jusqu'à la fin de ses jours, satisfaire cette fantaisie.

Il n'était pas même nécessaire d'appartenir à l'espèce humaine. Du moins, tant que les apparences étaient sauves. C'est un tribut à rendre à la curieuse personnalité de Slim que de constater qu'il n'éprouvait aucune frayeur devant le comportement bizarre de Celia Sarton. Au contraire, son comportement le troublait moins à présent qu'à l'époque où il n'avait pas encore établi son poste d'observation. Il savait ce qui se perpétrait dans sa chambre et quels étaient ses moyens d'existence. Autrefois, il l'ignorait. Maintenant, il savait tout ; sa curiosité était entièrement satisfaite.

Pour satisfaite qu'elle fût, cette curiosité n'en demeurait pas moins en éveil. Mais jamais elle ne l'aurait conduit à prendre une initiative qui eût été normale chez un autre individu — à lui adresser la parole dans l'escalier, par exemple, à lier connaissance avec elle afin de se documenter sur son compte. Il n'éprouvait pas davantage le besoin de rapporter à quiconque la description du spectacle auquel il assistait plusieurs soirées par semaine. Il ne lui appartenait pas de divulguer les faits et gestes de sa voisine. Autant qu'il pouvait en juger, elle ne faisait de tort à personne. Dans son microcosme, chacun avait le droit de mener l'existence qui lui plaisait et d'en tirer tout le parti imaginable.

Pourtant sa curiosité immédiate étant satisfaite, elle se trouva, de ce fait même, quelque peu modifiée. Il n'était pas homme à se demander à quel genre d'être il avait affaire, si ses ancêtres avaient évolué au milieu des humains, s'ils avaient vécu en leur compagnie dans les cavernes ou sous la tente, poursuivant un développement parallèle à celui de l'*homo sapiens* jusqu'à prendre l'apparence extérieure du plus infime et du plus anonyme des travailleurs salariés. Jamais il ne lui serait venu à l'esprit de conclure que, dans la lutte pour l'existence, certaines espèces pouvaient avoir découvert que le meilleur moyen de survivre consistait non pas à se battre contre les hommes, mais à se perdre dans leur masse.

Non, la curiosité de Slim était d'une qualité infiniment plus élémentaire et ne laissait aucune place à des spéculations plus ou moins scientifiques. Simplement, l'interrogation positive *que se passe-t-il* se mua en *que se passerait-il si...*

C'est ainsi que le huitième jour de sa surveillance, c'était un mardi, il pénétra de nouveau dans sa chambre, s'empara du sac noir, l'ouvrit, en retira la boîte de carton d'où il extirpa la rame de papier, fit glisser le ruban bleu, sortit la seconde Celia Sarton de la cavité, la jeta sur le lit, puis remit en place papier, ruban bleu, boîte et sac dans l'état exact où il les avait trouvés. Il glissa la peau pliée sous sa chemise, referma soigneusement la porte derrière lui selon sa méthode spéciale, et retourna dans sa chambre à l'étage supérieur. Il déposa sa prise sous ses quatre chemises propres, dans le dernier tiroir de sa commode, et s'assit pour attendre le retour quotidien de Celia Sarton.

Elle était un peu en retard ce soir-là. De vingt minutes, peut-être. Ce délai supplémentaire paraissait avoir augmenté à la fois sa lassitude et son empressement ; elle fit irruption dans sa chambre avec une hâte fébrile qui confinait à la panique. Elle avait le visage pâle, les traits tirés et les mains tremblantes. Elle tira précipitamment le sac, en sortit la boîte et contrairement à son habitude, l'ouvrit avec des gestes tellement fébriles qu'elle se trompa de côté et que le contenu se répandit sur le lit.

Lorsqu'elle s'aperçut qu'il n'y avait rien d'autre à l'intérieur que des feuilles de papier dont certaines découpées intérieurement, et d'autres intactes, elle demeura figée. Elle s'accroupit pendant plusieurs minutes au-dessus du lit sans faire un mouvement. Puis elle se redressa lentement et promena un regard autour de la pièce. Elle fouilla une seule fois parmi les papiers, mais avec résignation, sans espoir. Elle émit un son unique, une sorte de gémissement aigu et désolé, et à partir de ce moment observa un silence complet.

Elle se dirigea lentement vers la fenêtre, en traînant les pieds, les épaules affaissées. Pendant longtemps, elle demeura plongée dans la contemplation de la cité que l'obscurité envahissait peu à peu, regardant les lumières s'allumer les unes après les autres, comme autant de symboles de la vie et de ses humbles tâches quotidiennes. Puis elle tira le rideau et alla s'étendre sur le lit.

Elle ramassa les papiers en vrac avec des gestes machinaux et les déposa en tas sur la commode. Elle retira ses chaussures et les disposa proprement côte à côte le long du lit. Elle adopta ensuite cette pose détendue à l'extrême qui était la sienne lorsqu'elle procédait à l'échange de peaux, les paumes ouvertes, les jambes légèrement écartées.

Son visage ressemblait à un masque mortuaire, dont les tissus avaient pris l'aspect flasque et creusé. Elle était rouge et paraissait malade. Sa respiration avait repris son rythme régulier et profond, mais moins accentué. Les contractions du plexus solaire subsistaient encore mais extrêmement atténuées. Ensuite, plus rien.

Slim quitta son poste d'observation et s'assit. Il était pris de remords violents. Il n'avait été que curieux ; il n'avait pas voulu qu'elle souffrît, encore moins qu'elle mourût. Car elle était morte, il en était persuadé. Comment pouvait-il se douter de l'importance biologique de ce phénomène qui lui tenait lieu de sommeil, des conséquences qu'amènerait un retard dans le changement de peaux ? Que pouvait-il savoir de la chimie interne d'un tel être ? Il avait vaguement eu l'intention de s'introduire le lendemain dans la chambre de la jeune fille et de lui rendre sa peau. Il voulait voir *ce qu'il adviendrait si...* Simple affaire de curiosité.

Fallait-il appeler un docteur ?

Elle n'avait pas fait la moindre tentative dans ce sens, et pourtant elle était mieux placée que quiconque pour savoir à quel point sa situation était dramatique. (Cependant, si une espèce dépendait de son incognito pour assurer sa survivance, l'individu se trouvait par là même contraint de mourir sans témoins.) Si elle n'appelait pas un docteur, c'est qu'elle avait peut-être des chances de s'en tirer. Les médecins posent volontiers des tas de questions stupides. Elle pourrait peut-être se laisser entraîner à lui parler de sa seconde peau... et si Slim se chargeait d'aller quérir le docteur, il serait peut-être soumis à un interrogatoire des plus gênants.

Slim détestait les complications. Sa seule passion, c'était de savoir ce qui se tramait autour de lui.

— « Je vais voir ce qui se passe, » pensa-t-il.

Il reprit son poste d'observation et approcha son œil du trou. Il sut immédiatement que Celia Sarton ne survivrait pas à cette épreuve. Son visage était enflé, les yeux lui sortaient de la tête, et sa langue cramoisie pendait loin — trop loin — de sa bouche. Sous ses yeux, son teint devenait de plus en plus foncé et sa peau prenait l'aspect fripé du papier carbone que l'on a réduit à l'état de bouchon serré, puis défroissé.

L'espace d'une seconde, il fut tenté d'arracher la peau dont elle avait besoin de la cachette où il l'avait disposée, et de la lui apporter en toute hâte, mais c'était trop tard, car il vit un filet de fumée s'échapper de ses narines et ensuite...

Slim poussa un cri, tira sa tête du trou en la heurtant cruellement, et se couvrit les yeux de ses mains. Mettez à deux centimètres de votre nez la plus grosse lampe-flash que vous puissiez trouver, faites-la partir et vous obtiendrez un effet comparable à celui qu'il subit par le petit trou percé dans la feuille d'étain du plafond.

Il gémissait de douleur et assistait, à l'intérieur de ses prunelles, à un véritable feu d'artifice. Enfin ses tourments s'apaisèrent et il entrouvrit prudemment ses paupières. Ses yeux le faisaient toujours souffrir et l'image négative du trou demeurait imprimée sur sa rétine, mais du moins voyait-il.

On entendit des bruits de pas dans l'escalier. Il sentit une odeur de fumée en même temps qu'un relent d'une substance huileuse carbonisée, qu'il ne pouvait identifier. Quelqu'un cria. Une porte retentit d'un martèlement précipité et insistant. Puis un cri interminable s'éleva dans la nuit.

L'histoire se trouvait le lendemain dans les journaux. Mystère, disait l'article. Charles Fort, dans *Lo !* avait relevé bien des cas semblables de gens réduits en cendres par une chaleur intense qui n'avait cependant pas endommagé les vêtements ni la literie. Cependant il ne restait rien pour permettre l'autopsie. C'était, lisait-on dans l'article, une source de chaleur d'origine inconnue dont seule l'intensité colossale et la brièveté pouvaient expliquer de semblables effets. La victime ne possédait aucun parent connu. La police se trouvait désarmée — pas le moindre indice, pas le moindre suspect.

Slim ne souffla mot de l'affaire à quiconque. Désormais cette énigme ne l'intéressait plus. La nuit même, il reboucha le trou qu'il avait pratiqué dans le placard, et le lendemain, après avoir lu l'article, il se servit du journal pour enlever la peau dans son tiroir à chemises. Elle sentait terriblement mauvais, et même après un délai aussi court, elle était bien trop avancée pour qu'il pût la déplier. Le mercredi, il se rendit chez l'homme de loi et laissa tomber le paquet compromettant dans une poubelle.

L'après-midi, le tribunal trancha le litige auquel avait donné lieu son accident, et il déménagea sans retard.

Traduit par Pierre Billon.
The Other Celia.

UN CRIME POUR LLEWELLYN

Chacun d'entre nous possède sa petite boîte noire pleine de secrets. Des secrets jalousement gardés qui nous permettent de revivre des souvenirs passés, de les transcender et de faire varier l'image de notre personnalité au gré de nos souvenirs. Mais on ne doit jamais divulguer les mystères que recèle ce coffret de la mémoire, car une réalité sans fantasmes est impossible à supporter pour l'être humain. Un crime pour Llewellyn *pourrait être une histoire drôle... mais lorsque Sturgeon manie l'humour, c'est généralement sur le mode désespéré.*

UN CRIME POUR LLEWELLYN

I

IL avait un petit boulot de gratte-papier à la *free clinic* de l'hôpital, le même boulot que quand il avait commencé, dix-neuf ans auparavant. Il répondait au nom de Llewellyn, et Ivy Shoots l'appelait Lulu.

Ivy s'occupait de lui. Il vivait avec Ivy depuis toujours, depuis qu'ils s'étaient rencontrés, elle l'intellectuelle studieuse qui avait gardé un air de petite fille pas sûre d'elle, et lui l'*adolescent conflictuel* qui traînait son asthénie entre une fin d'études et un premier travail. Il avait à plus d'un titre jeté sa gourme, avec Ivy : premier verre, première cuite, première gueule de bois dans un hôtel qu'il ne connaissait pas, d'une ville qu'il ne connaissait pas, avec une fille qu'il ne connaissait pas. Connue ou non, et elle ne l'était pas, elle était son secret.

Il faut bien un secret, à un type comme Lulu. Une éducation ouatée faite de moralité, de thés au salon et de tantes vieilles filles, puis la rupture de dix-huit mois passés à l'assistance publique — ses tantes avaient brûlé vives, elles n'étaient pas assurées — l'avaient convaincu de sa parfaite inadaptation à un monde où tous les autres avaient leur plan, leur truc. C'est donc avec joie qu'il adopta la solution Ivy, et le secret qui l'accompagnait.

C'était un petit gros, pas futé-futé, qui n'y voyait pas très clair, et qui pour rien au monde n'aurait resquillé un centime ou traversé en dehors des passages protégés. Il vivait avec l'idée que tous les hommes qu'il côtoyait dégageaient une force pécheresse : signes et sifflets à l'intention des filles, les histoires du lundi *(si tu avais vu celle que j'ai emballée samedi soir),* les conquêtes faciles, le laisser-faire, les infidélités à tout hasard, les plaisanteries grasses, les jurons, la litanie argotique. Parce que ces hommes se donnaient des airs affranchis, ils se faisaient une place d'hommes dans un monde d'hommes.

Un monde où Lulu aurait sombré si son secret ne l'avait maintenu à la surface. Il n'en parlait à personne, en partie parce que son instinct lui dictait que les secrets n'ont de prix qu'à être exclusifs, en partie parce qu'on ne le croirait pas même s'il en administrait la preuve. Devant les galéjades de ces hommes qu'il enviait, il se réconfortait à deux pensées : *si vous saviez* et *à côté de moi ce n'est rien,* se raccrochant à l'idée qu'aucun de ces types n'avait mené si loin que lui sa vie dans le péché.

A ses débuts dans l'hôpital, il était le benjamin des employés. Il avait un extraordinaire sentiment de supériorité vis-à-vis des autres pécheurs qui n'avaient pas su se noircir autant que lui. Au fil des années, alors qu'il devenait le doyen des employés, il se mit à prendre de haut les jeunes et en pitié ses contemporains.

Cela, bien sûr, se passait au plus profond de son for intérieur, car les regards glissaient toujours à la surface de son être, ne s'y arrêtant rarement que pour se moquer. L'anonymat et les ricanements étaient pour lui comme un hommage dépité. *Vous ne le savez pas, vous ne le devinerez jamais, mais vous parlez à une fière crapule.*

On peut dire que sa vie avec Ivy était aussi méticuleusement balisée, clôturée que chez les vieilles tantes de son enfance. Durant toutes ces années, il lui parut normal qu'ils ne reçoivent jamais personne à la maison, et qu'ils sortent toujours chacun de leur côté. Elle avait ses amis, il avait ses relations, et ils en discutaient rarement.

Cela va de soi, ils se parlaient très peu. Ivy était facturière, ce qui déjà la classait à part. Elle pouvait être d'une précision acharnée sans effort de concentration, et elle passait ses journées à taper de longues listes de cours, de cotes, d'enregistrements.

Chaque soir, elle arrivait à la maison dans les secondes qui suivaient six heures moins le quart. Lulu, qui prenait son travail à six heures du matin, l'attendait. Invariablement, les patates étaient sur le feu. Il avait fait les courses ; elle faisait le dîner. Ils mangeaient. Il faisait la vaisselle. Tout cela sans un effort, automatiquement. Il avait huit listes de courses, elle avait huit menus. Grâce à leur succession régulière, on ne mangeait jamais la même chose de mercredi en mercredi.

Il portait le linge le lundi et les affaires à dégraisser le mardi pour reprendre le tout le vendredi. Elle faisait le lit et tenait le porte-monnaie. Il époussetait, balayait et descendait les ordures. Le samedi matin, elle quittait la maison à huit heures. Le dimanche soir à neuf heures précises, elle était de retour.

Il passait son samedi matin à faire le ménage, son samedi après-midi au cinéma (en matinée enfantine, avec cinq dessins animés au programme), et toute la journée du dimanche à écouter la radio. Ivy ne supportant pas la radio, il se mettait des écouteurs, les soirs de semaine, par égard pour elle. Elle passait ses soirées de semaine à lire des romans — sélectionnés par un club du livre — qu'elle empruntait à la bibliothèque d'occasions du magasin près de la maison.

De toute sa vie avec elle, il n'avait jamais ouvert deux choses : la petite boîte métallique noire sur la table de nuit, et l'enveloppe de sa paie. Ouvrir la première était impossible, car elle gardait la clef à un ruban autour de son cou, ouvrir la seconde était impensable. Ces deux fermetures en disaient long sur le fonctionnement de sa mécanique à elle.

Elle mettait son salaire et l'enveloppe de Lulu en commun, et savait où elle en était au centime près. Lulu ne fumait ni ne buvait. Il allait à son travail et en revenait à pied, il emportait son déjeuner dans un sac de papier. Il n'avait jamais besoin de liquide et, sauf l'argent du cinéma le samedi, n'y touchait jamais. La blanchisserie et les courses étaient payés tous les mois par la poste au moyen de chèques. C'est vrai, neuf cent quatre-vingt et une semaines avaient passé sans qu'une fois il décachète l'enveloppe de sa paie.

Rien de cette auto-censure n'était incompatible avec le train-train immuable de sa vie. Il ne donnait prise à aucune tentation, comme la politique étrangère américaine, le baseball, l'élevage du pivert, ou les activités d'Ivy durant le week-end. Ces œuvres temporelles ne pouvaient le retenir. Pour lui, c'étaient des affaires classées, absentes plutôt qu'effacées du rôle de la mémoire.

Pendant dix-neuf ans, la vie passa avec des guerres et des saisons qu'il ne remarqua pas, qui ne le préoccupèrent pas plus que le changement ou l'ambition. Sa vie était scandée de matinées enfantines (cinq dessins animés), de matinées de travail, d'épluchage de patates à cinq heures de l'après-midi, sans oublier la performance de pure forme, trois mardis et trois vendredis soir par mois, qui, dans un silence obscur, entretenait l'essentiel de son secret.

Les soirées s'écoulaient tranquilles. Par les écouteurs, la radio déversait son tintamarre dans l'esprit ankylosé et à demi conscient de Lulu, tandis qu'Ivy, assise de l'autre côté de la pièce dans une chaise à dossier droit, tenait son roman d'une main, et de l'autre un tube inhalateur car elle était toujours entre deux rhumes. Etaient-ils heureux, ne l'étaient-ils pas ? Laissons cela aux amateurs d'étiquettes, mais on peut affirmer que bon nombre de plus fortunés sont moins heureux que Lulu Llewellyn et qu'Ivy Shoots.

A la dix-neuvième année de leur vie commune, Ivy eut une sorte de colique mentale. Peut-être cela était-il dû à ce yoga du pauvre qu'elle pratiquait à l'époque, un culte vaguement mystique qui professait que le moi supérieur, enchaîné à la terre par les entraves du péché, doit tout confesser pour se laver et se libérer. Toujours est-il qu'elle se mit à méditer. Elle médita trois jours et trois nuits, puis un soir elle prit sa respiration, ce qui la fit tousser, et dit : « Lulu, tu es quelqu'un de bien ; quelqu'un de vraiment bien. Tu n'as jamais rien fait de mal dans ta vie. Tu en es incapable. Tu n'as donc pas à avoir honte. »

Quelle ne fut la surprise de Lulu, qui écarta l'écouteur gauche, et, clignant des yeux, dit : « Je n'ai pas honte. » Puis, subjugué, il la vit bondir et prendre la clef de sa boîte noire. Elle l'ouvrit aussitôt pour fouiller dans les papiers dont elle était pleine. Elle eut bientôt trouvé le papier qui allait faire péter un obus atomique dans la vie quiète de Lulu. Elle traversa la pièce et lui tendit le papier. « Tiens, lis, » dit-elle.

Toujours clignant des yeux, il obéit. Disons-le, il ne pouvait pas comprendre. C'était apparemment un document officiel, plein de noms, de dates, de témoins. Il eut le temps de comprendre cela avant que son esprit refuse d'aller plus loin. Il agita le papier et dit d'une voix atone : « Qu'est-ce que c'est ? »

Elle expira longuement, les yeux au plafond, comme s'il fallait qu'elle se souvienne que bien sûr il ne comprenait rien du premier coup. Elle lui prit alors doucement le papier des mains et le tint devant lui pendant qu'elle le lui expliquait. Elle expliqua pourquoi sa signature à lui, pourquoi sa signature à elle, pourquoi les témoins, la ville, le timbre officiel et finalement la date, dix-neuf ans auparavant. Il hochait la tête chaque fois qu'un élément du puzzle se mettait en place, jusqu'à la conclusion : « Donc ce soir-là, nous avons été mariés. » Il leva les yeux.

« Mais non, dit-il, ce doit être une erreur. »

« Mais Lulu, puisque je te le dis. » Elle frappa

de petits coups sur le papier. « Nous nous sommes mariés. »

« Mais non, » répéta-t-il d'une voix mal assurée.

« Tu te souviens de cette soirée ? Essaie de te rappeler. »

« Ça fait longtemps. »

« Rappelle-toi le lendemain quand tu t'es réveillé à l'hôtel, rappelle-toi à partir de là. »

« C'est-à-dire que... » et lui aussi tapota le papier, les yeux hagards, et elle fit oui de la tête. Il dit « Oh », puis un silence. Puis sa seule défense, sa seule référence : « Un type de la radio a dit... » puis plus rien. Il essayait de se rappeler ce que le type avait dit à la radio. « Il a dit que ce n'était pas possible, de se marier comme ça, boire et tout. »

« C'est arrivé il y a dix-neuf ans, Lulu. »

Lulu resta à regarder son certificat de mariage, qui se brouilla devant ses yeux. Il murmura : « Pourquoi as-tu fait ça, Ivy ? »

« Je voulais me marier, c'est tout. Je ne pouvais pas m'y prendre autrement. »

Cela ne répondait pas vraiment à sa question, qui ne concernait que lui-même et un vieux bout de papier, non Ivy. Mais il se trouva incapable de répéter la question, et au bout d'un moment, il n'essaya plus. Elle était dix-neuf ans en arrière, et disait : « Je voulais te le dire, mais j'avais peur. Je ne te connaissais pas comme je te connais maintenant, Lulu. Je ne savais pas si tu te fâcherais, si tu me haïrais, si tu partirais ou quoi. Je voulais te le dire, » ajouta-t-elle après un silence, « mais j'ai attendu d'être sûre que tu ne te fâcherais pas. Et une semaine durant... » Elle ferma les yeux.

« ... Tu as été *content*. Tu me l'as dit. C'est le seul mal que tu aies jamais fait, ou pensé faire. C'est la seule chose. Et maintenant, tu vois, ce n'était rien de mal. Je sais que c'est un coup dur, pour toi, mais... » Elle haussa les épaules, rouvrit les yeux et lui sourit.

« Voilà, » dit-elle d'une voix enjouée, « ça me fait plaisir que tu saches. Au moins tu en as la conscience plus légère. » « Oh toi, toi, » ajouta-t-elle avec cette tendresse absolument sincère et naïve qui ressemble tellement à de l'agressivité. « Faire quoi que ce soit de mal, quelle idée ! »

Il se laissa tomber lourdement comme d'habitude dans son fauteuil habituel, les pieds dans ses chaussures, il s'en assura en les remuant, et le cœur battant plus vite qu'à l'accoutumée. Il était toujours le même homme, vivant, ni plus ni moins conscient qu'avant ; il avait toujours le même nom, le même poids, carré de la même façon sur les ressorts fléchis du même fauteuil. Mais il était bien plus différent que si, d'un coup, il avait mesuré un mètre quatre-vingts ou quatre-vingt-dix centimètres, bien plus que s'il s'était transformé en écureuil ou en philodendron.

Il était là, assis, hébété, à se demander en quoi il avait changé, et pourquoi un changement si radical ne se manifestait pas quelque part. Quelque chose en lui s'était effondré, mais il n'arrivait pas à saisir quoi. Il posa sa main sur sa petite bedaine, comme pour s'assurer de sa présence, mais sous sa main tout était pareil.

Pourquoi as-tu fait ça, Ivy ?

Mais la question ne passait pas ses lèvres. Alors il se leva, et sans doute sa machinerie s'était-elle déréglée, car sa voix sortit rauque et cinglante : « Ivy, à t'entendre, je... »

Elle se retourna vers lui, soudain pâle.

Il était désolé que sa voix lui ait fait ça, désolé de lui avoir fait peur, affolé de s'être fait peur. Il ouvrit la bouche pour parler, et vit comment la peur la rendait attentive à ce qu'il allait dire, qu'elle n'oublierait jamais les paroles qu'il prononcerait, et qui furent : « Je crois que je ferais bien d'aller dormir. » Il passa lourdement près d'elle, vit la peur s'évanouir et les couleurs revenir à son visage.

« Bien sûr, tu dois être fatigué, » dit-elle gaiement. « Pendant une seconde, je me suis sentie toute chose. Je dois avoir besoin de manger quelque chose. » Elle se mit à grignoter le pourtour d'une tranche de pain en chantonnant un petit air qui n'en était pas un mais qu'elle affectionnait. Depuis le temps que Lulu l'entendait, il ne savait même plus s'il l'aimait. C'était une suite aléatoire de notes comprises à l'intérieur d'une quarte, qui, au lieu d'être scandée par des barres de mesure ou des séquences mélodiques, était découpée par les reniflements de son nez sempiternellement productif.

Lulu s'aperçut qu'il regardait ce nez tandis qu'elle se déshabillait lentement. Il était légèrement renflé du bout, rougi et rendu extrêmement malléable par des années de mouchage, d'essuyage sans compter les inspections aux rares moments qu'il ne coulait pas. Il regarda ce nez, se dit : *dix-neuf ans,* et il perçut comme un rapport entre ces deux termes. Il se mit au lit et, couché, resta à fixer le plafond jusqu'à ce qu'elle le rejoigne.

Elle s'arrêta dans l'encadrement de la porte de la chambre. La boîte noire reposait au creux de son coude et, de l'autre main, elle tenait un petit sandwich. Elle en mastiqua une bouchée, l'avala, puis tapota affectueusement son sandwich sur la boîte noire.

« N'oublie jamais ça, Lulu ! Cette boîte contient la preuve que pas une fois tu n'as fait le mal dans ta vie. »

Elle entra, posa la boîte sur la table de nuit, et la tapota encore de la main. Elle chantonna encore un moment, reprit une bouchée de sandwich et dit : « Ouf, je me sens tellement mieux maintenant que c'est clair entre nous, Lulu. Je classe le papier à la lettre M dans le secrétaire. Rappelle-t'en si jamais tu en as besoin. Ce n'est plus la peine qu'il reste dans la boîte noire. »

Elle se lava quelques affaires, les mit sur le séchoir et vint se coucher. Ce n'était ni un mardi ni un vendredi soir, mais un dimanche soir. Ils s'endormirent sans un mot.

II

Le lundi, il alla au travail. C'était dur. Les conversations étaient celles du lundi, et c'était dur à cause de ça.

... *à la neuvième bière, dis donc...*

... *une lycéenne, Joe, mais alors...*

... *à la neuvième, je sais pas ce qui lui a pris, mais je...*

... *alors moi...*

... *une de ces paires de...*

... *baignait dans l'huile...*

Vraiment dur. Ça déferlait, éclaboussait, le submergeait, refluait, puis revenait plein d'écume et rugissant pour le fouetter de nouveau. Il s'aperçut que le secret, en partant, avait laissé intacts ses réflexes. Il lui était impossible de se départir de ses défenses. Toute histoire où s'étalait vulgairement ou avantageusement le sexe, le péché ou la turpitude ne rencontrait depuis toujours en lui qu'un dédain hautain, d'où il tirait son plaisir.

Comment aurait-il pu éprouver du plaisir avec en mémoire le sale petit papier de la boîte noire. Chaque fois qu'il s'en souvenait, il se sentait vide, encore et toujours vide parce que ça lui revenait toujours. *Nous sommes mariés. Nous sommes mariés,* se répétait-il sans cesse. Il n'avait plus de péché à lui.

Le mardi fut pire. Les histoires de petits mâles étaient plus rares, la soirée de la veille n'ayant pas la richesse d'un samedi soir. Elles étaient en revanche plus étonnantes, plus inopinées. Lulu était toujours pris par surprise quand la tête d'un assisté s'encadrait dans l'ogive grillagée au-dessus de son bureau, exposant la cicatrice ou le dessin de quelque péché tapageur, ou laissant tomber une virile obscénité qu'il pourrait toujours répéter mais ne comprendrait jamais. Et lorsque cela arrivait, l'enchaînement infernal se produisait : réflexe, plaisir hautain, souvenir, puis le vide.

Le pire, c'est que, au contraire du lundi, le malheur devait s'acharner jusqu'après le travail. Pour être plus précis, le malheur devait réapparaître après le travail, après tout le reste, retour à la maison, pommes de terre, dîner, vaisselle, la radio et la lecture. Sa dernière activité des mardis et vendredis, sauf les quatrièmes de chaque mois, qui incluait Ivy, était d'une grande platitude, dépourvue d'épices à l'exception d'une seule, due à Lulu seul. C'était son œuvre, le cœur de quartz de son secret.

Jusqu'à l'instant fatal, il put se dissimuler le changement, jusqu'à ce que les deux tapes bien appliquées comme d'habitude viennent frapper son épaule alors qu'il était étendu, tournant le dos à Ivy. Immédiatement, car sa décision était prise, il fit non de la tête. Le geste fut invisible dans l'obscurité, mais le lit le transmit parfaitement. La réaction d'Ivy fut d'arrêter sa respiration. Quand elle reprit, les reniflements qui la ponctuaient n'étaient pas plus fréquents, mais d'un timbre plus plein, comme si le hautbois venait de relayer la clarinette.

Cet écart de la routine fut déprimant à l'extrême, et fit entrevoir à Lulu un avenir tristement différent du passé. Une ou deux sombres heures plus tard, il découvrit plus tristement encore qu'il désirait ardemment ce qu'il venait de refuser, tant la force de l'habitude était tyrannique.

Toi aussi ? reprocha-t-il songeusement à son corps, répétant la question posée deux jours auparavant à son esprit. *Tu ne comprends donc pas que plus rien n'est pareil ?* Son corps, apparemment, ne comprenait pas. Il resta étendu, crispé et malheureux jusqu'à ce que les croisillons des fenêtres soient plus sombres que les vitres, puis il se leva, s'habilla et alla au travail. Ivy, qui souvent montrait quelques signes de vie quand il sortait du lit, resta les yeux fermés, trop immobile pour être endormie.

Comme on pouvait s'y attendre, le mercredi, jour tranquille, eut son quart d'heure d'enfer. Alors qu'il allait être temps de partir, deux infirmiers se mirent à chahuter dans le vestiaire du personnel, contigu au bureau de Lulu. Comme d'habitude, ils pensaient toujours à la même chose qui, pour s'exprimer, avait trois exutoires : la plaisanterie, l'insulte et la narration d'exploits. Leurs penderies étant diamètralement opposées dans le vestiaire, ils se crièrent leurs grossièretés à pleine voix laquelle, étant donné la position de la porte, frappait Lulu dans le dos.

Ils passèrent en trombe du vestiaire dans le bureau. Lulu se garda de les regarder, même quand l'un d'eux dit : « Tu sais ce qu'on devrait faire, un jour de paie ? Emmener Llewellyn avec nous bûcher le cul. »

« Il le bûcherait que si ça ressemblait à un livre de comptes. »

« C'est peut-être là qu'il te baise. Si ici il bouge pas c'est peut-être qu'il se réserve pour la maison. »

Lulu ne bougea pas, ce qui poussa les deux infirmiers à insister. Une réplique cinglante ou un sourire tranquille les aurait éloignés. Mais il n'avait pas l'esprit de répartie ni ne savait comment sourire. Il fit donc le gros dos.

« Je vais te dire, moi. Il est pas vivant. Faut être pas vivant pour pas draguer un peu. »

Et rires de rugir. La réaction de Lulu étant nulle, ils semblèrent forcer leur hilarité comme pour combler ce vide. Cela fait, ils cessèrent brusquement et sortirent.

Soudain Lulu se leva, frémissant. « Je sais ce que je vais faire. Je vais me draguer une actrice, » se dit-il. Il se sentit mieux. Il ne s'était jamais senti si bien depuis la vue du certificat de mariage. Il ne s'expliquait pas comment cette idée lui était venue. Elle était venue, voilà.

« Je l'aurai, cette actrice, » dit-il un peu plus tard à son reflet dans la glace de la salle de bains. Et celui-ci hocha la tête pour approuver. « Quoi qu'il arrive, je vais le faire. Le faire pour le dire. Ou bien ne rien dire. Ou dire seulement qu'elle m'a volé ma montre et mon portefeuille, parce que c'est drôle. Ou bien qu'elle me réclame, me donne son argent, vend ses bagues. »

« Je ne leur dirai rien, décida-t-il résolument en quittant l'hôpital. Je vais le faire, c'est tout. Ils n'ont pas besoin de savoir. *Moi,* je saurai. »

« Je n'ai même pas de portefeuille, se dit-il sur le chemin du retour, il faut d'abord que j'en achète un. »

« Et aussi une montre, » ajouta-t-il dans l'escalier.

Notablement refroidi, il pénétra dans l'appartement, et pendit sa veste. Il prit les patates, le couteau, une casserole d'eau, un sac de papier pour les épluchures et resta sans bouger devant le comptoir de la kitchenette.

Combien pour un portefeuille et une montre ?

Il n'en savait rien. Mais ça devait faire beaucoup, car il fallait de l'argent pour l'actrice, aussi.

Il laissa tomber la patate qu'il épluchait et s'étira du doigt la lèvre inférieure. La seule chose possible, c'était de ne plus aller au cinéma le samedi.

« Ça fait un tas de samedis, » murmura-t-il.

L'idée de se servir de sa propre enveloppe de paie ne lui vint pas, car elle n'avait toujours pas de réalité pour lui. L'argent, c'était Ivy. Et il lui fallut un bon moment pour élaborer l'idée que, au fond, il n'avait qu'à le lui demander. Il écarta cette solution toute simple à la pensée qu'elle n'avait pas d'argent. Il la revoyait payant chaque mois le loyer, l'électricité, le gaz et les autres dépenses du ménage.

Un couple, dix-neuf années de travail régulier, une petite vie, cela représentait un capital dont il ne pouvait soupçonner l'importance. Quand il commença à fouiller dans le secrétaire, il lui revint en mémoire, vaguement, un de ces propos détestables entendus, au vol, à son travail : un garçon à qui il manque quatre-vingts cents pour faire un dollar fouille dans le porte-monnaie de sa mère et y trouve quarante dollars. « Prenons ça sur l'argent des courses de la mère Ivy, » murmura-t-il. Pas d'argent pour les courses. Dans le secrétaire d'Ivy, il n'y avait que des blocs scrupuleusement alignés d'enveloppes et de papier à lettres, des talons de chèques, par paquets datés, de tel numéro à tel autre, et immatriculés d'une lettre. Il se souvint de l'incompréhensible et rituel autodafé où, chaque année, brûlaient les talons vieux de plus de sept ans. Il trouva de petites boîtes de trombones (trois modèles différents), des étiquettes pour les colis en grande et petite vitesse, des bouteilles d'encre, rouge et bleu-noir, quarante-deux mille dollars en bons, trois boîtes vierges de crayons, et un dossier de correspondance. Déçu, Lulu retourna éplucher ses patates.

Il soupira, alluma la radio et se remit à éplucher ses patates. Une pub parlait d'une montre-bracelet, premier prix 49 dollars quatre-vingt-quinze. Premier prix sans doute, mais Lulu n'en avait pas le premier sou. Pour cette somme il lui faudrait, voyons... Il ferma les yeux et ses lèvres remuèrent : cela lui coûterait deux ans et neuf mois de matinées enfantines. Après quoi il lui faudrait le portefeuille, plus de l'argent pour l'actrice. Il se demanda combien on donne à une actrice. Tant pis. En trois ans, quatre ans, plus encore s'il le fallait, il finirait bien par y arriver.

Flash d'informations : importante opération policière déclenchée pour retrouver deux hommes qui, il y a une heure, ont effectué un hold-up dans un local commercial de High Street, ils sont repartis avec quatre mille dollars en liquide et valeurs négociables et douze mille en bons.

« Ça me suffirait, » pensa Lulu. « Rendez-vous compte, avoir vraiment besoin d'argent, et aller le prendre là où il est, comme ça, et pouvoir dire (aux autres ou à soi) qu'on l'a fait : *alors j'ai sorti mon pistolet et j'ai dit OK amenez les bons.* » Un bon. Le mot ne voulait pas dire grand-chose, mais Lulu lui reconnaissait une sonorité capable d'accueillir douze mille dollars. Par un coup pareil, on pouvait racheter des années passées sans pécher.

Il n'attendrait pas des années pour économiser sou à sou la somme destinée à l'actrice (c'étaient souvent des actrices qui brisaient les ménages honnêtes, dans les feuilletons radiophoniques de l'après-midi). En fait, le hold-up rendait l'actrice inutile. C'était un péché insuffisant. *OK, les valeurs négociables, maintenant.* Il ne savait pas plus ce qu'étaient les valeurs, et il n'avait pas de pistolet.

Soudain, ses mains s'immobilisèrent. Il les regarda, avec la longue épluchure en spirale qui pendait du couteau, et il dit, à voix haute : « Si, je sais ce que c'est, les valeurs, et je n'ai même pas besoin de pistolet. »

III

A deux heures et demie le jeudi après-midi, il se tenait timidement dans un coin de la vaste étendue de marbre de la First National Bank. Il ne portait plus la grande enveloppe entre sa peau et le maillot de corps. (Il partait de la maison, quand Ivy lui a dit : « Lulu, je crois que tu prends du poids. ») Il avait mis de côté une enveloppe de papier kraft de l'hôpital, et y avait fourré les valeurs. Ses doigts transpiraient dessus. Il jetait autour de lui des regards éperdus sans savoir quoi faire.

Un homme en uniforme de policier, sauf qu'il était gris au lieu d'être bleu, vint rejoindre Lulu. Il avait un pistolet. « Puis-je vous être utile ? » demanda-t-il.

Lulu, la gorge serrée, essaya de dire qu'il avait des valeurs, mais ça ne passait pas. Il toussa et essaya encore.

« Vous désirez peut-être exposer à quelqu'un votre problème de bons ? »

Miraculeusement, le garde avait deviné.

Lulu parvint à faire oui de la tête. Le garde sourit et lui dit : « Très bien, monsieur ; par ici. »

Lulu suivit le garde jusqu'à une cloison basse et polie que coupait une double porte d'acajou qui s'ouvrait dans les deux sens. Derrière la cloison se trouvaient une demi-douzaine de bureaux et autant de chaises, bien séparés les uns des autres comme un archipel dans un lac. Le garde lui désigna un siège à côté d'un des bureaux.

« Veuillez vous asseoir. Monsieur Skerry s'occupe de vous dans un instant. »

Le garde s'éloigna.

Lulu louchait vers la porte, se demandant avec une inquiétude croissante comment on « s'occuperait » de lui et s'assis d'une fesse sur le siège, son enveloppe sur les genoux. Derrière le bureau, il y avait un type imposant, cheveux de neige, les yeux de glace, le col de chemise immaculé. Il finissait un travail avec une fiche finement rayée sur le bureau, puis il tamponna la fiche et regarda Lulu, qui se recroquevilla sous l'impact d'un sourire véritablement terrorisant. « En quoi puis-je vous être utile ? » demanda l'homme.

« Ben... » dit Lulu. Il baissa les yeux, vit l'enveloppe qui lui rappela les valeurs. Il tendit l'enveloppe au grand monsieur Skerry.

Celui-ci lui jeta un regard soupçonneux avant même de prendre les valeurs. Il les sortit, et bientôt en eut pris connaissance. L'examen était insupportable. Il finit par demander : « De quoi s'agit-il ? »

« Ben..., dit Lulu, de valeurs. »

« Oui... en effet. »

Monsieur Skerry sortit un étui à lunettes de sa veste, et de l'étui une paire de lunettes qu'il se mit sur le nez. Celles-ci descendirent au bout de son nez, qu'elles pinçaient entre leurs petites lèvres dorées. Lulu était fasciné. Monsieur Skerry inclina sa cime neigeuse et jeta à Lulu un regard inquisiteur entre des sourcils froncés et le bord supérieur des lunettes. « Ces valeurs vous appartiennent ? »

« Bien sûr, » dit Lulu.

« Moui, » répondit monsieur Skerry à l'intention des valeurs. Il les tint un instant au-dessus du bureau où il les laissa retomber pour les passer en revue une seconde fois.

« Ce que je voudrais, dit Lulu, c'est l'argent. »

« L'argent, bien sûr, » dit monsieur Skerry.

Lulu se rappela l'expression entendue à la radio : « Ce sont des valeurs *négociables* », dit-il d'une voix qui tremblait un peu.

« Bien sûr, elles sont négociables, monsieur... »

« Llewellyn, » compléta Lulu.

« Llewellyn, bien sûr, excusez-moi. » Monsieur Skerry prit une feuille jaune où s'alignaient des caractères très noirs, composa rapidement un numéro de trois chiffres au téléphone et dit dans l'appareil : « J'ai là la liste numéro 378. C'est la plus récente ? Oui ? Vous en êtes certain ? Parfait. » Il raccrocha, consulta la feuille jaune, puis la plaça en regard des feuilles de valeurs, et se mit à comparer tous les numéros de celles-ci avec ceux de celle-là. « Très bien, dit-il un peu plus tard, tout ceci est en ordre. »

Il reprit la feuille jaune et l'agita en direction de Lulu. Il souriait, mais son regard fouaillait. « C'est notre dernière liste de valeurs volées. Nous ne pouvons pas faire d'erreurs. »

Il resta un long moment à fixer le visage de Lulu. Un visage totalement inexpressif, car Lulu était pétrifié.

« Vous désirez donc liquider toutes ces valeurs, monsieur Llewellyn ? Je crains que cela ne se fasse pas tout de suite. Ayez l'amabilité d'attendre ici. »

Lulu regarda avec terreur la grande horloge au mur. La banque allait fermer dans une minute. Une sonnerie métallique éveillait des échos dans tous les coins du hall de marbre, et en regardant par la grande porte qu'il avait passée en entrant, il vit que les grilles de cuivre avaient été fermées. Le garde dirigeait les gens vers une petite porte qui s'ouvrait sur le côté du bâtiment.

« Mon Dieu, mais c'est impossible, » balbutia-t-il, « je n'ai pas mis les patates en train. »

« Miss Fisher, » dit monsieur Skerry d'une voix très neutre.

Lulu sursauta et dit : « Comment ? »

Avant qu'il ait eu le temps de commettre une autre gaffe, une grosse femme sans âge, banale malgré les épaisses lunettes devant ses yeux, apparut de l'autre côté du bureau. Elle dit : « Oui, monsieur ? »

« Prenez ces valeurs et reportez leurs numéros sur le reçu que vous remettrez à monsieur Llewellyn, » dit monsieur Skerry. « Monsieur Llewellyn, pourriez-vous revenir demain à la même heure environ ? Nous aurons ainsi eu le temps de nous en occuper. » Puis il ajouta rapidement, comme pour désarmer l'objection (que Lulu n'aurait jamais osé formuler) : « Non, non, pas aujourd'hui, nous n'avons plus le temps. Ces choses-là prennent du temps, voyez-vous. Mademoiselle Fisher, relevez son adresse. Vous pouvez attendre là, » dit-il à Lulu en lui désignant du menton ce qu'il entendait par « là » : une banquette de cuir contre le mur opposé.

Près de la banquette se trouvait un bureau plus petit que celui de monsieur Skerry, où siégeait mademoiselle Fisher, face à une machine à écrire électrique. Les valeurs étaient sous sa main gauche qui les feuilletait une à une tandis que sa main droite dansait frénétiquement, comme mue par un mécanisme indépendant, sur les touches du haut.

Lulu la considérait avec une respectueuse terreur. Elle avait un nez malléable et arrondi du bout comme Ivy, et cela le réconforta. Il y avait au moins une chose familière dans cette froide ruche.

Il n'aurait jamais pensé qu'elle en ait si vite terminé. Elle lui demanda son nom, l'adresse de son domicile, l'adresse de son lieu de travail, s'il avait un permis de conduire (ce qui le flatta) ou toute autre pièce d'identité. Il lui montra sa carte d'identification professionnelle, ce qui sembla la satisfaire. Puis le garde en uniforme gris lui fit passer la petite porte, et il courut droit à la maison reprendre l'épluchage de ses patates.

En trois coups de téléphone et quarante minutes de son précieux temps, monsieur Skerry avait identifié le propriétaire en titre des valeurs. Un peu après, Ivy était assise sur le siège, de l'autre côté de son bureau. Il dut répéter trois fois de suite puis lui montrer les valeurs pour la convaincre.

IV

Lulu se leva et s'habilla le plus silencieusement possible. Sans doute n'était-ce qu'une coïncidence qu'il avait interprétée, mais Ivy lui avait paru douloureusement silencieuse toute la soirée, et il préférait quitter la maison avant d'avoir à lui parler. A peine allait-il passer la porte de la chambre, que sa voix l'arrêta.

« Lulu. »

Il se retourna lentement. Il dit : « Je suis déjà en retard. Il est la demie... »

« Ça ira. » Elle alluma la lampe sur la table de nuit. « Je veux te parler. Lulu, quoi que tu décides avec l'argent, demande-moi d'abord. »

Il ne répondit rien. Non, il n'avait pas peur ; c'était plutôt une sorte de délectation secrète. L'argent en soi n'était rien. L'important était de voler les valeurs, et à ça, elle ne pouvait rien. Il espéra qu'elle se dépêcherait de dévider son accusation, parce qu'il avait envie d'être dans sa cage à l'hôpital. Il voulait entendre les autres parler autour de lui alors qu'en silence il demanderait : *et vous, quand avez-vous volé deux kilos de valeurs négociables ?*

« Tu as fait une bêtise, Lulu. Tu ne comprends rien à ces choses. Tu sais ce qui a failli t'arriver ? L'arrestation pour vol. »

Lulu ne répondit rien, ne se défendit pas. Il se tira la lèvre inférieure et regarda ses chaussures. Il n'avait rien à dire.

« Tu t'es dit que je gardais tout cet argent pour moi, c'est ca ? C'est bien ce que tu as pensé ? »

Silence.

« Tu sais, chéri, je ne peux pas t'en vouloir. Jamais je n'aurais cru un tel malentendu possible, et toi tu n'as jamais rien dit. J'ai cru agir au mieux. Il faut me croire, Lulu. Tu me crois ? » Elle le regarda, renifla misérablement et se moucha. « Je vois bien que tu ne me crois pas. Attends, je vais te donner la preuve. »

Il la regarda, sans savoir ce qu'elle lisait sur son visage. Mais elle fit si brutalement le geste de se protéger la gorge qu'une bretelle de sa chemise de nuit craqua. Elle prit la clé de la boîte noire au bout du ruban, l'introduisit dans la serrure, ouvrit, prit le papier du dessus sans même le regarder et le lui tendit.

« Prends-le avec toi pour retourner là-bas cet

après-midi, et donne-le à monsieur Skerry. C'est un homme gentil, il s'occupera de tout. »

Les yeux de Lulu ne firent qu'un bref passage sur le papier et revinrent se fixer sur Ivy. « C'est une procuration. Cela met la plupart des valeurs à ton nom, Lulu. Elles sont *à toi*. Tu comprends ? Je les ai amassées sou à sou, mais tu en as fait ta part, puisque nous partageons tout. C'est ton argent, Lulu. Mais mon intention était que tu en profites, je veux que tu le croies, Lulu. »

Il regarda le formulaire de procuration et le rangea lentement dans la poche intérieure de sa veste, avec le récépissé remis par mademoiselle Fisher.

« Lulu, mon gros bêta, tu aurais pu aller en prison. Pour avoir volé *ton* argent. Rends-toi compte : *voler* ! »

Il regarda Ivy puis la boîte noire. Il fut pris de tremblements. Ivy avait empoigné les couvertures, elle les serrait contre sa poitrine. « Lulu ! »

Il sortit en courant. Il était hors d'haleine avant même d'être parti. La bouche douloureusement serrée, il gonflait et dégonflait comme un petit soufflet. Ses yeux se mouillaient et sa gorge était contractée.

Il n'avait donc rien volé. Il était joué, trahi, perdu.

Ce vendredi après-midi, monsieur Skerry fut avec lui gentil comme personne ne l'avait été depuis la mort de ses tantes. Il annonça à Lulu qu'il était en possession d'une coquette somme d'argent dont « il devrait laisser la gestion à cette excellente femme. » N'ayant suscité aucune réaction chez Lulu, qui s'était derechef pétrifié, il soupira et l'aida à répartir la somme entre un compte d'épargne et un compte courant.

Il lui montra même comment remplir un chèque et tenir les talons à jour. Il prit vraiment beaucoup de peine pour Lulu, qui n'assimila qu'un cinquième de toutes ces paroles avant de prendre la fuite. Il trouva la liste de commissions et fit les courses, monta l'escalier, ouvrit la porte, rangea ses achats les yeux fermés. Puis il passa dans le séjour, s'assit ou plutôt s'effondra sur son fauteuil près de la radio.

Il était désespéré, désemparé, à vau-l'eau dans un futur autrefois soigneusement quadrillé. Il voulait avant tout récupérer ce qu'il avait perdu : cet appartement, ce train-train, entièrement protégé et pris en main par Ivy. Il effleura à tâtons le bouton de la radio, mais ne put le tourner à cause de l'enveloppe qui était posée contre. L'écriture précise et rapide d'Ivy y avait laissé son nom. Interloqué, il l'ouvrit, déploya la feuille pliée en quatre et s'enfonça dans le fauteuil pour lire. Il lut les mots les uns après les autres sans saisir le sens de la lettre, comme s'il les voyait pour la première fois. Puis il recommença, lisant lentement chaque phrase pour en percer le sens.

Cher Lulu,

Je pars directement du travail au lieu de demain matin. Ne cuis pas trop de pommes de terre, et mets ma part de foie au congélateur.

Je pars plus tôt cette semaine, parce que je veux réfléchir. Ce qui s'est passé avec les valeurs m'a ouvert les yeux, et c'est les yeux ouverts que je veux réfléchir à tout ça. Tu dois me croire quand je dis que je n'ai jamais voulu te priver des économies. Il faut que tu me croies. Je t'en supplie. Jamais je n'aurais pensé à un tel malentendu, à une telle frustration de ta part du seul fait que j'arrangeais tout à ma guise. C'était simplement pour ne pas te compliquer la vie, mais je veux maintenant trouver un arrangement équitable. Je suis très désolée, Lulu. Si tu ne vois pas bien ce que je veux dire, ne t'inquiète pas. Tu comprendras plus tard.

Je t'en prie, Lulu, surtout ne fais pas de bêtises. Quoi que tu fasses, ne me quitte pas. Tu ne saurais pas t'occuper de tes affaires tout seul. Si tu veux partir, tu partiras, mais plus tard ; donne-moi le temps de t'apprendre à t'occuper de toi. J'ai très peur à l'idée que tu pourrais t'attirer des ennuis.

Lulu, tu es quelqu'un de bon, de vraiment bon, tu ne pourrais rien faire de mal même si tu le voulais. Je m'en veux beaucoup et je pense que toi aussi. Je veux t'aider et réparer ce que j'ai pu faire de mal. Ne pars pas. Je suis folle d'inquiétude. Crois-moi, je t'ai dit la vérité sur les valeurs. Maintenant que tu en as ta part, tu me crois. Tu peux me croire. Surtout ne pars pas.

Ivy

Le dernier paragraphe était d'une écriture très désordonnée, qu'il mit du temps à déchiffrer. Il le relut quatre fois, puis abaissa le papier et regarda la radio d'un œil sauvage. « Ce n'est pas vrai ! » aboya-t-il de cette voix furieuse qui avait involontairement effrayé Ivy.

... *Quelqu'un de vraiment bon qui ne pourrait rien faire de mal même s'il le voulait :* « Ce n'est pas vrai ! » répéta-t-il, vociférant. Il fit les cent pas dans la pièce avec, au niveau du plexus solaire, l'impression que quelque chose se mettait en marche. Quelque chose d'effrayant. La colère. Et rien de tout ce qu'il avait pu vivre jusqu'à cet instant ne l'avait mis dans cet état.

Il ramassa la lettre et la considéra rageusement. En plus de l'affirmation insupportable, qu'il avait réfutée à voix haute, elle suppliait, implorait : surtout ne pas partir.

Quitter Ivy, quitter la seule maison qu'il ait jamais eue, il n'y aurait pensé tout seul. Mais puisque Ivy le disait, le répétait, cela éclata en lui. « Justement, » déclara-t-il solennellement à la feuille de papier, « justement, je partirai. »

Ce qu'il fit, pour de bon. Il entassa ses habits dans deux sacs de papier, et au lieu d'aller à sa séance du samedi après-midi, il prit une chambre meublée, en face de l'hôpital ; dans la même rue se trouvaient d'une part la banque et d'autre part le cinéma.

Le lundi, on l'appela au bureau, et on le fit asseoir devant un téléphone décroché. Il prit le combiné et le porta à son oreille, certain que c'était Ivy, qui, pour la première fois de sa vie, l'appelait à son travail. Sa voix était épouvantable, avec des aigus plaintifs, trébuchant sur les sanglots, noyée dans un rhume. Il se contenta d'écouter sans rien dire jusqu'à ce qu'elle s'arrête, incapable de dire quoi que ce soit qui ait un sens, ne serait-ce que pour lui-même. Il finit par dire : « Non, je ne peux pas, je ne peux pas, je ne peux plus, tu entends ? » Il reposa l'écouteur et resta assis à le regarder. Il s'aperçut qu'il tremblait. Il pensa qu'il aurait dû au moins lui dire qu'il se portait bien et qu'il ne s'était pas attiré d'ennuis. Il reprit le téléphone, mais n'entendit que la tonalité. Ivy n'était plus là. Il reposa l'écouteur.

Le caissier de l'hôpital lui lança un regard avant de s'approcher. « Ça ne va pas ? » demanda-t-il.

Lulu se leva et essuya sa lèvre inférieure d'un revers de main. « Je suis assez grand pour m'occuper de mes affaires, » lança-t-il avec une sorte d'agressivité.

« Personne ne dit le contraire, » reprit le caissier en reculant d'un pas. « Vous n'aviez pas l'air d'aller très fort, c'est tout. »

« Je n'y retournerai pas, » dit Lulu.

« OK, OK, » dit le caissier avec un geste d'apaisement, « ce que j'en disais, c'était pour vous aider. »

« Il est inutile d'insister, » dit Lulu. Il réintégra lourdement son bureau à la réception, laissant derrière lui un jeune homme très étonné.

Pendant quelques semaines, Lulu fut tellement absorbé par l'adaptation à sa nouvelle vie qu'il en oublia ses péchés... La vie en meublé et les repas au restaurant ne sont pas choses simples même pour les esprits éclairés, et Lulu devait tout apprendre à partir de zéro. Et puis quelle complication d'avoir de l'argent sur soi ! Il ne s'y habituait pas.

Il faisait chèque sur chèque, pour un café, un sandwich et même pour le journal où il ne consultait que les programmes de radio. Finalement, le patron du restaurant où il prenait ses repas vint le trouver avec une liasse de ses chèques et lui demanda d'une voix plaintive d'arrêter ce déluge.

« Faites-en plutôt un gros de temps en temps.

Gardez votre liquide en poche, et prenez ce que vous voulez, d'accord ? La jeune fille passe une heure et demie par semaine à faire la liste de vos chèques sur le bordereau de versement. »

Lulu, très gêné, rougit et promit de faire mieux. A son grand étonnement, il en fut capable. Il appliqua la même méthode à l'épicerie, où il faisait chaque jour un chèque pour les deux petits pains et les six tranches de leberwurst de son déjeuner. L'épicier, ravi, augmenta l'épaisseur des tranches de pâté en signe de reconnaissance.

Il croisa deux fois Ivy dans la rue. Elle ne lui dit rien, et lui non plus. Même quand il pensait à elle, les mots ne venaient pas.

Un fil vint croiser la trame de sa nouvelle vie. Au deuxième jour de son émancipation, il finissait sa soupe au restaurant, quand il remarqua une présence proche de sa table. Il leva les yeux. C'était la mademoiselle Fisher de la banque.

Timidement, elle dit : « Pardon, monsieur, cela vous dérangerait-il que je m'asseye à votre table, il n'y a plus de place libre... »

Il se leva précipitamment pour faire de la place sur la petite table, et se permit d'empiler les deux plateaux qui encombraient. Une fois installée, elle le regarda, avec un sourire de reconnaissance, d'autant plus qu'elle le reconnut : « Mais... C'est monsieur Llewellyn ! »

Ce soir-là, il ne lui dit rien de plus, ça ne passait pas. Mais le lendemain soir, elle était juste en face de lui, et lorsqu'il s'avança avec son plateau, elle l'appela en tapotant la table devant elle. Depuis ce jour, ils dînèrent ensemble. Elle était calme, gentille, et respectait les silences de Lulu.

Un mois et demi plus tard, Lulu fut témoin à l'hôpital d'une scène qui lui fit forte impression. Un visage furieux de jeune femme apparut à son guichet et demanda : « Où est George Hickenwaller ? Où est-il ? Il faut que je le voie immédiatement ! »

Lulu la regarda d'un air hébété jusqu'à ce qu'elle frappe de la main sur la tablette du guichet et répète sa question. Son visage s'assombrissait dangereusement, et les veines de son cou gonflaient de la façon la plus alarmante.

Puis il se souvint. George Hickenwaller était cet infirmier marié qui s'acharnait particulièrement sur lui, sans qu'il ait bien compris pourquoi. « Attendez une minute, je vais le chercher. » Il se leva, alla à la porte du vestiaire, et vit George Hickenwaller qui s'aplatissait contre le mur. Il lui faisait de grands signes suppliants, bougeant les lèvres d'étrange manière autour de syllabes muettes mais implorantes que Lulu ne comprenait pas.

Il retourna au guichet. « Il est là, » dit-il, désignant du pouce le vestiaire.

« Ah, il est là ? » dit la jeune femme. Elle se retourna, furieuse, vers l'homme qui la suivait. Lulu vit que c'était un policier. « Il est là, » répéta-t-elle.

« Ah, il est là ? » répondit le policier. Il courut jusqu'à la porte des bureaux, revint toujours courant derrière le dos de Lulu et entra dans le vestiaire.

Des bruits de poursuite, et des cris : « Arrêtez ! Arrêtez ! », puis le pauvre Hickenwaller parut, honteusement poussé par le policier rougeaud dont les grosses mains l'empoignaient à la ceinture et au col.

Un attroupement s'était formé, et Lulu se retrouva à côté du copain de Hickenwaller, un autre infirmier. Celui-ci secoua la tête tristement. « Je lui avais bien dit qu'il s'en sortirait pas comme ça. Je sais ce que je fais, il me disait, je les aurai. » L'infirmier secoua encore la tête. « Ben voilà, il les a eus. »

« Qu'est-ce qu'il a fait ? » demanda Lulu.

« Il s'est marié. »

« Avec elle ? » Lulu désigna la jeune femme furieuse, qui déjoua la surveillance du policier pour flanquer un bon coup sur l'oreille de Hickenwaller.

« Ouais, avec elle et avec une autre. Je lui ai dit qu'elle finirait par le savoir. »

« Deux femmes ? »

« Eh oui, bigamie, » répondit l'infirmier d'un ton entendu.

« C'est très grave ? » demanda Lulu, très intéressé.

L'infirmier redressa la tête pour jeter à Lulu un regard en coin : « Mon vieux Lew, je vais te dire, *une* c'est déjà grave. »

« Oui, mais ce que tu disais, la... la bigamie, c'est très grave, hein ? »

« Pour aller au ciel, il y a mieux. »

« Ben dis donc, » dit Lulu, et il se remit au travail.

V

C'était pendant un dîner. Confortablement installé avec mademoiselle Fisher, il se demanda pourquoi elle avait l'air si content de manger chaque jour avec lui, et ce que ça lui apportait. Il continua à se poser la question, pas à elle.

« Ah, vous voilà ! » s'exclama quelqu'un à côté

de lui. C'était le patron, dont la stature imposante les dominait tous deux. « Je savais bien que j'aurais des ennuis avec vous, » gronda-t-il à l'intention de Lulu.

Lulu était sans voix. Il se tassa sur sa chaise tandis que mademoiselle Fisher regardait le patron avec crainte et Lulu avec inquiétude.

Le patron abattit sur la table un chèque auquel était épinglé un avis de la banque, juste sous le nez de Lulu. « Après le déluge, voilà qu'ils sont sans provision ! »

Lulu ne savait que dire. Mademoiselle Fisher le regardait intensément, tandis que le patron continuait à le foudroyer du regard. Les gens se retournèrent pour épier la scène. Lulu baissa d'un cran sur son siège.

Soudain, mademoiselle Shelly Fisher s'empara du chèque. « Un instant, monsieur Grossman, » dit-elle résolument, « Je suis sûre que nous pouvons nous arranger. Monsieur Llewellyn, n'avez-vous pas fait un important versement, il y a quelques semaines ? »

Lulu fit oui de la tête.

« Avez-vous fait d'autres versements sur votre compte courant depuis lors ? »

Il fit non d'un air contrit. « Je ne savais pas qu'il le fallait, » bafouilla-t-il.

« Avez-vous tiré de l'argent de votre compte d'épargne ? »

Il fit non de la tête. Mademoiselle Fisher dit : « Je me porte garante de lui, monsieur Grossman. Il n'a pas encore bien l'habitude des comptes en banque, mais il a un bon crédit en épargne. Vous pouvez me croire sur parole. »

« Vous travaillez à la banque ? »

« Vous m'y avez déjà vue. »

Il hocha lentement la tête, et grommela : « Parfait, parfait. » Puis, ramassant le chèque, il l'agita sous le nez de Lulu : « Tâchez de vous occuper de ça avant demain, vous m'entendez ? »

« Certainement, ce sera fait, » approuva mademoiselle Fisher d'un ton conciliant, et elle posa sa main sur celle de Lulu qui baissait encore d'un cran sur sa chaise, enfoncé jusqu'aux clavicules sous la table. Grossman s'éloigna.

« Tout va bien, dit-elle, tout va bien, monsieur Llewellyn, rasseyez-vous. »

Il obéit, tout déconfit. « Je ne savais pas, » dit-il faiblement.

« Vous devriez montrer votre carnet de chèques à quelqu'un. Voulez-vous que je m'en charge ? »

« Il est à la maison, » répondit-il d'un ton désolé, conscient que cette phrase faisait tout tomber à l'eau.

Mais elle, ô surprise, dit : « Cela ne me dérange pas, je n'ai rien d'autre à faire. »

« Vous voulez dire que vous allez venir... »

Elle disait déjà oui à ce que Lulu ne pouvait faire dire à sa langue. Un peu après, elle se leva. « Venez, » dit-elle.

Incrédule, il la suivit hors du restaurant, puis la guida jusque chez lui. La pièce était si petite qu'il serait obligé de s'asseoir sur le lit si elle s'asseyait à la table. Il n'y avait pas de désordre, quoique dans ces piaules minables, on n'en vienne jamais à bout. Il trouva son carnet de chèques et le tendit à mademoiselle Fisher. Elle feuilleta les souches : pas un seul versement.

« Dites donc, » dit-elle, « ce n'est pas étonnant ! » Elle mit de la sollicitude à lui expliquer qu'il devait tenir ses comptes à jour sur les souches, et veiller à ne pas laisser le compte inapprovisionné. Il ponctua les explications par d'humbles hochements de tête. Elle les donnait gentiment, sans se moquer, sans ironie.

« Oui, monsieur Skerry m'avait expliqué. Mais je n'ai pas tout retenu. »

« Des quantités de gens ne comprennent pas tout de suite. »

Quelle gentille dame, se dit-il. Il aurait voulu pouvoir le dire à voix haute.

« Et ça, qu'est-ce que c'est ? » Elle désigna le dessus de la commode, où onze enveloppes de paie étaient soigneusement alignées.

« Mes paies, » dit-il.

Elle prit une des enveloppes, la palpa, la secoua, puis lut ce qui était dactylographié dessus. « Mon Dieu, mais c'est du liquide. Ils vous paient en liquide. Il ne faut pas laisser traîner le liquide. »

Il parvint tout juste à articuler un « Je suis désolé » défaillant.

« Ma parole, il faudrait quelqu'un pour s'occuper de vous. » Elle compta les enveloppes. « Si chaque semaine, vous les versez sur votre compte, vous aurez toujours de l'argent derrière vos chèques, voyez-vous ? »

Il ne voyait rien. Il fit juste un vague geste vers les enveloppes en disant, avec une moue : « J'ai jamais compris quoi faire avec... »

Il surprit son regard médusé et il ajouta, honteux : « Je n'ai jamais rien compris à tout ça. Vous voudriez m'aider ? »

C'est ainsi que mademoiselle Fisher s'occupa de Lulu Llewellyn.

Il se sentait plus léger. Sa relation avec mademoiselle Fisher était toutefois des plus innocentes, mais il la trouvait si différente de toutes les femmes qu'il avait pu rencontrer, que sa vieille obsession réapparut : il risquait de se laisser déborder par les péchés des autres. Mais sa philosophie du péché avait connu quelques changements, qui devaient affecter sa réaction. Loin de se considérer définitivement incapable et exclu, il fit le point de ses propres possibilités en regard des péchés qu'il avait entendu citer. *En serais-je capable ?* De jouer, de séduire ? De voler, de jurer, d'agresser, d'escroquer ? Non, non et non, car à chaque fois, l'écriture d'Ivy dansait devant ses yeux : *quelqu'un de vraiment bon, qui ne pourrait rien faire de mal même s'il le voulait.*

Puis, un jour, il vit passer devant son guichet l'ami de Hickenwaller. Dans sa tête s'alluma une petite veilleuse, qui brûla si longtemps qu'il finit par apercevoir la solution.

Il vint trouver mademoiselle Fisher, lui posa la question, et elle pleura. Puis elle dit oui, qu'elle voulait bien l'épouser. Puis elle se remit à pleurer, disant d'une voix pathétique qu'à huit ans elle s'était fait une raison, que personne ne voudrait jamais d'elle, et qu'elle ferait mieux de s'habituer à cette idée.

Ils allèrent donc au City Hall, retirèrent une autorisation, et trois semaines plus tard, ils étaient mariés. Il était transi et nerveux comme le plus ardent des fiancés. Mais son ardeur visait autre chose que ce qui habituellement travaille les fiancés. Autre chose, et d'une autre importance, pour lui du moins.

Le soir même, il se rendit à l'appartement d'Ivy, monta les marches. Il eut une drôle d'impression en frappant au lieu d'ouvrir avec sa clé, mais il se sentait obligé de frapper, n'était-ce que par courtoisie. Il attendit, heureux de sentir le craquement réconfortant de l'autorisation de mariage dans sa poche poitrine de veste.

La porte s'ouvrit.

« Lulu ! Oh, Lulu, je suis tellement contente. » Son visage était usé, maladif, mais ses yeux brillaient. Elle l'attira à l'intérieur et referma la porte. « Je savais que tu reviendrais, je le savais parce qu'il le fallait. »

Il toussotta. « Je... »

« Ne parle pas, ne dis rien. J'ai eu le temps de bien réfléchir à tout ça. Ah, Lulu, c'est tellement absurde. J'en suis désolée. »

« Mais je n'... »

« Pas un mot de plus, je t'en prie. Il va falloir que tu m'écoutes. J'attends depuis trop longtemps. Tu n'as qu'à t'asseoir à ta place. »

Comme pour jouer, mais très fermement, elle le poussa vers son vieux fauteuil et lui appuya sur l'épaule jusqu'à ce qu'il s'asseye.

« Je reviens tout de suite, » dit-elle, et elle quitta rapidement la pièce.

Il était assis sur le vieux fauteuil qui épousait ses formes postérieures, et pensait avec joie : tu es la première, c'est mademoiselle Fisher qui vient à la suite. Il se demanda quelle allure aurait cette histoire s'il la racontait à l'hôpital. Il aurait bien le temps d'y penser.

Elle ressortit de la chambre avec la boîte de métal

noire. « Tu sais, Lulu, je ne suis pas une idiote. Pas du tout, même. Je lis, je réfléchis, et je n'ai pas de complexe quand je parle à des gens cultivés. Mais parfois le plus intelligent d'entre nous peut agir aussi bêtement que l'idiot le plus épais. Ça, il faut que je l'admette. A la longue, j'ai eu besoin d'en parler avec quelqu'un. J'en ai parlé, Lulu, et j'ai eu la réponse. » Elle mit la clé dans la serrure, la tourna, leva le couvercle de métal. « C'était un homme épatant, un homme intelligent. Il est psychiatre. Je lui ai tout raconté, mais ne t'inquiète pas, Lulu, ils sont comme les *prêtres*. Et puis je ne lui ai même pas dit comment tu t'appelais. »

Elle fourragea dans la boîte et finit par dénicher un papier qu'elle agita tout en parlant.

« Le voilà, juste sous mon nez, et je ne le voyais pas. Oui, il m'a expliqué que pour toi, c'était terriblement important de penser que nous vivions ensemble sans être mariés. Il a dit que tu avais reçu une éducation très stricte, et que tu avais une morale tout en noir et blanc. Il a dit que tu as pris ça tellement au sérieux quand tu étais gosse que tu n'avais rien sur le côté noir, que tu ne trichais pas aux examens, que tu ne donnais pas de coups de pied aux petits chiens. Selon lui, quand je t'ai dit que notre vie ensemble était une chose « blanche », depuis le début, ça a été un coup terrible pour ton intégrité personnelle. Tu ne pouvais pas tenir le coup.

« Maintenant, je vais te dire une chose que jamais je n'aurais dite à personne. A quatorze ans, je me suis retrouvée toute seule, et il a fallu que je me débrouille. Ça marchait ou ça ne marchait pas. Mais j'ai pris l'habitude de penser à moi d'abord, indépendamment des lois, des gens et des usages, rien qu'à moi. Maintenant je m'en fiche, mais il m'en est resté une chose, il me faut de la liberté. J'étais décidée à faire ce que je voulais avec qui je voulais du moment que ça ne se savait pas. Du moment que je dressais un grand mur entre ça et le reste. Tu ne comprends pas, je pense ? Aucune importance, dans une minute, tu auras compris ce qui est le principal pour toi.

« Tu ne t'es jamais demandé ce que je faisais, pendant les week-ends ? Tu ne t'en es jamais *occupé* ? »

Il voulut répondre, mais elle ne lui en laissa pas le temps. « Non, je pense que la question ne t'a pas effleuré. Pour toi c'était quelque chose de naturel et d'inévitable, comme les saisons, le jour et la nuit. Tu savais que je partais tout le samedi et le dimanche, et tu l'acceptais. Pauvre Lulu ! Je peux bien te le dire, maintenant. Pendant un moment, j'ai pris des cours d'économie, mais ça remonte à six ans. J'ai fait *toutes sortes* de choses, pendant mes week-ends. Bref, il y a eu cet homme. Je ne sais pas ce qui m'est arrivé, mais jamais de toute ma vie je n'avais eu ce sentiment. Et je pense que je ne l'éprouverai plus, » souffla-t-elle, tragique.

Elle se moucha. « J'ai un rhume affreux, Lulu, et je crois que j'ai un peu de fièvre. Alors j'avais donc ce sentiment pour cet homme, et un moment j'ai pensé qu'il aurait le même pour moi. J'ai vu un avocat, je lui ai montré mes papiers, et il m'a donné ceci. Celui-ci est à toi, Lulu, c'est pour toi. » Elle lui tendit le papier.

Cette scène lui rappelait tellement celle qui avait

semé la dévastation dans sa vie tranquille qu'il le prit sans le regarder. Il ferma les yeux, se mit debout, tout tremblant, s'attendant à Dieu sait quoi.

Mais elle comprit, et s'esclaffa, puis toussa, puis se remit à rire en lui prenant le papier des mains. « Tu as peur, mais je ne t'en veux pas. Donne, je vais te le lire. » Sa main le toucha, et il sentit le papier lui glisser des doigts.

« Nous, président du tribunal de grande instance de... Oh, glissons sur ce jargon judiciaire. Voilà, j'y suis : Sur la foi de preuves données *in camera,* ça veut dire de manière secrète et confidentielle, le mariage du dit L. Llewellyn et de la dite Ivy Shoots est par cet arrêt annulé, déclaré nul et non avenu. »

Triomphante, elle reposa le papier sur les genoux de Lulu. « Tu comprends, Lulu ? Ce n'est pas un divorce. Le divorce veut dire qu'il y a eu mariage, et que c'est fini. Alors que ça, aux yeux de la loi, à mes yeux et aussi aux tiens, Lulu, ça veut dire qu'il n'y a jamais eu mariage. Tu comprends ? Tu n'as plus besoin de te tourmenter pour ça. C'est fini. Notre union n'est plus bénie par l'église, si c'est ça ce que tu voulais. Appelons-la union libre, à la place. Lulu, vraiment je ne sais pas... »

Enfoncé dans son fauteuil, il était en proie à un tourbillon de pensées, de bribes de pensées. La plus insistante concernait la nature d'un papier officiel dans la civilisation moderne. Mais la formulation n'en était pas aussi lucide. Il voyait son existence sans heurts dévastée par un bout de papier. Il voyait des gens aller contre la loi, qui se retournait contre eux, et cela se faisait à coups de bouts de papier. Il y avait un papier pour tout ce qu'on faisait ou ne faisait pas : et, pour n'avoir pas fait ce qui était bel et bien fait, il suffisait de changer un papier.

« Lulu, » murmura-t-elle, « si jamais tu le voulais, tu pourrais épouser quelqu'un d'autre ; tu es libre de le faire, de me faire mal à ce point-là, si... » Elle se mit à tousser. Cette toux tuante mais si familière le mit mal à l'aise, et il bougea sur son fauteuil. Sur son cœur, toutefois, l'autorisation de mariage faisait entendre son doux craquement de papier neuf.

Quelque part en lui une pensée sombre et désespérante se réveillait : la seule solution restait l'actrice. En draguer une, et l'épouser, sinon il ne serait jamais bigame. Il se prit le front dans les mains et ferma les yeux. Il resta debout un long moment ainsi, tandis que ses lèvres essayaient en vain d'articuler quelque chose. Une demi-phrase en sortit : « Réfléchir, » dit-il. Il gagna la porte. « Réfléchir... Je vais... y réfléchir. »

« Reviens, reviens vite, » dit-elle, « C'est, tu sais, c'est invivable ici maintenant. Vraiment, je ne savais pas que je... Rien, reviens vite. » Elle ne l'accompagna pas à la porte. Il savait qu'elle allait tousser, pleurer, ou se laisser aller à des manifestations encore plus insupportables. Il sortit rapidement.

VI

Lulu monta à la pharmacie de l'hôpital et dit : « Joe, je ne dors pas bien, ces temps-ci. »

Joe répondit : « Combien de temps veux-tu dormir ? »

« Donne-moi de quoi dormir douze heures d'affilée. Qu'un seau d'eau ne puisse pas me réveiller. »

« C'est bien facile, Lew. Tiens, prends-en deux. »

« Le problème, avec les comprimés, c'est que je m'étrangle. Tu n'aurais pas une poudre pas trop infecte ? »

« J'ai mieux que ça. Un soluté totalement dépourvu de saveur. Seulement, je compte sur ta discrétion. »

« Tu me connais, Joe. »

« OK, Lew, je compte sur toi. »

Une heure plus tard, Lulu disait : « Bois ton lait. »

Shelly Fisher Llewellyn obéit docilement. Jeune mariée, depuis quatre semaines, elle était très malheureuse. Mais elle tentait de désarmer le malheur par une totale complaisance à l'égard de son mari. Lulu se leva et s'étira. « Je ne sais pas ce que tu fais, mais moi je vais dormir. Tu n'es pas forcée de faire comme moi. Bonsoir. »

« Si, dit-elle, j'arrive. »

Il la tint enlacée tandis qu'elle s'endormait, lui disant : « Je te tiendrai dans mes bras toute la nuit. »

Deux heures du matin venaient de sonner. Il gravit en silence l'escalier de chez Ivy et entra avec sa clé. Elle ne la lui avait jamais réclamée, ne la lui réclamerait jamais. D'ailleurs, la chaîne de sécurité n'était même pas mise.

Il avait aux mains des gants, et aux pieds des espadrilles. Il faisait noir. Il y avait le même silence en lui et autour de lui. Il savait où le plancher craquait, où les meubles attendaient qu'on les cogne. Il passa comme un souffle jusqu'à la chambre.

Elle était au lit, étendue sur le dos, la bouche

entrouverte. Sans la voir vraiment, il sentait sa présence calme, très calme.

Il prit l'autre oreiller, *son* oreiller, exactement comme il avait prévu de le faire. Elle ne le touchait ni de la joue ni de la main. Il pressa le bord de l'oreiller contre son menton, et cela lui fit comme une bavette. Puis il s'affala en travers du lit, l'oreiller sur le visage d'Ivy, pesa dessus de tout son poids, aggripé de toutes ses forces au bord du lit. Il eut l'impression qu'Ivy, le lit et même le plancher se débattaient sous lui. Cela dura à peine quelques secondes. Il resta cramponné, pesant sur elle, un long moment, jusqu'à ce qu'il n'y ait plus de doute.

Haletant, il se releva, retint son souffle et écouta. Tout dormait.

« C'est fait », se dit-il. Elle qui avait toujours une réponse prête dans sa boîte noire, elle dont les réponses fichaient tout en l'air, je l'ai eue. Je suis le plus grand.

Cette boîte. La voilà. Il alla la prendre. Il essaya à tout hasard d'ouvrir le couvercle, convaincu qu'il serait verrouillé. Il ne l'était pas.

Surpris, il tâta. Dedans, il n'y avait qu'un seul papier.

Il se mit à trembler. Encore un papier qu'elle lui cachait. Il n'avait aucune envie de savoir ce que c'était. Il le prit, passa à la salle de bains, dans le noir, le déchira, le jeta dans la cuvette et actionna la chasse.

Puis il repartit, non par la porte d'entrée, mais par l'escalier de secours. Il laissa la fenêtre de la chambre ouverte, et la partie inférieure de l'issue de secours abaissée, maintenue en place par une poubelle renversée.

Revenu chez lui, il se déshabilla rapidement, en silence et se mit au lit. Il se sentait gigantesque. Il était hors de lui. Et au matin, très timidement, Shelly lui dit : « Quel homme. »

L'inspecteur en avait vu d'autres. Il se planta devant le guichet de Lulu à l'hôpital, scruta derrière le grillage et dit : « C'est vous, Llewellyn ? »

« C'est mon nom, » dit Lulu.

« Où étiez-vous, la nuit dernière ? » demanda l'inspecteur.

« A la maison, je dormais. »

« Parfait. On avait déjà vérifié. Vous aviez bien une épouse du nom d'Ivy Shoots ? »

Lulu devait faire une tête de circonstance, car l'inspecteur ne le fit guère attendre avant de dire : « Elle est morte. »

Je l'ai tuée, dit Lulu. Mais, à son grand étonnement, rien ne sortit. Il voulait, mais ne pouvait pas. Il ne pouvait rien dire.

« Vous frappez pas comme ça, dit l'inspecteur, on doit tous y passer. Je voudrais simplement savoir si c'est vous qui allez l'enterrer. Le docteur ne savait pas à qui s'adresser, c'est pour ça qu'il nous a appelés. On a regardé dans ses affaires et trouvé votre adresse. Elle n'avait pas grand-chose, mais elle vous laisse tout. »

« Ah... »

« Vous feriez mieux d'y passer tout de suite, parce que quelqu'un s'est introduit chez elle la nuit dernière. Apparemment rien n'a été volé, sauf le certificat de décès. Le toubib dit qu'il l'a rédigé, puis qu'il l'a mis dans un petit coffret de métal à côté du lit. On n'a retrouvé que la boîte. »

« Un certificat de décès ? » murmura Lulu.

« Ouais, figurez-vous, elle était déjà raide, morte d'une pneumonie, et voilà que quelqu'un arrive, lui colle un oreiller sur la figure et fauche son billet de sortie. Il a dû faire ça dans le noir, en croyant que c'était un papier important. Il doit faire une drôle de gueule, maintenant. Si j'étais vous, j'irais là-bas vérifier. »

« Je l'ai tuée, dit Llewellyn, je l'ai tuée. »

« Ça va, » dit le détective.

« Mais si, c'est moi, » dit Lulu.

« Un duplicata en bonne et due forme de l'original prouve exactement le contraire, » dit l'inspecteur, et il amena Lulu jusqu'à l'appartement. Là, des tas de gens lui dirent ce qu'il avait à faire. Il les fit et mourut.

Il travaille toujours à l'hôpital derrière son grillage de fer, il porte le linge le lundi et les affaires à dégraisser le mardi, et reprend le tout le vendredi, les patates sont sur le feu quand sa légitime arrive du travail. Mais il est bel et bien mort.

Traduit par Didier Pemerle.
A Crime for Llewellyn.

LA FILLE QUI SAVAIT

Encore une histoire sur la solitude. Solitude qui naît non pas d'une impossibilité à communiquer, mais au contraire d'un excès de communication. Le don de détecter les mensonges est-il vraiment un don bénéfique ?

LA FILLE QUI SAVAIT

JE suis sorti du bureau du motel, avec la tête qu'on a quand quelqu'un vous a dit au téléphone : « Tu en as pour une semaine, Sam », et que la même voix rappelle : « Plus qu'un jour, Sam », après quoi on est mort. La seule chose qui pouvait me changer les idées, c'était une fille.

Celle-ci m'a distrait, pendant une seconde, peut-être trois. Le chien d'abord. C'était un lévrier afghan. J'aime bien les afghans. J'ai un ami dans l'Est qui m'a envoyé tout un livre sur les afghans, leur histoire, les soins, la nourriture, les concours et les portraits des gagnants. C'était une chienne couleur de miel, une fine ossature couverte de soie. Si je n'en ai pas vu plus, c'est à cause de la fille qui tenait le chien en laisse. Une laisse tressée. Elle avait un vieux jean distendu et une chemise d'homme trop grande, pans flottants, de quoi faire passer incognito une Miss Monde dans une prison pour hommes. Mais elle avait le soleil de face, et ses cheveux avaient la couleur, en plus soyeux, de l'afghan. Ses yeux, très écartés, étaient assortis à ses cheveux, au chien et au soleil. Elle n'avait pas de soutien-gorge. Pas facile à déceler, chez elle, mais je le remarque toujours. Chez moi, c'est une question de glandes.

Je me suis arrêté net et nos regards se sont croisés. J'ai dit (vous pouvez me croire, de tout ce que j'aurais pu dire, j'ai lâché ceci) : « Belle journée, hein ? »

Elle a répondu « Oui, c'est vrai », et souri.

Les deux ou trois secondes s'étant écoulées, la réalité m'a repris dans son étau, avec plus qu'une semaine, plus qu'un coup de téléphone et le lendemain la mort, et je suis retourné dans ma chambre ruminer mon angoisse.

Les humeurs ne s'éternisent pas (du moins leurs paroxysmes, comme après ce genre de coup de fil) sauf dans la folie, et quelques heures plus tard, la peur était retombée à un morne élancement de cheville foulée. Elle n'obnubile plus, elle est la compagne de chaque pas, mais on peut penser à autre chose.

Autre chose, c'était cette fille, et pas seulement son allure, mais aussi sa conversation, que je retournais dans ma tête. « Belle journée, hein ? »

« Oui, c'est vrai. »

C'est sans doute ce qu'on appelle une réponse consentante aux dramatiques judiciaires de la télé.

Mais pas si on considère les mots. Si vous y regardez bien, ils ne veulent rien dire. On ne regarde pas les mots. Vous vous demandez pourquoi je voulais établir le contact, ce qui m'a fait dire ce que j'ai dit et non une autre idiotie, comment elle a répondu ça et non des mots. C'est qu'elle savait exactement ce que je voulais dire.

J'ai eu comme un accès d'intelligence au cerveau, et j'ai fourragé au fond du placard où j'avais jeté des magazines, des journaux du dimanche, et j'ai trouvé : un livre. Je l'ai sorti, j'en ai fait voler la poussière en le claquant, et suis descendu au bureau du motel. C'était un motel très, très bon marché ! vingt et une chambres, et un seul téléphone. Un endroit idéal pour rester caché. Madame Walker sortait justement de son appartement, l'air contrarié. C'était la gérante et son air ne voulait rien dire, c'était juste ce qu'on appelle un visage contrarié.

J'ai dit : « Où est la fille avec le chien ? »

Elle a dit : « Ecoutez, Sam. »

Une réponse consentante ? J'ai dit : « Ecoutez... »

Elle a dit : « Numéro 5, mais c'est une gentille fille, Sam. » Si vous vous mettez à regarder ce que disent vraiment les mots que les gens disent, ça devient fou. Ils ne disent pas ce qu'ils sont en train de dire, tant s'en faut.

J'ai traversé la cour pour aller à la porte du 5, et j'ai frappé. Un moment a passé, la porte s'est entrebâillée. La chemise blanche n'était fermée que par trois boutons, le quatrième a regagné sa boutonnière dès que la main s'est levée de la poignée de la porte.

« C'est un livre que vous avez certainement envie de m'emprunter. »

« Un livre ? » Elle l'a regardé, je le lui tendais. Un sourire. Je n'ai pas essayé de vous dire à quoi ressemblait le premier sourire, je n'essaierai pas pour le deuxième. Elle connaissait le livre. « J'ai toujours voulu l'acheter, mais il est tellement cher. »

« Gardez-le tant que vous voudrez. Dès que j'ai vu votre chien, j'ai pensé que ça vous ferait plaisir, et je l'ai déterré. »

« C'est vraiment gentil. » Ce sourire.

« Parfait. » J'ai reculé d'un pas, et, de ma main libre lui ai fait O.K. de la main. « A un de ces jours. » Je me suis éloigné, la porte s'est refermée doucement derrière moi. Ne jamais insister la première fois. C'est pour plus tard.

J'ai fait demi-tour et j'ai encore frappé. Elle a ouvert et j'ai dit : « Vous avez oublié de prendre le livre. »

Ça ne l'a pas fait rire. « Vous avez oublié de me le donner. » Puis elle a grand ouvert sa porte et m'a fait « Entre », avec la main.

Je suis entré et j'ai posé le livre sur la commode. C'était une chambre comme toutes les chambres : petite, un lit double, rideaux de plastique poussiéreux, murs fumeux, réfrigérateur de la taille d'une valise, surmonté de deux plaques chauffantes, évier dans la salle de bains pour la vaisselle. Pour quatre dollars par nuit ou quatre-vingt-dix pour un mois, du linge frais et le nécessaire, qui dit mieux ? Elle avait sur sa table de nuit un morceau de verre turquoise, du laitier de fonderie, apparemment, gros comme mes deux poings, et quelques livres du genre que moi je ne lis pas. La chienne était là, bien sûr. Je lui ai gratouillé le renfoncement qu'ont ces chiens derrière l'oreille, un peu en dessous. Elle en semblait fort aise.

Je me suis assis dans le fauteuil bouffi et crasseux, elle s'est assise sur le lit, une jambe repliée sous elle. Nous avons parlé de son travail chez le vétérinaire à deux rues de là, de ce qu'elle ne trouvait pas à se loger pour pas cher avec un chien. D'animaux. De la Californie, surtout celle du Sud, L.A. n'a pas d'atmosphère alors que toutes les villes en ont une, il y a l'atmosphère de San Francisco, celle de Chicago, celle de New York, de la Nouvelle-Orléans, elles ont toutes un truc spécial qu'on reconnaît les yeux fermés, mais rien de tout ça à L.A. Quand on la cherche, on trouve l'atmosphère de Pasadena, qui n'est pas celle de Beverly Hills, et celle d'Encino a une qualité qui n'est pas celle de Pacoima ou d'Olendale, mais à L.A. il n'y a pas *une* atmosphère pour toute la ville. J'ai une théorie comme quoi les gens de L.A., si longtemps qu'ils y vivent, ne s'y font pas de racines. Ceux qui viennent d'ailleurs, les plus nombreux n'en avaient plus en arrivant, soit qu'ils les aient coupées avant d'arriver, soit qu'ils n'en avaient jamais eues, c'est un endroit qu'on dirait à la dérive. Elle a dit : « Et alors ? » « Alors rien. » Moi aussi j'ai bien ri.

Elle a fait du café, et j'ai appris l'histoire du type qu'elle allait épouser, seulement la conscription lui est retombée dessus, et il est mort de la méningite au camp d'entraînement, et comment ses parents à elle lui faisaient la tête parce qu'elle avait vécu avec lui avant qu'il parte, et que depuis ce temps-là, ses parents lui en voulaient d'une certaine façon. « Ce n'est pas qu'ils me l'aient dit, mais c'était là dans tout ce qu'ils disaient. »

Pour le dîner, elle a fait la cuisine, avec rien que des œufs, que nous avons mangés, puis il a été dix heures, nous parlions des chélydres serpentines, de ce qu'on ne leur faisait pas mal en montant dessus, elles rentrent seulement la tête sous leur carapace et pendant ce temps, on peut percer un trou au bord de l'écaille, y passer un anneau, une chaîne, elles ne sentiront jamais rien, si on veut les garder chez soi, soudain elle a ouvert les bras. Ça y était.

Je n'ai pas vu de corps si beau. Elle ne mettait pas de soutien-gorge pour trois raisons : la première c'est que ça la ligotait et qu'elle n'aimait pas se sentir entravée, la deuxième était à droite et la troisième à gauche, deux gros seins fermes qui tenaient tout seuls, parfaits. Elle n'aimait pas avoir des vêtements sur elle, voilà. J'avais déjà entendu ça, mais de filles qui avaient des machins transparents et des jupes basses en haut et hautes en bas, de quoi se rincer l'œil. Chez elle, c'était une façon d'être bien à elle, cachée. Une fois elle a dit : « Nu, on peut mentir à quelqu'un de nu, mais ce n'est pas facile. » Elle baisait comme une femme, sans trucs. Elle baisait, tout simplement.

Pendant trois jours, les yeux ouverts ou fermés, nous sommes restés ensemble quand elle n'était pas à son travail. Une nuit, elle m'a réveillé, les murs en résonnaient encore. Elle m'a dit que je tempêtais, que je criais en dormant. Elle a eu peur. Elle m'a demandé ce qu'il y avait, et je ne lui ai rien dit. Je crois que j'ai pleuré.

Alors je lui ai raconté mon histoire avec Millikein, qui me tenait pour responsable de ce qui était arrivé à son frère, et qui avait décidé que, moi aussi, j'allais mourir. Millikein était plus riche que Crésus, mais à mon sens ça ne changeait rien ; il avait décidé que ce serait comme ça, c'est tout. Il voulait que je meure le jour anniversaire de la mort de son petit frère, il m'avait prévenu avec une année d'avance. J'avais couru de cachette en incognito, mais il m'avait toujours retrouvé : un coup de téléphone, une lettre dès que je m'arrêtais, ou bien je le rencontrais dans la rue. Il a même acheté un petit bar, le Bash West, dans la même rue. Il me parlait toujours très aimablement, me disait que j'aille le voir quand je voulais ; la seule chose c'est que dans quatre jours, je serais mort. Ce n'était pas du chantage, ça n'était pas pour m'extorquer de l'argent. Je lui ai dit aussi que ce n'était pas la peine d'aller chez les flics, qu'ils ne croient pas ce genre d'histoire. Je ne lui ai pas dit que si les flics mettaient leur nez dans cette histoire, ça n'arrangerait rien.

L'après-midi du lendemain, j'étais sur mon lit que j'avais déplacé de façon à la voir rentrer chez elle, quand j'ai vu une fille... Malgré tout ce qui s'était passé avec l'autre, j'avais les yeux qui me sortaient de la tête : la jupe jusque-là, un chemisier translucide avec une poche là et une autre là, coiffée je ne vous dis que ça, de longues jambes et des hanches comme jamais je n'en avais vues dans ma vie ; et tout cela était au n° 5.

Au 5 et pas ailleurs. C'est seulement quand elle a retiré sa clé que j'ai reconnu la fille à la chienne afghane. Ne pas aimer porter de vêtements ne veut pas dire qu'on n'en a pas ni qu'on ne sait pas les porter. Je me suis retrouvé chez elle si vite que je ne sais pas si j'ai ouvert ou traversé la porte. Elle était dans la salle de bains, en collants arachnéens, elle se démaquillait. Oui, *elle* s'était maquillée.

J'ai dit : « Où étais-tu ? » et elle m'a répondu : « Avec Millikein. » Elle avait dû aller le voir, pour savoir si mon histoire était vraie.

Je lui ai dit qu'elle me prenait pour un menteur. Elle a eu un regard si... disons, si fatigué que j'ai senti comme un pincement intérieur. Elle m'a dit que non, mais qu'elle avait eu besoin de savoir si c'était sérieux. Elle a dit qu'elle savait reconnaître si les gens pensaient ce qu'ils disaient. Ça j'étais prêt à le croire, j'en avais eu assez souvent la preuve. Je lui ai donc demandé ce qu'il avait dit.

Elle a épongé son visage, secoué ses cheveux,

puis elle est venue dans la chambre. Elle a ôté son collant qui a volé dans un coin de la pièce. Je ne l'avais jamais vu faire ça. Elle s'est écroulée sur le lit et a dit qu'il avait parlé très gentiment de moi, qu'il voulait simplement me faire peur, à tout hasard, qu'il n'avait aucune preuve, que j'étais vraiment un type sympa, parfois irresponsable, mais pas mauvais. Il lui avait dit de ne rien répéter, parce que depuis le temps, je devais avoir une bonne trouille, que ça me ferait du bien et que ça n'était pas la peine de me détromper.

La colère que j'ai piquée contre elle, qui selon moi se mêlait de ce qui ne la regardait pas ! J'ai dû lui hurler des mots qui font mal, car son long corps tressaillait à chaque fois. J'ai dit qu'elle allait le payer d'avoir fourré son nez là-dedans, parce que Millikein allait vouloir se débarrasser d'elle aussi ; il n'était pas idiot au point de me supprimer et de laisser courir une fille au courant de tout. J'ai dit encore que même s'il avait voulu changer d'avis, elle venait de l'en dissuader en mettant les pieds dans le plat.

Quand je me suis tu, à bout de souffle, elle s'est retournée, s'est assise et a écarté les cheveux qui lui tombaient dans la figure. Je me rappellerai toujours cette image d'elle, quoi qu'il arrive. Si belle et rien que nue, cela aurait suffi, mais elle portait sa nudité comme une parure. C'était sur elle, si vous voyez ce que je veux dire, taillé sur mesure et si bien ajusté qu'elle pouvait l'oublier, sachant que c'était parfait. Mais ces mots, ces foutus mots, c'est à cause d'eux tout ça, à cause des mots.

Je me suis calmé, me suis assis à côté d'elle et lui ai dit que je réagissais comme un salaud à ces bonnes nouvelles, que pour la première fois depuis un an ou plus, j'avais une raison d'espérer, que je savais qu'elle l'avait fait pour mon bien. Nous nous sommes couchés.

Le lendemain, elle n'est pas rentrée de son travail. J'ai attendu plus d'une heure, et soudain j'ai eu peur. Une peur sale, totale, comme jamais j'en ai eue dans ma vie. J'ai foncé dans la rue, vers le Bash West. De loin je voyais déjà l'attroupement et l'éclat aveuglant des lumières rouges. Trois voitures de police, deux Harley-Davidson et une ambulance. Le temps que j'arrive, ils l'avaient déjà embarquée. J'ai vu que c'était elle avant que la portière se referme et que l'ambulance s'éloigne en couinant. On disait que quelqu'un avait agressé une fille et que celle-ci l'avait tué pour se défendre. Une autre ambulance est arrivée sur ces entrefaites et celui qu'on a mis dedans avait la couverture sur la tête.

Comment se souvenir de tout dans l'ordre où c'est arrivé : courses effrénées, éclats de voix, toute une histoire à propos de fric, pourquoi toujours des questions de fric dans ces histoires-là. Eclats de voix avec la gérante, Madame Walker, pour qu'elle me donne vingt dollars pour prendre un taxi jusqu'à l'hôpital, encore que ça ne change rien à rien, sachant que quand elle céderait, ce serait pour moi, non pour la fille du 5, qui n'était plus une gentille fille à cause de moi, moi on pouvait encore me faire confiance, etc. Où est la logique, là-dedans ? Et puis ce taxi qui n'arrivait pas et qui, une fois là, n'a pas cessé de stopper et de faire des marches arrière jusqu'au Receiving Hospital pendant une éternité, et après cette course effrénée, ces éclats de voix, l'attente, l'attente, l'attente à lire des magazines que je ne voyais pas, à boire des cafés pris au distributeur du couloir, sans en sentir le goût.

Et puis le docteur, qu'on avait apparemment déniché dans une dramatique pour la télé : tempes argentées, regard qui en a vu d'autres, le stéthoscope en sautoir : « Elle n'a qu'une envie, c'est vous voir, pas plus de deux ou trois minutes, ne peux pas me prononcer, ça dépend entièrement d'elle, elle peut s'en tirer si elle veut. »

Et le coin des urgences avec ces machines, partout, trois infirmières courant entre les lits, un gosse brûlé, une vieille aux jambes levées par des poulies et qui soufflait comme une forge, et là, dans le coin, c'était elle. Les infirmières ont dressé un paravent autour du lit, avec des « Appelez-moi si... » et des « Pas plus de deux ou trois minutes ».

J'ai d'abord cru qu'elle était inconsciente, mais non, elle attendait, les yeux fermés. Son œil. Le deuxième était sous le bandage qui lui prenait tout le crâne et la moitié de la figure. Elle avait un drap sur elle.

Elle m'a dit : « Tu vas bien ? » Oui, elle a dit ça.

J'ai dit : « Je vais bien. »

« Il est mort. » Son œil s'est fermé.

« C'est ce qu'on m'a dit. »

« Alors tout va bien pour toi. »

« Pourquoi as-tu fait ça ? »

« Il allait te tuer. »

« Ce n'est pas ce que tu racontais. »

« Ce n'est pas ce qu'il m'a raconté, non plus. » Elle pouvait encore sourire un peu. Mais avec un seul œil, ce n'était pas pareil. « Mais c'est bien ce qu'il voulait dire. » Puis elle m'a dit que ce n'était pas la peine de pleurer.

J'ai dit : « Peu importe de quoi ça aura l'air, je m'occupe de toi. »

« Il manque tout un morceau à l'un des deux, et je ne récupérerai jamais mon œil. »

J'ai dit : « Mon-Dieu. »

Elle m'a regardé un long moment avec son œil, et son regard était fatigué. Puis elle a dit, ni fâchée ni rien : « J'ai toujours compris ce que les gens pensent quoi qu'ils disent, et je n'ai jamais vu quelqu'un qui dise ce qu'il pense. Je crois que personne ne sait comment ça se fait. »

J'ai dit : « C'est dingue. » Je lui ai dit que je l'aimais, que je l'aimerais quoi qu'il arrive.

Elle m'a regardé longtemps, encore, puis a dit : « Si je ne m'en sors pas, tu t'occuperas de la chienne ? Elle est si belle, elle a besoin qu'on s'occupe bien d'elle. »

Je lui ai dit que bien sûr, elle s'en sortirait.

« Juste au cas où, » a-t-elle dit.

« Je te le promets. »

Elle a fermé son œil. L'infirmière a écarté la tenture et m'a dit de partir.

Elle ne s'en est pas sortie, pour une raison ou pour une autre. Quelques jours après, j'ai vendu la chienne et j'ai quitté la ville. C'est vrai que L.A. est une ville sans cachet.

Traduit par Didier Pemerle.
The Girl who knew what they Meant.

SCULPTURE LENTE

Ce dernier texte date de 1970. Il reçut le Hugo et le Nebula, les deux plus grandes récompenses décernées à des écrits de science-fiction. On y retrouve toutes les facettes de Sturgeon : le fabuliste, le moraliste, l'humaniste.

SCULPTURE LENTE

I

LORSQU'ELLE fit sa connaissance, elle ne savait pas qui il était ; rares étaient ceux qui le savaient. Il se trouvait dans le verger, occupé à quelque chose, sous un poirier. La campagne avait l'odeur du vent et de la fin de l'été, du bronze, une odeur de bronze.

Il leva les yeux sur une jeune fille pas très grande, aux traits ouverts, presque hardis ; elle pouvair avoir dans les vingt-cinq ans. Ses yeux avaient la couleur de ses cheveux, ce qui était assez extraordinaire, car ses cheveux étaient d'un roux doré. Elle baissa les yeux sur un homme d'une quarantaine d'années, à la peau tannée, et sur l'électroscope à feuilles d'or qu'il tenait à la main. Et elle se sentit de trop.

— « Oh... » dit-elle, apparemment sur le ton qu'il fallait.

Car après l'avoir saluée d'un bref signe de la tête, il lui avait dit : « Tenez ça... » et il n'était plus question d'être de trop.

Elle s'agenouilla à côté de lui et prit l'instrument, le tenant exactement de la façon qu'il lui indiquait.

Il s'éloigna de deux pas et fit résonner un diapason contre son genou.

— « Qu'est-ce que ça donne ? »

Il avait une bonne voix. Le genre de voix qui retient l'attention de ceux qui l'entendent pour la première fois.

Elle regarda les délicates feuilles d'or sous leur abri de verre.

— « Elles se séparent. »

Il fit de nouveau résonner le diapason ; de nouveau les feuilles s'écartèrent l'une de l'autre.

— « Beaucoup ? »

— « D'environ quarante-cinq degrés, au moment où vous frappez le diapason. »

— « Bien ; je ne pense pas que nous puissions obtenir davantage. » D'une poche de sa veste de toile, il tira un sac de chaux pulvérisée et en fit tomber une poignée sur le sol. « Je vais un peu plus loin. Restez là et dites-moi comment les feuilles réagissent. »

Il se mit à décrire des zigzags autour du poirier, faisant résonner son diapason tandis qu'elle lui énonçait des chiffres : dix degrés, trente, cinq, vingt, rien du tout. Chaque fois que les feuilles s'écartaient de quarante degrés ou plus, il déposait un petit tas de chaux. Lorsqu'il eut terminé, l'arbre était entouré d'un ovale irrégulier de points blancs. Il prit un carnet et le dessina, ainsi que l'arbre, puis rangea le carnet et lui prit l'électroscope des mains.

— « Vous cherchez quelque chose ? » lui demanda-t-il.

— « Non, » dit-elle. « Oui. »

Il savait sourire. Cela ne dura pas longtemps mais

elle n'en trouva pas moins cette expression surprenante sur un visage comme le sien.

— « Si vous étiez devant un tribunal, on vous dirait que ce n'est pas une réponse. »

Elle parcourut des yeux la colline métallisée par la lumière du soir. Il n'y avait pas grand-chose sur la colline ; des pierres, des herbes flétries par l'été, un ou deux arbres, le verger. Quiconque se trouvait ici était venu de loin.

— « Ce n'était pas une question facile. » Elle essaya de sourire et finit par éclater en sanglots.

Elle le regretta immédiatement et le lui dit.

— « Pourquoi ? » demanda-t-il.

C'était la première fois qu'elle était victime de son habitude de toujours poser de nouvelles questions. C'était troublant. Cela devait continuer à l'être — jamais moins que cette première fois, souvent bien davantage.

— « Eh bien... on ne donne pas libre cours à ses émotions en public. »

— « Vous venez de le faire. Et je ne connais pas ce " on " dont vous parlez. »

— « Je... moi non plus, en fait, maintenant que vous l'avez mentionné. »

— « Dans ce cas, dites la vérité. A quoi cela sert-il de tourner en rond autour de concepts comme : " *Il va penser que je...* ", ou d'autres du même genre ? Quoi que vous pensiez ou disiez, je penserai ce que je penserai. Ou alors — redescendez la montagne et ne dites pas un mot de plus. » Comme elle ne faisait pas mine de partir, il ajouta : « Essayez donc la vérité. Si c'est important, c'est simple. Et si c'est simple, c'est facile à exprimer. »

— « Je vais mourir ! » s'écria-t-elle.

— « Moi aussi. »

— « J'ai une grosseur au sein. »

— « Venez jusqu'à la maison et je vais arranger ça. »

Sans ajouter un mot, il lui tourna le dos et monta entre les rangées d'arbres fruitiers. Ne sachant plus où donner de la tête, emplie d'indignation et d'un espoir insensé, elle resta un long moment à le regarder s'éloigner. Un éclat de rire stupéfait, aussitôt réprimé, lui échappa même. Et soudain (quand en prit-elle la décision ?) elle se mit à courir derrière lui.

Elle le rattrapa en haut du verger.

— « Etes-vous médecin ? »

Il ne s'était apparemment pas aperçu qu'elle avait attendu, puis couru.

— « Non, » dit-il, sans s'arrêter : pas plus que la première fois, il ne parut s'apercevoir qu'elle s'arrêtait, un doigt sur la lèvre inférieure, puis courait de nouveau pour le rattraper.

— « Je dois être devenue folle, » dit-elle en le rejoignant sur le sentier du jardin.

Elle avait parlé pour elle-même. Sans doute s'en était-il aperçu, car il ne répondit pas. Le jardin était animé par des chrysanthèmes aux couleurs provocantes et par une mare où elle vit le scintillement de deux majestueux poissons, non pas rouges, mais d'argent, les plus gros qu'elle eût jamais vus. Et ensuite... la maison.

Au début, elle faisait partie du jardin, avec sa terrasse à colonnades et ensuite, avec ses murs de pierre (trop massifs pour être en meulière), de la montagne elle-même. Elle était bâtie à la fois sur et dans la colline. Ses toits étaient parallèles à la ligne d'horizon, et elle était en partie adossée à un haut pan de rocher. La porte, renforcée par des poutres, lourdement cloutée, et percée de deux étroites fentes, s'ouvrit devant eux (mais il n'y avait personne) et lorsqu'elle se referma, ce fut dans un silence qui excluait le monde extérieur de façon plus péremptoire que tout claquement, bruit de serrure ou grincement de verrou.

Adossée contre la porte, elle le regarda traverser ce qui semblait être le puits central de la maison, ou du moins de cette partie de la maison. C'était une sorte de petite place au centre de laquelle se trouvait un atrium pentagonal aux parois de verre, mais ouvert sur le ciel, dans lequel poussait un arbre, cyprès ou genévrier, noueux et contourné, dont l'aspect sculpté, inversé, la structure parallèle, rappelait ce que les Japonais nomment un bonsaï.

— « Vous venez ? » Il avait ouvert une porte, de l'autre côté de l'atrium.

— « Ce n'est pas possible, » dit-elle. « Les bonsaï n'ont pas quatre mètres de haut. »

— « Celui-là, si. »

Elle le contourna lentement, sans le quitter des yeux.

— « Depuis combien de temps l'avez-vous ? »

Au ton de sa voix, elle comprit qu'elle lui avait fait un grand plaisir. C'est une grande maladresse que de demander au propriétaire d'un bonsaï quel âge il a ; cela revient à demander si l'arbre est vraiment son œuvre, ou s'il n'a fait qu'acquérir et continuer l'œuvre d'un autre. Vous l'incitez à revendiquer pour lui seul la conception et le méticuleux labeur d'un autre. Il n'est pas convenable de mettre ainsi un homme à l'épreuve. Il s'ensuit que « depuis combien de temps l'avez-vous ? » est poli, témoigne d'une grande longanimité et d'une profonde courtoisie.

Il répondit : « Je l'ai eu la moitié de ma vie. »

Elle regarda de nouveau l'arbre. On trouve parfois de tels arbres, pas complètement rejetés, pas complètement oubliés, empotés dans des boîtes en fer rouillé, ou dans des pépinières de second ordre, invendus à cause de leur forme bizarre ou bien parce qu'ils ont une ou deux branches mortes, ou encore parce que leur croissance a été, en tout ou en partie, trop lente. Ce sont ceux-là qui donnent des troncs intéressants et acquièrent une résistance à l'adversité qui les fait prospérer dès qu'on leur donne le moindre prétexte pour vivre. Celui-ci était bien plus vieux que la moitié de la vie de cet homme, et même que sa vie entière. En le regardant, elle fut terrifiée par la pensée soudaine et effrayante qu'un incendie, une famille d'écureuils, quelque ver souterrain ou des termites — forces ignorant tout concept de bien et de mal, de justice, ou simplement de respect — pouvaient mettre un terme à tant de beauté.

Elle regarda l'arbre. Elle regarda l'homme.

— « Vous venez ? »

— « Oui, » et elle entra avec lui dans le laboratoire. « Asseyez-vous là et détendez-vous, » lui dit-il. « Cela prendra un certain temps. »

« Là » était un grand fauteuil de cuir placé près de la bibliothèque. Les livres couvraient tout le spectre : médecine et engineering, physique nucléaire, chimie, biologie, psychiatrie, et aussi tennis, gymnastique, échecs, le jeu de guerre oriental *Go,* ainsi que le golf. Et ensuite, théâtre, technique du roman, le *Modern English Usage,* l'*Americain Language,* avec son supplément, le dictionnaire des rimes de Wood et Walker et toute une série de dictionnaires et d'encyclopédies. Un rayon entier était consacré aux biographies.

— « Vous avez une jolie bibliothèque. »

Il lui répondit assez sèchement. Il était évident qu'il n'avait pas envie de parler, parce qu'il était très occupé. Il ne dit donc que : « En effet. J'aurai peut-être l'occasion de vous la montrer... » et elle resta à soupeser ses mots pour découvrir ce qu'il avait voulu dire.

Elle parvint à la conclusion que cela pouvait seulement signifier que les livres qui se trouvaient ici étaient juste quelques ouvrages qu'il désirait avoir sous la main lorsqu'il travaillait, et que sa vraie bibliothèque se trouvait ailleurs. Elle le regarda avec une admiration non dénuée de crainte.

Elle ne cessait de le regarder. Elle aimait ses mouvements, rapides et sûrs. Il savait ce qu'il faisait. Elle reconnut une partie de l'équipement qu'il utilisait ; une cornue en verre, un nécessaire de titrage, une centrifugeuse. Il y avait aussi deux réfrigérateurs, dont l'un n'était pas un réfrigérateur du tout, car elle voyait nettement le thermomètre-témoin indiquer vingt et un degrés centigrades. Il lui vint à l'esprit qu'un réfrigérateur moderne était parfaitement adaptable à l'exigence d'un environnement contrôlé, fût-il tiède.

Mais tout cela — de même que les appareils dont elle ne connaissait pas la fonction — n'était que du mobilier. C'était l'homme qui valait la peine d'être regardé, qui occupait tellement son attention que pas une fois elle ne fut tentée de prendre un livre.

Cela dura longtemps. Lorsqu'il eut terminé ce qu'il faisait, il ouvrit ou ferma quelques interrupteurs, empoigna un haut tabouret et vint s'installer à côté d'elle, les pieds sur le barreau transversal, et, sur les genoux, ses deux mains longues et brunies.

— « Vous avez peur. »

Ce n'était pas une question.

— « Oui, je crois. »

— « Vous n'êtes pas obligée de rester. »

— « Connaissant la seule alternative... » commença-t-elle courageusement, mais elle ne put maintenir ce ton jusqu'au bout de sa phrase. « Cela ne peut pas être tellement grave. »

— « Excellent raisonnement, » dit-il presque joyeusement. « Je me rappelle que, quand nous étions enfants, il y avait eu un incendie dans l'immeuble où nous vivions. Il y eut une belle bousculade et mon frère, qui avait alors dix ans, se retrouva dans la rue avec un réveil à la main. C'était un vieux réveil cassé — mais de tous les objets qu'il aurait pu prendre en un moment pareil, c'est sur celui-là que son attention s'était portée. Il n'a jamais pu en découvrir la raison. »

— « Et vous ? »

— « Je ne sais pas pourquoi il a précisément pris cet objet à ce moment-là. Mais je crois savoir pourquoi il a agi d'une façon manifestement irrationnelle. La panique est un état très particulier. Comme la peur et le réflexe de fuite, la colère et l'attaque, c'est une réaction fort primitive à un danger extrême. C'est une des expressions de l'instinct vital. Ce qui la distingue des autres, c'est qu'elle est irrationnelle. Et pourquoi l'abandon de la raison serait-il un facteur de survie ? »

Elle y réfléchit gravement. Il y avait en cet homme quelque chose qui vous obligeait à penser avec sérieux.

— « Je ne peux pas l'imaginer, » dit-elle, « à moins que ce ne soit parce que, dans certaines situations, la raison est tout simplement inefficace. »

— « Vous êtes parfaitement capable de l'imaginer, » dit-il sur un ton chaudement approbateur, qui la fit rougir de plaisir. « Et vous venez de le faire. Si vous êtes en danger, et que vous essayez de vous servir de la raison, et que la raison s'avère inefficace — vous l'abandonnez. Vous n'allez quand même pas prétendre qu'il est inintelligent d'abandonner ce qui est inefficace ? Vous êtes donc en proie à la panique. Vous agissez de façon irraisonnée. La plupart de ces actes — pour ne pas dire tous — seront inutiles. Certains seront même dangereux ; mais c'est sans importance : vous êtes d'ores et déjà en danger. Le facteur survie intervient dans le sens où, tout au fond de vous-même, vous savez qu'une chance sur un million vaut mieux que pas de chance du tout. Et vous voilà ; vous avez peur, vous pourriez prendre la fuite. Quelque chose vous dit que vous devriez fuir, mais vous ne le faites pas. »

Elle fit un signe d'assentiment.

Il continua : « Vous avez donc découvert une grosseur. Vous êtes allée voir le médecin, qui a pratiqué certains tests et vous a appris la mauvaise nouvelle. Peut-être êtes-vous alors allée chez un autre docteur, qui a confirmé ce diagnostic. Vous avez effectué quelques recherches et avez découvert ce qui allait suivre — l'opération exploratoire, l'opération radicale, la problématique guérison, le long et excruciant processus d'être ce qu'on appelle un cas terminal. Alors, vous avez fait le saut. Vous avez fait des choses sur lesquelles vous espérez que je ne vous interrogerai pas. Vous êtes partie quelque part, n'importe où, et vous êtes retrouvée, sans raison particulière, dans mon verger. » Il leva ses bonnes et belles mains en un geste éloquent et les laissa revenir à leur sommeil. « C'est la panique. La raison pour laquelle des petits garçons en pyjama se retrouvent dans la rue à minuit avec un réveil cassé dans les bras — et la raison pour laquelle il existe des charlatans. » Quelque chose sonna sur sa table de travail et, après lui avoir adressé un bref sourire. il retourna à ses cornues, lui lançant par-dessus son épaule : « A ce propos, d'ailleurs, je ne suis *pas* un charlatan. Pour avoir droit à ce titre, il faut d'abord être docteur, ce qui n'est pas mon cas. »

Elle le regarda ouvrir, fermer des interrupteurs, remuer un mélange, mesurer, calculer. Un petit concert de sonneries, de ronronnements, de sifflements, de cliquètements, servait de fond sonore. Elle avait envie de rire. De pleurer. De hurler. Elle ne fit aucune de ces choses, de peur de ne jamais pouvoir s'arrêter.

Lorsqu'il revint à côté d'elle, le conflit ne faisait plus rage en elle, mais exerçait des tensions égales et opposées. Le résultat était une terrible stase, et lorsqu'elle vit l'instrument qu'il tenait, sa seule réaction fut d'écarquiller un peu les yeux. Elle en oublia aussi de respirer.

— « Oui, c'est une aiguille, » dit-il sur un ton presque goguenard. « Une longue aiguille pointue et brillante. Ne me dites pas que vous avez peur des piqûres. » Il tira sur le long câble électrique qui partait d'un cylindre noir entourant la seringue, pour le relâcher un peu. « Vous voulez quelque chose pour calmer vos nerfs ? »

Elle avait peur de parler. La membrane qui contenait la partie saine de son moi était excessivement mince et tendue.

— « J'aimerais autant que vous refusiez ; ce brouet pharmaceutique est bien assez complexe tel qu'il est. Mais si vous en avez vraiment besoin... »

Elle parvint à secouer imperceptiblement la tête et sentit de nouveau une chaude approbation. Elle voulait — aurait voulu — lui poser des dizaines de questions... Que contenait cette seringue ? Combien de piqûres lui faudrait-il ? Devrait-elle rester longtemps ? Et où ? Et surtout, ah, surtout, vivrait-elle, vivrait-elle ?

II

Seule la réponse à une de ces questions semblait lui importer.

— « Il s'agit principalement d'un isotope du potassium. Si je vous disais tout ce que je sais à ce sujet, si je vous racontais ce qui m'a mis sur la voie, cela prendrait... plus de temps que nous n'en avons. Je vais simplement vous donner les grandes lignes. Théoriquement, tout atome est électriquement équilibré — laissons de côté les exceptions connues. Similairement, les charges électriques de la molécule sont théoriquement équilibrées : tant positif, tant négatif ; total : zéro. Il se trouve que j'ai observé que l'équilibre des charges dans une cellule anarchique ne donne pas zéro — pas tout à fait. C'est exactement comme si, au niveau moléculaire, il y avait un orage sub-microscopique, avec de minuscules éclairs se déchargeant et modifiant le potentiel. Cela interfère avec les communications, comme les parasites atmosphériques, et voilà où cela... » — il leva la seringue — « intervient. Lorsque quelque chose interfère avec les communications — particulièrement avec le mécanisme du R.N.A. qui dit : *Prenez ce plan, bâtissez sur le même modèle et arrêtez dès que c'est terminé ;* lorsque ce message est déformé, cela aboutit à la construction de structures difformes, déséquilibrées. Des structures qui font *presque* ce qu'elles sont censées faire, le font *presque* bien, en d'autres termes, des cellules anarchiques. Et les messages qu'elles transmettent sont encore pires.

« Bon. Que ces orages soient causés par des virus, des substances chimiques, des radiations, des traumatismes physiques ou même l'angoisse — et ne croyez pas que l'angoisse ne puisse avoir cet effet — est une question secondaire. L'important est d'empêcher ces orages de se produire. Si l'on y parvient, les cellules sont parfaitement capables de réparer et de remplacer les dommages. Et les systèmes biologiques ne sont pas de simples balles de ping-pong qui attendent que leur charge électrique fuie dans l'atmosphère ou se décharge brusquement au contact d'une prise de terre. Ils ont une sorte d'élasticité — j'appelle cela de l'indulgence — qui leur permet d'accepter sans en souffrir une charge légèrement supérieure ou inférieure à la norme. Disons, par exemple, qu'un certain groupe de cellules est anarchique et que le déséquilibre global de sa charge est de cent unités du côté positif. Les cellules qui sont dans son voisinage immédiat en seront affectées, mais pas les couches suivantes.

« Si l'on pouvait les ouvrir à cette charge supplémentaire, si elles pouvaient contribuer à la faire écouler, cela " guérirait " les cellules anarchiques de leur surplus de charge. Vous me suivez ? Et elles seraient parfaitement capables de s'accommoder de ce petit surplus ou de le transmettre à d'autres séries de cellules qui pourraient, en quelque sorte, le neutraliser. En d'autres termes, si je peux imbiber votre organisme d'un produit, d'un véhicule, susceptible de drainer et de distribuer le surplus de cette charge déséquilibrée, les processus organiques normaux pourront intervenir pour réparer les dégâts dus à la présence des cellules anarchiques. Et ceci est un tel véhicule. »

Il coinça la seringue entre ses genoux et, d'une poche de sa blouse de laborantin, sortit une petite boîte de plastique dont il tira un coton imbibé d'alcool. Sans cesser de parler gaiement, il prit son bras paralysé par la terreur et frotta le pli du coude avec le coton.

— « Je ne veux nullement impliquer que les charges nucléaires de l'atome sont de l'électricité statique. Il y a une différence de nature fondamentale. Mais l'analogie est néanmoins valable. Je pourrais en utiliser une autre, en comparant les charges d'une cellule anarchique à une accumulation de graisses, et cette mixture à un détergent qui les dissoudrait et les disperserait jusqu'à ce qu'elles ne soient plus même détectables. Ce qui me fait préférer la première analogie est un curieux effet secondaire : les organismes auxquels on injecte ce produit acquièrent une charge statique d'une force étonnante. Pour des raisons sur lesquelles je ne puis qu'émettre des théories, cette charge semble être accordée sur le spectre sonore. Voilà pourquoi je jouais avec un diapason lorsque vous m'avez rencontré. Ce poirier est abreuvé de ce fluide. Il avait un gros amas de cellules malades. Il n'en a plus une seule. »

Lui adressant une fois de plus un de ses sourires déroutants et brefs, il leva la seringue et fit gicler une pluie de fluide incolore. Il entoura son biceps de son autre main et serra, doucement et fermement. L'aiguille s'abaissa, fut mise en place et glissa dans la grosse veine avec une telle dextérité qu'elle étouffa un cri — non pas parce que c'était douloureux, mais parce que ça ne l'était pas. Elle regarda attentivement l'extrémité de la seringue de verre qui dépassait du gros tube noir, tandis qu'il tirait légèrement le piston et qu'une petite nuée rouge venait se mêler au liquide.

Puis, il enfonça le piston, lentement et régulièrement.

— « Ne bougez pas, s'il vous plaît. Je suis désolé, mais cela prend un certain temps. Il faut que j'en introduise une quantité non négligeable dans votre système. Ce qui est fort bien, vous savez, » continua-t-il en reprenant le ton de son exposé précédent, « parce que, effet secondaire ou pas, c'est parfaitement compatible avec ce que nous savons des systèmes biologiques ; ceux qui sont en bonne santé ont un fort champ électrostatique ; ceux qui sont malades en ont un faible, voire aucun. A l'aide d'un instrument aussi simple et aussi primitif que ce petit électroscope, il est possible de déterminer si un organisme contient une communauté de cellules anarchiques, ainsi que la taille, la localisation et la malignité de celle-ci. » D'un geste habile, il changea la position de sa main sur la seringue, sans bouger l'aiguille ni modifier la pression exercée sur le piston. Cela commençait à devenir désagréable, comme la douleur sourde d'une meurtrissure. « Et si vous vous demandez pourquoi cette seringue est entourée d'un gros tube relié à un conducteur électrique (mais je parie que vous ne vous le demandez pas et que vous savez aussi bien que moi que si je parle tellement, c'est uniquement pour maintenir votre esprit en activité) je vais vous le dire. Ce n'est rien d'autre qu'une bobine dans laquelle passe un courant à haute fréquence. Les champs alternés ont pour rôle de maintenir la parfaite neutralité magnétique et électrostatique du fluide. Aucune charge. »

Soudain, il retira l'aiguille d'un geste léger, et lui replia le bras après avoir posé un petit bout de coton dans le pli.

— « C'est la première fois qu'on me dit ça après un traitement ! »

— « Qu'on vous dit quoi ? »

— « Qu'il n'y aura rien à payer. »

— « Votre style me plaît. Comment vous sentez-vous ? »

Elle mit un moment à trouver l'expression qu'elle cherchait. « Comme le propriétaire d'une énorme hystérie endormie qui supplie quelqu'un de ne pas la réveiller. »

Cela le fit rire.

— « Dans un moment, vous vous sentirez tellement drôle que vous n'aurez pas le temps de songer à l'hystérie. »

Il se leva et alla reposer la seringue après avoir enroulé le câble. Il ferma le générateur de courant à haute fréquence et revint avec une très grande coupe de verre épais et un rectangle de contre-plaqué. Il posa la coupe à l'envers sur le sol et disposa le contre-plaqué sur sa large base.

— « Cela me rappelle un souvenir de lycée, » dit-elle. « Le prof de physique créait des éclairs artificiels à l'aide de... je ne me rappelle plus comment cela s'appelle, mais cela comportait un long ruban sans fin tournant sur des poulies, avec des fils métalliques qui l'effleuraient et une grosse boule de cuivre en haut. »

— « Un générateur Van der Graaf. »

— « C'est cela. Je me souviens surtout d'une expérience qu'il m'a fait faire. Il avait disposé une coupe de verre et une planche de bois exactement comme vous venez de le faire, et m'avait fait monter dessus pour me charger avec le générateur. Je n'ai pratiquement rien senti, mais je sais que mes cheveux se dressaient sur mon crâne. Toute la classe riait ; je devais ressembler à un vrai clown. Il paraît que j'avais quarante mille volts dans le corps. »

— « Je suis content que vous vous souveniez de cela. Cette fois, il y aura une légère différence : quarante mille volts en plus. »

— « Oh ! »

— « N'ayez crainte. Tant que vous êtes isolée et qu'aucun objet relié à la terre — moi, par exemple — ne vous approche de trop près, je vous promets qu'il n'y aura pas de feu d'artifice. »

— « Vous allez vous servir d'un générateur de ce type ? »

— « Non ; c'est d'ailleurs déjà fait, et vous êtes le générateur. »

— « Moi... oh ! » Elle avait soulevé la main du

bras du fauteuil et il y avait eu un grésillement d'étincelles, accompagné d'une légère odeur d'ozone. »

— « C'est certain, et davantage que je ne le pensais ; plus vite, surtout. Levez-vous. »

Elle commença la manœuvre lentement, et la termina en toute hâte. Lorsque son corps se sépara du fauteuil, elle fut pendant une fraction de seconde assise dans un entrelacs de fils crépitants bleus et blancs. Comme s'ils l'avaient projetée en avant, elle se retrouva à un mètre et demi du fauteuil, debout, mais prête à s'écrouler.

— « Restez debout ! » dit-il impérativement, et elle se força à reprendre contrôle d'elle-même. Il recula d'un pas pour ne pas l'approcher. « Et montez sur cette planche, vite ! »

Elle fit ce qu'il lui ordonnait, laissant derrière elle deux brèves traces de pas lumineux. Elle eut du mal à trouver son équilibre. Ses cheveux se dressaient visiblement sur sa tête.

— « Qu'est-ce qu'il m'arrive ? » demanda-t-elle d'un ton éploré.

— « Vous voyez que vous finissez par avoir une charge, » dit-il avec jovialité, mais elle fut incapable d'apprécier l'allusion à son propre mot d'esprit, pour maladroite qu'elle fût.

— « Mais qu'est-ce qu'il m'arrive? » répéta-t-elle en gémissant.

— « Tout va bien, » dit-il sur un ton consolateur.

Il alla dans le laboratoire et brancha un générateur de vibrations sonores, qui commença par émettre un profond gémissement dans la gamme des cent à trois cents cycles. Il augmenta le volume, puis tourna le contrôle de diapason. Le son hurla, de plus en plus aigu ; immédiatement ses cheveux d'or frémirent et se dressèrent vers le haut et sur les côtés, chaque cheveu tentant frénétiquement de s'éloigner de ses voisins. Il fit monter le son jusqu'à dix mille cycles, puis redescendit jusqu'à un onze cycles creux et à peine audible. Aux deux extrêmes, ses cheveux retombaient, mais aux alentours de onze cents, ils se dressaient, ainsi qu'elle l'avait décrit, comme ceux d'un clown.

Il baissa la force du son jusqu'à un niveau plus supportable et, muni de son électroscope, vint vers elle, souriant.

— « Savez-vous que vous êtes un électroscope ? Et une machine électrostatique de Van der Graaf vivante ? Et un clown aussi ? »

— « Laissez-moi descendre, » fut tout ce qu'elle put dire.

— « Pas encore. Tenez bon, je vous en prie. Le différentiel entre vous et ce qui vous entoure est tellement élevé que le moindre contact vous déchargerait entièrement. Cela ne serait pas vraiment grave, car ce n'est pas de l'électricité dynamique, mais vous ne vous en tireriez sans doute pas sans une brûlure et un choc nerveux. » Il leva l'électroscope devant lui. Même à cette distance — et dans l'état où elle se trouvait — elle put voir les feuilles d'or se séparer. Il tourna autour d'elle, observant attentivement les feuilles, avançant parfois l'instrument ou le tenant sur le côté. Une fois, il alla baisser encore davantage le volume du son. « Vous êtes entourée d'un champ si fort, » expliqua-t-il, « que je ne peux pas capter les variations. » Il s'approcha davantage.

— « Je ne peux plus... tenir longtemps. Je ne peux plus, » murmura-t-elle.

Il ne l'entendit pas — ou bien ne tint pas compte

de ce qu'elle disait. Il avança l'électroscope vers son abdomen, puis monta et descendit de chaque côté.

— « Ah ! nous y voilà ! » dit-il allègrement, en approchant l'instrument de son sein droit.

— « Quoi ? » gémit-elle.

— « Votre cancer. Sein droit, vers le bas, du côté de l'aisselle. » Il émit un sifflement. « Et un vilain, encore. Malin en diable. »

Elle vacilla et tomba en avant. Un noir vertige l'envahit, fut explosivement repoussé par une atroce boule de feu bleu-blanc, puis retomba sur elle comme une montagne qui s'écroule.

Un lieu où le plafond et les murs se rejoignent. Un autre mur, un autre plafond. Jamais vu ça avant. Avait pas d'importance. Ça ne fait rien.

Dors.

Un lieu où le plafond et les murs se rejoignent. Quelque chose qui gêne. Son visage, proche, aux traits tirés, fatigué — mais les yeux bien éveillés, pénétrants. Peu importe. Ça m'est égal.

Dors.

Un lieu où le plafond et les murs se rencontrent. Un peu plus bas, soleil couchant. Un peu sur le côté, chrysanthèmes d'or rouillé dans une corne d'abondance en verre d'or vert. Encore quelque chose qui gêne. Son visage.

— « Vous m'entendez ? »

Oui, mais ne réponds pas. Ne bouge pas. Ne parle pas:

Dors.

C'est une pièce, un mur, une table, un homme qui marche en long et en large — une fenêtre noc-

turne et des èmes qu'on croirait vivants, mais ne sais-tu pas qu'on les a coupés et qu'ils meurent ?

Le savent-ils ?

— « *Comment vous sentez-vous ?* »

Urgent, urgent.

— « *Soif.* »

C'est froid et mordant, ça fait mal aux gencives. Jus de pamplemousse. La tête sur son bras tandis qu'il tient le verre de l'autre main.

Oh ! non, ce n'est pas...

— « Merci, merci beau... »

J'essaie de me lever. Les draps — mes vêtements !

— « Je suis désolé de cela, » dit-il (à croire qu'il lit dans les pensées), « mais il y a des choses qui s'accommodent mal de panties et d'une mini-robe. Tout est lavé, séché et prêt à porter — quand vous voudrez. Là-bas. »

La laine marron, les panties et ses chaussures, sur une chaise.

Il est prévenant, respectueux, s'écarte du lit, pose le verre à côté d'une carafe, sur la table de chevet.

— « Quelles choses ? »

Candide : « Vomir. Le bassin. »

Protégée par le drap qui cache le corps mais — oh non — pas l'embarras.

— « Oh ! je suis désolée. Oh !... J'ai dû... »

Il secoue la tête, sort et rentre dans le champ de vision.

— « Vous étiez en état de choc et vous avez mis bien longtemps à en sortir. »

Il hésita. C'était, réellement, la première fois qu'elle le voyait hésiter. Un instant, ce fut à croire qu'elle lisait dans les pensées.

Vais-je lui dire ce que je pense ?

Bien sûr. Et il le fit.

— « Vous ne vouliez pas en sortir. »

— « Je ne me souviens plus de rien. »

— « Le poirier, l'électroscope. La piqûre, la réaction électrostatique. »

— « Non, » dit-elle, ne se souvenant pas. Puis, se souvenant : « Non ! »

— « Tenez bon ! » L'instant d'après, il était au bord du lit, penché au-dessus d'elle, serrant très fort son visage entre ses deux mains. « Ne vous laissez pas aller. Vous pouvez y faire face. Vous pouvez y faire face parce que tout est arrangé maintenant, vous comprenez ce que je dis ? Tout va bien. »

— « Vous m'avez dit que j'avais le cancer. »

Son ton était boudeur et accusateur à la fois.

Il lui rit au visage. Oui, il rit réellement.

— « Vous m'aviez dit que vous l'aviez. »

— « Oh !... mais je n'en savais rien. »

— « Voilà qui explique tout, » dit-il avec soulagement. « Rien de ce que j'avais fait ne pouvait vous faire sombrer dans l'inconscience pendant trois jours. Ce devait être quelque chose en vous. »

— « Trois jours ! »

Il acquiesça simplement d'un signe de tête et continua ce qu'il disait : « Il m'arrive parfois d'être un peu pompeux. » Son sourire se fit presque séduisant. « C'est parce que j'ai si souvent raison. Mais je m'étais un peu trop avancé en supposant que vous étiez allée voir un médecin, que vous vous étiez fait faire une biopsie. Mais vous n'avez fait ni l'un ni l'autre, n'est-ce pas ? »

— « J'avais peur, » admit-elle. Elle le regarda

franchement. « Ma mère en est morte, ma tante aussi, et ma sœur a subi une mastectomie radicale. Je n'aurais pas pu le supporter. Et quand vous... »

— « Et quand je vous ai dit ce que vous aviez déjà mais ne vouliez pas entendre — vous n'avez pas su le supporter. Vous vous êtes évanouie. Instantanément. Et cela n'avait rien à voir avec les soixante-dix mille et quelques volts d'électricité statique dont vous étiez chargée. Je vous ai rattrapée. » Il lui montra ses bras jusqu'à ce qu'elle voie les vilaines marques d'égratignures sur ses avant-bras et ses biceps musclés, tout ce que l'on pouvait en voir avec la chemise à manches courtes qu'il portait. « Vous avez bien failli me faire tomber aussi, » dit-il, « mais au moins vous ne vous êtes pas fracturé le crâne ».

— « Merci, » dit-elle songeusement, puis elle se mit à pleurer silencieusement. « Que vais-je faire ? »

— « Faire ? Rentrer chez vous — quoi que cela signifie ; reprendre votre vie, en quoi qu'elle consiste. »

— « Mais vous m'aviez dit... »

— « Quand allez-vous vous mettre dans la tête que je ne me suis pas borné à porter un diagnostic ? »

— « Etes-vous... Avez-vous... Voulez-vous dire que vous l'avez guéri ? »

— « Je veux dire que vous êtes vous-même en train de le guérir en ce moment même. Je vous ai expliqué tout cela. Vous vous en souvenez, je pense ? »

— « Pas entièrement, mais... Oui. » Subrepticement, mais pas assez, car il la vit, elle glissa une main sous le drap et tâta la grosseur. « Elle est toujours là. »

— « Si je vous donnais un coup de bâton sur la tête, » dit-il avec une simplicité légèrement exagérée, « cela vous ferait une bosse. Demain, la bosse serait toujours là, et après-demain aussi. Le jour suivant, elle aurait peut-être un peu diminué. Dans une semaine, vous pourriez toujours la sentir, mais elle aurait presque disparu. Même processus pour ça. »

L'énormité de la chose finit par parvenir à sa conscience. « La guérison du cancer avec une seule piqûre... »

— « Oh, Dieu ! » dit-il rudement. « Rien qu'à vous regarder, je vois que vous allez me resservir ce discours. Je me refuse à l'écouter ! »

Un peu effrayée par sa brusquerie, elle demanda : « Quel discours ? »

— « Celui sur mon devoir envers l'humanité. La toile de fond varie, mais il n'en existe au fond que deux versions. La première version concerne mon devoir envers l'humanité et signifie en réalité qu'on devrait pouvoir en tirer un tas de fric. La seconde version concerne exclusivement mon devoir envers l'humanité, et je dois dire que je ne l'entends pas très souvent. La version deux néglige totalement la réticence extrême avec laquelle l'humanité accueille les bonnes choses à moins qu'elles ne proviennent de sources respectables et acceptées. La version un tient pleinement compte de ce facteur mais use de stratagèmes diaboliques pour le contourner. »

— « Je ne... » commença-t-elle, mais il ne la laissa pas aller plus loin.

— « Les toiles de fond font un ample usage de la lumière de la révélation, avec ou sans religion et mysticisme. Ou alors, elles suivent la ligne sévère de l'éthique philosophique et essaient de me contraindre à céder en alliant le levier de la culpabilité à celui — dans des degrés variables allant jusqu'à l'absolu — de la compassion. »

— « Je voulais seulement... »

— « Vous, » dit-il, pointant un long index vers elle, « vous êtes privée de la plus belle démonstration de ce que je viens de dire. Si mon hypothèse avait été fondée et que vous ayez été voir votre gentil toubib de quartier — et que, ayant diagnostiqué un cancer, il vous avait envoyé chez un spécialiste qui, parvenant aux mêmes conclusions, vous aurait envoyé chez un confrère pour confirmation et que, prise de panique, vous étiez tombée dans mes mains et aviez été guérie — puis étiez retournée chez ces divers hommes de l'art pour leur faire part du miracle, savez-vous ce qu'ils vous auraient dit ? " Rémission spontanée ", voilà ce qu'ils vous auraient dit. Et pas seulement les docteurs, » continua-t-il avec un brusque renouveau de passion qui la fit presque défaillir. « Chacun y aurait été de sa petite tirade commerciale. Votre diététicien aurait sagement hoché la tête en contemplant son germe de blé ou ses gâteaux de riz macrobiotique, votre curé serait tombé à genoux et aurait levé les yeux au ciel, votre généticien aurait ressorti sa théorie favorite sur le saut des générations et vous aurait assuré que vos grands-parents avaient probablement eux aussi eu des rémissions spontanées sans le savoir. »

— « Je vous en supplie ! » se lamenta-t-elle, mais il continua en criant : « Savez-vous qui je suis ? Deux fois ingénieur, en mécanique et en électricité, sans compter une licence en droit. Si vous étiez assez stupide pour raconter à qui que ce soit ce qui s'est passé ici (j'ose espérer que vous ne le ferez pas, mais dans le cas contraire, je sais comment me protéger), je pourrais être mis en prison pour exercice illégal de la médecine. Vous pourriez également déposer une plainte pour attaque à main armée, parce que je vous ai enfoncé une aiguille dans le corps, et même pour kidnapping, si vous pouviez prouver que je vous ai transportée du labo jusqu'ici. Personne ne se soucierait le moins du monde que j'aie guéri votre cancer. Vous ne savez pas qui je suis, n'est-ce pas ? »

— « Non. Je ne connais même pas votre nom. »

— « Et je ne le vous dirai pas. Je ne connais pas non plus le vôtre... »

— « Mon Dieu ! Je... »

— « Ne me le dites pas ! Ne me le dites pas ! Je ne veux pas le savoir. Je me suis soucié de votre tumeur et je m'en suis occupé ; cela, je le voulais. Et maintenant, je veux qu'elle et vous disparaissiez dès que vous serez toutes deux en état de le faire. Est-ce que je me fais parfaitement comprendre ? »

— « Laissez-moi le temps de m'habiller, » dit-elle, la gorge serrée, « et je m'en vais immédiatement ».

— « Sans me faire un discours ? »

— « Sans vous faire de discours. » En l'espace d'un instant, sa colère se changea en détresse, et elle ajouta : « Je voulais seulement vous dire que j'étais reconnaissante. Cela vous aurait-il paru satisfaisant, Monsieur ? »

Sa colère se métamorphosa aussi, car il vint s'asseoir sur ses talons, tout près du lit, mettant leurs visages à la même hauteur, et lui dit avec beaucoup de douceur : « Ç'aurait été parfait. En fait, vous ne serez réellement reconnaissante que dans une dizaine de jours, lorsque vous aurez en main vos diagnostics de " rémission spontanée ", ou peut-être seulement dans six mois ou un an, sinon deux ou cinq ans, lorsque les examens continueront à être négatifs. »

Elle perçut une telle tristesse derrière ses mots qu'elle posa involontairement sa main sur la sienne, avec laquelle il se retenait au bord du lit. Il n'eut pas de mouvement de recul, et ne manifesta pas davantage un quelconque contentement.

— « Et pourquoi ne pourrais-je pas être reconnaissante tout de suite ? »

— « Ce serait un acte de foi, » dit-il avec amertume, « et cela n'existe plus de nos jours — si cela a même jamais existé. » Il se leva et alla vers la porte. « Je vous en prie, ne partez pas ce soir. Il fait noir et vous ne connaissez pas le chemin. A demain matin. »

Lorsqu'il revint le lendemain matin, la porte était ouverte. Le lit était fait et les draps étaient pliés sur la chaise, ainsi que la taie d'oreiller et les serviettes de toilette dont elle s'était servie. Elle n'était plus là.

Il sortit dans la cour carrée et contempla son bonsaï.

Le soleil matinal givrait d'or pâle le feuillage des plus hautes branches horizontales du vieil arbre, et donnait un vif relief à ses membres tors et noueux, crevasses de velours sur dure écorce gris-brun. Seul le compagnon d'un bonsaï (il existe aussi des propriétaires de bonsaï, mais ils ne sont pas de la même race) comprend pleinement les relations qui existent entre l'arbre et lui. En l'arbre est l'exclusive et individuelle essence de l'arbre, car l'arbre est un être vivant, et les êtres vivants changent — et un arbre désire changer dans des directions parfaitement définies. Un homme voit l'arbre et rajoute certaines extensions ou extrapolations à ce qu'il voit et agit en sorte qu'elles se réalisent. L'arbre, à son tour, ne fera que ce qu'un arbre peut faire, et résistera jusqu'à la mort à toute tentative pour lui faire faire ce qu'il ne peut pas faire ou pour le lui faire faire en moins de temps qu'il ne lui en faut. La formation d'un bonsaï est, par conséquent, toujours un compromis et toujours une coopération. Un homme ne peut pas créer un bonsaï, et un arbre ne le peut pas davantage. Les deux sont nécessaires, et chacun doit comprendre l'autre. C'est un processus de longue durée. On porte son bonsaï dans la mémoire — la moindre branche, l'angle des crevasses, du tronc, des aiguilles et, les nuits où l'on ne dort pas, ou lors d'un moment de calme à mille kilomètres de là, on se souvient de telle ligne ou de tel plan, et on fait des projets. A l'aide de fils de fer, d'eau et de lumière, en l'inclinant ou en plantant des herbes avides d'eau ou encore en protégeant les racines par une végétation serrée, on explique à l'arbre ce que l'on veut. Et, si l'explication est suffisamment claire et la compréhension mutuelle suffisamment forte, l'arbre réagira et obéira — presque.

Il y aura toujours une modification, digne, hautement individuelle : *Fort bien, je ferai ce que vous désirez, mais je le ferai à ma manière.* Pour chacune de ces variations, l'arbre sera toujours prêt à présenter une explication claire et logique ; et aussi, bien souvent, il expliquera à l'homme (on le voit presque sourire) qu'il aurait pu éviter la variation si sa compréhension avait été meilleure.

C'est la sculpture la plus lente qui soit, et il y a parfois doute quant à l'objet de cette sculpture — l'arbre, ou l'homme ?

Il resta peut-être dix minutes à contempler le flux doré sur les branches supérieures, puis alla vers un coffre de bois ouvragé, l'ouvrit et en sortit une longue pièce de vilain coutil. Il ouvrit un des côtés de l'atrium, étala la toile sur les racines et ramena toute la terre sur un côté du tronc, laissant le reste exposé au vent et à la pluie. Peut-être, dans un mois, ou dans deux, une certaine pousse de la branche la plus élevée comprendrait-elle ce qui lui avait été suggéré et le flot de sève irrégulier montant dans le cambium la détournerait-il de cette poussée verticale, la persuadant de reprendre son itinéraire horizontal. Sinon... il faudrait employer le langage plus rude de la corde et du fil de métal. Peut-être aussi aurait-il son mot à dire sur la vertu d'une poussée verticale, et le dirait-il de façon suffisamment persuasive pour en convaincre l'homme — voilà certainement un dialogue patient, riche et fructueux.

— « Bonjour. »

— « Nom de Dieu ! » jura-t-il. « Je m'en mords la langue. Je croyais que vous étiez partie. »

— « Je l'étais. » Elle était agenouillée dans l'ombre, dos au mur intérieur, face à l'atrium. « Mais je me suis arrêtée pour passer un moment avec l'arbre. »

— « Et... ? »

— « J'ai beaucoup réfléchi. »

— « A quoi ? »

— « A vous. »

— « Réellement ? »

— « Ecoutez, » dit-elle avec fermeté. « Je n'irai voir aucun docteur pour faire vérifier cette guérison. Je ne voulais pas partir avant de vous l'avoir dit et m'être assurée que vous me croiriez. »

— « Rentrons dans la maison pour manger un morceau. »

— « Je ne peux pas. Mes pieds sont endormis. »

Sans hésiter, il la prit dans ses bras et contourna l'atrium.

Elle lui demanda, les bras autour de son cou et son visage tout près du sien : « Vous me croyez ? »

Il continua jusqu'au coffre, puis s'arrêta et la regarda dans les yeux. « Je vous crois. J'ignore ce qui vous a fait prendre cette décision, mais je suis prêt à vous croire. »

Il l'assit sur le coffre et se recula d'un pas.

— « C'est l'acte de foi dont vous aviez parlé, » dit-elle avec gravité. « J'ai pensé que vous deviez le voir au moins une fois dans votre vie — ainsi, vous ne pourrez plus jamais dire ce que vous m'aviez dit. » Elle tapa énergiquement des pieds sur le dallage. « Ouille ! On dirait qu'on m'enfonce des épingles ! »

— « Vous avez dû réfléchir longtemps. »

— « Oui. Voulez-vous que je vous en dise davantage ? »

— « Bien sûr. »

— « Vous êtes un homme en colère et un homme qui a peur. »

Il parut ravi.

— « Parlez-moi de cela. »

— « Non, » dit-elle avec calme. « Parlez-m'en,

vous. Je prends cela très au sérieux, vous savez. Pourquoi êtes-vous en colère ? »

— « Je ne le suis pas. »

— « Pourquoi êtes-vous tellement en colère ? »

— « Je vous dis que je ne le suis pas. Mais j'avoue, » ajouta-t-il avec bonne humeur, « que vous me poussez dans cette direction ».

— « Soit. Et dans ce cas, pourquoi ? »

Il la regarda fixement pendant longtemps — oh ! oui, pendant très longtemps.

— « Vous voulez vraiment le savoir ? »

Elle fit un signe d'assentiment.

Il fit un large geste de la main, pour montrer ce qui l'entourait.

— « D'où pensez-vous que tout cela vient — la maison, le terrain, les appareils du labo ? »

Elle attendit.

« Un système d'échappement, » dit-il d'une voix épaisse qu'elle lui avait déjà entendu depuis peu. « Une façon de guider les gaz d'échappement d'un moteur à combustion interne de façon à leur imprimer une rotation. Les solides non brûlés sont recueillis dans les parois du silencieux, qui sont recouvertes d'une couche de laine de verre qui se retire très facilement et doit être remplacée tous les trois ou quatre mille kilomètres. Le reste des gaz d'échappement est allumé par une bougie qui fait partie du système, et tout ce qui peut brûler brûle. La chaleur ainsi générée sert à réchauffer le carburant. Et ce qui reste après cela passe à son tour dans une cartouche filtrante d'une durée de huit mille kilomètres. Ce qui finit par sortir est, en tout cas comparé à ce que nous connaissons, fort propre. Sans compter que le pré-chauffage augmente la vie du moteur. »

— « Et cela vous a rapporté beaucoup d'argent. »

— « Cela m'a rapporté beaucoup d'argent, mais pas parce que le système est utilisé pour diminuer la pollution atmosphérique, non. J'ai touché l'argent parce qu'un fabricant d'automobiles m'a acheté le brevet et l'a enterré dans le coffre d'une banque. Ils n'aiment pas ça parce que cela coûterait de l'argent pour l'installer sur les nouvelles voitures. Et certains de leurs amis dans l'industrie pétrolière n'aiment pas ça parce que cela permettrait d'obtenir d'excellentes performances avec des carburants à peine raffinés. Bien, bien. A l'époque, je ne savais pas comment les choses se passaient ; je ne ferai pas deux fois la même erreur. Mais — parfaitement, je suis en colère. J'étais en colère lorsque, encore gosse, je travaillais sur un tanker, et qu'on nous a fait laver le pont avec du savon noir et une serpillière. Je suis descendu à terre et j'ai acheté un détergent ; cela lavait mieux, plus vite, et coûtait moins cher. Je suis allé voir le maître d'équipage ; il m'a filé un coup de poing dans les dents parce que j'avais l'audace de prétendre connaître son travail mieux que lui. Il avait bu, soit, mais le pire vint quand les anciens de l'équipage firent front contre moi pour m'être mis " du côté du patron ". Je n'arrivais pas à comprendre pourquoi les gens sont tellement opposés à toute amélioration.

« Et j'ai lutté contre ça toute ma vie durant. Il y a dans ma tête quelque chose qui ne s'avoue jamais vaincu, une façon de toujours me demander : " Pourquoi telle chose est-elle ainsi et pas autrement ? " Tout objet et toute situation peuvent toujours être mis en question, et lorsqu'une réponse vous plaît, il ne faut surtout jamais en rester là, parce qu'elle n'est jamais le dernier mot de la question. Mais nous vivons dans un monde où les gens n'aiment pas poser de questions !

« On m'a donné, pour des choses qui ne serviront jamais, plus d'argent que je ne saurais jamais en utiliser, et si je suis continuellement en rage, c'est en réalité de ma faute — je l'admets — parce que je ne peux pas m'empêcher de continuer à poser des questions et à leur trouver des réponses. Dans ce labo, il y a une demi-douzaine de " bombes " techniques que personne ne verra jamais et dans ma tête, il y en a une cinquantaine d'autres. Mais que voulez-vous faire dans un monde où les hommes préfèrent s'étriper dans un désert, même quand on leur a montré comment le transformer en un jardin verdoyant, où ils se coupent en quatre pour mettre des milliards dans l'exploitation d'un nouveau gisement pétrolier, alors qu'on leur a prouvé des dizaines de fois que les huiles fossiles finiront par nous tuer tous ? Oui, je suis en colère. Ai-je tort ? »

Elle laissa les échos de sa voix s'enfuir par le sommet de l'atrium après avoir contourné toute la cour, et attendit encore, pour lui faire prendre conscience qu'il était en sa compagnie et non pas seul avec lui-même et sa fureur. Lorsqu'il en arriva là, il lui adressa un sourire penaud.

Et elle dit : « Peut-être posez-vous toujours la question suivante au lieu de poser la bonne question. Je pense que les gens qui vivent d'après des sages et vieux dictons essaient en réalité de ne pas se donner la peine de penser, mais il y en a un qui mérite qu'on lui prête attention. Le voici : " Si une question est bien posée, elle contient sa propre réponse. " »

Elle se tut un moment pour voir s'il l'écoutait vraiment. C'était le cas. Elle continua : « Je veux dire que si, par exemple, vous posez la main sur un poêle allumé, vous pouvez vous demander : " Comment puis-je empêcher ma main de brûler ? " Et la réponse est parfaitement évidente, n'est-ce pas ? Le monde ne cesse de rejeter ce que vous avez à lui donner — mais il doit y avoir une façon de se demander pourquoi qui contienne sa propre réponse. »

— « La réponse est simple, » dit-il sèchement. « Les gens sont idiots. »

— « Ce n'est pas la réponse, et vous le savez parfaitement. »

— « Quelle est-elle, alors ? »

— « Ça, je ne peux pas vous le dire ! Tout ce que je sais, c'est que, vis-à-vis des gens, la façon dont vous faites une chose est plus importante que ce que vous faites. Si vous désirez des résultats, du moins je veux dire... vous savez comment obtenir de l'arbre ce que vous désirez, n'est-ce pas ? »

— « Que je sois pendu... »

— « Les êtres humains sont eux aussi des choses qui vivent et qui croissent. Je ne sais pas le centième de ce qu'on fait avec un bonsaï, mais ce que je sais, c'est que, lorsqu'on commence, on choisit rarement ceux qui sont droits et en bonne santé. Ce sont les tordus, les malingres, qui deviendront les plus beaux. Lorsque vous tentez de modifier l'humanité, vous devriez vous souvenir de cela. »

— « Par tous les... Je ne sais pas si je dois vous rire au visage ou vous ficher mon poing dans la figure ! »

Elle se leva. Il ne s'était pas rendu compte qu'elle était aussi grande que cela.

— « Je pense qu'il est temps que je parte. »

— « Allons, allons. Vous savez bien que c'était une figure de rhétorique. »

— « Oh ! mais je ne me sentais nullement menacée. Néanmoins, je crois qu'il vaut mieux que je parte. »

Avec une grande sagacité, il lui demanda : « Avez-vous peur de poser la question suivante ? »

— « J'en suis terrifiée. »

— « Posez-la quand même. »

— « Non. »

— « Dans ce cas, je le ferai à votre place. Vous aviez dit que j'étais en colère — et aussi que j'avais peur. Vous voulez savoir de quoi j'ai peur. »

— « Oui. »

— « De vous. J'ai une peur bleue de vous. »

— « C'est réel ? »

— « Vous avez une certaine façon de provoquer l'honnêteté, » dit-il avec difficulté. « Je vais vous dire ce que je sais que vous pensez. J'ai peur de toute relation humaine tant soit peu proche. J'ai peur de ce que je ne peux pas démonter avec un tournevis ou un spectrographe de masse ou une table des cosinus et des tangentes. Je ne sais pas comment le manier. »

Sa voix était joviale, mais ses mains tremblaient.

— « Vous le faites en arrosant un de ses côtés, » dit-elle avec douceur, « ou en le tournant un tout petit peu plus vers le soleil. Vous le maniez comme si c'était une chose vivante, comme une plante ou une femme ou un bonsaï. Cela sera ce que vous désirez que ce soit si vous le laissez être soi-même et si vous le soignez avec patience. »

— « J'ai l'impression, » dit-il, « que vous me faites une certaine proposition. Pourquoi ? »

— « A force de rester assise là toute la nuit, j'ai eu une vision un peu folle. Croyez-vous que deux arbres malades et tordus se soient jamais transformés mutuellement en bonsaï ? »

— « Quel est votre nom ? » lui demanda-t-il.

Traduit par Frank Straschitz.
Slow Sculpture.

BIBLIOGRAPHIE
DE
THEODORE STURGEON

1939 1. « The Ether Breather », in *Astounding*, septembre.
2. - « A god in the garden », in *Unknown*, mars.

1940 3. « Derm Fool », in *Unknown*, mars. Tr. fr. (« Pas de quoi perdre la tête ») in *Les fantômes de Sturgeon* (Marianne Leconte, éd. Le Masque).
4. - « He Shuttles », in *Unknown*, avril.
5. - « It », in *Unknown*, août. Tr. fr. (« Ça »), in *Fiction*, n° 200, août 1970.
6. - « Butyl and the Breather », in *Astounding*, octobre.
7. - « Cargo », in *Unknown*, novembre. Tr. fr. (« La cargaison »), in *Les fantômes de Sturgeon* (Marianne Leconte, éd. Le Masque).

1941 8. « Completely Automatic », in *Astounding*, février.
9. - « The Ultimate Egoist », in *Unknown*, février (sous le pseudonyme de E. Waldo Hunter). Tr. fr. in *Les songes superbes de Theodore Sturgeon* (Alain Dorémieux, éd. Casterman).
10. - « Shottle Bop », in *Unknown*, février. Tr. fr. (« Le bouffon caratique »), in *Les fantômes*

de Sturgeon (Marianne Leconte, éd. Le Masque).
11. - « Poker Face », in *Astounding*, mars.
12. - Microcosmic God », in *Astounding*, avril. Tr. fr. (« Dieu microcosmique »), in *Fiction spécial*, n° 11, mai 1967 (éd. disponible : Anthologie d'A. Garsault, éd. Le Livre de Poche, 1978).
13. - « The Haunt », in *Unknown*, avril. Tr. fr. (« La maison hantée », in *Les fantômes de Sturgeon* (Marianne Leconte, éd. Le Masque).
14. - « Nightmare Island », in *Unknown*, juin. Tr. fr. (« L'Ile des cauchemars »), in *Le livre d'or de la science-fiction : Theodore Sturgeon* (Marianne Leconte, éd. Presses Pocket, 1978).
15. - « Artnan Process », in *Astounding*, juin.
16. - « The Purple Light », in *Astounding*, juin (sous le pseudonyme de E. Waldo Hunter).
17. - « Yesterday Was Monday », in *Unknown*, juin. Tr. fr. (« Hier, c'était lundi »), in *Les meilleurs récits de Unknown* (Jacques Sadoul, éd. J'ai lu).
18. - « Biddiver », in *Astounding*, août.
19. - « The Golden Egg », in *Unknown*, août. Tr. fr. (« L'œuf d'or »), in *Fiction*, n° 210, juin 1971. A paraître dans *La grande anthologie de la science-fiction* (Le Livre de Poche).
20. - « Two Percent Inspiration », in *Astounding*, octobre. Tr. fr. (« Deux pour cent d'inspiration »), in *Les enfants de Sturgeon* (Marianne Leconte, éd. Le Masque).
21. - « Brat », in *Unknown, décembre*. Tr. fr. (« Le moutard »), in *Les enfants de Sturgeon* (Marianne Leconte, éd. Le Masque).
1942 22. « Medusa », in *Astounding*, février. Tr. fr.

prévue pour 1978, in *Sturgeon dans l'espace* (Marianne Leconte, éd. Le Masque).

23. - « The Jumper », in *Unknown,* août.

24. - « Hag Selden », in *Unknown,* décembre (en collaboration avec James H. Beard). Tr. fr. (« La sorcière du marais ») in *Fiction,* n° 206, février 1971.

1943 25. « The Green-Eyed Monster », in *Unknown,* juin. Repris sous le titre « A ghost of chance ». Tr. fr. (« L'ombre d'une chance »), in *Les fantômes de Sturgeon* (Marianne Leconte, éd. Le Masque).

26. - « The Bones », in *Unknown,* août (en collaboration avec James H. Beard). Tr. fr. (« Les Ossements »), in *Le livre d'or de la science-fiction : Theodore Sturgeon* (Marianne Leconte, éd. Presses Pocket, 1978).

1944 27. « Killdozer », in *Astounding,* novembre. Tr. fr. in *Killdozer/Viol cosmique,* éd. J'ai lu.

1946 28. « Memorial », in *Astounding,* avril. Tr. fr. (« Memorial »), in *Histoires de fins du monde,* éd. Le Livre de poche.

29. - « Chromium Helmet », in *Astounding,* juin.

30. - « Mewhu's Jet », in *Astounding,* novembre. Tr. fr. (« Le bâton de Miouhou »), in *Fiction spécial,* n° 16, juin 1970.

1947 31. « Cellmate », in *Weird Tales,* janvier. Tr. fr. (« Compagnon de cellule »), in *Fiction spécial,* n° 10, décembre 1966.

32. - « Blabbermouth », in *Amazing,* février. Tr. fr. (« La cafarde »), in *Les fantômes de Sturgeon* (Marianne Leconte, éd. Le Masque).

33. - « Maturity », in *Astounding,* février. Tr.

fr. in *Les talents de Xanadu,* éd. J'ai lu.
34. - « Tiny and the Monster », in *Astounding,* mai.
35. - « Bianca's Hands », in *Argosy,* mai. Tr. fr. (« Les mains de Bianca »), in *Les chefs-d'œuvre de l'épouvante* (Jacques Sternberg, Alex Grall, Jacques Bergier, éd. Planète). Ed. disponible in *Les fantômes de Sturgeon* (M. Leconte, éd. Le Masque).
36. - « The Sky was Full of Ships », in *Thrilling Wonder Stories,* juin. Tr. fr. in *Les Talents de Xanadu,* éd. J'ai lu.
37. - « Largo », in *Fantastic Adventures,* juillet. Tr. fr. (« Largo »), in *Le livre d'or de la science-fiction : Theodore Sturgeon,* éd. Presses Pocket, 1978.
38. - « Unite and Conquer », in *Astounding,* octobre. Tr. fr. in *Sturgeon dans l'espace* (M. Leconte, éd. Le Masque, 1978).
39. - « Thunder and Roses », in *Astounding,* novembre. Tr. fr. (« Et la foudre et les roses »), in *Fiction spécial,* n° 9, mai 1966.
40. - « Fluffy », in *Weird Tales.* Tr. fr. (« L'abominable invité »), in *Mystère-Magazine,* n° 190, novembre 1963.

1948 41. « The Deadly Ratio », in *Weird Tales,* janvier. Repris sous le titre « It Wasn't Syzygy ». Tr. fr. (« Ci-gît-Syzygie ») in *Les fantômes de Sturgeon* (M. Leconte, éd. Le Masque).
42. - « There is no Defense », in *Astounding,* février. Tr. fr. in *Sturgeon dans l'espace* (M. Leconte, éd. Le Masque).
43. - « The Professor's Teddy Bear », in *Weird Tales,* mars. Tr. fr. (« Le professeur et l'ours en

peluche »), in *Fiction spécial,* n° 10, décembre 1966.
44. - « Abreaction », in *Weird Tales,* juillet. Tr. fr. in *Les songes superbes de Theodore Sturgeon* (Alain Dorémieux, éd. Casterman).
45. - « Memory », in *Thrilling Wonder Stories.* Août.
46. - « That Low », in *Famous fantastic mysteries.* Octobre.
47. - « The Perfect Host », in *Weird Tales.* Novembre. Tr. fr. (« L'hôte parfait »), in *Fiction,* n° 203, novembre 1970.
48. - « The Love of Heaven », in *Astounding,* novembre. Tr. fr. (« L'amour du ciel »), in *Histoires de mutants,* éd. Le Livre de poche.
49. - « Wham Bop », in *Varsity.*
50. - « Smoke », in *Calling all boys.*
51. - « The Graveyard Reader », in *The Graveyard Reader* (Groff Conklin, éd., New York, Ballantine). Tr. fr. (« Celui qui lisait les tombes »), in *Fiction,* n° 185, mai 1969.
52. - *Without Sorcery,* Prime Press. Introduction de Ray Bradbury. Comprend : 9, 5, 11, 10, 15, 28, 1, 6, 21, 20, 7, 33, 12.
52 *a.* - *It.* Prime Press.
1949 53. « Messenger », in *Thrilling Wonder Stories,* février.
54. - « The Martian and the Moron », in *Weird Tales,* mars.
55. - « Prodigy », in *Astounding,* avril. Tr. fr. (« Le prodige »), in *Fiction* n° 186, juin 1969.
56. - « Die, Maestro, die! », in *Dime Detective,* mai.
57. - « Scars », in *Zane Grey's Western Maga-*

zine, mai. Western. Tr. fr. (« Cicatrices »), in *Le livre d'or de la science-fiction : Theodore Sturgeon* (M. Leconte, éd. Presses Pocket, 1978).

58. - « Minority Report », in *Astounding,* juin.

59. - « One Foot and the Grave », in *Weird Tales,* septembre.

60. - « What Dead Men Tell », in *Astounding,* novembre.

61. - « The Hurkle is a Happy Beast », in *Fantasy and Science Fiction,* automne. Tr. fr. (« La merveilleuse aventure du bébé Hurkle »), in *Fiction,* n° 7, juin 1954. Ed. disponible en 1978 in Anthologie d'A. Garsault, éd. Le Livre de poche.

62. - « Well Spiced », in *Zane Grey's Western Magazine.* (Western.)

63. - « Farewell to Eden », in *Invasion from Mars* (Orson Welles, éd. New York, Dell, 1949).

1950 64. « The Dreaming Jewels », in *Fantastic Adventures,* février.

65. - « The Stars are the Styx », in *Galaxy,* novembre. Tr. fr. (« Les étoiles sont vraiment le Styx »), in *Galaxie,* ancienne édition, n° 1.

66. - *The dreaming jewels,* New York, Greenberg. Tr. fr. (« Cristal qui songe »), éd. Gallimard, Coll. Le Rayon Fantastique. Ed. disponible : J'ai lu, 1970.

1951 67. « Rule of Three », in *Galaxy,* janvier.

68. - « Shadow, Shadow on the Wall », in *Imagination,* février. Tr. fr. (« Une ombre, juste une ombre »), in *Les enfants de Sturgeon* (Marianne Leconte, éd. Le Masque).

69. - « Last Laugh », in *Other Worlds,* mars.

Repris sous le titre : « Special Aptitude ». Tr. fr. (« Un don particulier »), in *Le Livre d'or de la science-fiction : Theodore Sturgeon* (M. Leconte, éd. Presses Pocket, 1978).
70. - « The Dianetics Question », in *Marvel Science Stories,* mai.
71. - « Make Room for me », in *Fantastic Adventures,* mai. Tr. fr. (« Fais-moi de la place »), in *Le cœur désintégré,* éd. Denoël, coll. Présence du Futur.
72. - « The Traveling Crag », in *Fantastic Adventures,* juillet. Tr. fr. (« La montagne en marche »), in *Fiction spécial,* n° 13, juillet 1968.
73. - « Excalibur and the Atom », in *Fantastic Adventures,* août.
74. - « The Incubi of Parallel X », in *Planet Stories,* septembre. Tr. fr. (« Les Incubes de Parallèle X »), in *Le cœur désintégré,* éd. Denoël, coll. Présence du Futur.
1952 75. « Never Underestimate », in *If,* mars. A paraître dans *La grande anthologie de la Science-Fiction* (Le Livre de poche).
76. - « Baby is Three », *in Galaxy,* octobre.
77. - « The Sex Opposite », in *Fantastic,* automne.
1953 78. « Saucer of Loneliness », in *Galaxy,* février. Tr. fr. (« Le disque de solitude »), in *Galaxie,* ancienne édition, n° 34, septembre 1956. Disponible (« La soucoupe de solitude »), in *Histoires d'extraterrestres,* éd. Le Livre de poche.
79. - « A Way Home », in *Amazing,* mai.
80. - « The World Well Lost », in *Universe Science Fiction,* mai. Tr. fr. disponible en 1978

in *Les songes superbes de Sturgeon* (Alain Dorémieux, éd. Casterman) et dans *La grande anthologie de la Science-Fiction* (Le Livre de poche).

81. - « And my Fear is Great », in *Beyond Fantasy Fiction,* juillet.

82. - « The Wages of Synergy », in *Startling Stories,* août. Tr. fr. (« Le Prix de la synergie »), in *Le cœur désintégré,* éd. Denoël, coll. Présence du Futur.

83. - « The Dark Room », in *Fantastic Adventures,* août. Tr. fr. (« Dans la chambre sombre », in *Fiction,* n° 180, décembre 1968.

84. - « Talent » in *Beyond Fantasy Fiction,* septembre.

85. - « The Touch of your Hand », in *Galaxy,* septembre. Tr. fr. (« Le Tyran sauvé par l'amour »), in *Galaxie,* ancienne édition, n° 19, juin 1955.

86. - « A Way of Thinking », in *Amazing,* novembre. Tr. fr. (« Tournure d'esprit ») in *Fiction,* n° 193, janvier 1970.

87. - « The Silken Swift », in *Fantasy and Science Fiction,* novembre. Tr. fr. (« Douce-Agile ou la Licorne »), in *Fiction,* n° 76, mars 1960.

88. - « Mr. Costello, Hero », in *Galaxy,* décembre. Tr. fr. (« M. Costello, héros »), in *Galaxie,* ancienne édition, n° 5, avril 1954. Disponible dans *Le livre d'or de la science-fiction : Théodore Sturgeon* (M. Leconte, éd. Presses Pocket, 1978).

89. - « The Clinic », in *Star Science Fiction Stories,* n° 2 (Frederic Pohl, New York, éd.

Ballantine). Tr. fr. disponible en 1978, in *Les songes superbes de Sturgeon* (Alain Dorémieux, éd. Casterman).

90. - « The Music », in *E pluribus unicorn,* New York, Abelard Press, 1953. Tr. fr. (« La musique »), in *Anthologie du mystère* (Mystère Magazine, n° 213 bis). Disponible dans *Le livre d'or de la science-fiction : Theodore Sturgeon* (M. Leconte, éd. Presses Pocket, 1978).

91. - *More than human,* New York, Farrar, Straus et Young. Tr. fr. (« Les plus qu'humains »), Paris, Hachette, coll. Le Rayon Fantastique. Ed. disponible : J'ai lu, 1970.

92. - *E Pluribus Unicorn,* New York, Abelard Press.

93. - « Beware the Fury », in *Fantastic,* avril. Repris sous le titre « Extrapolation ». Tr. fr. (« Extrapolation »), in *Le cœur désintégré,* éd. Denoël, coll. Présence du Futur.

1954 94. « The Education of Druscilla Strange », in *Galaxy,* mars. Tr. fr. (« L'éveil de Drusilla Strange »), in *Galaxie,* ancienne édition, n° 10, septembre 1954. Disponible en 1978 dans l'anthologie d'A. Garsault (Le Livre de poche).

95. - « Granny won't Knit », in *Galaxy,* mai. Tr. fr. (« Un monde trop parfait »), in *Galaxie,* n° 19, novembre 1965.

96. - « Cactus Dance », in *Luke Short's Western Magazine,* octobre-décembre. (Western.)

97. - « The Golden Helix », in *Thrilling Wonder Stories,* été. Tr. fr. (« La spirale d'or »), in *Les champs de l'infini* (Marianne Leconte, éd. Le Masque, 1978).

98. - « To here and the Easel », in *Star short*

Novels (Frederick Pohl éd., New York, Ballantine).

1955 99. « When you're Smilling », in *Galaxy*, janvier. Tr. fr. (« Le vol du dossier justice »), in *Galaxie*, ancienne édition, n° 23 octobre 1955.

100. - « Who », in *Galaxy*, mars. Repris sous le titre : « Bulkhead ». Tr. fr. (« Compagnon du long parcours »), in *Galaxie*, ancienne édition, n° 25, décembre 1955.

101. - « Hurricane Trio », in *Galaxy*, avril. Tr. fr. (« La double résurrection »), in *Galaxie*, ancienne édition, n° 20, juillet 1955.

102. - « The Heart », in *Other Worlds*, mai. Tr. fr. (« Le cœur désintégré »), in *Le cœur désintégré*, éd. Denoël, Coll. Présence du Futur.

103. - « The Riddle of Ragnorak », in *Fantastic Universe*, juin.

104. - « Twink », in *Galaxy*, août. Tr. fr. (« Etincelle »), in *Galaxie*, ancienne édition, n° 28, mars 1956. Disponible in *Les enfants de Sturgeon* (Marianne Leconte, éd. Le Masque).

105. - « So near the Darkness », in *Fantastic Universe*, novembre.

106. - « The (Widget), the (Wadget) and Boff », in *Fantasy and Science Fiction*, novembre et décembre. Tr. fr. (« Synapse seize sur Bêta »), in *Fiction*, n° 252, décembre 1974, et n° 253, janvier 1975.

107. - « Bright Segment », in *Caviar*. Tr. fr. (« Parcelle brillante »), in *Territoire de l'inquiétude* (Alain Dorémieux, éd. Casterman). Disponible dans *Le livre d'or de la science-fiction : Theodore Sturgeon* (M. Leconte, éd. Presses Pocket, 1978).

108. - *A Way Home, Funk and Wagnalls*. Repris en éditions abrégées. Comprend : 38, 69, 30, 101, 81, 58, 61, 39, 100, 34, 79.

109. - *Caviar, New York,* Ballantine. Comprend : 107, 12, 25, 55, 22, 32, 68, 104.

1956 110. « Won't you Walk », in *Astounding,* janvier.

111. - « Half-way three Murder », in *The Saint's Mystery Magazine,* mars.

112. - « The Skills of Xanadu », in *Galaxy,* juillet. Tr. fr. (« Les Talents de Xanadu »), in *Galaxie,* ancienne édition, n° 35, octobre 1956. Edition disponible (« Les pouvoirs de Xanadu »), in *Histoires de pouvoirs,* éd. Le Livre de poche, 1975.

113. - « The Claustrophile », in *Galaxy,* août. Tr. fr. (« Retour à l'espace »), in *Galaxie,* ancienne édition, n° 36, novembre 1956.

114. - « Fear is a Business », in *Fantasy and Science Fiction,* août. Tr. fr. (« La peur est une affaire »), in *Fiction,* n° 41, avril 1957.

115. - « Dead Dames don't Dial », in *The Saint's Mystery Magazine,* août.

116. - « The Other Man », in *Galaxy, septembre.*

117. - « The Waiting Thing Inside », in *Ellery Queen's Mystery Magazine* (écrit en collaboration avec Don Ward). Tr. fr. (« L'homme patient »), in *Mystère Magazine,* n° 141, août 1963.

118. - « And Now the News », in *Fantasy and Science Fiction,* décembre. Tr. f. (« Et voici les nouvelles »), in *Fiction,* n° 44, juillet 1957.

119. - *I, Libertine,* New York, Ballantine (ro-

man non SF écrit sous le pseudonyme de Frederick R. Ewing).

1957 120. « The Girl had Guts », in *Venture Science Fiction,* janvier. Tr. fr. (« Une fille qui en a »), in *Fiction,* n° 109, décembre 1962. A paraître dans *La grande anthologie de la Science-Fiction* (Le Livre de poche).

121. - « The Other Celia », in *Galaxy,* mars. Tr. fr. (« L'autre Celia »), in *Galaxie,* ancienne édition, n° 13. Disponible in *Le Livre d'or de la science-fiction : Theodore Sturgeon* (M. Leconte, éd. Presses Pocket, 1978).

122. - « Affair with a Green Monkey », in *Venture Science Fiction,* mai. Tr. fr. (« Le Singe vert »), in *Fiction,* n° 78, mai 1960. A paraître dans *La grande anthologie de la Science-Fiction* (Le Livre de poche).

123. - « The Pod and the Barrier », in *Galaxy,* septembre. Tr. fr. (« A l'assaut des dieux »), in *Galaxie,* ancienne édition, n° 48, novembre 1957.

124. - « It opens the Sky », in *Venture Science Fiction,* novembre. Tr. fr. disponible en 1978 in *Sturgeon dans l'espace* (Marianne Leconte, éd. Le Masque).

108 a. - *Thunder and Roses,* Joseph Press (réédition de *A way Home*).

1958 125. « A touch of Strange », in *Fantasy and Science Fiction,* janvier. Tr. fr. (« Un rien d'étrange »), in *Fiction,* n° 56, juillet 1958.

126. - « The Comedian's Children », in *Venture Science Fiction,* mai. Tr. fr. (« Les Enfants du comédien »), in *Fiction,* n° 102, mai 1962.

127. - « To Marry Medusa », in *Galaxy,* août.

Tr. fr. (« Le Choix de la méduse »), in *Galaxie,* ancienne édition, n° 58, septembre 1958.
128. - *The Cosmic Rape,* New York, Dell. Roman développant la nouvelle « To marry Medusa ». Tr. fr. in *Killdozer/Viol cosmique,* éd. J'ai lu, 1971.
129. - *A Touch of Strange,* New York, Doubleday. Comprend : 123, 85, 122, 88, 120, 121, 124, 125 plus « A Crime for Llewellyn ».
130. - *The King and Four Queens,* World Press (roman basé sur le film du même titre).
64 a. - *The Synthetic Man,* Pyramid. Réédition de *The Dreaming Jewels.*
1959 131. - « The Man who Lost the Sea », in *Fantasy and Science Fiction,* octobre. Tr. fr. (« L'Homme qui a perdu la mer »), in *Fiction,* n° 74. Disponible en 1978 dans l'anthologie d'A. Garsault, éd. Le Livre de poche.
132. - *Aliens 4,* New York, Avon. Comprend : 27, 96, 126, 106.
1960 133. « The Man who Figured Everything », in *Ellery Queen's Mystery Magazine,* janvier (en collaboration avec Don Ward). Tr. fr. (« L'homme qui calculait tout »), in *Mystère Magazine,* n° 187, août 1963.
134. - « Like Young », in *Fantasy and Science Fiction,* mars. Tr. fr. (« Epitaphe »), in *Fiction,* n° 80, juillet 1960. Disponible en 1978 dans l'anthologie d'Alain Garsault, éd. Le Livre de poche.
135. - *Venus Plus X,* New York, Pyramid. Tr. fr. (même titre), éd. Champ Libre, coll. Chute Libre, 1976.

136. - *Beyond,* New York, Avon. Comprend : 44, 14, 37, 26, 134 plus « Need ».

1961 137. « How to Kill Haunty », in *Mike Shayne's Mystery Magazine,* mars.

138. - « Tandy's Story », in *Galaxy,* avril. Tr. fr. (« Tandy et le brownie »), in *Galaxie,* n° 8, décembre 1964.

139. - « Assault and Little Sister », in *Mike Shayne's Mystery Magazine,* juillet.

140. - « Science Fiction : A Function for Fable », *National Review,* 23 septembre (article).

141. - « Men, Monsters, Moondust », *National Review,* 16 décembre (article).

142. - *Voyage to the Bottom of the Sea,* New York, Pyramid. Roman basé sur le film du même titre.

143. - « Some of your Blood », New York, Ballantine. Tr. fr. (« Un peu de ton sang »), in *Histoires à faire peur* (Alfred Hitchcock, éd. Robert Laffont, 1965).

52 a. - *Not without Sorceryy,* Ballantine. Reprise de *Without Sorcery* mais abrégé (9, 10, 28, 33, 12 sont supprimés).

144. - « Of Time and Tithes », *National Review,* 24 avril (article).

1962 145. « When you Care, when you Love », in *Fantasy and Science Fiction,* septembre. Tr. fr. (« L'amour et la mort », in *Fiction,* n° 133, décembre 1964.

146. - « Liberati us Cognoscenti », *National Review,* 23 octobre (article).

147. - « The Science Fictionist », *National Review,* 20 novembre (article).

1963 148. « A Viewpoint, a Dewpoint », *National Review,* 12 février (article).
149. - « Jackets and Footnotes », *National Review,* 26 mars (article).
150. - « Science and Song », *National Review,* 16 juillet (article).
1964 151. « Hold-up à la Carte », in *Ellery Queen's* Mystery Magazine, février. Tr. fr. (« Hold-up à la Carte »), in *Mystère-Magazine,* n° 218, mars 1966.
152. - « One Prize, One Pleasure », *National Review,* 24 mars (article).
153. - « Chromium Quaint — and an Oddment! », *National Review,* 11 août (article).
154. - « Anyone for...? », *National Review,* 1er décembre (article).
155. - « How to Forget Baseball », in *Sports Illustrated,* décembre (article).
156. - *Sturgeon in Orbit,* New York, Pyramid. Comprend : 93, 82, 71, 102, 74. Tr. fr. (*Le cœur désintégré*), éd. Denoël, coll. Présence du Futur, 1977.
157. - « Science Fiction and Index », *National Review,* 9 mars (article).
158. - « The Next Great Name Is Smith », *National Review,* 1er juin (article).
159. - « It Takes All Kinds », *National Review,* 21 septembre (article).
1965 160. *The Joyous Invasions,* Londres, Gollancz. Comprend : 127, 126, 106.
161. - *And my Fear is Great/Baby is Three.* Galaxy (réédition de 76 et 81).
162. - « Fine Fat Packages », *National Review,* 25 janvier (article).

163. - « Beginning with the Nineteenth Centuryy », *National Review,* 5 avril (article).

164. - « A Brace, Three Singles, and a Ten Strike », *National Review,* 17 mai (article).

165. - « Of Storytelling : How and What », *National Review,* 12 juillet (article).

166. - « From Terra to Tanstaafl », *National Review,* 13 décembre (article).

1966 167. *Starshine,* New York, Pyramid. Comprend : 3, 13, 15, 80, 123, 137.

168. - « Anthologies : the Old and the New », *National Review,* 30 mai (article).

1967 169. « If all men were brothers, would you let one marry your sister? », in *Dangerous Visions* (Harlan Ellison, éd. Doubleday). Tr. fr. (« Si tous les hommes étaient frères, me permettrais-tu d'épouser ta sœur? »), in *Dangereuses Visions,* tome 2, éd. J'ai lu, 1975.

1968 170. « Titanic Tome from the Tic-Toc Man », *National Review,* 7 mai (article).

1969 171. « The man who Learned Loving », in *Fantasy and Science Fiction,* octobre. Tr. fr. (« L'homme qui apprit à aimer »), in *Fiction,* n° 197, mai 1970.

172. - « Merryl-y We Wave Along », *National Review,* 18 novembre (article).

1970 173. « Runesmith », écrit en collaboration avec Harlan Ellison. Tr. fr. (« Le jeteur de sorts »), in *Fiction,* n° 224.

174. - « I List in Numbers », *National Review,* 10 mars (article).

175. - « The Odd Coupling of Hugo and Edgar », *National Review,* 14 juillet (article).

176. - « Best of the Best », *National Review*, 3 novembre (article).
1971 177. « Memento Mori — Et Seq. », *National Review*, 12 janvier (article).
178. - *Sturgeon is Alive and Well.* New York, G.P. Putnam and Sons. Comprend : 98 plus « Slow Sculpture », tr. fr. (« Sculpture lente »), in *Galaxie*, n° 82, 1971, « It's you », « Take care », « Crate », tr. fr. (« Le Cageot »), in *Les Enfants de Sturgeon* (Marianne Leconte, éd. Le Masque), « The Girl who knew what they meant , tr. fr. in *Le Livre d'or de la science-fiction : Theodore Sturgeon* (Marianne Leconte, éd. Presses Pocket, 1978), « Jorry's Gap », « It was nothing really », « Brownshoes », « Uncle Fremmis », « The pattern of Dorne », « Suicide .
179. - « Necessary and Sufficient , in *Galaxy*, avril. Tr. fr. (« Nécessaire et suffisant », in *Galaxie*, n° 103, décembre 1972.
180. - « The Verity File », in *Galaxy*, mai. Tr. fr. (« Le Dossier Verity »), in *Galaxie*, n° 103, décembre 1972.
181. - « Occam's Scalpel », in *If*, juillet-août. Tr. fr. (« Le Scalpel d'Occam »), in *Galaxie*,
182. - « Dazed », in *Galaxy*, septembre-octobre . Tr. fr. (« L'Homme hébété »), in *Galaxie*, n° 93, février 1972.
1972 183. *The World of Theodore Sturgeon.* New York, Ace Books. Comprend : « From Plinck to Planck » (introduction par Theodore Sturgeon), 112, 42, 47, 51, 116, 36, 10, 33, 28.
184. - « Case and the Dreamer », in *Galaxy*, janvier 1972. Tr. fr. (« Case et le Rêveur »), in *Galaxie*, n° 123, août 1974.

1973 185. *To Here and the Easel,* Londres, Victor Gollancz. Comprend : 98, 112, 42, 47, 51, 10 (c'est pour l'essentiel une édition abrégée de 183).

186. - *Sturgeon's West,* New York, Doubleday (Histoires de western écrites en collaboration avec Don Ward). Comprend : 62, 57, 96, 117, 133, « Ride in, Ride out », « The Sheriff of Chayute ».

187. - *Agnes, Accent and Access,* in *Galaxy,* octobre 1973. Tr. fr. (« Agnès, accent et accès »), in *Galaxie,* n° 119, avril 1974.

1974 188. « Bluebutter », in *Fantasy and Science Fiction.* Tr. fr. (« Onguent gris »), in *Fiction,* n° 264, décembre 1975.

189. - *Case and the Dreamer,* New American Library, Signet Books. Comprend : 158, 149, 142.

Recueils de nouvelles de Sturgeon parues en français

1977 190. *Le cœur désintégré.* Ed. Denoël. Traduction intégrale de : *Sturgeon in Orbit,* « Extrapolation », « Wages of Synergy », « Make room for me », « The heart », « The Incubi of Parallel X ».

191. - *Les enfants de Sturgeon.* Anth. de Marianne Leconte. Ed. Le Masque. « Brat », « Two percent Inspiration », « Mewhu's jet », « The professor's Teddy bear », « Prodigy », « Shadow shadow on the wall », « Twink », « Crate ».

192. - *Les fantômes de Sturgeon.* Anth. de M. Leconte. Ed. Le Masque. « Bianca's Hands », « Cargo », « The Haunt », « Ghost of

Chance », « Blabbermouth », « It wasn't syzygy , « Derm Fool », « Shottle Bop ».

1978 193. *Le livre d'or de la science-fiction : Theodore Sturgeon.* Anth. de M. Leconte. Ed. Presses Pocket.

194. - *Sturgeon dans l'espace.* Ed. Le Masque. Anth. M. Leconte. « Medusa », « Unite and conquer », « It opens the Sky », « There is no Defense ».

195. - (*Titre inconnu.*) Anth. d'A. Garsault. Ed. Le Livre de poche. « The education of Drusilla Strange », « The Hurkle is a happyy beast », « The touch of your hand », « The man who lost the sea », « It », « Microcosmis God », « Like young », « Thunder and Roses ».

196. - *Les songes superbes de Theodore Sturgeon.* Ed. Casterman. Anth. de A. Dorémieux : « The ultimate egoist », « The dark room », « Cellmate », « Abreaction Talent », « The Graveyard reader », « The Worl well lost », « Love of heaven », « Saucer of loneliness », « The clinic », « Hurricane trio ».

197. - *Les pouvoirs de Xanadu.* Ed. J'ai lu. Traduction abrégée de *The Worlds of Theodore Sturgeon.*

TABLE DES MATIÈRES

LA COMPOSITION, L'IMPRESSION ET LE BROCHAGE DE CE LIVRE
ONT ÉTÉ EFFECTUÉS PAR FIRMIN-DIDOT S.A.
POUR LE COMPTE DES PRESSES POCKET
ACHEVÉ D'IMPRIMER LE 20 JUILLET 1981

Presses Pocket
8 rue Garancière
75006 Paris
tél. 329 12 80

Imprimé en France
Dépôt légal : 1er trimestre 1978
N° d'édition : 1297 — N° d'impression : 8516